BRIDGET ASHER

# Die Provence-Kur für gebrochene Herzen



GOLDMANN
Lesen erleben

*Buch*

Jahrelang hat die Konditorin Heidi anderen das Leben versüßt. Doch sie hat ihre Leidenschaft verloren, zusammen mit den Autoschlüsseln, den Scheckbüchern, ihren Freunden – und dem wichtigsten Menschen in ihrem Leben: ihrem Ehemann Henry. Zwei Jahre sind seit dem schrecklichen Autounfall vergangen, aber Heidi trauert noch immer. Genauso wie ihr kleiner Sohn Abbot, der in seiner inneren Not ein paar bedenkliche Ängste und Zwänge entwickelt hat. Dass nun auch noch die Hochzeit ihrer Schwester vor der Tür steht, macht die Sache für die junge Witwe nicht leichter.

Als ihre Mutter Heidi nach der Feier bittet, das durch einen Brand zerstörte Sommerhaus der Familie in der Provence auf Vordermann zu bringen, tut sie das nicht ohne Hintergedanken: Man munkelt, das pittoreske Häuschen habe schon manches gebrochene Herz geheilt. Gemeinsam mit Abbot und ihrer pubertierenden Nichte Charlotte reist Heidi in den Süden. Es folgt ein ebenso turbulenter wie zauberhafter Sommer – und als eigentlich alles verloren scheint, entdeckt Heidi nicht nur die Wahrheit über ihre Familie, sie findet auch Schritt für Schritt zurück ins Leben und in ein neues Glück …

*Autorin*

Bridget Asher lebt mit ihrem Ehemann und ihren vier Kindern in Florida.

Von Bridget Asher außerdem bei Goldmann lieferbar:

Verlieben war nicht abgemacht. Roman (47515)

Bridget Asher

# Die Provence-Kur für gebrochene Herzen

Roman

Aus dem Englischen
von Antje Althans

GOLDMANN

Die Originalausgabe erschien 2011 unter dem Titel
»The Provence Cure for the Brokenhearted«
bei Bantam Books, an imprint of The Random House
Publishing Group, a division of Random House, Inc.

Verlagsgruppe Random House FSC-DEU-0100
Das FSC®-zertifizierte Papier *Holmen Book Cream* für dieses Buch
liefert Holmen Paper, Hallstavik, Schweden.

1. Auflage
Deutsche Erstveröffentlichung Juni 2012

Umschlaggestaltung: UNO Werbeagentur, München,
unter Verwendung der Gestaltung von Cara Petrus, cara@carapetrus.com
Umschlagfoto: Simon McBride/Red Cover/Getty Images
Redaktion: Friederike Arnold
LT · Herstellung: Str.
Satz: omnisatz GmbH, Berlin
Druck und Bindung: GGP Media GmbH, Pößneck
ISBN: 978-3-442-47651-0

www.goldmann-verlag.de

*Die Provence-Kur für gebrochene Herzen* ist ein Roman.
Personen und Handlungen sind frei erfunden.
Ähnlichkeiten mit lebenden oder verstorbenen Personen
sind rein zufällig.

Dieser Roman ist der Leserin gewidmet.
In diesem einzigartigen Moment gibt es nur uns zwei.

Man kann es auch so ausdrücken: Schmerz ist eine Liebesgeschichte, die rückwärts erzählt wird.

Aber vielleicht stimmt das gar nicht. Vielleicht sollte ich es wissenschaftlicher formulieren. Die Liebe und der Verlust dieser Liebe existieren in gleichem Maße. Ist nicht schon einmal eine ähnliche Gleichung von einem romantischen Physiker aufgestellt worden?

Vielleicht sollte ich es lieber so erklären: Stellen Sie sich eine Schneekugel mit einem eingeschneiten Häuschen darin vor. In dem winzigen Haus sitzt eine Frau auf der Bettkante und schüttelt eine Schneekugel, in der wiederum ein eingeschneites Häuschen mit einer Frau zu sehen ist, die in der Küche steht und eine weitere Schneekugel schüttelt, in der sich …

In jeder guten Liebesgeschichte verbirgt sich eine andere.

# *Teil 1*

Seit Henrys Tod hatte ich ständig irgendetwas verloren.

Ich verlor Schlüssel, Sonnenbrillen und Scheckbücher. Einmal verlegte ich einen Bratenheber und fand ihn mit einer Tüte geriebenem Käse im Gefrierschrank wieder.

Ich verschusselte eine Entschuldigung an Abbots Grundschullehrerin, in der ich ihr schilderte, wie mir die Hausaufgaben meines Sohnes abhandengekommen waren.

Ich verlor die Kappen von Zahnpastatuben und die Deckel von Marmeladengläsern und räumte die Sachen offen, unverschlossen weg, sodass sie austrockneten. Ich verlor Haarbürsten und Schuhe – und zwar nicht nur einen, sondern gleich beide.

Ich vergaß Jacken in Restaurants, meine Handtasche unter dem Kinositz und meine Schlüssel im Drugstore an der Kasse. Danach saß ich orientierungslos im Auto, versuchte mir darüber klar zu werden, was genau nicht stimmte, und trottete zurück in den Laden, wo die Kassiererin den Schlüsselbund schon klimpernd hochhielt.

Ich bekam Anrufe von Menschen, die so liebenswürdig waren, mir die Sachen zurückzugeben. Und wenn sie nicht mehr auftauchten, verfolgte ich meine Schritte zurück und war völlig verwirrt. Was suche ich in diesem Mini Mart? Warum stehe ich schon wieder hier im Feinkostladen am Ladentisch?

Ich verlor den Überblick über die Aktivitäten meiner Freunde. Sie bekamen Babys, verteidigten Doktorarbeiten, veranstalteten Kunstausstellungen, Dinnerpartys und Grillfeste im Garten …

Vor allem bekam ich über lange Zeitspannen nichts mit. Die Kinder an Abbots Bushaltestelle, in unserem Viertel, in seiner Klasse und in seiner Little-League-Mannschaft hörten nicht auf zu wachsen. Auch Abbot wuchs. Das war am schwersten zu ertragen.

Auch über kurze Zeitspannen bekam ich nichts mit. Manchmal blickte ich auf, und es war plötzlich dunkel, als hätte jemand einen Schalter ausgeknipst. Das Leben ging auch ohne mich unaufhaltsam weiter. Diese Erkenntnis überraschte mich sogar noch zwei Jahre später, obwohl diese schlichte, unausweichliche Tatsache zu dem Zeitpunkt schon zur Gewohnheit geworden war: Das Leben ging unaufhörlich weiter, nur ich blieb stehen.

Deshalb hätte es mich nicht verwundern sollen, dass Abbot und ich es am Morgen der Hochzeit meiner Schwester nicht rechtzeitig zum Brautjungfern-Treffen schafften. Wir hatten den ganzen Morgen *Apples to Apples* gespielt. Mehrfach mussten wir das Spiel unterbrechen, weil Jude vom Cake Shop anrief.

»Jude … Nun mal langsam, Jude. Fünfhundert Zitronentörtchen?« Ich erhob mich von der Couch, wo Abbot neben mir saß und schon sein drittes Wassereis schleckte – eins von diesen knallbunten, die in Plastikschläuchen abgepackt sind und die man oben mit der Schere aufschneiden muss und von denen man manchmal einen Hustenreiz kriegt. Selbst dieses Detail erfüllt mich mit Schmerz: Abbot und ich waren so tief gesunken, dass wir uns von gefrorenem Saft aus Plastikverpackungen ernährten. »Nein, nein, ganz bestimmt«, fuhr ich fort. »Ich hätte mir die Bestellung doch notiert. Wenigstens … Scheiße. Das ist wahrscheinlich meine Schuld. Soll ich vorbeikommen?«

Henry war nicht nur mein Mann gewesen, sondern auch

mein Geschäftspartner. Ich hatte von Kindesbeinen an erlesenes Gebäck hergestellt und Essen für Kunst gehalten, doch Henry hatte mich überzeugt, dass Essen Liebe ist. Wir hatten uns auf der Kochschule kennen gelernt und kurz nach Abbots Geburt eine weitere Liebesmüh auf uns genommen: den Cake Shop.

Jude war von Anfang an dabei gewesen. Sie war eine allein erziehende Mutter, zierlich, mit einer großen Klappe, kurzen, gebleichten Haaren und einem herzförmigen Gesicht – eine merkwürdige Kombination aus Schönheit und Härte. Sie war unsere erste Angestellte und verfügte über natürliches Talent, einen großartigen Sinn für Formgebung und Know-how in Marketing. Nach Henrys Tod übernahm sie das Ruder. Bis dahin hatte Henry die geschäftlichen Dinge geregelt, und ich bin mir ziemlich sicher, dass ich den Laden hätte abschreiben können, wenn Jude nicht gewesen wäre. Jude wurde zur treibenden Kraft, zu meinem Steuermann. Sie hielt alles am Laufen.

Ich wollte Jude gerade versichern, dass ich in einer halben Stunde bei ihr im Laden sein würde, als Abbot mich schüchtern am Ärmel zupfte. Er deutete auf seine Armbanduhr, deren Ziffernblatt die Form eines Baseballs hatte. Vielleicht bestand er wegen meiner leichten geistigen Abwesenheit darauf, die Uhrzeit selbst im Blick zu haben.

Als mir klar wurde, dass es schon nach zwölf war, rief ich entsetzt: »Die Hochzeit! Es tut mir schrecklich leid! Ich muss weg!«, und legte auf.

»Tante Elysius ist bestimmt echt sauer!«, prophezeite Abbot und riss dabei die Augen weit auf. Er beugte sich vor und kratzte sich am Fußknöchel, wo ihn eine Mücke gestochen hatte. Er trug seine kurzen weißen Sportsocken, und was an seinem Knöchel wie Golferbräune aussah, war in Wahrheit Schmutz.

»Nicht, wenn wir uns sputen!«, widersprach ich. »Und

nimm dir Galmeilotion mit, damit es dich während der Zeremonie nicht juckt.«

Wir rannten wie die Wahnsinnigen durch unseren kleinen Drei-Zimmer-Bungalow. Einen Stöckelschuh fand ich im Wandschrank wieder und den anderen in Abbots Zimmer in dem großen Eimer mit Legosteinen. Derweil rang Abbot mit seinem geliehenen Smoking. Er kämpfte mit den winzigen Manschettenknöpfen und suchte nach der Clip-Fliege und dem Kummerbund. Er hatte sich für Rot entschieden, weil es die Farbe war, die Henry auf unserer Hochzeit getragen hatte. Ich war mir nicht sicher, ob das gesund war, wollte aber die Aufmerksamkeit nicht unnötig darauf lenken.

Ich schminkte mich hastig und zog mir das Brautjungfernkleid über den Kopf, voller Dankbarkeit, dass das Kleid nicht der sonst übliche Alptraum war. Meine Schwester hatte einen erlesenen Geschmack, und es war das teuerste Kleid, das ich je getragen hatte, mein eigenes Hochzeitskleid inbegriffen.

Als ich mich geweigert hatte, den Part von Elysius' verheirateter Trauzeugin zu übernehmen – oder, wenn man es mit brutaler Präzision ausdrücken wollte – den der verwitweten Trauzeugin? –, war meine Schwester sichtlich erleichtert gewesen. Sie wusste, dass ich sowieso nur alles vermasselt hätte. Im Nu hatte sie eine alte Studienfreundin mit einem Abschluss in Marketing angerufen, und ich wurde freudig zur Brautjungfer degradiert. Abbot war als Ringträger verpflichtet worden, und um ehrlich zu sein, fühlte ich mich nicht einmal der Rolle als Mutter des Ringträgers gewachsen. Ich hatte mir in letzter Minute noch eine Ausrede einfallen lassen, um dem Probeessen am Abend zuvor und der Wellness-Behandlung samt Gruppenfrisörtermin am heutigen Tag zu entgehen. Wenn einem der Mann gestorben ist, darf man einfach sagen: »Ich schaff das nicht. Es tut mir schrecklich leid.« Und wenn er bei einem

Autounfall umgekommen ist, so wie meiner, darf man sogar sagen: »Ich kann heute einfach nicht fahren.« Man darf einfach den Kopf schütteln und »Verzeihung!« flüstern, und die Leute verzeihen einem sofort, als sei es das Mindeste, was sie für einen tun können. Und vielleicht stimmt das ja auch.

Aber meine Schwester fand das sehr zermürbend, weshalb sie mir das Versprechen abgenommen hatte, zwei Stunden vor der Hochzeit bei ihr zu Hause zu erscheinen. Es gab einen strengen Zeitplan, den wir einhalten mussten; auch ein Mimosas-Umtrunk für alle Brautjungfern gehörte dazu, bei dem jede von uns einen kleinen persönlichen Trinkspruch auf die Braut ausbringen sollte. Elysius gefällt es, wenn sich alles um sie dreht. Ich konnte sie deshalb nicht verurteilen; mir war nur allzu schmerzhaft bewusst, wie egoistisch mein eigener Schmerz war. Mein achtjähriger Sohn hatte seinen Vater verloren. Henrys Eltern ihren Sohn. Und Henry sein Leben. Welches Recht hatte ich also, Henrys Tod – ein ums andere Mal – als Vorwand zu benutzen, um mich auszuklinken?

»Darf ich meine Schnorchelsachen mitnehmen?«, rief Abbot mir über den Flur zu.

»Pack deine Reisetasche, und nimm die Ausrüstung mit«, rief ich zurück, während ich ein paar Sachen in meinen kleinen Koffer stopfte. Meine Schwester wohnte zwar nur zwanzig Minuten von uns entfernt – eine kurze Autofahrt von Tallahassee in die ländliche Gegend von Capps –, hatte sich aber gewünscht, dass ihre Familie über Nacht blieb. Das war eine gute Gelegenheit, sowohl die Aufmerksamkeit meiner Mutter als auch meine auf sich zu ziehen und sie so lange wie möglich auszukosten – und um die starke Bindung, die früher zwischen uns dreien existiert hatte, wieder zu festigen. »Du kannst morgen früh mit Opa schnorcheln.«

Immer noch in Sportsocken, kam Abbot aus seinem Zimmer gerannt und schlitterte, in einer Hand den Kummerbund, in der anderen die Clip-Fliege, über den Flur bis zu meiner Tür.

»Ich krieg die nicht fest!«, jammerte er. Der gestärkte Hemdkragen reichte bis an seine Wangen, wie einmal an Halloween, als er sich als Graf Dracula verkleidet hatte.

»Mach dir deshalb keinen Kopf. Pack einfach alles ein.« Ich nestelte hektisch am Verschluss der Perlenkette herum, die meine Mutter mir extra für diesen Anlass geliehen hatte. »Da gibt es bestimmt genug aufgekratzte Frauen, die nichts Besseres zu tun haben. Die helfen dir beim Zurechtmachen.«

»Und wo bist du dann?«, fragte er mit ängstlichem Unterton. Seit Henrys Tod machte sich Abbot ständig Sorgen. Er hatte angefangen, sich die Hände zu reiben, ein neuer Spleen – eine leichte Zwangsneurose, die Pantomime intensiven Händewaschens. Er war zum Bakterienphobiker geworden. Wir hatten deshalb schon einen Therapeuten konsultiert, aber das hatte nicht geholfen. Er machte das, wenn er nervös war und wenn er spürte, dass ich grübelte. Ich bemühte mich zwar, in seiner Gegenwart nicht zu grübeln, doch ich war nicht gut darin, die Fröhliche zu mimen, und meine gespielte Fröhlichkeit machte ihn noch nervöser als meine Grübelei – ein echter Teufelskreis. Fühlte er sich nach dem Tod seines Vaters schutzloser auf dieser Welt? Ich mich schon.

»Ich bin bei den anderen Brautjungfern und erfülle brautjüngferliche Pflichten«, beruhigte ich ihn. In dem Moment fiel mir siedend heiß ein, dass ich meinen Trinkspruch bereithalten sollte. Ich hatte ihn mir in der Küche auf einer Serviette notiert und seither natürlich vergessen, und jetzt konnte ich mich an nichts mehr erinnern. »Was soll ich denn Nettes über Tante Elysius sagen? Ich muss mir für den Trinkspruch etwas einfallen lassen.«

»Sie hat strahlend weiße Zähne und kauft super Geschenke«, meinte Abbot.

»Schönheit und Großzügigkeit«, überlegte ich. »Daraus kann ich was machen. Alles wird gut. Wir haben bestimmt viel Spaß!«

Er sah mich prüfend an, um festzustellen, ob ich es ehrlich meinte, so wie ein Anwalt vielleicht seinen Mandanten anschaut, weil er herausfinden will, worauf er sich wirklich einlässt. Diese prüfenden Blicke war ich gewohnt. Meine Mutter, meine Schwester, meine Freunde, sogar die Kunden im Cake Shop erkundigten sich nach meinem Befinden und bemühten sich, die Aufrichtigkeit meiner Worte einzuschätzen. Ich wusste ja, dass ich nach vorne hätte blicken sollen. Ich hätte mehr arbeiten, mich gesünder ernähren, Sport treiben und mich mit Männern verabreden sollen. Immer wenn ich aus dem Haus ging, musste ich mich auf einen Überfall irgendeines wohlmeinenden Bekannten gefasst machen, der mich mit Mitleid, aufmunternden Worten, Fragen und Ratschlägen überhäufte. Ich übte schon vorher: »Nein, wirklich, mir geht's gut. Abbot und mir geht es großartig!«

Ich verabscheute es auch, dass ich mich dieses Mitleids stets vor Abbot erwehren musste. Ich wollte ehrlich zu ihm sein und ihn zugleich beschützen. Doch natürlich war ich nicht ehrlich. Es war seit Henrys Tod die erste Hochzeit, zu der ich ging. Ich hatte schon immer auf Hochzeiten geweint, selbst bei Leuten, die ich nicht gut kannte, sogar bei Trauungen im Fernsehen. Deshalb fürchtete ich mich jetzt vor mir selbst. Wenn ich schon bei einer Werbespot-Hochzeit heulte, wie würde ich dann erst auf eine echte reagieren?

Ich konnte Abbot nicht ansehen. Wenn ich es täte, wüsste er, dass ich ihm was vormachte. Wir haben bestimmt viel Spaß? Ich hoffte, dass ich das Ganze einfach nur überlebte.

Ich stellte mich vor den bodenlangen Spiegel, den Henry auf der Innenseite meiner Wandschranktür angebracht hatte. Henry war überall, doch wenn mich eine Erinnerung übermannte – der Spiegel war umgekippt, als er ihn montieren wollte, und wäre fast zerbrochen –, versuchte ich, nicht bei ihr zu verweilen. Verweilen war eine Schwäche. Ich wusste, wie man sich auf kleine, überschaubare Dinge konzentrierte. Und nun versuchte ich – ein letzter verzweifelter Versuch – mir mit Hilfe meines Spiegelbilds die Perlenkette anzulegen.

»Ungeschminkt gefällst du mir besser«, meinte Abbot.

Mir flutschte die Kette weg, die sich in meiner hohlen Hand zusammenrollte. War es möglich, dass er sich an eine ganz ähnliche Bemerkung seines Vaters erinnerte? Henry hatte immer gesagt, er liebe es, wenn mein Gesicht nackt sei; manchmal flüsterte er mir zu: »So wie der Rest von dir«. Ich sah so viel älter aus als vor zwei Jahren. Das Wort *gramerfüllt* kam mir in den Sinn – als könnte Gram einen Menschen buchstäblich erfüllen und ihn unwiderruflich verändern. Ich wandte mich an Abbot.

»Komm mal her«, bat ich ihn. »Lass dich mal anschauen.«

Ich legte die Perlenkette auf den Nachttisch, klappte Abbots Kragen herunter, strich ihm die Haare glatt und legte die Hände auf seine knöchrigen Schultern. Dann betrachtete ich in Ruhe meinen Sohn – seine blauen Augen mit den dunklen Wimpern, er sah seinem Vater so ähnlich. Obwohl er noch ein kleiner Junge war, hatte er Henrys gebräunte Haut und seine roten Wangen. Ich liebte sein knubbeliges Kinn und die zwei überdimensionalen oberen Schneidezähne, die in seinem immer noch so kleinen Mund äußerst seltsam wirkten. »Du siehst sehr gut aus«, sagte ich. »Sensationell.«

»Wie ein sensationeller Ringträger?«

»Genau«, sagte ich.

Bevor Abbot und ich am Ende der kurvenreichen Kiesauffahrt einen Parkplatz fanden, mussten wir unser Auto um eine Vielzahl von Lieferwagen herummanövrieren: den Lieferwagen vom Caterer, vom Floristen und vom Toningenieur. Die Auffahrt lief am Pool und am Sandtennisplatz vorbei und ging zwischen dem neu erbauten Atelier und der alten Scheune in Rasen über. Elysius heiratete einen landesweit bekannten, sehr netten und zurückhaltenden Künstler namens Daniel Welding, und obwohl die beiden hier jetzt schon seit acht Jahren gemeinsam lebten, machte mich die Erhabenheit des Anwesens, das sie ihr Zuhause nannte, stets sprachlos – und heute war es sogar noch atemberaubender. Die Trauung selbst sollte auf dem abschüssigen Rasen abgehalten werden, den Abbot und ich jetzt, so rasch wir konnten, hinaufmarschierten. Er war von langen Stuhlreihen gesäumt, die mit Tüllstoff dekoriert waren, und der Austausch der Ehegelübde sollte an dem Springbrunnen im japanischen Stil stattfinden. Ein Spalier war als Überdachung aufgestellt worden, in das Blumen eingeflochten waren. Unter einem riesigen dreieckigen weißen Zelt hatte man ein provisorisches Tanzparkett errichtet.

Abbot hatte seine Sachen in einem Stoffbeutel verstaut, den er gratis in der Stadtbibliothek bekommen hatte. Ich konnte sehen, dass er den Kummerbund und die Clip-Fliege achtlos zwischen seine Schnorchelausrüstung gestopft hatte – das Schnorchelrohr, die Tauchermaske und die Tauchflossen, alles Geschenke meines Vaters. Ich hingegen mühte mich ab, meinen kleinen Rollkoffer hinter mir herzuziehen. Er holperte hinter mir her wie ein alter, halsstarriger Hund.

Wir eilten zum Atelier, um dort unser Gepäck abzuladen, doch es war zugesperrt. Abbot legte die Hände trichterförmig an die Glasscheibe und spähte hinein. Daniel malte auf gewaltigen Leinwänden, und sein freistehendes Atelier verfügte über hohe Decken und einen Leinwandständer, den man im Fußboden versenken konnte. Auf diese Art und Weise musste er nicht auf schwankende Leitern steigen, um an die höheren Stellen zu gelangen. Im Loft stand ein Sofa, das sich zu einem Doppelbett ausziehen ließ, auf dem Daniel sich manchmal mittags ausruhte und auf dem Abbot und ich heute Nacht schlafen sollten. Daniels Arbeiten verkauften sich unglaublich gut, weshalb er sich auch das Haus, die zwei Auffahrten, den abschüssigen Rasen und den versenkbaren Leinwandständer leisten konnte.

»Er ist da drin!«, sagte Abbot.

»Das kann nicht sein. Heute ist sein Hochzeitstag.«

Doch als Abbot klopfte, erschien Daniel hinter der Glastür und öffnete sie weit. Er war breitschultrig, immer braun gebrannt, und seine Haare hatten einen Anflug von Silbergrau. Er hatte eine majestätische Nase, leicht gekrümmt und unförmig – ein elegantes Gesicht. Er nahm seine Brille ab, presste das Kinn auf die Brust, sodass es sich zusammenfaltete wie ein kleines Akkordeon, und musterte mich in meinem unordentlichen, aber schönen Kleid und Abbot in seinem noch unfertig ausstaffierten Smoking. Er lächelte breit. »Ich freue mich sehr, dass ihr hier seid! Abbot, wie geht's?« Er zog den Jungen an sich und umarmte ihn ungestüm. Genau das brauchte Abbot, ungestüme Umarmungen und Zuneigung von väterlichen Typen. Ich war gut darin, ihm Küsse auf die Stirn zu drücken, merkte ihm aber an, wie glücklich es ihn machte, wenn Daniel ihn hochhob. Abbot strahlte übers ganze Gesicht. Mich umarmte Daniel auch. Er roch nach teuren Pflegeprodukten – Haargels und importierten Seifen.

»Darfst du überhaupt hier sein?«, fragte ich. »Du bist angezogen, als wärst du von einer Hochzeitsparty abgehauen.«

Abbot lief um Daniel herum und betrat das Atelier, wie er es immer tat – mit ehrfurchtsvoller Miene. Er liebte die schmale Treppe zum Loft, die Espressomaschine, die freiliegenden Balken, und natürlich die riesigen Leinwände in verschiedenen Entwicklungsstadien, die an den Wänden lehnten.

»Ich hatte einen Einfall, deshalb hab ich kurz mal reingeschaut«, erklärte Daniel. »Es beruhigt mich, wenn ich mir meine Arbeiten ansehe.«

»Solltest du nicht Schuhe anhaben?«, fragte Abbot.

»Ähm, ja.« Er deutete auf ein Paar nur wenige Meter entfernt. »Wenn mein Anzug Farbe abkriegt, ist das eine Sache, aber die Schuhe sind handgefertigt. Ein Schuster in der Wüste hat mich dafür barfuß in Mehl treten lassen und mit Hilfe des Abdrucks Schuhe speziell für meine Füße angefertigt.« Solche Abenteuer erlebten er und Elysius immer – ein Schuster in der Wüste, der nackte Füße in Mehl maß.

Abbot rannte neugierig zu den Schuhen, fasste sie aber nicht an. Ich wusste, dass er sie gern anfassen wollte, aber mit Schuhen stapft man auf der Erde herum, und der Boden ist mit Bakterien übersät. Er hätte sich prompt im Bad die Hände schrubben müssen. Das simulierte Händewaschen hätte da nicht ausgereicht.

»Wo ist Charlotte?«, erkundigte sich Abbot, als er sich wieder den Gemälden zuwandte. Charlotte war Daniels Tochter aus erster Ehe. Daniel hatte eine schlimme Scheidung und einen hässlichen Sorgerechtsstreit um Charlotte durchgemacht und sich eigentlich geschworen, nie wieder zu heiraten – nicht aus Zynismus, sondern weil er ein gebranntes Kind war. Doch wenige Monate nach Henrys Tod hatte er einen Sinneswandel erlebt. Natürlich bestand da eine Wechselwirkung: Was war geeigneter, in jemandem den Wunsch nach Festigung seiner Liebe auszulösen, als eine Mahnung daran, wie zerbrechlich das Leben ist?

»Sie ist oben im Haus«, antwortete er. An mich gewandt, fügte er hinzu: »Und versucht, nicht aufzufallen.«

»Wie geht es ihr?«, fragte ich. Charlotte war sechzehn und machte gerade eine Punk-Phase durch, die Elysius beunruhigte, auch wenn der Begriff Punk längst veraltet war. Heutzutage gab es für alles neue Bezeichnungen.

»Sie büffelt für den Uni-Zulassungstest, aber, ich weiß nicht, sie kommt mir ein bisschen … verdrießlich vor. Nun, ich sorge mich um sie. Ich bin ihr Vater. Ich sorge mich eben. Du weißt, was ich meine.« Er sah mich an wie eine Mitverschwörerin. Damit signalisierte er mir, dass ich – anders als Elysius – das Elterndasein in- und auswendig kannte. Und das konnte er nur auf indirekte Art zugeben.

»Und was soll das hier sein?«, fragte Abbot. Die Gemälde waren ausnahmslos abstrakt, auf sehr chaotische Weise, doch Abbot verharrte vor einem besonders wirren, mit groben, schweren Linien. Es wirkte hoffnungslos und schwermütig, als wäre in dem Gemälde ein Vogel gefangen – ein Vogel, der sich befreien wollte.

Daniel warf einen Blick darauf.

»Ein Boot, weit draußen, mit vollen Segeln«, sagte er. »Und Verlust.«

»Du musst positiver denken!«, sagte ich leise zu Daniel.

Er legte mir die Hand auf die Schulter.

»Das musst du gerade sagen«, flüsterte er. »Entwirfst du neue Kreationen?« Ich fühlte mich stets geehrt, dass Daniel meine Arbeit als Konditorin als Kunst betrachtete. Sein Kunstverständnis war nicht elitär. Er glaubte, dass Kunst für alle Menschen da ist, und schwärmte stets von meiner Arbeit. Und in diesem Moment sprach er als Künstler zu mir. »Du musst wieder anfangen, etwas zu kreieren. Es gibt keine bessere Methode, um zu trauern.«

Ich war überrascht, wie freiheraus er das sagte, aber auch erleichtert. Ich hatte das ewige Mitgefühl satt.

»Ich habe noch nicht wieder angefangen«, murmelte ich.

Er nickte ernst.

»Abbot«, rief ich. »Wir müssen los.«

Enttäuscht kam Abbot zu mir. Zu Daniel sagte er:

»Deine Gemälde machen einen traurig, ohne dass man weiß, warum.«

»Eine großartige Definition von moderner Kunst«, sagte Daniel.

Abbot lächelte erfreut und rieb sich die Hände; dann, als wäre es ihm selbst aufgefallen, steckte er sie rasch in die Hosentaschen. Daniel hatte nichts bemerkt. Abbot lernte, sein Problem zu kaschieren. War das nun ein Rück- oder ein Fortschritt?

»Ich verpasse noch die Mimosas«, sagte ich.

Daniel betrachtete ein unvollendetes Gemälde. Dann wandte er sich an mich.

»Heidi«, er zögerte, »ich musste die Hochzeitsreise ein paar Tage verschieben, um Arbeiten für eine Ausstellung fertigzustellen. Elysius ist deshalb in Aufruhr. Erinnerst du sie daran, dass ich ein netter Mensch bin, wenn du sie siehst?«

»Mach ich«, versprach ich. »Können wir das hierlassen?«, fragte ich und warf einen Blick auf meinen Koffer und Abbots Tasche.

»Natürlich«, sagte er.

»Komm mit, Abbot«, sagte ich und entwirrte seine Fliege und seinen Kummerbund aus der Schnorchelausrüstung.

Abbot rannte zur Tür.

»Es ist wirklich schön, euch zwei zu sehen«, sagte Daniel.

»Freu mich auch, dich zu sehen«, erwiderte ich. »Und Glückwunsch zur Fast-Hochzeit!«

Da Elysius und Daniel hier schon seit acht Jahren zusammen lebten, kam mir die Hochzeit wie eine merkwürdige Nachlese vor. Für mich waren die beiden nicht nur verheiratet, sondern sie führten eine dauerhafte Ehe. Für meine Schwester hingegen war die Hochzeit von großer Bedeutung, und als ich an der saftig grünen Rasenfläche mit den Streifen entlanglief, die der Aufsitzmäher hinterlassen hatte, hatte ich Schuldgefühle, weil ich emotional so distanziert war.

Ich hätte zumindest einwilligen können, ihre Hochzeitstorte zu backen. Schließlich hatte ich einmal wachsendes Ansehen als Spitzen-Tortendesignerin genossen. Noch heute rufen Menschen aus ganz Florida wegen einer Bestellung mehr als ein Jahr im Voraus im Cake Shop an. Hochzeiten waren meine Spezialität. Doch nach Henrys Tod hatte ich mich nur noch darauf beschränkt, in den frühen Morgenstunden die Cupcakes und Lemon Squares zu backen und ansonsten hinter dem Ladentisch zu stehen. Den Bräuten hatte ich abgeschworen – sie waren mir zu überheblich, gingen zu sehr in dem Ereignis auf. Sie erschienen mir undankbar, weil sie die Liebe für selbstverständlich hielten. Doch jetzt war es mir peinlich, dass ich Elysius und Daniel nicht angeboten hatte, ihre Hochzeitstorte zu backen. Das war mein Talent, das Einzige, was ich zu geben hatte.

Ich blickte zur Fensterfront hinauf, zur Küche und zum Esszimmer, beides hell und golden erleuchtet, und blieb stehen.

»Was ist?«, fragte Abbot.

Am liebsten hätte ich auf dem Absatz kehrtgemacht und wäre nach Hause gegangen. War ich für eine Hochzeit überhaupt bereit? Mir schoss der Gedanke durch den Kopf, dass ich mich momentan in meinem Leben genauso wie jemand fühlte, der auf einer Rasenfläche vor einem riesigen Haus steht und in die wunderschönen Fenster blickt, hinter denen andere Menschen ihr Leben leben, Blumen in Vasen stellen, sich vor dem Spiegel die Haare kämmen und unbeschwert lachen. Und dies hier war das Leben meiner Schwester, übersprudelnd und randvoll.

»Nichts«, beruhigte ich Abbot. Ich schnappte mir seine Hand und drückte sie. Er drückte auch meine Hand, ging weiter und zog mich zum Haus – das so voller Leben war.

In dem Moment wurde die Hintertür weit aufgerissen, und meine Mutter trat heraus. Ihre Haare waren ein honigsüßes Konfekt und zu ihrem Markenzeichen, einem Chignon, gedreht, ihr Gesicht auf eine Art glasiert, die sie »taufrisch und jung« aussehen ließ, was sie teuren Lotionen zuschrieb. Meine Mutter alterte wunderschön. Sie hatte einen langen, eleganten Hals, volle Lippen und bogenförmige Augenbrauen. Es ist merkwürdig, von jemandem großgezogen zu werden, der so viel schöner ist, als man es je sein wird. Sie war von königlicher Schönheit, doch im Kontrast zu dieser königlichen Haltung erschien ihre Verletzlichkeit ausgeprägter – man nahm eine gewisse sanfte Müdigkeit in ihrer Mimik wahr.

Ihr Blick fiel auf mich und Abbot.

»Man hat mich losgeschickt, um euch zu suchen.«

Meine Schwester schickte meine Mutter los, um mich zu suchen? Das verhieß nichts Gutes.

»Wie spät sind wir dran?«, fragte ich.

»Du meinst, wie wütend ist deine Schwester?«

»Hab ich die Mini-Trinksprüche verpasst?«, fragte ich hoffnungsvoll.

Meine Mutter antwortete nicht. Sie kam über die Veranda und die kleine Treppe herab zu uns geeilt, wobei ihr toffeefarbenes Kleid raschelte. Es hatte einen eleganten Schnitt, der ihr Schlüsselbein zur Geltung brachte. Meine Mutter ist zur Hälfte Französin und schwört auf Eleganz.

»Ich musste raus aus diesem Haus!«, sagte sie. »Und du

warst mein Vorwand. Direkter Befehl, dich zu suchen und dir Beine zu machen.« Sie wirkte aufgewühlt, vielleicht sogar leicht weinerlich. Hatte sie wirklich geweint? Meine Mutter ist eine Frau, die zu tiefen Gefühlen fähig ist, aber sie weint nicht so leicht. Sie ist die Verkörperung des Begriffs *aktive Seniorin* – sie gibt sich den Anschein, stets beschäftigt zu sein, um erfüllt zu wirken, hat mir jedoch stets den Eindruck einer Frau vermittelt, die kurz vorm Explodieren ist. Einmal ist sie dann ja auch explodiert und einen Sommer lang verschwunden, kam jedoch zu uns zurück. Trotzdem, wenn eine Mutter sich einmal ohne dich verdrückt hat – selbst wenn sie damit recht hatte –, fragt man sich den Rest seines Lebens, ob sie es vielleicht wieder tut. Jetzt richtete sie ihre Aufmerksamkeit auf Abbot. »Du bist so ein hübscher Junge!«

Er errötete. Meine Mutter hatte diese Wirkung auf alle – Briefträger, die kurz vor den Feiertagen gestresst waren, Piloten, die am Ende des Fluges aus dem Cockpit heraustraten, um sich zu verabschieden, sogar auf schnöselige Oberkellner.

»Und du?«, sagte sie und strich mir die Haare über die Schulter zurück. »Wo sind die Perlen?«

»Mir fehlt noch der letzte Schliff«, gab ich zu. »Wie geht es Elysius?«

»Sie wird dir verzeihen«, sagte meine Mutter leise. Meine Mutter wusste, dass es schwer für mich war – die eine Tochter bekam einen Ehemann, die andere hatte ihren verloren –, und war deshalb bemüht, mich mit Samthandschuhen anzufassen.

»Es tut mir sehr leid, dass wir zu spät sind«, sagte ich schuldbewusst. »Ich habe das Zeitgefühl verloren. Abbot und ich waren …«

»Mit der Rede für Tante Elysius beschäftigt«, fiel mir Abbot ins Wort. »Ich hab ihr geholfen!« Auch er wirkte schuldbewusst – mein Mitverschwörer.

Meine Mutter schüttelte den Kopf. Ihr stiegen Tränen in die Augen.

»Ich bin so durcheinander!«, sagte sie und versuchte, die Falten an ihrem Kleid glattzustreichen. Dann lachte sie eigenartig. »Keine Ahnung, warum ich so reagiere!« Sie kniff sich in die Nase, als wollte sie sich vom Weinen abhalten.

»Worauf denn?«, fragte ich, von ihrem plötzlichen Gefühlsausbruch überrascht. »Auf die Hochzeit? Hochzeiten sind irre. Sie wühlen viele …«

»Es ist nicht wegen der Hochzeit«, widersprach meine Mutter. »Sondern wegen dem Haus. Unserem Haus … in der Provence. Es gab dort einen Brand.«

Als wir noch Kinder waren, fuhren meine Schwester und ich jedes Jahr mit meiner Mutter in unser Haus in der Provence – kurze Sommeraufenthalte, an denen mein Vater, ein Workaholic, aus Zeitgründen nicht teilnahm. Dann fuhr meine Mutter für einen Sommer allein hin, und seither waren wir nie mehr dort gewesen. Als meine Mutter im Garten meiner Schwester zu weinen anfing, umarmte sie mich, und ich drückte sie kurz an mich. Ich erinnerte mich an das Haus, wie ein Kind sich an ein Haus erinnert, aus eigenartigen Blickwinkeln, ein Sammelsurium seltsamer Details: dass an den Fenstern die Fliegengitter fehlten, dass die kleinen Innentüren launische Drehknäufe hatten, die scheinbar ein- und ausrasteten, wie es ihnen passte. An den Gartenwegen um das Haus herum sammelten sich auf den hohen wilden Gräsern offenbar weiße Blüten, doch als ich mich hinabbeugte, erkannte ich, dass es winzige Schnecken waren, ihre weißen Häuser hatten aufgeprägte zarte Spiralen.

Das Haus und alles darin schienen praktisch zeitlos zu sein, doch vielleicht wäre es präziser zu sagen, dass es voller Zeit war – eine Zeitschicht über der anderen. Ich erinnerte mich an die Küche, die den langen, schmalen Esszimmertisch beherbergte, umgeben von bunt zusammengewürfelten Stühlen – jeder ein Überlebender aus einer anderen Epoche. Die kleine, niedrige Küchenspüle war aus einer massiven Marmorplatte gefertigt, braun und gesprenkelt wie ein Ei. Sie gehörte noch zur ursprünglichen Ausstattung des Hauses, das im 18. Jahrhundert am Rand eines kleinen Weinbergs erbaut worden war. In den 1920er-Jahren war im Garten ein Springbrunnen errichtet worden, voll mit knallorangen, riesigen Koi-Karpfen, an dem schmiedeeiserne Gartenstühle und ein Tischchen mit einer weißen, vom Wind geblähten Decke standen. Das Haus lag fünfzehn Autominuten von Aix-en-Provence entfernt und schmiegte sich in den Schatten der langen gezackten Rückseite des Mont Sainte-Victoire. Seit dem Tod ihrer Eltern, als sie Mitte zwanzig gewesen war, gehörte es meiner Mutter.

Wenn wir dort waren, erzählte uns meine Mutter Geschichten über das Haus, vor allem Liebesgeschichten, die sehr unglaubwürdig klangen. Obwohl ich sie immer glauben wollte, erschienen sie mir schon als Kind suspekt. Und trotzdem klammerte ich mich an sie. Nachdem sie uns abends Geschichten erzählt hatte, erzählte ich sie mir stets noch einmal. Ich flüsterte sie in meine hohlen Hände und spürte die Wärme meines Atems, als könnte ich die Geschichten dort festhalten und bewahren.

Ich konnte mir uns drei immer noch in einem der Schlafzimmer im Obergeschoss vorstellen, meine Mutter, wie sie auf der Bettkante saß oder zum Fenster schlenderte, wo sie sich in die kühle Nacht hinauslehnte. Elysius und ich breiteten unsere Haare, noch feucht vom Baden, auf unseren weißen Kissen aus, sodass sie wirkten wie nasse Heiligenscheine. Die Zikaden lärmten, wurden abwechselnd lauter und leiser.

»Am Anfang«, begann meine Mutter immer – denn die erste Geschichte betraf die Geburt des Hauses, als hätte ihre Familie erst existiert, als das Haus aus Steinen erbaut wurde – und erzählte die Anekdote eines unserer Vorfahren, eines jungen Mannes, der einer Frau einen Heiratsantrag gemacht hatte. Er war verliebt, es war die große Liebe. Doch die Frau gab ihm einen Korb. Ihre Angehörigen waren dagegen; sie fanden ihn ihrer nicht würdig. Also baute der junge Mann das Haus, Stein um Stein, ganz auf sich gestellt, Tag und Nacht, ein Jahr lang schlief er nicht. Er fieberte vor Liebe. Er konnte nicht aufhören. Er schenkte ihr das Haus – und sie verliebte sich so heftig in das Haus und in den Mann, dass sie sich ihrer Familie widersetzte und ihn heiratete. Doch da er das Haus in einem solchen Liebeswahn gebaut hatte, war er krank und schwach, und so päppelte sie ihn im ersten Jahr ihrer jungen Ehe wieder auf und brachte ihn mit Pistou, Brot und Wein zurück ins Leben. Sie wurden hundert Jahre alt. Als der Mann starb, war die Frau so untröstlich, dass sie ihm innerhalb einer Woche folgte.

Wir sollten begreifen, dass der Hausbau ein Akt der Liebe gewesen war. Eine erstaunliche Geschichte, nicht wahr? Ein wenig zu gewichtig für zwei kleine Mädchen. Doch es gab noch andere.

Meine Urgroßeltern besaßen in Paris ein kleines Schuhgeschäft und konnten keine Kinder bekommen. Eines Tages, es war Winter, wurde meine Urgroßmutter zurück ins Haus beordert, um eine altjüngferliche Tante zu pflegen. Aber sie waren so verliebt, dass mein Urgroßvater es nicht ertragen konnte, von ihr getrennt zu sein. Eines Abends stand er vor der Tür und blieb eine Woche. Jede Nacht hörten sie das gespenstische Zirpen der Zikaden – die im Winter eigentlich keinen Mucks machen. Und sie zeugten ein Kind – und danach noch sechs weitere.

Und so machte man uns weis, dass das Haus die Liebe offenbaren konnte. Dass es Wunder bewirken konnte.

Die älteste Tochter des Paares, meine Großmutter, hielt sich als junge Frau zur Zeit der Feiern zu Kriegsende in Paris auf. Sie war eigensinnig und ungestüm. In den Menschenmassen um den Place de l'Opéra herum traf sie einen jungen amerikanischen GI. Er küsste sie leidenschaftlich, doch dann verschoben sich die Massen wie Gezeiten, und sie wurden getrennt. Sie versuchten, sich zu finden, waren jedoch in dem wahnsinnigen Strudel verloren. Nach dem Krieg schlug er sich zurück nach Frankreich durch, wo er sie aufgrund einer Reihe weiterer kleiner Wunder in diesem Haus fand, weit weg von dem Ort, an dem sie sich kennen gelernt hatten. Und sie gelobten, sich nie wieder zu trennen.

Das Haus hatte die Macht, zwei verliebte Seelen für immer zu vereinen. Wir liebten diese Geschichten, sogar noch, als wir eigentlich zu alt für sie wurden. Wir reichten sie zwischen uns hin und her wie zwei Mädchen, die das Abnehmspiel spielten, übergaben die verzwickten Muster und nahmen sie wieder in Empfang. Wenn Elysius' Interesse nachließ, zwang ich sie, über die Beweggründe der Beteiligten nachzusinnen oder sich vorzustellen, wie die einzelnen Personen ausgesehen haben mussten. Wir erfanden Details dazu, schmückten die Geschichten aus, machten sie länger und komplexer.

Doch vor unserem letzten Besuch dort, in dem Sommer, als ich dreizehn war, begannen Elysius und ich, die Geschichten anzuzweifeln.

»Was sind denn das für kleine Wunder?« Meine Mutter wusste es nicht. »Es gibt doch bestimmt medizinische Gründe, warum eine Frau erst kein Baby bekommen kann und dann plötzlich doch, oder?« Die Antwort lautete Ja, und dennoch … Und natürlich war es völlig unmöglich, dass ein Mann auf sich gestellt und von Hand ein Steinhaus baute und dabei auf Schlaf und angemessene Ernährung verzichtete.

»Ja«, sagte meine Mutter. »Aber genau das macht es ja zu einem Akt reiner Liebe!«

Meine Schwester sollte Jahre später bekehrt werden. Nach acht gemeinsamen Jahren und trotz seines feierlichen Schwurs, nie mehr zu heiraten, machte Daniel ihr in dem Haus endlich einen Antrag, während sie gemütlich in der Badewanne lag.

Und auch ich wäre einmal fast bekehrt worden. Während unseres letzten Aufenthaltes dort waren wir drei eines Tages in einem Schlafzimmer im Obergeschoss und falteten und sortierten Wäsche, die wir auf dem Holzständer getrocknet hatten. Es war das Zimmer meiner Schwester, dessen Fenster zu dem Berg hinausgingen. Ich weiß nicht, wer es zuerst sah, doch schon bald hatten wir drei uns am Fenster versammelt und beobachteten eine Hochzeit, die auf dem Berg stattfand. Die Braut trug ein langes weißes Kleid, und ihr Schleier wehte im Wind. Wir besaßen ein Fernglas, um Vögel zu beobachten. Meine Schwester schnappte es sich vom Regal, und wir schauten abwechselnd hindurch.

Schließlich sagte meine Mutter:

»Kommt, wir versuchen, näher ranzukommen.«

Und so rannten wir die schmale Steintreppe hinab, durch die Küche und zur Hintertür hinaus. Da sich die Hochzeitsgesellschaft ziemlich weit oben auf dem Berg befand, liefen wir im Weinberg durch die Rebenreihen nach unten, während wir das Fernglas zwischen uns hin und her reichten. Ich musste es jedes Mal neu einstellen, um es meinem schmalen Gesicht anzupassen, und erinnerte mich an den Anblick durch die verschmierten Gläser, verschwommen, surreal und gleichzeitig wunderschön. Die Braut brach in Tränen aus. Sie schlug die Hände vors Gesicht, doch als sie sie wieder wegzog, lachte sie.

Plötzlich fanden meine Mutter, meine Schwester und ich uns in einem Schmetterlingsschwarm wieder – Resedafalter, um genau zu sein, weiß mit schwarzen Flecken. Sie flatterten wie verrückt um uns herum, wie eine schwindelerregende weiße Wolke.

Den knallrosa Rock meiner Mutter und ihre dunkles Haar

sah ich nur noch bruchstückhaft, während ihre weiße Bluse in den weißen Schmetterlingen völlig verschwunden war, sodass ihre Stimme fast losgelöst von ihrem Körper schien.

»Schwärmen Schmetterlinge immer so?«, fragte ich.

»Nein«, behauptete meine Mutter, und sie sagte uns, dass dies ein weiterer Zauber sei.

Wir diskutierten mit ihr, weil wir das Gefühl hatten, dass sie das von uns erwartete, doch ich glaubte an die Resedafalter, und ich weiß, dass Elysius es insgeheim auch tat.

An diesen Sommer erinnerte ich mich lebhaft. Damals war ich von Sehnsucht erfüllt, wie es für dreizehnjährige Mädchen typisch ist, die sich scheinbar endlos nach etwas sehnen können, weil sie nicht wissen, wonach. Ich wollte verzaubert werden und sehnte mich nach den Brüdern, die in dem großen Haus nebenan lebten. Der ältere konnte auf der Stirn Gegenstände balancieren – ziemlich große Gegenstände wie Holzstühle und Rechen –, und der jüngere schmollte, wenn sein Bruder alle Aufmerksamkeit auf sich zog, und spritzte mich im Pool, der eher grün als blau war, gnadenlos nass. Ihre Haare und Augen waren dunkel, ihr Lächeln schüchtern. Für uns waren sie Exoten: die Jungs, mit denen ich ausgegangen wäre, wenn meine Großmutter meinen Großvater in Frankreich festgehalten und sich geweigert hätte, ihm zuliebe ihr Zuhause, ihr Land und ihre Sprache aufzugeben. Ich stellte mir vor, dass sie mich besser verstünden als amerikanische Jungs.

Ich klaute damals ein Foto von den beiden. Darauf balanciert der ältere Junge, Pascal, groß und gut aussehend, bereits muskulös, einen Springstock auf der Stirn, während der jüngere Bruder, Julien, ihm von einem Gartenstuhl aus verächtlich zuschaut. Ich hatte mich in den älteren Jungen verliebt, der eigentlich versucht hatte, Elysius auf sich aufmerksam zu machen. Den im Gartenstuhl hasste ich irgendwie – den schmollenden Nasssspritzer. Ich faltete das Foto zusammen und steckte es in mein Federmäppchen, das in meiner Schreibtischschublade lag.

Doch in den darauffolgenden Jahren erinnerte ich mich hauptsächlich daran, dass meine Mutter während dieses Aufenthalts seltsam distanziert gewesen war – nachdenklich, still –, als wüsste sie, was kommen würde. Vielleicht war ihre Beziehung zu meinem Vater bereits zerbrochen – mir kam es so vor, dabei wusste ich nichts über die Ehe.

Im Sommer darauf, als ich vierzehn war und Elysius siebzehn, fuhr meine Mutter ohne uns hin. Sie verschwand nicht nur für kurze Zeit, sondern den ganzen Sommer lang – nachdem sie die Affäre meines Vaters aufgedeckt hatte, worüber meine Mutter auf typisch französische Art ganz offen sprach. Sie schickte meiner Schwester und mir Briefe auf hauchdünnem Luftpost-Briefpapier. Ich schrieb ihr jedes Mal zurück und verwendete das rosafarbene, mit meinem Monogramm versehene Briefpapier, das sie mir zu Weihnachten geschenkt hatte. Allerdings schickte ich die Briefe nie ab, sondern versteckte sie in meinem Schreibtisch. Das war im Sommer 1989. Am letzten Tag im August rief sie an, um uns zu sagen, dass sie nach Hause käme.

Zu Hause bereitete sie dann die leckeren Süßspeisen zu, in die sie sich in Frankreich verliebt hatte: Tarte au Citron, Flan, Tiramisu, Crème brûlée und Pear Pinwheels. Dazu schlug sie nie auch nur ein Kochbuch auf. Sie schien die Rezepte im Kopf zu haben. Bis dahin war sie nie groß im Backen gewesen, doch nach ihrer Auszeit widmete sie sich mit Leib und Seele den kleinen, leckeren Süßspeisen. Ich wollte bei ihr sein, deshalb wich ich ihr nicht von der Seite und lungerte bei ihr in der Küche herum. Vielleicht lernte ich damals zum ersten Mal, die kurzlebige Kunst des Backens mit abstrakten Begriffen wie

Sehnsucht gleichzusetzen – obwohl ich es jahrelang vorzog, das Backen als Kunst zu betrachten, und es erst, nachdem ich Henry kennen gelernt hatte, als Akt der Liebe begreifen sollte. Meine Mutter und ich saßen am Tisch in der Essecke und kosteten die Leckereien – kritisierten sie leise, mit gedämpften, andächtigen Stimmen. Nach einer Weile verkündete sie, dass wir das nie richtig hinbekommen würden. Ein oder zwei Tage lang behauptete sie, ganz mit dem Backen aufzuhören, doch dann stand sie wieder in der Küche, und wir machten mit der nächsten Süßspeise weiter.

Meine Mutter war still und nachdenklich, und etwa eine Woche nach ihrer Rückkehr kam der letzte Brief von ihr an. Darin stand, wie der Berg Feuer gefangen hatte. Die Flammen bahnten sich ihren Weg bis zur Steintreppe hinter dem Haus, aber nicht weiter. Ein Wunder nannte sie es. So gerne sie stets Wunder verkündete, diesmal schien es wirklich eins zu sein. Doch als wir sie baten, uns das Feuer zu beschreiben, wollte sie nicht darüber sprechen. »Ich habe es euch aufgeschrieben, damit ihr die Geschichte aufheben könnt«, sagte sie uns. Es war seltsam, dass sie uns nicht davon erzählen wollte, doch ich bedrängte sie nicht. Wir waren heilfroh, dass sie zu Hause war. Sie war zerbrechlich, und zudem hatte sie unter Beweis gestellt, dass sie imstande war, wegzulaufen.

Eines Tages hörte sie mit dem Backen auf. Sie sagte, wir hätten alle Süßspeisen ausprobiert und keine sei uns gelungen. Es bestehe keine Veranlassung mehr weiterzumachen. Nach dieser Ankündigung wirkte sie weniger rastlos, friedlicher, und so hielt ich es für ein gutes Zeichen.

Doch ich machte alleine weiter, zuerst in dem unbeholfenen Versuch, sie zurück in die Küche zu locken, damit wir zusammen sein konnten, und dann, um mich schlicht in der Welt zu verlieren, die ich dort gefunden hatte.

Noch viele Jahre später ertappte ich mich dabei, wie ich einen Teig auf eine spezielle Art knetete oder einen Duft roch, und ich wurde wieder zu der jungen Frau, die allein in unserer Küche stand, und dann fragte ich mich, wo das Foto von den Brüdern geblieben war. Wo waren die Briefe meiner Mutter jetzt? Wo waren die Briefe, die ich ihr auf rosa Briefpapier zurückgeschrieben und nie abgeschickt hatte? Hatte sie jemand weggeworfen oder vergraben? Auf jeden Fall hatte ich sie verloren wie alles andere auch.

Meine Mutter hatte uns ins Haus geführt, wo wir jetzt in der Küche standen. Elysius' Küche war ausgestattet wie die eines Restaurants, mit Edelstahl und Marmor, geschmackvoll beleuchtet und makellos, weil sie sie kaum nutzte. Im Kühlschrank fand sich stets ein Vorrat an Babykarotten und Joghurt und gesunder Bio-Sprossensalat in Schachteln zum Mitnehmen nebst exotischen Dingen wie Fischsorten, die von abgelegenen Inseln eingeflogen wurden, essbaren Blumen und Knollenwurzeln, die, ich schwör's, vom Schwarzmarkt stammten und tendenziell illegal waren. Aber generell wirkte der Inhalt ihres geräumigen Kühlschranks farblos, und wirklich voll war er auch nicht. Es hallte ein wenig, wenn man ihn öffnete, und das viele Weiß blendete einen fast.

In der Küche tummelten sich die Caterer. Eine Frau im blauen Cocktailkleid erteilte Befehle. Nach einem kurzen Blick auf ihren BlackBerry flitzte sie auf die Veranda, um einen Anruf entgegenzunehmen. Suppenterrinen standen herum, und lange Tabletts, vollgepackt mit schaumig geschlagenen Vorspeisen, Türmen aus Garnelen, Mies- und Venusmuscheln, Kisten mit Wein und reihenweise Stielgläser.

Meine Mutter bemühte sich, Abbot noch einmal zu versichern, dass bei dem Feuer niemand verletzt worden war, dass der Brand sehr weit weg in Frankreich ausgebrochen war.

»Es hat nur in der Küche gebrannt. Wir wissen nicht, wie groß der Schaden ist, aber es geht allen gut!«

Doch Abbot rieb sich in unablässiger Sorge die Hände.

»Wie weit von hier weg ist das? Wo liegt Frankreich?«, fragte er, woraufhin sie ihm alles noch einmal von vorne erklärte.

Aber ich hörte nicht zu. Ich fühlte mich, als hätte jemand einen Schalter umgelegt. Die Nachricht, dass es im Haus gebrannt hatte, schien etwas in mir ausgelöst zu haben. Die Erinnerungen an das Haus aus meiner Kindheit stiegen in mir auf, und mein Gehirn fing an zu rotieren. Ich hatte zwar geübt, nicht bei Erinnerungen an Henry zu verweilen, doch nun war Henry wieder da, und ich konnte nicht widerstehen. Sein Bild erschien leibhaftig und unaufhaltsam vor meinem geistigen Auge. Es war, als würde ich von einer starken Strömung unter Wasser gezogen. Schließlich waren Henry und ich uns in einer Küche vorgestellt worden, in der es von Caterern nur so wimmelte.

Henry Bartolozzi war damals vierundzwanzig. Er trug eine Hose mit hübschen Bügelfalten, dazu ein Sakko und Nikes. Er hatte schwarze Haare, ordentlich gekämmt, aber sie lockten sich trotzdem, und hellblaue Augen. Wir besuchten zur selben Zeit die Kochschule und waren beide über verschiedene Ecken in das Haus eines stadtbekannten Chefkochs eingeladen worden. Meine Mutter hatte mich davor gewarnt, mich in einen kreativen Typen zu verlieben. Zu diesem Zeitpunkt hatte Elysius sich schon ein paar Jahre als Malerin in New York durchgeschlagen und war schon mit zu vielen am Hungertuch nagenden Künstlern ausgegangen. Meine Mutter hatte diese Typen satt. »Was ist verkehrt an einem Medizinstudenten?«, fragte sie regelmäßig bei Familienessen. »Und wenn nun jemand erstickt? Ich hätte gern wenigstens einen Menschen hier am Tisch, der in der Lage ist, einen soliden Heimlich-Handgriff durchzuführen; jemanden, der im Notfall aus einem Kugelschreiber einen Tubus fertigen kann. Oder wollt ihr, dass einer von uns in ein Messer fällt und verblutet?«

Ich hielt diesen Rat für sehr gut. Auch ich konnte die Freunde meiner Schwester nicht mehr sehen. Aber ich besuchte die Kochschule nicht, um dort Männer kennen zu lernen. Ich hatte Männer satt. Ich war überzeugt, dass ich schon genug von ihnen ins Unglück gestürzt hatte. Zu diesem Zeitpunkt hatte ich gerade einem die Karriere bei der NASA versaut, indem ich ihn zum Kiffen überredet hatte; bei einem anderen war ich schuld daran, dass die Verlobung in die Brüche ging. Außerdem wurde ich bezichtigt, einen schlimmen Jetski-Unfall verursacht zu haben – bei dem es zum Glück keine Toten gab. Vor Männern hatte ich aus demselben Grund Angst wie vor Fröschen: Ich konnte nicht vorhersagen, in welche Richtung sie hüpften.

Grundsätzlich sah ich die Liebe als eine Vereinbarung an, die von der Bereitschaft abhing, Kompromisse zu schließen. Die Ursache dafür lag natürlich in der komplizierten Ehe meiner Eltern. In unserer Familie erzählt man sich, dass mein Vater, der früher als Anwalt für das US-Patentamt arbeitete, meine Mutter aus der Schreibzentrale gerettet hat.

Das war nicht nur aus feministischer Sicht problematisch, sondern erschwerend kam hinzu, dass meine Mutter hochintelligent war, was in unserer Familie totgeschwiegen wurde. Als ihr Vater aus dem Krieg zurückkam, eröffnete er ein Billigwarenhaus, das die Familie jahrelang ernährte, das jedoch zu der Zeit, als meine Mutter alt genug war, um zum College zu gehen, in finanziellen Schwierigkeiten war. Zudem verschlechterte sich die Gesundheit ihres Vaters, sodass ein Studium für sie nicht in Frage kam. Als Hausfrau sah sich meine Mutter stets die aktuellsten Filme an, sogar die ausländischen, in die sie allein gehen musste, weil mein Vater sich weigerte, Untertitel zu lesen. Wenn sie über einen Film sprach, erwähnte sie grundsätzlich nur den Namen des Regisseurs, ein ausgesprochen französischer Charakterzug. Sie gärtnerte nach wissenschaftlichen Methoden und las Bücher über Physik, Geschichte, Philosophie und Religion, sprach aber nur selten darüber. Ihr intellektuelles Leben führte sie still und heimlich. Einmal bekamen wir zu Weihnachten das Spiel *Trivial Pursuit* geschenkt. Meine Mutter wusste alle Antworten. Wir waren perplex. »Woher weißt du das alles?«, fragten wir sie. Nachdem sie das Spiel gewonnen hatte, packte sie alles zusammen und spielte es nie mehr. Hatte meine Mutter gerettet werden müssen? Sie akzeptierte die Geschichte. Da war es kein Wunder, dass ich, als ich Henry auf dieser Party in der Küche traf, Liebe als Kompromiss ansah, sogar als Schwäche.

Henry war der Erste, den ich auf der Party kennen lernte. Er unterhielt sich mit der Tochter des Chefkochs, einer flachsblonden Drittklässlerin. Wenn er lächelte, zog er einen Mundwinkel nach oben – ein Lächeln, das mir sofort gefiel.

Er stellte sich vor. Henry Bartolozzi. Die zwei Namen passten nicht zusammen, und ich ließ eine Bemerkung darüber fallen. Daraufhin erklärte er mir, dass den Namen Henry seine Mutter ausgesucht hatte, weil ihr Großvater, ein alter Südstaatler, so hieß, während sein Nachname von der italienischen Seite seines Vaters stammte.

Ich beichtete ihm meinen Nachnamen.

»Buckley. Ein schwieriger Name in der Mittelstufe. Ich war ein wandelnder Limerick.«

Er tippte sich nachdenklich ans Kinn.

»Reimt sich *Buckley* denn auf irgendwas? Komisch. Mir fällt nichts ein.« Dann gestand er mir, dass Fartolozzi seinen Ruf an der Schule auch nicht gerade verbessert hatte. Er war im italienischen Teil von Boston groß geworden – im North End.

Nachdem sich die Party nach draußen auf den Rasen verlagert hatte, zündeten das flachsblonde Mädchen und ihr älterer Bruder Knallkörper, die übers Pflaster hüpften. Es war dunkel. Es war schwer zu sagen, ob Henry zu mir herübersah.

Später drängten sich einige Leute in seinen alten, rostigen Honda, und als das Radio zufällig bei einem Easy-Listening-Sender landete, sang ich lauthals bei *Brandy* mit. Ich gestand, dass ich im betrunkenen Zustand leider immer so war, eine Easy-Listening-Diva. Trotzdem, oder vielleicht gerade deshalb, bat mich Henry um meine Telefonnummer.

Gleich am nächsten Abend lud mich Quinn, eine meiner neuen Freundinnen aus der Schule, zum Abendessen ein. Ich schützte vor, zu viel zu tun zu haben. Daraufhin sagte Quinn:

»Na schön, dann essen Henry und ich eben allein.« Und ich fragte:

»Henry Fartolozzi?« Ich sagte ihr, ich könnte meine Pläne ändern.

Henry brachte mehrere Flaschen italienischen Spitzenwein mit – ein echter Luxus, denn keiner von uns hatte Geld. Da ich nicht an den niedrigen Futon gewöhnt war, der auch als Couch diente, bekleckerte ich mich jedes Mal mit Wein, wenn ich mich hinsetzte. Gegen Ende des Abends roch ich wie eine Weinkellerei.

Mein Haupttransportmittel damals war ein riesengroßes Fahrrad aus den fünfziger Jahren, das ich im Gebrauchtwarenladen gekauft hatte. Henry bot mir an, mich nach Hause zu fahren – es war kalt geworden. Ich lehnte ab, doch er bestand darauf. Er stopfte das Ungetüm in den Kofferraum seines uralten, nicht versicherten Honda, der dann prompt nicht ansprang. Ich war erleichtert. Wenn er mich schon retten wollte, war es für mich nur von Vorteil, wenn er scheiterte.

Ich sagte:

»Ich weiß, was mit deinem Auto nicht stimmt.«

Seine blauen Augen leuchteten auf.

»Du kennst dich mit Motoren aus?«

Ich nickte.

»Ein ganz simples Problem. Wenn du den Schlüssel umdrehst, macht er keinen Mucks.«

Henry fand das charmant. Ich fand es charmant, dass er es charmant fand.

»Du hast recht«, meinte er. »Es liegt wahrscheinlich am Sound-Effect-Generator.«

Also brachte Henry mich zu Fuß nach Hause. Als wir bei mir ankamen, stellte ich fest, dass ich meine Schlüssel auf der Dinnerparty vergessen hatte. Er ging mit mir zurück und brachte mich wieder nach Hause. Inzwischen war es drei Uhr morgens, und wir hatten den größten Teil der Nacht mit Spazieren und Reden verbracht. Jetzt standen wir wieder vor meinem Haus.

»Und, magst du mich?«, fragte er und legte dabei den Kopf schief, die dunklen Wimpern umrahmten seine blauen Augen. Er hatte volle Lippen, und er lächelte wieder auf diese bestimmte Art, indem er einen Mundwinkel verzog.

»Was genau meinst du?«, fragte ich. »Natürlich mag ich dich. Du bist sehr nett.«

»Ja, aber nach der Sechstklässler-Definition: Magst du mich echt, oder magst du mich nur so?«

»Vielleicht mag ich dich echt«, sagte ich, senkte den Blick auf meine Schuhspitzen und sah wieder zu ihm auf. »Vielleicht. Ich habe kein Glück mit Männern. Ich habe ihnen sogar abgeschworen.«

»Wirklich?« Besonders an diese Situation kann ich mich überdeutlich erinnern – wie nahe er mir war, so nahe, dass ich die Wärme seines Atems spürte. »Darf ich fragen, warum?«

»Männer machen Arbeit. Sie glauben, sie können einfach so hereinschneien und uns retten, doch dann werden sie anstrengend. Sie wollen umschmeichelt werden. Im Großen und Ganzen sind sie wie sprechende Sofas.«

»Ich finde, für ein sprechendes Sofa habe ich einen wirklich umfassenden Wortschatz.« Er flüsterte, als lege er ein Geständnis ab. »Bei den standardisierten Tests habe ich glänzend abgeschnitten – im Vergleich zu den anderen sprechenden Sofas.« Er starrte mich durchdringend an. Ich verliebte mich in seine Schultern. Ich konnte sein Schlüsselbein sehen, die verletzliche Vertiefung dazwischen, seine schöne, markante Kieferpartie. »Ich finde, Männern abzuschwören ist altmodisch.«

»Vielleicht ist es eine antiquierte Vorstellung. Kann sein, dass ich betrunken war.«

»Vielleicht warst du ja auf einer Sauftour«, er lächelte sein spezielles Lächeln, »und hast ausnahmsweise mal nicht lauthals bei *Brandy* mitgesungen?«

»Wahrscheinlich. Und jetzt, nüchtern bei Tageslicht betrachtet, erkenne ich, was für eine Schnapsidee das war – als hätte ich probiert, im 7-Eleven um die Ecke eine Produktion von *West Side Story* im großen Stil auf die Beine zu stellen.«

Er stand jetzt dicht vor mir.

»Hast du denn je versucht, eine Produktion von *West Side Story* im großen Stil in einem 7-Eleven auf die Beine zu stellen?«

»Zwei Mal. Es hat nicht funktioniert«, antwortete ich. »Aber ich bin jetzt drüber weg, über das mit Den-Männer-Abschwören, meine ich.«

»Du hast offiziell dem Männer-Abschwören abgeschworen?«, fragte er.

»Ja«, sagte ich.

»Sicher?«

Ich nickte, obwohl ich mir nicht so sicher war.

Dann küsste er mich – zuerst sanft, ein kurzes Zupfen an meinem Mund, doch dann gab ich nach. Er nahm mein Gesicht in seine Hände und presste seinen Körper an meinen, gegen die Tür. Ich ließ meine Schlüssel fallen. Wir küssten uns und küssten uns, ein Moment, der mir in meiner Erinnerung unendlich vorkommt.

Dieser Kuss, das war der Anfang. Unsere Beziehung funktionierte, weil Henry mich überzeugte, dass ich in Sachen Liebe unrecht hatte. Bei der Liebe geht es nicht um Kompromisse. Das Leben ist schwer. Das Leben verlangt nach Kompromissen. Aber wenn sich zwei Menschen verlieben, schaffen sie sich einen Zufluchtsort. Meine Familie war zerbrechlich. Die Liebe war aus mundgeblasenem Glas. Aber Henry war ganz anders aufgewachsen. Seine Familie war laut, chaotisch, derb, alle wurden schnell wütend, waren aber auch schnell bereit, zu verzeihen. Immer und überall gab es Essen – Südstaaten – kombiniert mit italienischen Gerichten, wobei jedes Mal vor dem Essen mantraartig *Mangia! Mangia!* ertönte. Die Küche war wie ein pumpendes dampfiges Herz, immerzu wurde etwas angebraten, blubberte etwas vor sich hin, kochte über.

Irgendwie hatte ich nicht erwartet, dass ich mich verlieben würde. Ich sah mich als hartgesottene, unabhängige Frau, die sich ohne Rücksicht auf Verluste durchs Leben schlug. Aber ehrlich gesagt hatte ich auch das Gefühl, dass Henry genau der Mensch, die Seele war, auf die ich gewartet hatte. Es war, als packte ich ein Geschenk nach dem anderen aus. So siehst du also aus. Und so klingt deine Stimme. Und das sind deine Kindheitserinnerungen. Ich hatte geglaubt, dass ich auf der Suche gewesen war, aber eigentlich hatte ich nur auf ihn gewartet, ohne es zu wissen, ohne zu wissen, dass er mir gefehlt hatte. Ich glaubte, er sei die Antwort auf die Sehnsucht, die ich mit dreizehn verspürt hatte. Ich hielt diesen Schmerz für eine rastlose Einsamkeit, doch eigentlich sehnte ich mich nach einem unbekannten Ort.

In der Küche meiner Schwester erinnerte ich mich an unseren ersten Kuss, an das Gefühl, gegen die Tür gedrückt zu werden, an die Schlüssel, die mir aus der Hand und klirrend auf die Betontreppe fielen. So viele Stunden, Tage, Wochen gehen von einem Moment in den nächsten über und entgleiten uns. Das Alltägliche war nicht mein Ding. Ich konnte nicht den Augenblick genießen. Es stellte sich heraus, dass mein Sehnen Teil meiner Persönlichkeit war. Es hatte zwar nachgelassen, doch dann, besonders in dem Jahr vor Henrys Tod, kam es zurück und beeinträchtigte meine Fähigkeit, Alltägliches zu schätzen. Henry konnte das sehr gut, während ich mich sehnte … Wie hatte ich so achtlos sein können? Warum war ich nicht aufmerksamer gewesen?

In der Küche meiner Schwester, am Tag ihrer Hochzeit, hatte ich Heimweh. Ich wollte nach Hause, doch das Zuhause, nach dem ich mich sehnte, mit Henry, existierte nicht mehr.

»Dein Vater und Abbot sollen sich zusammentun. Dann können sie sich bis zur Trauung gegenseitig beschäftigen«, sagte meine Mutter laut, um den Lärm zu übertönen. Ihr Make-up war beim Weinen tatsächlich nicht verschmiert; das war eine ihrer Fähigkeiten.

Sie deutete auf meinen Vater, der im dunkelblauen Anzug in der Essecke saß und mit Bleistift Zahlen in ein Sudoku-Buch schrieb. Auf diese Art und Weise schlug der Ex-Workaholic inzwischen die Zeit tot. Sudoku war ein Zankapfel zwischen meinen Eltern, und mein Vater musste die Zahlenrätsel heimlich lösen. Sudoku war etwas für Langweiler, und meine Mutter hasste Langweiler. Doch mein Vater liebte das Tüfteln mit Details, die Verzwicktheiten, die er bei seiner Arbeit als Patentanwalt so erfüllend gefunden hatte. Er mochte es, Dinge in Kategorien und Kategorien in Unterkategorien einzuteilen.

Er sprach zwar viel und gern über seine Liebe zu Erfindungen, doch im Grunde genommen hatte er es genossen, Aufträge aufgrund einer »ungenauen Ausdrucksweise« zurückzuweisen. Insgeheim, glaube ich, hatte mein Vater selbst Erfinder werden wollen, endete aber als legalistischer Grammatiker, als Hüter der Sprache.

Abbot sah mich traurig an. Er liebte seinen Großvater, wollte aber nicht im lärmenden Durcheinander der Küche zurückbleiben. Außerdem hatte es grundsätzlich etwas Erniedrigendes, abgeschoben zu werden, und er wusste, dass er abgeschoben wurde.

»Ihr zwei seid doch Kumpels«, erinnerte ich ihn. »Zusammen langweilt ihr euch nicht.«

Als wir auf meinen Vater zutraten, blickte er von seinem Sudoku auf.

»Na, ihr habt euch ja hübsch rausgeputzt!«, sagte er. »Wie geht, Abbot?« *Wie geht* war einer von Abbots Babysprüchen. Als Kleinkind war er sehr offen gewesen und hatte sich den lieben langen Tag bei allen nach ihrem Befinden erkundigt – bei Supermarktangestellten, Bankkassierern und Bibliothekarinnen. *Wie geht? Wie geht?*

»Mir geht's gut!«, sagte Abbot und setzte einen glücklichen Gesichtsausdruck auf.

»Vielleicht könnt ihr zwei ja im Hobbyraum fernsehen«, schlug meine Mutter vor.

Mein Vater sah sie forschend an. Wahrscheinlich sah er ihr an, dass sie geweint hatte.

»Klingt gut! Gehen wir dieser ganzen Pracht und Herrlichkeit lieber aus dem Weg.«

»Es läuft ein Red-Sox-Spiel«, sagte ich. Henry war ein so eingefleischter Anhänger des Baseballteams gewesen, dass es Abbots Vermächtnis war, fast schon erbbiologisch zwingend, ebenfalls zum Fan zu werden, und nun lag es allein in meiner Verantwortung, dass er angefixt wurde. Ich hatte ihm schon alle möglichen Fan-Utensilien gekauft – Ballcaps, T-Shirts und einen Wimpel, der an seiner Zimmertür befestigt war und sich einrollte wie ein welkendes Ansteckstäußchen. Es war, als bräuchten die Red-Sox-Wimpel die Kälte von New England, bei der Feuchtigkeit von Tallahassee gingen sie zwangsläufig ein.

»Aber heute kommt auch was über Wale«, erklärte Abbot. »Wale können ihre Brustwarzen einziehen. Sie sind Säugetiere, wie wir.«

»Baseballspieler sind auch Säugetiere«, warf mein Dad ein.

»Aber sie können ihre Brustwarzen nicht einziehen«, belehrte Abbot ihn unbeirrt.

»Stimmt«, räumte ich ein. Abbot ist ein sehr aufgeweckter Junge, und in der Welt der Kinderlogik hatte er diese Debatte gewonnen. »Also Walfischspeck«, entschied ich.

»Dann mal her mit dem Walfischspeck«, sagte mein Vater.

Meine Mutter wandte sich von uns ab.

»Deine Schwester ruft«, sagte sie. Ich hörte eine gellende Stimme, die aus dem oberen Teil des Hauses drang. Mutter marschierte in Richtung Treppe und rief mir noch über die Schulter zu: »Und trödle nicht!«

Mein Vater berührte mich sanft am Arm und senkte die Stimme. »Sie hat dir bestimmt von dem Brand erzählt. Das hat sie sehr mitgenommen. Du weißt ja, wie verrückt deine Mutter nach diesem Haus ist.« Er selbst war kein einziges Mal in dem Haus gewesen. Wegen dem Haus hatten sich meine Eltern regelmäßig in die Haare gekriegt. Anfangs, weil mein Vater immer zu beschäftigt war, um hinzufahren, und später, weil es die Trennung von uns symbolisierte, als meine Mutter nach der Affäre meines Vaters dorthin flüchtete. »Die Frau, die sich um das Haus kümmert, ist wohl gestürzt und hat sich was gebrochen.«

»Von Véronique hat sie gar nichts erzählt«, antwortete ich. Véroniques Haus stand etwa sechzig Meter von unserem entfernt und war ebenso seit Generationen im Familienbesitz. Meine Mutter, die als Kind oft den Sommer in der Provence verbracht hatte, war mit Véronique aufgewachsen. Da meine Mutter keine Geschwister gehabt und Véronique nur Brüder hatte, hatten sie sich wie Schwestern gefühlt. Ein paar Jahre nach ihrer Scheidung, als wir nicht mehr nach Frankreich fuhren, hatte Véronique ihr Haus, das größer war als unseres, renoviert und in eine Pension umgewandelt. In den Sommermonaten durfte sie gegen einen geringfügigen Unkostenbeitrag das Haus meiner Mutter nutzen, um dort überschüssige Gäste unterzubringen. Diese Abmachung galt bis heute. »Was hat sie sich denn gebrochen? Hatte es was mit dem Feuer zu tun?«

»Ich kenne die Einzelheiten nicht«, murmelte mein Vater. »Deine Mutter ist sehr emotional. Ich will dich nur warnen. Sie ist noch überdrehter als sonst.« Überdreht, diesen Ausdruck benutzte mein Vater, um das zu beschreiben, was ich als rastloses Sehnen meiner Mutter wahrnahm. Wonach genau, wusste ich nicht. Ich kannte nur meine eigene Sehnsucht, die ich wahrscheinlich von ihr geerbt hatte. Welche Gestalt sie im Moment annahm, wusste ich: Ich sehnte mich nach Henry, danach, dass er wieder lebendig würde.

Die Affäre meines Vaters hatte wohl nichts mit dieser Art von Sehnsucht zu tun gehabt. Ich war immer davon ausgegangen, dass er in diese Affäre hineingestolpert war, ähnlich wie man einem Piloten beibringt, wie es zu einem Flugzeugabsturz kommt. Es gibt nicht nur eine Ursache, sondern es kommen eine Reihe von Faktoren zusammen: vereiste Tragflächen, Ausfall der Elektronik, eine Wolkenwand … Doch vielleicht war auch schlicht und ergreifend die Midlifecrisis schuld. Er hatte meine Mutter aus der Schreibzentrale gerettet, und dies war seine Chance, dieses Drama noch einmal zu durchleben. Seine Geliebte war eine Arbeitskollegin, obwohl ich mir nicht sicher bin, was genau sie im Büro tat. Sie war – wie konnte es anders sein – jünger und frisch geschieden. Er hatte ein Faible für hilfsbedürftige Frauen. Brauchte diese andere Frau ihn auf eine Art, der meine Mutter entwachsen war?

Meine Mutter fand es sofort heraus. Er taugte nicht als Lügner – Teil des Flugzeugabsturz-Szenarios –, und außerdem ist seine Unfähigkeit, geschickt zu lügen, wahrscheinlich ein guter Charakterzug. Zumindest zeigte es, dass er nicht geübt darin war. Als ich sechs war, brach er im Kreuzverhör über die Existenz des Weihnachtsmanns unter meinen Fragen zusammen. Seine Affäre nahm ich ihm übel, aber ich verzieh sie ihm. Die Affäre hatte ihn tief erschüttert, und das Verschwinden meiner Mutter brachte ihn fast um.

Nachdem die Affäre meines Vaters ans Licht gekommen war, floh meine Mutter in die Provence, und wir waren uns nicht sicher, ob sie zurückkommen würde. Elysius und ich bedrängten meinen Vater so lange, bis er schließlich sagte: »Ich glaube, ihr solltet darauf vorbereitet sein, euch zwischen uns beiden zu entscheiden. Wer weiß, wie die Sache ausgeht.« Er hantierte gerade hilflos mit einem Büchsenöffner und einer verbeulten Suppendose herum und war völlig überfordert. In dem Moment entschied ich mich für ihn, aber nur, weil er bei uns war und ich darin etwas Heldenhaftes sah. Es fällt Töchtern leichter, Müttern die Schuld zu geben, und umgekehrt – keine Ahnung, warum.

Als meine Mutter nach Hause kam, vergab sie meinem Vater, und er vergab ihr, dass sie uns verlassen hatte. Aber im Grunde waren wir alle so erleichtert, dass sie wieder zu Hause war, dass Vergebung eigentlich nicht nötig war. Und unser auf den Kopf gestelltes Familienleben kam unvermittelt und ohne Umschweife wieder auf die Beine. Die Ehe meiner Eltern erwies sich als stabil – wenn auch auf traurige Weise, wie ein brutal gestutzter Hornstrauch.

»Mom fängt sich schon wieder«, beruhigte ich meinen Vater nun. »Das tut sie immer.«

Er nickte.

»Das ist wahr«, brummte er. »Nur allzu wahr.«

Abbot nahm mir den seidigen Kummerbund und die Fliege aus den Händen.

»Damit kann Opa mir helfen«, sagte er.

»Klar«, versprach mein Vater.

Ich sah mich noch ein letztes Mal in der Küche um, und just in dem Moment, als sich mein Vater und Abbot in den Hobbyraum aufmachen wollten, hielt ich inne.

»Erinnerst du dich noch an meine Hochzeit?«, fragte ich meinen Vater.

Überrascht sahen er und Abbot mich an. Ich sprach nur selten von Dingen, die so eng mit Henry verbunden waren.

»Ja«, sagte mein Vater mit trauriger Stimme. »Du warst wunderschön.«

»Du hast meinen Schleier permanent als Hochzeitshut bezeichnet und den Probedurchlauf als Aufwärm-Drill.«

»Ich konnte noch nie gut mit Worten umgehen«, verteidigte er sich.

»Sie haben sich am Hochzeitstag morgens gesehen«, sagte Abbot, »was man eigentlich nicht darf, weil es Unglück bringt.« Abbot kannte alle Details unserer Hochzeit, weil ich ihm statt Gutenachtgeschichten immer Henry-Geschichten erzählte. Nur wenn ich Henry-Geschichten erzählte, gestattete ich mir, bei den Erinnerungen zu verweilen. Abbot zuliebe. Er sollte sich an seinen Vater erinnern.

»Aber sie hatten Glück«, widersprach mein Vater, »dass sie sich überhaupt gefunden haben. Die Welt ist groß und voller Menschen.« Mein Vater war zwar kein Wortschmied, aber er brachte die Dinge auf den Punkt.

Mir war plötzlich zum Heulen zumute, und ich wechselte das Thema.

»Was meinst du? Stecke ich in echten Schwierigkeiten?«, fragte ich.

»Deine Schwester ist ziemlich sauer«, antwortete er, legte den Kummerbund auf den Tisch und versuchte ihn glattzustreichen. »Mach dich auf was gefasst.«

Elysius' Haus hatte hohe Zimmerdecken mit Einbauleuchten, die die vielen Kunstwerke gebührend zur Geltung bringen sollten. Durch die Fensterreihen blickte man auf die umliegenden Hügel, die dicken Eichen und gepflegten Gartenanlagen. Die Einrichtung war spärlich und modern. In Elysius' Wohnzimmer hätten vier Wohnzimmer von mir reingepasst. So elegant das auch alles war, ich hätte es mir nicht als Zuhause vorstellen können – vielleicht weil Henry und ich unter Zuhause etwas verstanden, worin das Wort elegant nicht vorkam. Im Haus meiner Schwester fühlte ich mich immer leicht desorientiert und unbehaglich. Meine Mutter hingegen fühlte sich vollkommen heimisch. Einmal sagte sie zu mir, vom Scotch schon leicht beschwipst: »Ich hätte eine wunderbare Reiche abgegeben.« Ich entgegnete, dass das ja wohl jeder täte – und meinte es politisch. Doch sie schüttelte den Kopf und hob den Finger. Sie hatte recht. Manche sind dafür geeigneter als andere.

Ich klopfte leise an die Tür des großen Schlafzimmers und öffnete sie.

»Entschuldige die Verspätung«, sagte ich.

Meine Schwester saß auf der Bettkante, sah wehmütig aus und hielt ein halb volles Mimosa-Glas in der Hand, in dem eine Orangenscheibe schwamm. Elysius hatte die cremige Haut und das honigfarbene Haar meiner Mutter geerbt, das zu einem losen Knoten hochgesteckt war. Ihr langes elfenbeinfarbenes Kleid war auf Taille geschnitten und hatte ein tiefes Dekolletee.

Sie sah lächelnd zu mir auf.

»Du siehst hübsch aus«, sagte sie, und da wusste ich, dass sie betrunken war. Ich sah nicht hübsch aus. Meine Haare kräuselten sich, mein Make-up war unvollständig. Normalerweise wäre Elysius aufgesprungen und mit großen Schritten auf mich zugekommen, um mich herzurichten. Elysius war zum Schreiten geboren – langbeinig und zielstrebig. Sie ging immer mit großen Schritten; sogar auf Henrys Beerdigung, wofür ich sie damals hasste. Doch an jenem Tag hatten mich viele Leute wegen der kleinsten Kleinigkeit aufgeregt – wie sie den Kopf zur Seite neigten, wenn sie mit mir sprachen, sie brachten mir zu viel Mitleid entgegen. Ich war auf meinen Vater wütend, weil er in seine Faust hustete, doch dann wurde mir klar, dass ich nur wütend war, weil Henry tot war.

»Wie viele Mimosas hat sie intus?«, flüsterte ich meiner Mutter zu, während ich mich im Zimmer umsah und die leeren Gläser zählte. »Und wo sind die anderen Brautjungfern?« Mir wurde klar, dass ich sie gern dabeigehabt hätte, um Elysius abzulenken.

»Sie hat die Trauzeugin und die anderen beiden Brautjungfern runter in den Garten geschickt, damit sie sich mit der Frau mit dem BlackBerry absprechen«, erklärte meine Mutter. »Sie ist sehr effizient mit ihrem kleinen Handcomputer!«

»Weiß sie über Nix Bescheid?«, fragte Elysius.

»Das war doch deine Idee«, sagte meine Mutter. »Ich dachte, das überlasse ich lieber dir.«

»Nix?«, fragte ich verständnislos.

»Jack Nixon«, sagte Elysius. »Er kommt zur Hochzeit, und ich hab ihm verboten, jemanden mitzubringen. Keine ungeraden Zahlen.«

»Jack Nixon? Und er ist unter dem Namen Nix bekannt?«, fragte ich.

»Na ja, an der Uni wurde er Gauner genannt«, sagte Elysius und strich sich die Haare glatt. »Ich hab ihm gesagt, dass du kommst und dass ihr zwei euch vielleicht gut versteht, und, na ja, eigentlich ist es ein Blind Date, außer dass man nicht wie sonst unter Druck steht.«

»Du willst mich ohne meine Einwilligung mit einem Typen namens Gauner Nixon verkuppeln?«, fragte ich fassungslos.

»Er ist ein Schatz und wählt die Liberalen. Er verrichtet gemeinnützige Arbeit. Jetzt werde nicht gleich herablassend!«, sagte meine Schwester.

»Seine politischen Ansichten sind mir egal. Ich mag es nur nicht, wenn man mich ohne meine Zustimmung verkuppeln will – schon aus Prinzip.« Meine Stimme klang schrill. Klang ich so verunsichert, wie ich mich fühlte? Wie war es möglich, dass meine Schwester mich immer sofort aus der Fassung bringen konnte?

»Wenn wir nicht ein bisschen nachhelfen, gehst du nie wieder mit einem Mann aus. Du musst in Übung bleiben. Um ehrlich zu sein, deine angeborenen Flirtfähigkeiten, die von Anfang an fragwürdig waren, verkümmern immer mehr.«

»Was weißt du schon über meine Flirtfähigkeiten? Mit dir flirte ich ja nicht!« Ich hielt inne. »Meine angeborenen Flirtfähigkeiten waren von Anfang an fragwürdig? Was soll das heißen?«

Elysius verdrehte die Augen.

»Nix sieht sehr gut aus«, mischte sich meine Mutter ein. »Ich hab ein Foto von ihm gesehen. Und für seinen Nachnamen Nixon kann er ja nichts. Du könntest dich einfach mal mit ihm unterhalten. Was kann das schon schaden?«

»Ich will kein Fall für die Wohlfahrt sein«, wehrte ich mich. »Das ist wohl nicht zu viel verlangt.«

Leicht vor- und zurückschwankend, verzog meine Schwester das Gesicht, hob die Finger wie zum Schwur und zitierte Richard Nixon: »›Ich bin kein Gauner‹.«

»Jetzt mal im Ernst«, sagte ich empört, »wie viele Mimosas?«

»Ihr geht's gut!«, behauptete meine Mutter.

»Mir geht's gut!«

Nervös änderte ich meine Taktik.

»Dad hat mir das von Véronique erzählt. Geht es ihr gut? Hatte es was mit dem Feuer zu tun?«

Elysius sah meine Mutter an, als hüteten sie ein Geheimnis.

»Ihr Fußknöchel. Ich glaube nicht, dass es was damit zu tun hat, aber ich weiß es nicht«, sagte meine Mutter. »Ich habe einen ihrer Söhne ausfindig gemacht. Er hat sich nicht weiter geäußert. Er hatte sie noch nicht gesehen, war aber auf dem Weg zu ihr.«

Während unseres letzten Provence-Aufenthaltes hatte mich Véroniques jüngerer Sohn herausgefordert, mit ihm auf den Berg zu einer kleinen Kapelle hinaufzusteigen, die von einem Einsiedler heimgesucht wurde. Ihm hatte man erst die Ohren abgehackt und ihn später enthauptet. Jetzt erinnerte ich mich an die Kapelle, als spürte ich immer noch die Wucht der Erinnerungen, die durch die Erwähnung des Brandes im Haus in mir freigesetzt worden waren. Die Kapelle war dunkel wie ein Grab; das schwache Echo unserer Stimmen. Der Junge nahm mich bei der Hand und führte mich zum Altar, wo wir mit angehaltenem Atem darauf warteten, dass der Eremit uns als

Geist erschien. Dann gestand er mir, dass der Eremit ein guter Geist war. »*Écoute*«, sagte er immer wieder. »Hörst du, wie er deinen Namen flüstert?« Ich lauschte so angestrengt, dass ich es mir wirklich einbildete.

»Wir können später darüber sprechen«, sagte meine Mutter und lächelte Elysius an. »Heute ist schließlich dein Tag.«

»Es wird Zeit, oder?«, fragte Elysius. Sie stand leicht schwankend auf und betrachtete sich in dem bodenlangen Spiegel mit dem Mahagonirahmen. Sie vertrug nicht viel, sollte ich wohl hinzufügen – im Gegensatz zu meiner Mutter, die Alkohol gut wegsteckte. »Ich wünschte, Daniel wäre nicht so ein Workaholic. Er ist wie Dad. Heirate ich nur eine andere Ausgabe meines Vaters?«

»Daniel ist ein sehr netter Mann«, sagte ich und löste so mein Versprechen ein.

»Du hättest es schlechter treffen können«, sagte meine Mutter leicht defensiv.

»Habt ihr Charlotte gesehen?«, fragte Elysius. »Wo steckt sie? Ich bringe heute einfach keine Geduld für sie auf. Kann sie mir nicht mal einen einzigen Tag gönnen, ohne mir Scherereien zu machen?«

»Was ist passiert?«, fragte ich.

»Wir haben uns gestritten, ausgerechnet über Kommunismus«, berichtete sie. »Ihre Haare sind zu einem Gradmesser ihrer Stimmung geworden. Sie sind jetzt blau gefärbt, mit schwarzen Spitzen. Sie ist ein wandelnder Stimmungsring.«

»Und was heißt Blau mit schwarzen Spitzen?«, fragte ich.

»Es heißt Trübsal blasen. Ihre Mutter konnte ihre Trübsal nicht mehr ertragen und hat sie den Sommer über zu uns geschickt – als würden wir Trübsal lieben – auf unserer Hochzeit!« Charlottes Mutter war nicht besonders ausgeglichen. Sie hatte versucht, zurück an die Uni zu gehen und diverse Zusatzdiplome zu machen. Sie ging oft zu irgendwelchen Retreats, während Daniel der Meinung war, sie sollte lieber eine Entziehungskur machen. Von welcher Droge? Das wusste er auch nicht so genau. Auf jeden Fall sprangen Elysius und Daniel immer für sie ein. Elysius hasste das zwar, wusste aber, dass es für Daniel ungeheuer wichtig war, und bemühte sich deshalb im Großen und Ganzen, den Mund zu halten. Sie wollte keine eigenen Kinder, aber sich als Mutter bezeichnen zu können hatte auch Vorteile, gerade wenn das Gespräch auf das Thema Kinder kam, was, wie sie sich beklagte, unweigerlich geschah.

»Warum bläst sie denn Trübsal?«, fragte ich.

»A: Sie ist Charlotte. Sie bläst eben Trübsal.«

»Sie ist ein liebes Mädchen«, sagte ich. Das war meine übliche Leier: Charlotte ist ein liebes Mädchen. Aus ihr wird schon noch was. Wenn sie erst mal weiß, was sie will, zeigt sie es uns allen. Ich kannte sie zwar nicht sehr gut, mochte sie aber und vertraute ihr: ein Luxus, den ich mir vielleicht aufgrund einer gewissen Distanz erlauben konnte.

»Und B: Adam Briskowitz«, fuhr Elysius fort. »Sie ist besessen von ihm.«

»Sie hat einen Freund?«, fragte ich.

Meine Mutter setzte sich und rieb sich durch das Leder ihrer High Heels ihren Ballenzeh. Sie weigerte sich, bequeme Schuhe zu tragen, und behauptete, dass sie damit orthopädisch vergreist aussehe. »Sie hat keinen Freund. Er ist eine Katastrophe. Er fängt nächstes Jahr an zu studieren.«

»Heidi, schnapp sie dir, und sorg dafür, dass sie sich fertig macht. Du kannst ihr bestimmt ausreden, in Tarnkleidung aufzukreuzen. Manchmal könnte ich schwören, dass sie es darauf anlegt, von den Behörden als potenzielle Amokläuferin eingestuft zu werden.«

»Okay«, seufzte ich, nahm eine Bürste und fuhr mir damit durchs Haar. »Ich glaub, ich brauch noch eine Schicht Schminke.«

Meine Mutter blickte auf die Uhr auf dem Nachttisch.

»Wir sollen uns auf der Veranda aufstellen, damit wir für den Brautzug die richtige Reihenfolge einhalten.«

Ich steuerte auf die Tür zu.

»Warte!«, rief meine Mutter. »Dein persönlicher Trinkspruch für Elysius! Der, an dem du und Abbot getüftelt habt.«

»Mein Trinkspruch!«, bekräftigte meine Schwester und hob erwartungsvoll ihr Glas.

»Ja«, sagte ich betreten und klopfte auf die imaginären Taschen meines Kleids. »Ich glaube, ich hab ihn verloren!«

Meine Mutter beäugte mich argwöhnisch – war das ein Anzeichen, dass ich rückfällig wurde? Bei uns zu Hause hatte Henry stets den Überblick behalten. Wäre er noch am Leben gewesen, hätte er den Trinkspruch gefunden, ihn mir wahrscheinlich sogar fein säuberlich getippt und ihn zusammengefaltet in seiner Tasche herumgetragen, bis ich ihn brauchte. Da er eine Armbanduhr trug, brauchte ich keine. Er führte echte To-do-Listen – für uns beide –, während ich auf To-do-Listen als Erstes Dinge schrieb, die ich schon erledigt hatte, damit ich mich darüber freuen konnte, sie durchzustreichen. Ich war von Henry abhängig, auch wenn ich mir dabei wie ein Kind vorkam. »Ich hab es nicht nötig, dass du mich hüten musst wie ein verlorenes Schaf!«, protestierte ich dann. Manchmal erwuchs daraus ein kleiner Streit, aus dem er meist als Sieger hervorging, weil man in Wahrheit sehr wohl ein Auge auf mich haben musste. Und manchmal kam es zu einem größeren Streit, vielleicht weil wir beide Angst hatten, dass ich mich zu weit von der Herde entfernen würde, wie meine Mutter einst.

Vielleicht wäre es besser gewesen, wenn ich den Cake Shop hätte zumachen müssen, wenn ich ins Bodenlose gefallen wäre und aus eigener Kraft wieder auf die Beine hätte kommen müssen, um Abbot und mich durchzubringen. Insgeheim wusste ich, dass Daniel recht hatte: Ich hätte mich in meine Arbeit vertiefen sollen. Früher hatte ich genau das getan, wenn ich einen Verlust betrauerte. Henry hatte das an mir geliebt. Dass ich meine Traurigkeit in etwas Schönes umwandeln konnte. Manchmal gestand er mir abends, dass er mich tagsüber durch das Fensterchen in der Tür beobachtet hatte, während ich in meiner Arbeit aufging. Auch damals verlor ich manchmal das Zeitgefühl, aber, wie Henry meinte, auf anmutige Art und Weise, »ein wunderschöner Anblick«. Jetzt hatte ich Angst davor, wieder so zu arbeiten und dann zu der leeren Fensterscheibe aufzublicken.

Es war schwer zu sagen, was genau der verlorene Trinkspruch bedeutete. Trotzdem, meine Mutter wusste, dass ich immer noch sehr durcheinander war, dass ich nicht einmal ansatzweise begonnen hatte, mich von Henrys Tod zu erholen. Ehrlich gesagt war ich mir auch nicht sicher, ob sie sich schon völlig davon erholt hatte. Sie hatte Henry von ganzem Herzen geliebt. Ihn ihren Jungen genannt. Daniel stand ihr altersmäßig zu nahe und war zu eindeutig ein Mann, als sie ihn kennen lernte. Aber Henry war ihr Junge. Einmal hatte sie mir zugeflüstert: »Ich hätte ihn nicht retten können.« »Natürlich nicht«, hatte ich geantwortet. Wir alle sprachen es meistens nicht aus, aber wir fühlten uns schuldig. Meine Angehörigen, und auch seine – wir erteilten uns leise Absolutionen. Es gab nichts, was wir hätten tun können. Es war ein Unfall, ein unglücklicher Zufall. Wir hätten es nicht verhindern können.

Und so, ohne jeden Bezug zu Henry, außer jenem sehr assoziativen – dass mein Trinkspruch nicht verloren gegangen wäre, wenn Henry da gewesen wäre –, nahm meine Mutter meine Hand und sagte:

»Ich vermisse ihn, aber er ist hier. Er ist hier bei uns.«

Meine Schwester sah mich kurz an und wandte den Blick wieder ab, als wollte sie meine Intimsphäre wahren. Ich fragte mich, was für ein schmerzlicher Ausdruck auf meinem Gesicht lag.

Ein Trinkspruch, dachte ich. Ich sollte einen Trinkspruch auf meine Schwester ausbringen. Doch das Einzige, was mir einfiel, war: *Sterbt einander nicht weg*. Hatte ich das auf den Zettel gekritzelt, den ich verloren hatte? Stattdessen trat ich einen Schritt vor und sagte:

»Du hast schöne Zähne und machst wunderbare Geschenke. Und Abbot und ich haben dich lieb.«

Mit glasigen Augen legte Elysius den Kopf schief. Sie trat auf mich zu und nahm mein Gesicht in die Hände.

»Meine süße Schwester. Meine Heidi. Das war ein schwachsinniger Trinkspruch«, sagte sie, »aber er hat mich fast zu Tränen gerührt.«

Ich lief durch den langen Flur an weiteren schönen Schlafzimmern vorbei. Bevor ich zu Charlottes Tür kam, blieb ich kurz stehen und lehnte mich an die Wand, nur um etwas Solides zu spüren, das mich stützte. Nix?, dachte ich und schüttelte fassungslos den Kopf.

Ich klopfte an Charlottes Tür.

Keine Antwort.

Ich klopfte erneut und schob langsam die Tür auf.

Charlotte saß zwischen Büchern und Heften auf dem Boden, starrte mit leerem Blick zum Fenster und nickte mit dem Kopf zum Rhythmus der Musik ihres iPods. Schon seit sie klein war, setzte Charlotte diesen abwesenden Blick auf, als sei sie von etwas wie gebannt, das nur sie sehen konnte. Sie trug ein Rüschenkleid, das sich um sie herum bauschte wie ein Cupcake mit übertrieben kunstvollem Zuckerguss.

Das Zimmer entsprach nicht ihrem Stil, sondern war unübersehbar eine von Elysius' Kreationen. Keine Poster, keine flippigen Stühle oder abgefahrene Tagesdecken. An den malvenfarbenen Wänden hingen Ölgemälde – echte Kunst, wahrscheinlich kostspielig –, und in den Einbauregalen standen neben einer Regalreihe mit Klassikern, wahrscheinlich Erstausgaben, Bücher von Nancy Drew. Elysius hatte sie als Kind geliebt, während Charlotte damit wahrscheinlich überhaupt nichts anfangen konnte.

»Charlotte!«, rief ich laut.

Sie hob den Kopf und zog an den Strippen ihrer Ohrhörer, die ihr in den Schoß fielen; die Musik klang jetzt blechern. Ihre Haare waren tatsächlich blau mit schwarzen Spitzen, kurz geschnitten und leicht stachelig mit Stirnfransen. Charlotte war erstaunlich schön. Wenn man mal von den blau-schwarzen Haaren, dem Nasenring und Eyeliner absah, war sie umwerfend. Ihre Haltung war grässlich, doch dann und wann, wenn sie den Kopf zur Seite neigte oder nach etwas griff, kam eine verborgene, aber nicht zu leugnende Anmut zum Vorschein. Ihre Augen waren blaugrau wie die ihres Vaters, aber seinen schlanken Körperbau hatte sie nicht geerbt. Sie war ein bisschen quadratischer. Wegen der Schlabberklamotten, die sie sonst trug, den schwarzen Konzert-T-Shirts und Tarnhosen mit Unmengen von Taschen dran, kam mir der Gedanke, dass sie wegen ihrer Figur vielleicht Hemmungen hatte – und wer hätte es ihr verübeln können? Elysius war eine Sportfanatikerin, die sich von ihrem aus Joghurt und Babykarotten bestehenden Kühlschrankinhalt ernähren konnte. Und wenn ich mich recht erinnerte, war auch Charlottes Mutter groß und dünn. Ich hatte sie bisher nur einmal getroffen, auf einer von Charlottes ersten Geburtstagspartys. Charlottes Mutter war kein glücklicher Mensch. Daran erinnerte ich mich. Sie hatte nicht gewollt, dass

Charlotte ihre Geschenke vor den anderen Kindern auspackte. »Das ist zu angeberisch«, hatte die Begründung gelautet. »Niemand will zusehen, wie sich andere freuen.«

»Bereitest du dich auf den Uni-Zulassungstest vor?«, fragte ich. »In ein paar Minuten sollen wir uns nämlich aufstellen.«

»Ich versuche, wenigstens den Eindruck zu erwecken«, erklärte sie. »Das ist das Einzige, wofür sie mich nicht zusammenscheißen können.«

»Du siehst auch wirklich so aus«, versicherte ich ihr. »Abgesehen davon, dass du aus dem Fenster starrst.«

»Ich bin inzwischen sehr überzeugend. Man schlägt einfach einen Wälzer auf und nimmt die Kappe vom Textmarker ab. Man muss so wirken, als wäre man organisiert.«

»Und ich soll organisieren, dass du dich endlich fertig machst.«

»Bin ich denn fertig?«

»Ich denke schon.«

Sie stapelte ihre Bücher aufeinander.

»Sind die vielen Bücher bloß Requisiten?«, fragte ich. »Setzt du kleine künstliche Lern-Szenarios bühnenbildnerisch in Szene?«

»Ja«, sagte sie und stand auf. »Aber es wirkt super glaubwürdig, oder? Es ist sehr … ramassiert.«

»Ramassiert?«

»Es ist, ähm …« Sie konsultierte ihre Handfläche, auf der sie sich mit roter Tinte ein paar Begriffe notiert hatte. Ihre Nägel waren schwarz lackiert. »Äh, es ist sehr randemisiert und ravagiert.«

»Weißt du überhaupt, was diese Worte bedeuten?«, fragte ich.

»Ich soll sie in Sätze einbauen, damit ich sie verstehen lerne. Das hat mein Vater mir gesagt.«

»Wahrscheinlich meinte er eher, dass du sie korrekt in Sätze einbauen sollst – und nicht nur irgendwie.«

»Klar. Das macht Sinn«, räumte sie ein. »Aber es ist schwieriger.« Ich war mir ziemlich sicher, dass sie nur Spaß machte, obwohl sie keine Miene verzog.

»Du siehst wunderschön aus«, sagte ich.

»Ich sehe aus wie ein Teig-Pupser«, entgegnete sie. Teig-Pupser? Das schien mir ein Begriff zu sein, den ich als Konditorin kennen sollte, aber ich hatte ihn noch nie gehört. »Ich hasse dieses Kleid. Ich befinde mich im dritten Höllenkreis. Hochzeiten erinnern einen bloß daran, dass die Liebe so armselig ist, dass sie eine ganze Institution braucht, um sie aufrechtzuerhalten.« Dann sah sie mich entsetzt an. Glaubte sie, indem sie schlecht über die Ehe sprach, hätte sie etwas Unsensibles über meine Ehe und meinen toten Ehemann gesagt? »Entschuldige«, murmelte sie. »Hab ich ganz vergessen. Ich meine, vergessen hab ich's nicht. Ich hab nur nicht nachgedacht.«

»Dein Vater heiratet zum zweiten Mal. Meine Schwester heiratet zum ersten Mal«, sagte ich. »Das ist vielleicht für uns beide nicht gerade der einfachste Tag.«

»Mein Vater ist schon jetzt von seinem Leben völlig in Anspruch genommen. Der würde seine Arbeit heiraten, wenn er könnte. Das ist das Traurige daran. Die Kunst kann er nicht heiraten.«

Ähnliche Kommentare hatte ich von Charlotte schon öfter gehört. Sie wünschte sich mehr von ihrem Vater, doch er konnte ihr nur begrenzt etwas geben. Sie schien das zu akzeptieren, was der Sache jedoch nicht den Stachel nahm. »Ich finde es gut, dass sie es offiziell machen, Elysius und dein Dad.«

»Es ist ein bisschen bürokratisch, aber ich finde es okay.« Sie zuckte mit den Achseln. »Mir geht's grundsätzlich gut. Mir geht's gut!« Sie schien das Thema fallen lassen zu wollen.

»Mir geht's auch gut, wenn man davon absieht, dass Elysius mich auf der Hochzeit verkuppeln will.«

»Echt? Mit wem?«

»Jack Nixon.«

»Hm«, sagte Charlotte. »Der war mal zum Abendessen hier. Er ist nett.«

»Tja, ich bin aber für so was noch nicht bereit. Und Verkupplungsversuche sind hinterhältig.«

»Stimmt«, sagte sie. »Verazität.«

»Wir sollen runterkommen und uns mit den anderen auf der Veranda treffen, damit wir uns aufreihen können wie beim Entenrennen«, sagte ich, und plötzlich fühlte ich mich wie unter Wasser, als ginge ich unter. Wir würden uns gleich zum Brautzug aufstellen. Wir nahmen an einer Hochzeit teil. Wir müssten alle über die Liebe reden. Ich erinnerte mich lebhaft an Henry, an sein erstes Geständnis. Als Elfjähriger hatte er mit angesehen, wie sein kleiner Bruder auf einer Grillparty fast im Swimmingpool ertrank. Henry war wie erstarrt. Er hatte zwar beim YMCA Schwimmunterricht gehabt und Herz-Lungen-Reanimation gelernt, geriet jedoch in Panik. »Es kam mir vor wie Stunden, wie in einem schlechten Traum zu sehen, wie mein Bruder unterging. Doch schließlich schrie ich nach meinem Dad, der raus in den Garten gerannt kam und sich in voller Montur kopfüber hineinstürzte.« Sein Vater konnte ihn retten, doch dieser Zwischenfall hatte Henry überfürsorglich gemacht. Er war unweigerlich derjenige, der nie die Sonnenmilch, den Verbandskasten und die Schutzhelme vergaß, der uns am Strand zurückwinkte und uns zurief: »Nicht so weit raus!« Jetzt verspürte ich das Bedürfnis, seine Stimme zu hören, die mich zurückrief.

Trotzdem lief ich weiter, und Charlotte folgte mir.

Am Fuß der Treppe sagte sie:

»Warte, lass mich mal.« Ich spürte ein Ziehen am Rücken, und mit zwei raschen Bewegungen zog Charlotte den Reißverschluss meines Kleides bis nach oben zu. Es war nur eine nette Geste, doch in dem Moment hatte ich das Gefühl, sie könnte mich ans Ufer ziehen, wenn es nötig wäre.

»Danke«, sagte ich.

Sie zuckte mit den Achseln.

»De nada.«

In der Küche stand Abbot weit hinten in der Schlange zwischen den Brautjungfern und den Trauzeugen des Bräutigams, die an der Verandatür nervös von einem Bein aufs andere traten. Mit seinem roten Kummerbund und der dazu passenden roten Fliege sah er jetzt sehr schick und wie eine Miniaturausgabe von Henry aus. Mir stockte der Atem. Zum Glück entdeckte er mich, kam zu mir gerannt und verkündete:

»Ich will Kaffee.«

Und ich konnte Mutter spielen und ihm Grenzen setzen.

»Nein«, flüsterte ich, da ich vor Rührung fast nicht sprechen konnte.

»Hallo, Absterizer«, rief Charlotte und hielt ihm zur Begrüßung die Hand hin. »Du siehst sehr schick aus.«

»Danke«, sagte er schüchtern und schob die Hände in die Taschen. Er wollte ihr nicht die Hand schütteln – Bakterien. Aber er bewunderte Charlotte. Also zog er die Hand mit einem Ruck wieder aus der Tasche und gab sie ihr. Während der Feiertage und auch in den Ferien hatten die beiden über die Jahre hinweg Gespräche geführt, Brett- und Kartenspiele miteinander gespielt und Popcorngirlanden für den Weihnachtsbaum gebastelt. Sie waren beide Einzelkinder, wodurch der Rolle des Cousins oder der Cousine größere Bedeutung zukam. Doch jedes Mal, wenn sie sich wiedersahen, war Charlotte ein wenig erwachsener. Deshalb mussten sie immer wieder von vorne anfangen, was mit jedem Jahr schwieriger wurde.

Meine Eltern standen bereits steif nebeneinander auf der Veranda. Ich konnte sie durch die Tür sehen.

Ich sagte zu Charlotte:

»Du wirkst als Studentin sehr authentisch, überzeugend. Man könnte sogar sagen, du bestichst … wie sagt man noch, durch Plausibilität.«

»Ich glaube nicht, dass das auf meiner Liste steht. Plausibilität?« Sie blickte zur Decke und zermarterte sich das Hirn. »Nein. Das Wort muss ich nicht kennen.«

»Aber es ist ein gutes Wort.«

»Plausibilität«, wiederholte Abbot. »Das klingt wie eine Farbe.«

»Wie Zinnoberrot?«, fragte ich.

Er zuckte gleichgültig mit den Schultern.

»Es mag ja ein tolles Wort sein«, sagte Charlotte. »Ich hab auch persönlich nichts dagegen. Ich brauche es nur nicht zu kennen.«

»Aber du könntest es kennen«, versuchte ich sie zu ermutigen.

»Es steht nicht auf der Liste.«

»Schon kapiert«, sagte ich.

»Deine Hochzeit mit Dad war ganz anders«, sagte Abbot.

Charlotte sah mich an und versuchte, meinen Gesichtsausdruck zu deuten. Mich störte das nicht. Sie war eben neugierig. Sie wollte wissen, wie die Welt funktioniert, und nicht nur ihre schönen Seiten kennen lernen. Sie hatte schon viel durchgemacht und suchte vielleicht nach Möglichkeiten, das alles zu bewältigen.

»Das stimmt«, räumte ich ein. »Sie war ganz anders.«

Ehrlich gesagt hatten Henry und ich keine richtigen Hochzeitspläne geschmiedet, was auch gut so war, da uns nicht viel Geld zur Verfügung stand, um etwas Größeres auf die Beine zu stellen. Mir gefiel die Vorstellung nicht, dass die Hochzeit mein »großer Tag« sein sollte. Ich wollte mich auf noch tollere Tage mit Henry freuen – vielleicht würde es ein bisschen ruhiger werden, aber es waren Tage, die nur uns gehörten.

Während der Hochzeit hatte ich das Gefühl, als existierten Henry und ich kaum. Schließlich waren wir schon verheiratet, auf unsere Art. Die Hochzeit war eine Adaption und hatte nur entfernt etwas mit uns zu tun. Es gab die üblichen Probleme: Die Brautjungfern stritten, die Trauzeugen des Bräutigams schauten zu tief ins Glas, der Leadsänger der Band bekam in letzter Minute eine Kehlkopfentzündung, und im Kosmetiksalon verpassten sie meiner Schwester eine Satellitenschüsselfrisur. Doch vor allem erinnerte ich mich daran, wie Henry und ich kurz vor der Trauung im Kellergeschoss der Kirche festgehalten wurden, in zwei getrennten Räumen, wie in Pferchen. Zwischen uns war eine Tür. Als ich sie öffnete, sah ich ihn am anderen Ende des Raumes. Wie Abbot trug er einen ausgeliehenen Smoking mit einer roten Fliege und einem roten Kummerbund. Die Hände in den Taschen, lief er unruhig hin und her. Als ich seinen Namen flüsterte, blickte er auf.

»Hallo«, sagte ich.

»Hallo.«

»Ich heirate heute«, sagte ich.

»Ich auch«, sagte er, als sei es das Merkwürdigste auf der Welt, dass zwei Fremde, eine Braut und ein Bräutigam, zueinandergefunden hatten. Uns erschien das wie ein Riesenzufall. Wenn einer von uns »Ich liebe dich« sagte, erwiderte der andere dasselbe und fügte manchmal hinzu: »Wie wahrscheinlich ist das?« Er kam nicht zu mir. Wir hatten ohnehin schon das Gefühl, die Regeln zu brechen, indem wir miteinander sprachen. »Ich heirate heute ... aber ich glaube, ich verliebe mich gerade in dich.«

»Wollen wir zusammen durchbrennen?«, hatte ich gefragt.

Und er hatte genickt.

Dann hatte sein Vater den Raum betreten, und ich hatte ihm zugewinkt und die Tür leise wieder geschlossen.

Die Frau, die Elysius' Hochzeit organisierte, hielt ihren BlackBerry umklammert und rief:

»Wo ist der Ringträger? Alle müssen in der richtigen Reihenfolge stehen!«

»Das bist du, Abbot«, sagte ich. »Viel Glück!«

Abbot schob sich durch das Durcheinander aus Brautjungfern und Trauzeugen, wich Ellbogen aus, trat hinaus auf die Veranda zu meinen Eltern und ließ Charlotte und mich in der Küche zurück. Wir standen vor einer riesigen Pinnwand aus Kork, die an der Speisekammertür hing. Sie war übersät mit Fotos, auf denen Daniels und Elysius' Freunde und deren Nachwuchs zu sehen waren. Kinder mit gestylten Haaren, die vor hohem Strandhafer posierten, in Hummel- und Meerjungfraukostümen, die aussahen wie von Broadway-Kostümdesignern handgefertigt, und einige hielten Geigen in der Hand. Ich hatte nicht gewusst, dass Elysius so viele bitterernste Freunde mit bitterernsten Kindern hatte.

Da hing auch ein altes Foto von Charlotte, aus der Zeit, bevor sie angefangen hatte, sich die Haare in Schockfarben zu färben, und sich die Nase hatte piercen lassen. Sie stand an einem Kai, vermutlich auf dem Grundstück am Seeufer in den Berkshires, das Daniels Familie gehörte, und reckte stolz einen Fisch in die Höhe. Es war zu einer Zeit aufgenommen, als sie, wenigstens nach außen hin, noch begeistert von Dingen wie Fischen war. Ich verstand Charlottes düstere Stimmung. Sie erinnerte mich an meine eigenen heftigen Gefühle in jenem Alter – an die große Sehnsucht ohne rechtes Ziel. Und natürlich wussten wir beide, wie es war, in Elysius' elegantem Schatten zu stehen.

»Sieh dir das Baby an«, staunte ich und deutete auf ein besonders verkrampft aussehendes Neugeborenes. »Es runzelt die Stirn wie ein Jurastudent in Yale, findest du nicht auch? Als wäre es schon mit voller Haarpracht, einem rosa Schnuller und Zukunftsängsten auf die Welt gekommen.«

Charlotte beugte sich vor und sagte:

»Ich bezweifle ernsthaft, dass der Schnuller erst später hinzukam.«

Als Henry starb, wurde ich mit Karten überhäuft, die allesamt mit denselben fadenscheinigen Rührseligkeiten aufwarteten. Charlotte war wahrscheinlich gezwungen worden, mir eine zu schreiben, aber sie verlieh ihr eine persönliche Note. Unter den vorgedruckten Text schrieb sie: »Er war so anti-Kommerz. Das machte ihn unter anderem für mich so liebenswert.« Das war damals das größte Kompliment, das Charlotte machen konnte. »Und er hat mir beigebracht, Luftgitarre zu spielen. Als ich zehn war, hat er mir sogar eine Luftgitarre zu Weihnachten geschenkt. Ich habe sie immer noch. Sie ist stahlblau.« Damals hatten Henry und ich ihr auch ein richtiges Geschenk gekauft – darauf hatte ich bestanden. Doch das hatte sie ausgepackt und schon im selben Moment wieder vergessen. Aber die Luftgitarre blieb ihr im Gedächtnis haften, so wie mir das Bild von den beiden, wie sie zu Lenny Kravitz hinreißend auf imaginären Gitarren spielten. Das war meine Lieblingskarte gewesen. In einem Anfall von Wut, den ich mir bis heute nicht erklären kann, habe ich eines Abends alle Karten weggeschmissen – bis auf Charlottes. Henry hätte diese Karte geliebt.

»Hast du dich mit Elysius über Kommunismus gestritten?«, fragte ich.

Die Frau im blauen Kleid bedeutete uns, vorzutreten und uns endlich einzureihen.

»Glaubt sie etwa, es wäre darum gegangen?« Charlotte schüttelte fassungslos den Kopf.

»Worum ging es denn deiner Meinung nach?«, fragte ich.

»Um Geldgier, Konsumismus und wie immer um meinen Vater«, zählte Charlotte auf. »Sie mag mich nicht.«

»Sie liebt dich«, widersprach ich.

»Das heißt noch lange nicht, dass sie mich mag.«

In jenem Augenblick hatte Charlotte etwas Anrührendes. Sie war so verwundbar, so verletzt. Am liebsten hätte ich ihr versichert, dass ihr irgendwann die ganze Welt offenstehen würde. Natürlich, ihre jetzige Lebensphase war schwierig, doch eines Tages würde sie jemanden kennen lernen und sich verlieben – von jemandem geliebt und gemocht werden, der sie wirklich verstand, von jemandem, dem sie vertrauen konnte.

Aber konnte ich das garantieren?

Nein.

Und wenn ich Charlotte wirklich versicherte, dass sie all das fände, würde darin unausgesprochen mitschwingen, dass ihr das alles genauso schnell wieder genommen werden konnte. Egal, wie viel Glück wir im Leben ertragen konnten, hinter allem lauerte der Tod. So war es aus meiner Sicht. Der Tod lauerte überall. Er tauchte in den arglosesten Momenten auf, sogar wenn man nur versuchte, jemandem einen Rat zu geben. Mir fiel nichts ein, was ich Charlotte hätte sagen können, wie es war, geliebt und gemocht zu werden. Schließlich führte ich nur auf traurige Art und Weise vor, was man alles verlieren konnte.

Ich kann mit gutem Gewissen behaupten, dass Elysius' und Daniels Trauungszeremonie wunderschön war. Ich kann ziemlich objektiv sein, weil ich mich objektiv, distanziert fühlte. Ich weiß nicht, was über mich gekommen war, aber ich hatte nicht einmal das Bedürfnis zu weinen. Ich wusste, wenn ich einmal damit anfing, würde sich das Weinen in spürbare Trauer verwandeln. Und auf der Hochzeit seiner Schwester zu trauern ist unverzeihlich. Ich musste mich nicht beherrschen, vielmehr verspürte ich eine große innere Leere. Ja, die Zeremonie war wunderschön, hatte jedoch nichts mit der Liebe zu tun, wie ich sie kannte. Hatte ich mir erfolgreich eingeredet, dass ich mir nur ein Theaterstück ansah und aus dem Publikum auf die Bühne gezogen wurde, um eine bestimmte Figur zu verkörpern? So kam es mir jedenfalls vor.

Ich behielt Abbot im Auge, der sich angestrengt bemühte, sich nicht die Hände zu reiben. Nachdem er die Ringe übergeben hatte, wanderten seine Hände sofort in die Hosentaschen, wo sie rastlos waren und manchmal wie Frösche hüpften. Derweil hielt ich Ausschau nach einem Mann, dem man auf seiner Hochzeitseinladung die Begleitperson vorenthalten hatte und der am College möglicherweise den Spitznamen Gauner verpasst bekommen hatte. Zu guter Letzt konzentrierte ich mich auf Worte aus dem Uni-Zulassungstest: liederlich, pingelig, ausgeklügelt.

Ich lächelte brav, als die Fotos gemacht wurden, und registrierte das goldene Spätnachmittagslicht, die Eleganz der Gäste. Beim Empfang hielt ich mich fern von den geistreichen Gesprächen, von der Tanzfläche, auf der die Gäste stilvoll tanzten, und von der Bar, an der sich die Gäste teure Getränke genehmigten. Seit Henrys Tod hatte ich ein nagendes Gefühl im Bauch, aber Hunger war es nicht. Ich aß nur wenig. Ich stocherte im Essen herum. Ich ließ die Brotkrusten übrig. Ich knabberte und nippte nur noch. Und so knabberte ich auf dem Empfang an Horsd'œvres und nippte an teuren, erlesenen Weinen.

Natürlich zog es mich zur Hochzeitstorte. Zwar wünschte ich mir, dass ich genug Selbstbeherrschung aufbrachte, um sie zu ignorieren, aber es ging nicht. Ich ertappte mich dabei, wie ich sie umkreiste. Es war eine moderne, fünfstöckige Torte, etwas zu hutschachtelartig und weiß mit schwarzer Spritzgussverzierung – was ich Bräuten immer auszureden versuchte. Schwarze Spritzgussverzierung erinnerte meiner Meinung nach zu sehr an einen Smoking, wodurch die Torte einen angestaubten Eindruck machte, trotzdem war es die neuste Masche. Ich ging davon aus, dass die Tortendesigner vorher mit Elysius gesprochen hatten, vielleicht sogar durch ihr Haus geschlendert waren. Die Torte wirkte, als wäre sie innen hohl. Es war ein Design, an dem Henry und ich kein gutes Haar gelassen hätten.

Ich weiß, dass manche Menschen unser enges Verhältnis grenzwertig fanden. Wir lebten zusammen, arbeiteten zusammen und zogen unser Kind zusammen groß. Aber wenn ich mit Henry zusammen war, war ich mir selbst näher. Wer war ich vor Henry Bartolozzi gewesen? Ich hatte mich als junges Mädchen vor Augen – unbeholfen, im Schatten meiner wunderschönen großen Schwester und verunsichert durch die wackelige Ehe meiner Eltern. Es war, als raubten sie mir alle Luft und ließen mir keinen Sauerstoff mehr. Aber bei Henry konnte ich wieder durchatmen. Er fand mich lustig, also wurde ich noch lustiger. Er fand mich schön, also fühlte ich mich schöner. Er fand, dass ich unglaublich experimentierfreudig war, also experimentierte ich eifrig weiter. Natürlich hatten wir auch unsere Probleme, aber selbst die brachten uns einander näher. Und nun wusste ich, wie es war, nur die eine Hälfte eines Paares zu sein und weniger ich selbst.

Eines Abends, etwa einen Monat vor Henrys Tod, als wir zusammen im Bett lagen, bekam ich einen Krampf in der Wade. Ich schoss im Bett hoch und rief:

»Beinkrampf!«

Henry schlief schon fast. Nur das Licht aus dem Flur fiel in das Zimmer.

»Dein Bein oder meins?«, fragte er.

Ich streckte das Bein und massierte die verspannte Wade.

»Was meinst du damit, dein Bein oder meins? Woher soll ich denn wissen, ob du einen Krampf im Bein hast?«

Henry schwieg und sagte dann:

»Du hast recht. Meinen Beinen geht's gut.«

In Wahrheit waren Henry und ich so eng miteinander verbunden, dass uns manchmal die Unterscheidung schwerfiel, wo der eine anfing und der andere endete. Weil wir schon so lange zusammen waren, lief bei dem Großteil unserer Erinnerungen derselbe Film ab, nur aus unterschiedlichen Kameraperspektiven, und durch das jahrelange Abspielen dieser Erinnerungen war selbst daraus eine Perspektive geworden.

»Ist sie nicht traumhaft?« Die ältere Frau neben mir, die nach Gardenia-Parfüm duftete, deutete auf die Torte.

Ich nickte zustimmend und verkrümelte mich, bevor ich auch nur den Hauch einer Kritik äußern konnte. Meine Chance, eine Torte zu entwerfen, die Elysius und Daniel wirklich repräsentierte, hatte ich verpasst. Ich hätte mich auf die Kunstwerke im Haus konzentriert. Die spärliche Möblierung sollte dazu beitragen, dass man seine volle Aufmerksamkeit auf die Kunst richten konnte. Ich hätte mich in Daniels Atelier aufgehalten und seine Arbeiten auf mich wirken lassen (die rastlosen Vögel, die dicht unter der Oberfläche mit den Flügeln zu schlagen schienen) und mich mit den zweien darüber unterhalten, warum sie sich liebten. So wäre ich als Tortendesignerin vorgegangen; meine Gedanken schwangen sich stets in ambitionierte Höhen. Eine Torte, die abstrakte Kunst widerspiegelte? Eine Torte, die die Rastlosigkeit von Flügeln interpretierte? Eine Torte darüber, warum man nach so vielen Jahren doch noch Ja zur Ehe sagt? Wie hätte sie aussehen können? Ich verspürte die kleine Anwandlung von Sehnsucht – der erste Schritt, bevor man den Wunsch hat, etwas Neues zu schaffen.

Während ich mich diesen Überlegungen hingab und mich durch die Menschenmenge treiben ließ, ertappte ich mich dabei, wie ich nach Henry Ausschau hielt. Das tat ich oft. Das war einer meiner Erklärungsversuche dafür, warum ich ständig Sachen verlor. Ich suchte nach Henry. Ich hatte ihn verloren, und mein Unterbewusstsein wartete, dass er zurückkam; meine Augen wollten ihn finden. Ich sah ihn immer noch überall: seinen breiten Rücken in der Warteschlange im Kino, an der Kasse eines Drive-in-Schnellrestaurants, wie er die Hand vor mir ausstreckte, um zu zahlen. Ich sah Henry, wie er mit einer anderen Familie spazieren ging, Hand in Hand mit einem der Kinder oder eingehakt bei der Frau. Doch er verwandelte sich immer in einen anderen zurück – die Haare zu dunkel oder zu hell, die Nase zu zierlich oder zu knubbelig –, ein Fremder, niemand, den ich kannte. Eine Zeit lang kam ich mir verraten, betrogen vor. Doch genau, wie ich gelernt hatte, nicht bei Erinnerungen zu verweilen, lernte ich auch, wann ich wegsehen musste – kurz bevor der Mann zurückschaute, kurz bevor sein Gesicht im Fenster erschien –, und ich lernte, dass mein Ehemann nicht aus der Welt, immer noch am Leben war, wenn ich das Timing richtig hinbekam.

Bei Anlässen wie diesem war mein Unterbewusstsein sogar noch entschlossener, ihn zu finden. Auf irgendeiner Ebene war ich überzeugt davon, dass er ein solches Ereignis, das für Elysius und Daniel so wichtig war, nicht verpassen würde. Ich sah ihn von hinten, im Gespräch mit einem Barkeeper, wie er jemandem kumpelhaft auf den Rücken schlug … und schaute schnell weg.

Dabei drehte ich mich so abrupt um, dass ich um ein Haar Jack Nixon umgerannt hätte – Nix und/oder Gauner. Er hatte sich mir vorstellen wollen, doch ich hatte ihm seine Bierflasche gegen die Brust gestoßen. Da sie noch voll war, schwappte Bier auf seine Schuhe – glänzende, modische Schuhe aus schwarzem Leder, die vorne rechtwinklig waren.

»Ich bin Jack«, sagte er, aber irgendwie wusste ich das schon. Er hatte das richtige Alter, war allein, leicht nervös, und er sah gut aus, wenigstens nach Meinung meiner Mutter, was bedeutete, dass er auf traditionelle Weise gut aussah. An ihm war nichts auszusetzen. Er hatte eine hübsche Nase, sanfte Augen, eine kantige Kieferpartie und kurz geschnittenes Haar. Er war nicht zu dick und nicht zu dünn, nicht zu groß und nicht zu klein.

»Hallo«, sagte ich verlegen. »Ich bin Heidi.« Ich streckte ihm die Hand hin, was wahrscheinlich alles noch schlimmer machte. Doch er lächelte und schüttelte sie, und in dem Moment wurde mir klar, dass meine Schwester recht hatte: Meine Flirtfähigkeiten waren verkümmert. Das war einer der Gründe, warum ich von Henry sofort so angetan gewesen war: Es war mir nie wie ein Flirt vorgekommen.

»Ich weiß, dass Ihre Schwester versucht, das hier in ein Blind

Date zu verwandeln«, sagte er. »Ich hasse Blind Dates, und Sie sollen wissen, dass von meiner Seite her keinerlei Druck besteht.«

»Oh«, erwiderte ich leicht enttäuscht. Versuchte er, aus der Nummer wieder rauszukommen? »Von meiner Seite auch nicht«, sagte ich schnell, vielleicht zu schnell. »Ich bin sowieso nur ich selbst.«

»Ähm, in Ordnung«, sagte er und lächelte liebenswürdig. »Dann können wir uns ja wieder ganz normal unter die Gäste mischen und behaupten, dass wir unser Bestes getan haben. Dass wir Sportsgeist gezeigt haben.«

»Darin bin ich sehr gut«, frotzelte ich. »Früher hab ich statt richtigen Sportauszeichnungen immer Auszeichnungen für Sportsgeist bekommen. Mir fehlt es an der grundlegenden Augen-Hand-Koordination.« Ich warf einen vielsagenden Blick auf seine Schuhe. »Das tut mir sehr leid«, sagte ich schuldbewusst.

»Nein«, wehrte er ab. »Ist schon in Ordnung. Ich hab nichts dagegen, von einer schönen Frau angerempelt zu werden.«

Ich wusste nicht, wie ich darauf reagieren sollte.

»Einer theoretisch schönen Frau«, erwiderte ich, als wollte ich ihn korrigieren.

»Ob von einer theoretisch schönen Frau oder einer echten«, entgegnete er.

»Nun gut«, murmelte ich und holte tief Luft. »Jetzt haben wir ja bewiesen, dass wir Sportsgeist haben! Dann können wir uns jetzt ganz normal unter die Gäste mischen.«

»Okay«, sagte er.

Und ich ging weg. Eine schöne Frau? Ich wusste nicht, was ich davon halten sollte. Ich hatte mich schon lange nicht mehr schön gefühlt. Eigentlich hatte ich mich kaum mehr wie eine Frau gefühlt. Ich war Witwe, eine allein erziehende Mutter. Ich beschloss, nicht weiter darüber nachzudenken und stattdessen Abbot ausfindig zu machen. Wie lange war es her, seit ich ihn das letzte Mal gesehen hatte? Ich stellte mich auf die Zehenspitzen und suchte die Menschenmenge ab.

Schließlich entdeckte ich ihn in einer Schar gleichaltriger Kinder. Sie wuselten um einen Tisch ganz hinten im Zelt herum. In dem Moment legte die Band los, was die Kids in helle Aufregung versetzte. Die Trommeln, dachte ich, lösen so etwas wie Stammesinstinkte in ihnen aus. Ein paar Kinder krochen unter den Tischen herum, während Abbot mit den Händen in den Taschen danebenstand und auf den Fußspitzen wippte. Er hätte nie so intim mit dem Boden interagiert wie die anderen Kinder. Obwohl sie mir wie ungebärdige Tiere vorkamen, wünschte ich, Abbot würde mitmachen oder hätte wenigstens das Gefühl, dass er es dürfte, wenn er wollte.

Ich trat auf ihn zu.

»Hast du Spaß?«, fragte ich. »Du darfst ruhig mal locker sein, okay?«

»Sei du mal locker«, entgegnete er.

»Ich versuch's, wenn du es auch versuchst.«

Er bat mich, die Fliege abzumachen. Die anderen Kinder hatten das schon längst getan. Ich klappte den Kragen hoch und hakte die Metallhalterung auf. Er zog die Smokingjacke aus und reichte sie mir.

»Okay, ich versuch's«, sagte er und flitzte davon.

Charlotte und ich liefen uns über den Weg, als wanderten wir auf demselben Rundweg.

»Immer schön in Bewegung bleiben«, riet sie mir, »dann kannst du peinlichen Gesprächen entgehen.«

»Ich weiß nicht, wie lange ich es in diesen Schuhen noch aushalte«, stöhnte ich.

»Wenn ein Hai zu schwimmen aufhört, stirbt er«, sagte sie.

»Hast du den Klarinettenspieler gesehen? Er ist bestimmt hundertachtundzwanzig Jahre alt. Ich denke, wenn er diese Hochzeit durchsteht, schaffe ich es auch.«

Ich blickte zu dem verhutzelten, gebeugten alten Mann, der mit aufgeblasenen Backen Klarinette spielte.

»Beeindruckend«, sagte ich, und wir ließen uns weiter treiben.

Ich schaute auf und sah Jack Nixon, der mit einer Brautjungfer tanzte. Als sein Blick auf mich fiel, winkte er mir zaghaft zu. Ich gab vor, ihn nicht zu sehen. Keine Ahnung, warum.

Auf derartigen Veranstaltungen gluckten die Frauen irgendwann immer zusammen. Ich sah, wie sich so ein Grüppchen um einen Tisch in der hinteren Ecke versammelte, gleich neben den Ventilatoren. Auch wenn Elysius der festen Überzeugung war, dass Frauen sich irgendwann während des Gesprächs dem Thema Kinder zuwandten, fiel mir in meiner Ehe und auch jetzt wieder auf, dass das weibliche Geschlecht unweigerlich auf das Thema Ehemänner zu sprechen kam.

Ehemänner, die sie enttäuschten. Ehemänner, die nicht über ihre Gefühle sprechen konnten. Abgekämpfte Ehemänner. Griesgrämige Ehemänner. Anstrengende Ehemänner. Gedankenlose Ehemänner. Ehemänner, die immer zu spät kamen. Workaholics. Knauserige Ehemänner. Ehemänner, die schlechte Väter waren.

Ganz zu schweigen von den Männern, die nie ihren Mann standen und zu Ehemännern wurden, und ihren Gegenstücken, den Exmännern.

Ich hatte immer versucht, diese Grüppchen zu meiden, auch als Henry noch am Leben war. Nicht einmal meine Streitigkeiten mit Henry waren der Rede wert. Dann und wann verletzten wir einander, aber das Schlimmste daran war, dass einer dem anderen sagen musste, dass er verletzt war – so sicher waren wir uns, dass es keine Absicht gewesen war, und doch wollten wir kein Risiko eingehen und sprachen es aus.

Als wir frisch verheiratet waren, versuchte ich, Geschichten über unsere Streitigkeiten zum Besten zu geben, doch die Augen meiner Freundinnen wurden ganz glasig.

»Ist das dein Ernst?«, fragte mich einmal eine. »Ich will deine Probleme mit deinem Mann wirklich nicht schmälern, aber ihr habt im Grunde keine. Wenn ihr euch darüber streitet, wo der Büchsenöffner ist, ist der Büchsenöffner einfach nur ein Büchsenöffner. Das ist kein größeres Problem.«

»Entschuldige«, sagte ich.

»Schon gut«, erwiderte meine Freundin. »Nur damit du es weißt, es ist für andere ganz schön irritierend.«

Henry und ich waren uns einig, dass die Schuld im Großen und Ganzen bei den Männern lag. Sie taten sich schwer, Gefühle zu zeigen, und waren für Konflikte schlecht gerüstet; sie wurden wütend, wenn sie etwas bereuen sollten, logen, wenn sie lieber die Wahrheit auf den Tisch hätten legen sollen, äußerten Meinungen, die sie lieber für sich hätten behalten sollen, etc.

»Sprechende Sofas«, sagte Henry.

»Und schau dir nur mein Sofa an!«, schwärmte ich. »Es hat gelernt, aufrecht zu gehen und seine Gefühle nicht zu kompartmentalisieren!«

»Ich bin ein nicht kompartmentalisiertes, aufrecht gehendes sprechendes Sofa. Was sagt man dazu?«

Aber vor allem wussten wir, dass wir ein Scheißglück hatten, denn in einem anderen Umfeld, mit einem anderen Partner, hätten auch wir immer das Falsche gesagt, immer das Falsche getan und genau die gleichen Fehler begangen.

Einmal hörte Elysius mit an, wie ich am Ende eines Telefongesprächs mit Henry zu ihm sagte: »Ich mag dich auch.«

Als ich aufgelegt hatte, sagte Elysius:

»Mach das nicht vor anderen.«

»Was denn?«

»Dass ihr euch liebt, ist eine Sache. Aber wie sehr ihr zwei euch mögt, ist echt abstoßend. Es ist unerträglich.«

War es das? Ich war mir bewusst, dass Henry und ich uns ein gemeinsames Leben aufgebaut hatten. Und manchmal, wenn Henry sich ein bisschen verspätete, oder wenn wir uns einen Abschiedskuss gaben, bevor einer von uns verreiste, durchfuhr mich die Angst fast elektrisch wie ein Blitz. Und wenn ich ihn nun nie wiedersehe? Und wenn er nun stirbt? Und wenn ich nun sterbe? Wir gestanden einander, dass wir uns zwar schon diverse Unglücksfälle ausgemalt hatten, uns aber nicht genau vorstellen konnten, was danach käme.

»Wie wäre dein Leben ohne mich?«, fragte ich ihn.

Und Henry, sonst nie um eine Antwort verlegen, wusste es nicht. Er konnte nur mit den Achseln zucken.

»Und deins ohne mich?«, fragte er.

»Ich weiß nicht, wie ich das überleben würde«, sagte ich.

Und dann war Henry gestorben.

Und hier stand ich nun und hatte es unerklärlicherweise überlebt.

Was war so unerträglich? Wie viel ich für selbstverständlich gehalten hatte, und die Erkenntnis, dass ich nie ganz zufrieden gewesen war.

Ich setzte mich weit weg von dem Frauengrüppchen, streifte meine hochhackigen Schuhe ab und rieb unter dem Tisch die schmerzenden Füße aneinander. Als sie merkte, dass ich nicht auf der Hut war, kam eine Tante von mir auf mich zugewankt. Tante Giselle war die jüngste Schwester meiner Großmutter und inzwischen hochbetagt. Meine Großeltern waren gestorben, als meine Mutter noch jung gewesen war. Tante Giselles volle graue Haare waren zu einem Bob geschnitten, und sie trug tiefroten Lippenstift. Als junge Frau hatte sie ihre Schwester besucht und, wo sie schon mal in den USA war, einen amerikanischen Botaniker geheiratet, der jung gestorben war.

»Wie geht es dir denn so?«, fragte sie. Sie hatte ihren Akzent nie verloren. Er war immer noch ausgeprägt, und ihre roten Lippen spitzten sich.

»Ach, mir geht's gut. Das war eine wunderschöne Zeremonie.«

»Ja«, stimmte sie auf die gelangweilte Art zu, die Franzosen manchmal an den Tag legen. »Natürlich.«

»Ich habe gehört, es hat gebrannt«, sagte ich.

»Das habe ich auch gehört. Die Nachricht hat deine Mutter verstört.«

»Ich glaube, was sie so aufregt, ist der Mangel an genauen Informationen.«

»Ja, das mag stimmen«, sagte sie. »Aber dieses Haus wird nie abbrennen. 1989 kam das Feuer auch nur bis zur Türschwelle, und keinen Zentimeter weiter.«

»Die Geschichte kenne ich«, sagte ich. Ich dachte daran, wie sehr Henry die Mythen, die sich um das Haus rankten, geliebt hatte. Ich hatte sie ihm alle erzählt. Die Anekdote, wie meine Mutter, meine Schwester und ich uns im Taumel der flatternden Flügel der Resedafalter verloren hatten, liebte er besonders. Er liebte es, dass meine Mutter uns dazu erzogen hatte, stolz auf unsere französischen Wurzeln zu sein. Sein Vater war der Typ gewesen, der am Strand T-Shirts mit der Aufschrift *Küss mich, ich bin Italiener* trug, eine weitere Gemeinsamkeit. Meine Mutter spielte uns Schallplatten von Jaques Brel vor, las die Bücher von Babar, dem Elefanten, auf Französisch mit uns und hielt uns dazu an, an Heiligabend für den Weihnachtsmann die Schuhe rauszustellen. Sie zwang uns, bei einer merkwürdigen Frau Französischunterricht zu nehmen, die weiter unten in der Straße wohnte und Papageien in Käfigen hielt. Die Papageien sprachen auch Französisch – unanständige Worte, die zu wiederholen uns die alte Frau verbot. Henry hatte immer den Wunsch gehabt, die Heimatstadt seiner Familie in Italien und unser Haus in der Provence zu besuchen, doch dazu hatten wir nie Zeit oder genügend Geld gehabt. Wenn Henry noch gelebt hätte, hätte er darauf bestanden, dass wir endlich hinfuhren und unsere Aufwartung machten?

»Dieses Haus kann gar nicht niederbrennen«, informierte Tante Giselle mich. »Es will etwas. Es benimmt sich wie ein kleines Kind. Es wünscht sich Aufmerksamkeit.« Diese Sprüche hatte ich von meinen Verwandten mütterlicherseits schon öfter gehört – dass das Haus einen eigenen Willen habe. Die Mythen, die sich um das Haus rankten, stammten nicht nur von meiner Mutter, sondern wurden von Generation zu Generation weitergereicht – meist über die weibliche Linie. Wie hätten sie auch sonst überleben und gedeihen können? Auch Giselle hatte das Haus, als sie noch jünger war, einmal genutzt, hatte meine Mutter mir erzählt. Nach dem Tod ihres Mannes lebte sie ein paar Jahre dort, um sich »neu zu erfinden«, wie meine Mutter es ausdrückte.

»Vermutlich wünschen wir uns alle ab und zu ein wenig Aufmerksamkeit«, sagte ich leichthin.

»Ganz recht«, sagte sie. »Das mit deinem Mann tut mir leid.« Dann legte sie ihre Hand auf meine. Sie war knöchrig, mit dicken Fingerknöcheln, aber trotzdem weich. Sie pflegte ihre Haut. »Als ich noch jung war, habe ich auch einen Verlust erlitten«, vertraute sie mir an. »Der Krieg hat mir den ersten Mann genommen, aber ich habe durchgehalten. Damals mussten wir das alle. Wir hatten keine Wahl.«

»Ich wusste nicht, dass du schon mal verheiratet warst, bevor du in die Staaten kamst«, sagte ich erstaunt.

Sie schüttelte den Kopf und lächelte mich an.

»Das war keine Ehe. Es war Liebe. Manche Menschen bekommen das eine und das andere. Und manche bekommen beides zur gleichen Zeit«, sagte sie. »Verstehst du?«

»Ja«, antwortete ich, und mir schnürte sich die Kehle zu; meine Wangen liefen rot an. Ich musste husten. Ich schlüpfte wieder in meine Schuhe, sprang auf und ließ sie ohne eine Entschuldigung stehen. *Ich habe durchgehalten. Damals mussten wir das alle. Wir hatten keine Wahl.* Ich rannte so schnell zurück in Elysius' Haus, dass ich mit den Absätzen kleine Stücke aus dem Rasen riss. Ich durchquerte die von Caterern blockierte Küche und flüchtete mich ins Bad.

Ich verschloss die Tür und sah in den Spiegel. Ich musste an meine Tante denken. Ich war neidisch auf sie. Sie hatte schon alles hinter sich und blickte zurück. Ich hätte ihr anvertrauen sollen, was ich noch nie jemandem erzählt hatte. Damals hatte ich aus dem Radio von dem Verkehrsunfall erfahren, nachdem ich Abbot an der Schule abgesetzt hatte. Ich hatte gehört, dass es zahlreiche Todesopfer gab, ein Öltanker in Flammen stand und sich der Verkehr auf der Autobahn staute, und ich dachte nur an eins: an eine Ausweichstrecke.

Das war alles. Ich würde eine Ausweichstrecke nehmen. Noch schlimmer, ich kam mir vor wie ein Glückspilz – nicht weil ich am Leben war, sondern weil ich den Bericht noch rechtzeitig gehört hatte, um die Ausfahrt zu meiden, auf der ich mitten im Schlamassel gelandet wäre.

Nachdem man mich informiert hatte, dass Henry in seinem Wagen verunglückt war, nachdem ich geschrien und getobt und man mir Beruhigungstabletten verabreicht hatte, wachte ich allein in einem abgedunkelten Raum auf und erinnerte mich an den Radioreporter, an den aktuellen Verkehrsbericht, und dachte an die Frau, die ich einst gewesen war, die Radio gehört hatte und an der Ausfahrt vorbeigefahren war, und hasste sie mehr, als ich je jemanden im Leben gehasst hatte. Es war ein Unfall gewesen, ein unglücklicher Zufall, doch bei einem anderen Unfall hätte er vielleicht Glück gehabt und wäre mit dem Leben davongekommen. Ich hätte ihn retten können. Ich weiß es. Wenn ich ihn hätte ausschlafen lassen? Wenn ich an jenem Morgen zu ihm in die Dusche gestiegen wäre und er sich verspätet hätte? Wenn ich ihn angerufen hätte, um ihm zu sagen, dass ich ihn liebe, und er am Straßenrand gehalten hätte, um mit mir zu telefonieren?

Und jetzt, während ich mich am Waschbecken festhielt, verspürte ich wieder diesen Hass. Wer war ich damals? Warum habe ich ihn nicht gerettet? Warum habe ich ihn gehen lassen?

Beim Gedanken daran, wie sehr ich ihn liebte, krampfte sich meine Brust zusammen. Tante Giselle hatte gesagt: Manche Leute bekommen das eine und das andere. Manche bekommen beides zur gleichen Zeit. Henry und ich hatten beides zur gleichen Zeit, eine Liebe und eine Ehe. Ich vermisste ihn schrecklich, fühlte einen tiefen Schmerz. Ich liebte seine Seele – sie erleuchtete ihn von innen. Und ich liebte seinen Körper – die körperliche Hülle, die seine Seele umgab. Ich bekam keine Gelegenheit, ihn zum Abschied zu küssen, ich würde ihn nie wiedersehen. Nicht einmal in meinen Träumen, die immer merkwürdig bürokratisch waren, konnte ich mich verabschieden. Darin stieg Henry aus einem Streifenwagen und wurde zu mir zurückgebracht, während eine Erzählstimme erklärte, dass er gar nicht tot war. Es war schlicht und ergreifend ein Versehen. Die Träume endeten immer, bevor er mich berühren konnte. Er war fort. Früher hatte ich darum gebettelt, ihn zurückzubekommen, hatte Gott angefleht, aber jetzt wollte ich nur die Erlaubnis, seine Haut mit den Fingerspitzen berühren zu dürfen. Wenn ich nur um diese eine Kleinigkeit bat, hatte ich dann eine bessere Chance? Würde man mir das wenigstens zugestehen?

Ich musste heftig schluchzen und rang nach Luft.

Es klopfte laut an der Tür.

»Hier ist deine Mutter.« Sie rüttelte am Knauf. »Mach die Tür auf.«

Ich holte tief Luft und drehte den Wasserhahn auf.

»Warte«, sagte ich, war mir aber nicht sicher, ob ich geflüstert oder geschrien hatte.

»Lass mich rein.«

Ich betrachtete mein Gesicht im Spiegel: Dunkle Mascara bildete einen Ring unter meinen Augen, meine Lippen sahen zerbissen und aufgesprungen aus, meine Wangen fiebrig.

Meine Mutter flüsterte:

»Heidi, hör mir zu. Lass mich rein.«

Ich drehte den Knauf um. Das Schloss öffnete sich mit einem Knacken.

Meine Mutter schlüpfte zu mir herein und schloss die Tür. Sie sah mich an und breitete die Arme aus. Ich stürzte mich in ihre Umarmung. »Schon gut«, flüsterte sie. »Ich weiß. Ich weiß. Schon gut.«

»Abbot«, flüsterte ich. »Ich muss nach ihm sehen.«

»Er ist bei seiner Verwandtschaft gut aufgehoben«, beruhigte mich meine Mutter. »Lass dir Zeit.«

Ich deutete auf den Mascara-Fleck, den ich auf der Schulter ihres Kleides hinterlassen hatte.

»Tut mir leid«, murmelte ich.

»Wen kümmert das?«, fragte sie. »Es ist doch bloß ein Kleid.«

»Warum bist du hier?«, fragte ich, zog ein Papiertaschentuch aus der Schachtel und machte es feucht. Hatte Tante Giselle ihr gesagt, dass ich aufgewühlt war?

»Ich habe eine Idee«, verkündete sie. »Deine Schwester ist verärgert, weil Daniel morgen früh eine wichtige Telefonkonferenz hat. Ich habe mir überlegt, wie wir sie ablenken könnten. Wir drei – nur wir Mädels – könnten einen leichten Brunch veranstalten, hier im Haus, du, ich und Elysius. Das würde ihr gefallen.«

»Aha?« Ich hörte ihr kaum zu. »Ein Brunch?« Ich versuchte, mir die Schminke aus dem Gesicht zu wischen, verschmierte sie aber nur noch mehr. Die Welt drehte sich unbeirrt weiter. Tiefe Verzweiflung – wie konnte sie inmitten von Mascara, Reißverschlüssen und Brunches existieren? Die Welt marschierte voran, selbst wenn ich kaum noch stehen konnte.

»Ich habe dich beobachtet«, sagte meine Mutter. Sie lehnte sich an die Tür und sah müde aus, älter. Es war für uns alle schwer gewesen – nicht nur, den Verlust von Henry zu verkraften, sondern auch, sich mit der Vorstellung zu konfrontieren, dass sich urplötzlich und unwiderruflich deine ganze Welt verändern kann. Wir wurden daran erinnert, wie zerbrechlich alles ist, so zart wie die Luftpost-Briefumschläge, die meine Mutter uns geschickt hatte. Eben noch ist es dein Leben, und auf einmal ist es weg. Meine Mutter tat mir leid. Ich wusste, wie es war, wenn man seinem Kind nicht helfen, die unfassbare Willkür des Lebens nicht ändern, einen Verlust nicht rückgängig machen konnte. Aber sie hatte einen Plan. Sie ließ sich nicht unterkriegen. »Komm morgen zu dem Brunch«, bat sie. »Dann können wir reden.«

Kinder. Genauso häufig, wie man ihretwegen Dinge leider verpasst, liefern sie einem Entschuldigungen, um sich vor Dingen zu drücken, die man gerne verpasst.

»Abbot ist erschöpft«, sagte ich zu Elysius und Daniel. »Ich muss ihn ins Bett kriegen, bevor er noch umkippt.«

In Wahrheit war Abbot aufgeputscht von Torte, Kindercocktails und Schoko-Würfeln und hätte noch ewig durchhalten können. Ich war diejenige, die erschöpft war. Meine Schwester sah mir bestimmt an, dass ich geweint hatte – mein Make-up war fast ganz ab, meine Augen sicherlich gerötet –, aber sie verkniff sich einen Kommentar.

Inzwischen war es dunkel. Um das Zelt herum waren kleine weiße Lichterketten gespannt wie leuchtende Perlenschnüre, während an den Ecken größere Strahler angebracht waren. Die Gäste amüsierten sich und lachten, immer ein Zeichen dafür, dass die Party gut läuft. Elysius wirkte müde, sah aber trotzdem hinreißend und glücklich aus, während Daniel sich entspannt an einen Tisch lehnte, der mit Handtaschen und welkenden Blumensträußen übersät war.

»Danke, dass du so lange geblieben bist«, sagte meine Schwester ohne jeden Anflug von Sarkasmus zu mir. Die vielen Beweise der Zuneigung hatten sie milde gestimmt, und sie war aufrichtig bemüht, mir zu verzeihen.

Erleichtert ging ich darauf ein.

»Ich wünschte, ich könnte noch länger bleiben. Es war eine wunderschöne Zeremonie und eine tolle Party.«

Der Wind legte zu, und es wehte eine kräftige Brise.

»Es sieht nach Regen aus«, meinte Daniel mit einem Blick zum Himmel.

»Jetzt darf es regnen«, befand meine Schwester wie ein kleiner Gott. »Mein Werk ist vollbracht.«

Und so liefen Abbot und ich den grasbewachsenen Abhang wieder hinab. Wenn sein Vater hier wäre, dachte ich, würde er ihn ins Atelier tragen, die Treppe hinauf und ins Bett. Erinnerte sich Abbot noch an die Zeiten, als Henry ihn nach langen Abenden vom Autorücksitz hochgehoben hatte? An den kratzigen Stoff seines Mantels, den Duft seines Aftershaves? Jedes

Kind verdient solche Erinnerungen. Für mich war Abbot zu schwer, deshalb gingen wir Hand in Hand, und wie so oft wurde mir schmerzlich bewusst, dass ich von Glück sagen konnte, Abbot zu haben. Sonst wäre ich diesen Abhang allein hinuntergestolpert. Wie hätte ich es ohne die Verantwortung für Abbot geschafft weiterzuleben? Auch darüber hatten Henry und ich uns Gedanken gemacht, als wir noch zusammen waren. Wie war es uns vor Abbot gelungen, im Leben einen Sinn zu finden?

Abbot war eine Überraschung, oder, nun ja, eine Quasi-Überraschung ... Nach Abschluss der Kochschule arbeiteten wir wie die Verrückten, er in einem vornehmen, sehr stressigen Restaurant und ich in einer Bäckerei. Wir wünschten uns beide Nachwuchs, wussten aber, dass es der falsche Zeitpunkt war. Wir mussten unsere Studentendarlehen abbezahlen und sparten auf ein Haus. Immer wieder versicherten wir uns gegenseitig, dass vernünftige Menschen sich jetzt noch kein Kind anschaffen würden. Es wäre tollkühn.

Schließlich war Henry derjenige, der damit rausrückte.

»Es könnte ein Unfall sein.«

»Du meinst, du willst mir ein Kind machen?«, fragte ich entgeistert.

»Aus Versehen«, erklärte er.

»Aber wäre es nicht Absicht, wenn ich davon weiß?«, fragte ich.

»Das ist keine Frage der Logik. Lass uns tollkühn sein.«

Statt uns in Safer Sex zu üben, übten wir Unfälle. Wir wurden richtig gut darin. Irgendwann blieb prompt meine Periode aus. Ich schickte Henry los, um einen Schwangerschaftstest zu besorgen, und als ich ihn durchführte, zeigte das Kästchen nur eine verschwommene Linie.

»Besorg mir noch einen«, bat ich. »Ich trinke in der Zwischenzeit viel.«

Er kam mit drei weiteren Tests zurück, musste dann aber zur Arbeit hetzen. Nachdem drei rosa Linien deutlich in drei klaren Fenstern zu sehen waren, fuhr ich, da Henry kein Handy hatte, etwa zu der Zeit, als er Feierabend machte, zum Restaurant. Als er die Straße zum Parkhaus überquerte, hupte ich, hielt mit dem Wagen vor einer roten Ampel und stieg aus.

Er drehte sich um.

»Es ist passiert!«, schrie ich.

Er rannte über die Kreuzung zu mir, schlang die Arme um mich und hob mich überglücklich hoch. Der Typ im Wagen hinter mir streckte den Kopf aus dem Fenster.

»Und?«, schrie er. »Was geht hier ab?«

»Sie ist schwanger!«, schrie Henry freudig zurück. »Ein Quasi-Unfall!«

»Wenn das so ist, Quasi-Glückwünsche!«, rief der Typ. »Können Sie jetzt bitte wieder einsteigen und weiterfahren?«

Wir freuten uns überschwänglich und riefen sofort Familie und Freunde an. Henry prahlte mit seinen Spermien. Wir stürzten uns sofort auf Namensbücher. Henry schlug vor: »Wie wär's mit Bantu? Das heißt ›das Volk‹.« Ich blieb bei den Käsesorten hängen: Gorgonzola, Gruyère …

Doch schließlich wurde mir allein schon beim Gedanken an Käse schlecht, wie bei allen Lebensmitteln. Durch die Übelkeit und die Erschöpfung fühlte ich mich wie benommen, als hätte mir jemand einen Schlag mit einem Knüppel verpasst. Ich schlurfte durchs Haus und bedauerte die vielen Frauen vor mir, die diese Tortur schweigend durchlitten hatten. »Ich fühle mich, als hätte ich eine Bombenexplosion überlebt.« Wenn ich in den Spiegel sah, rechnete ich damit, mein rußschwarzes Gesicht zu sehen.

Henry massierte mir die Füße und den Rücken. Er machte mir Hühnchensalat mit Cranberry-Dressing auf Croissants –

morgens, mittags und abends –, drei Wochen lang. Es war das Einzige, was ich runterkriegte.

Es stellte sich heraus, dass die Übelkeit und die Erschöpfung einen Zweck hatten: Sie hemmten die Angst. Sobald sie nachließen, überrollte mich die Furcht. Aus der heutigen Perspektive ist es kein Wunder, dass Abbots Verhalten ans Zwanghafte grenzte. Ich hatte schreckliche Angst vor der Schwangerschaft. Angstzustände auf diesem Niveau müssen sich zwangsweise den Weg durch die Plazenta bahnen.

Henry hingegen war die Ruhe selbst, vielleicht weil Italiener schon immer große Familien hatten. Babys kommen auf die Welt, so oder so. Einmal weckte ich ihn mitten in der Nacht, um ihn zu informieren, dass die Geburt seit Menschengedenken die häufigste Todesursache für Frauen war.

»Geh auf einen x-beliebigen alten Friedhof, lies die Grabinschriften, und zähl mal, wie viele Frauen dort mit ihren Babys begraben liegen.«

Er rieb sich verwirrt das Gesicht.

»Wovon sprichst du?«

»Ich könnte dich jetzt auf der Stelle auf einen Friedhof schleppen, und wir könnten die Grabsteine von Frauen mit ihren Babys zählen.«

»Bittest du mich um ein Date?« Er lächelte verschlafen, verführerisch, und ich boxte ihn in den Arm und legte den Kopf auf seine Brust.

Ich las alle Schwangerschaftsratgeber, die ich in die Finger kriegte, bis Henry fand, dass ich damit aufhören sollte.

»Kein kalter Entzug. Ich will nicht, dass du ins Delirium tremens fällst, aber du solltest deinen Konsum reduzieren.«

Ich hatte sie sowieso schon alle durch.

»Zu spät«, antwortete ich.

Vor jeder Kontrolluntersuchung, jedem Ultraschall und

jedem Arztbesuch hatte ich Angst. Jeder Test, den das Baby und ich erfolgreich hinter uns brachten, schien mir nur noch deutlicher zu machen, dass wir bei einem wichtigeren einfach durchfallen mussten, bis schließlich nur noch einer übrig war: die Geburt.

Es begann wie im Lehrbuch: Mit leichten Krämpfen und stechenden Schmerzen, die immer unangenehmer wurden.

»Wir sollten ins Krankenhaus fahren, sonst kriegst du das Kind noch auf dem Rücksitz des Taxis«, sagte Henry.

»Das passiert nur im Film. Wir nehmen doch gar kein Taxi.«

»Ich weiß, aber trotzdem …« Er stand leicht gekrümmt neben mir, die Arme vor der Brust, als rechnete er damit, dass das Baby gleich herausfiele und er es dann auffangen würde.

»Ich soll erst kommen, wenn ich während einer Wehe nicht mehr sprechen kann«, erklärte ich.

Und so spazierten wir durchs Viertel. Gehsteig, Vögel, Sonne, Zäune, Hunde … Im Viertel bekam niemand mit, was in meinem Bauch vor sich ging. Abbot fühlte sich nicht so sehr an wie ein Baby, sondern vielmehr wie ganze Landschaften, die sich verschoben, umstürzten, meinen Bauch fest zusammenzogen und wieder losließen.

Die Wehen wurden stärker, und ich wollte aus meinem Körper heraus, fliehen. In mir stieg die furchterregende Erkenntnis auf, dass etwas in mir feststeckte.

Ich sagte Henry, dass es an der Zeit sei. Ich erinnere mich an den Himmel durch das Autofenster, Telefonleitungen, Bäume. »Wenn ich es nicht überlebe, musst du dem Baby alles über uns erzählen, wie sehr wir uns geliebt haben. Dass Liebe möglich ist – dass sie größer ist als wir alle.«

»Du wirst es schon überleben«, versicherte mir Henry. »Und das Baby auch. Alles wird gut.«

Ich sah ihn mitleidig an, als wäre er wahnsinnig naiv.

»Denk an all die Menschen, die am Leben sind«, fuhr er unbeirrt fort. »Sie stammen alle von Müttern ab, die dasselbe durchgemacht haben. Die Welt ist voller Menschen!«

Das war mir kein Trost. So viele Frauen, so viel Schmerz! Wie war es möglich, dass wir alle auf diese Weise zur Welt kamen? Wie konnte es auf der Welt Platz für so viel Leid geben?

»Einmal hat eine Frau ihr Baby während der Monsunzeit auf einem Baum bekommen«, sagte Henry begeistert. »Ihr und dem Baby ging es gut! Sogar dem Baum ging es gut! Menschen – und Bäume – sind robust.«

Die Frau im Baum war mir vollkommen egal. Ich schloss die Augen während einer Wehe, und die Welt verschwand. Als wir im Krankenhaus ankamen, wurden die Zeitspannen ohne Schmerzen, bei denen ich bei Bewusstsein war, immer kürzer. Dann waren hell und überdeutlich die Krankenschwestern, Infusionsschläuche, Tragbahren zu erkennen, ein kleiner Raum mit einem Schaukelstuhl, und Henry, der mit dem Arzt sprach, meine Hand hielt, meine Lippen mit Eis einrieb.

Der Arzt verkündete, dass er den Kopf sehe.

»Ich auch«, sagte Henry.

Was?, dachte ich. Da war nur noch die Kraft des Willens. Nur ein Verlangen, ein Wollen. Keine Angst mehr. Nur noch Atmen. Beine. Nur mein dicker Bauch und das Bedürfnis zu pressen.

Eine Schwester stellte einen Spiegel auf, sodass ich den Kopf des Babys sehen konnte, aber Spiegel gingen über meinen Verstand. Genau wie Babyköpfe. Sie bedeuteten mir nichts.

In meinem Körper war eine schmale Öffnung, Knochen bewegten sich, ich presste. Dann sagte jemand, der Kopf sei jetzt raus, noch einmal pressen, und ich war erlöst, etwas purzelte heraus. Und was danach kam, hätte ich mir nie vorstellen können, etwas Schreiendes, rot und blutig. Jemand hob es hoch und legte es mir auf die Brust.

Und Henry sagte: »Du hast es geschafft.« Sein Gesicht war rot angelaufen. Er weinte.

Ich brauchte einen Moment, um zu begreifen, dass dieses Wesen in meinem Bauch gewesen war – dieser Körper mit Fersen und Ellbogen. Die monatelangen Tritte und Knüffe ergaben einen ganz neuen Sinn. Ich berührte die Finger des Babys. Ich beobachtete das Zucken des Herzschlags unter seiner Haut. Ich fuhr mit dem Finger über das feine, glitschige Haar auf seinem Köpfchen.

»Es ist ein Baby«, sagte ich zu Henry.

»Ich weiß«, sagte er. »Es ist unser Baby.«

»Und wir sind beide am Leben.«

»Ja«, bestätigte er. »Genau wie ich dir gesagt habe.«

Abbot habe ich eine entschärfte Version dieser Geschichte erzählt, eine von vielen Henry-Geschichten. Abbot gefiel sie besonders gut, weil sie von ihm als Baby handelte – im Grunde eine Abbot-Geschichte, das »Making of«. Er liebte seine Babygeschichten. Doch ehrlich gesagt verstörte sie mich immer. Die stillschweigende Abmachung zwischen Henry und mir. Am Ende dieser Geschichte über das Leben lebte Abbot noch, genau wie ich. Henry hingegen nicht. Diese unwiderrufliche Tatsache trat noch viel deutlicher hervor als in den anderen Geschichten. Als ich sie das letzte Mal erzählte, strich ich Abbot die Ponyfransen aus dem Gesicht und küsste ihn auf die Stirn. »Gute Nacht«, flüsterte ich, und mir versagte die Stimme. Nicht weinen, schalt ich mich. Nicht weinen. Doch als ich Abbots Red-Sox-Nachtlicht ausschaltete, strömten mir schon die Tränen übers Gesicht. Ich ging ins Bett und weinte, bis ich mich ausgeweint hatte.

Ich erzählte niemandem, dass ich diese Zusammenbrüche fast zwei Jahre danach immer noch hatte – nicht einmal meiner Mutter, die wahrscheinlich trostreiche Worte für mich parat gehabt hätte. Aber ich wollte keinen Trost. Ich hatte Angst davor, es jemandem zu sagen, weil ich nicht damit aufhören wollte. Schmerz war meine Verbindung zu Henry, und den Gedanken, sie zu verlieren, konnte ich nicht ertragen.

Als ich Abbot am Abend der Hochzeit meiner Schwester in die seidigen Laken auf der Schlafcouch im Loft von Daniels Atelier steckte, ging mir plötzlich auf, dass ich Abbot Henry-Geschichten erzählte, so wie meine Mutter uns früher Geschichten über unser Haus in der Provence erzählt hatte. Auch bei ihr eine Schwäche? Vielleicht lag es in der Familie. Abbot kannte alle Geschichten auswendig. Wenn ich ein Detail ausließ, einen einzigen kleinen Punkt – wie den Spritzer Mehlsauce auf dem Revers von Henrys Smoking auf unserer Hochzeit –, unterbrach er mich. »Erzähl es richtig«, ermahnte er mich dann. »Lass nichts aus.« Ich hatte Abbot stets für meinen größten Verbündeten gehalten, für den Hüter der Details. Er würde sich an alles erinnern, wenn ich patzte. Gemeinsam, dachte ich, können Abbot und ich Henry am Leben erhalten.

Ich fragte mich, ob er auch heute Abend nach einer Henry-Geschichte verlangen würde. Aber ich war zu überwältigt von den Erinnerungen, die der Tag (das Feuer in der Provence, die wunderschöne Hochzeit meiner Schwester) in mir geweckt hatte. Vielleicht spürte Abbot das. Heute Abend nicht, beschwor ich Abbot im Stillen.

Aber ich war doch erstaunt, als er in seinen Stoffbeutel griff und sein Wörterbuch herausholte. Er legte es neben sich ins Bett, teilweise zugedeckt, wie einen Teddybären. Henry hatte es ihm zum fünften Geburtstag geschenkt. Ursprünglich war es ein Geschenk von Henrys Vater gewesen, als Henry von zu Hause weg aufs College ging, und in der Schrift seines Vaters stand eine steife Widmung darin, ein Zitat von Galileo. Es war auf Italienisch geschrieben und dann übersetzt: *Alle Wahrheiten sind leicht zu verstehen, sobald man sie entdeckt hat; es geht darum, sie zu entdecken*. Und er hatte noch hinzugefügt: *Nutze deine Worte gut.*

Auf der darauffolgenden Seite hatte Henry ein paar Zeilen an Abbot geschrieben. Dort stand: *Ich schließe mich Papa an. Sei neugierig. Herzlichen Glückwunsch zum fünften Geburtstag! Alles Liebe, Daddy.*

Normalerweise lag das Wörterbuch zu Hause auf Abbots Nachttisch. War das ein Zeichen dafür, dass Abbot sich zu sehr an die Vergangenheit klammerte?

Es war ein American-Heritage-Wörterbuch in der zweiten College-Ausgabe – und was es für Abbot so besonders machte, war, dass Henry mit Tesafilm kleine kopierte Fotos von Abbot über die Bilder geklebt hatte, die die äußeren Spalten der Seiten säumten. Er hatte Abbots Gesicht über den Kopf eines Bisons geklebt, über den Kopf eines Astronauten zur Veranschaulichung des Begriffes *Druckanzug*, auf den Rumpf eines Polospielers über dem Wort *Polo*, über das Gesicht eines Immigranten, über das Gesicht eines Steuermanns und auf eine Statue von Eros. Natürlich hatte er Abbots Bild auch auf die Seite geklebt, auf der *abbot, der Abt*, definiert wurde, und seine eigene Definition dazugekritzelt: *Abbot (ʼæbǝt), n. Der wunderbarste Junge auf der Welt. [Lat. abbas, abbatem (Akk.) …]*

Ich hatte schon öfter beobachtet, wie Abbot abends in dem Wörterbuch blätterte, aber dass er so daran hing, wusste ich nicht.

»Da ist ja das Wörterbuch«, bemerkte ich beiläufig.

»Es hilft mir beim Einschlafen«, sagte er. Er lächelte und zuckte mit den Schultern. Dann klopfte er mit den Fingerknöcheln darauf, eine merkwürdige Geste, die ich nicht deuten konnte, und sah durch das Dachfenster zum Nachthimmel.

Ich öffnete ein Fenster, um die kühle Luft hereinzulassen, und hängte seinen Smoking auf einen Kleiderbügel. Ich hatte ihn in einem alten Schrank gefunden, dessen Spiegel stumpf geworden war.

»Weißt du noch, als du, ich und Dad in diesem Aquarium waren?«, fragte Abbot. »In dem mit dem riesigen Becken mit Weißwalen?«

»Ja«, sagte ich. »Wir sind durch einen gläsernen Unterwassertunnel gelaufen. Ich fand die Quallen so toll.« Ihr rosafarbener leuchtender Kopfschmuck erinnerte an Rüschen, sah aus wie ein greller Turban, und ihre Körper bewegten sich wie leuchtende Ballkleider, die über unseren Köpfen pulsierten. Henry hatte mich dabei ertappt, wie ich eine Träne zerdrückte. Ich erklärte ihm, dass sie mich an Abbots Kindheit erinnerten, wie sie uns zu entgleiten schien.

»Ich musste heute daran denken, als Opa und ich uns die Sendung auf Animal Planet angesehen haben«, erklärte Abbot. »Weißt du noch, wie gut Daddy die Weißwale gefielen?«

»Ja«, sagte ich.

»Er sagte, dass die hinteren Gliedmaßen der Weißwale wie Beinknochen aussehen, wenn sie mit den Flossen schlagen. Als wäre im Körper des Wales ein Mensch gefangen. Und dass sie Bauchnabel hätten. Wale sind genau wie wir.«

Wusste Abbot, dass mir diese Erinnerung sehr viel bedeutete? Kinder registrieren vieles, glaube ich, auch wenn sie zwiespältige Augenblicke nicht rational begreifen, aber vielleicht registrieren sie es genau aus dem Grund, weil es eben nicht rational ist, sondern tiefer geht, sodass es sich ihnen einprägt.

An jenem Abend nach dem Besuch im Aquarium, im Hotel in der Innenstadt von Atlanta, hatte ich Henry gefragt, ob er sich gefangen fühlte, wie der Körper des Menschen, den er im Innern des Weißwales sah. Ich machte mir Sorgen, dass er es symbolisch gemeint hatte, wenn auch nur unbewusst. Er sah mich erschreckt an und sagte:

»Ich bin weder in einem Wal noch in einem Leben gefangen. Du etwa?«

Da wurde mir klar, dass ich meine eigenen Ängste auf ihn projizierte. Fühlte ich mich gefangen? War das der Grund für das diffuse Sehnen, das ich manchmal verspürte?

»Nein«, wehrte ich ab, nicht willens, etwas so Schreckliches zuzugeben. Ich hatte Glück. Wir hatten Glück. Doch dann flüsterte ich: »Ich frage mich nur, ob das das Leben ist, nur dieser Moment und dann der nächste und der nächste, und dann hört es auf. Und das ist alles.«

Ich merkte, dass ich ihn verletzt hatte. »Wir haben das gemeinsam um uns herum aufgebaut, aber wir sind nicht darin gefangen. Das ist ein Unterschied.«

Und jetzt sah ich die riesigen Weißwale vor mir. Henry hatte recht gehabt. Man konnte ihre kräftigen hinteren Gliedmaßen unter der Haut sehen, und es war sehr menschlich. Fühlte ich mich wie eine Frau, die in sich selbst gefangen war? Ich hätte mir kein anderes Leben vorstellen können. Falle oder nicht Falle, Henry und ich hatten es uns aufgebaut. Und obwohl ich mich jetzt einsam darin fühlte, wollte ich nicht daraus ausbrechen. Ich wollte nur meinen alten Alltag zurück.

Ich sagte Abbot, dass ich mich auch daran erinnerte, was Daddy über den Weißwal gesagt hatte.

»Hat dir die Hochzeit gefallen?«, fragte ich.

»Ja«, sagte er. »Aber sie war nicht so gut wie deine und Daddys.«

»Warum sagst du das?«

»Ihre war zu schick. Eure war genau richtig.«

Darin stimmte ich ihm zu, antwortete aber nicht.

»Bist du jetzt müde?«

»Mm-hmm.«

»Dann schlaf jetzt«, sagte ich.

Er riss die Augen weit auf und sah mich ängstlich an.

»Hier drin gibt es doch einen Rauchmelder, auch wenn es nur ein Atelier ist, oder? Und kein Haus.«

»Ja, hier ist einer«, beruhigte ich ihn. »Wir sind hier sicher.«

»Okay«, sagte er und schloss die Augen. Ich blieb bei ihm sitzen und lauschte seinen Atemzügen, die sich rasch zu einem gleichmäßigen Rhythmus verlangsamten. Er war doch erschöpft. Als ich sicher war, dass er schlief, nahm ich das Wörterbuch aus dem Bett und hielt es einen Moment auf meinem Schoß. Es hatte spitze Kanten. Ich wollte nicht, dass sich Abbot nachts daran stieß. Ich erwog, es aufzuschlagen, mir zu erlauben, in dem zu schwelgen, was Henry hinterlassen hatte. Aber ich tat es nicht. Ich konnte es nicht. Als ich es auf den Beistelltisch legte, sah ich auf und erblickte mich im Schrankspiegel: diffus, gespenstisch; eine Frau, die einmal lebte, aber nun fast tot war.

Von meinem Platz im Esszimmer aus, wo Elysius, meine Mutter und ich brunchten, konnte ich Abbot und meinen Vater in Elysius' beheiztem Pool sehen. Abbot zog schon seine Kreise. Mein Vater trug eine Badehose, die ich ein bisschen zu knapp fand. Es war durchaus möglich, dass er sie in den siebziger Jahren erstanden hatte. Er hatte fast unbehaarte rosa Beine und einen Bauch. Er und Abbot waren heute Morgen ziemlich ernst. Sie wollten spielen, dass sie in der Karibik seien, was einige Vorstellungskraft erfordern würde, vor allem weil keiner von ihnen jemals dort gewesen war.

Meine Mutter, Elysius und ich aßen Gebäck, das meine Mutter in der Bäckerei vor Ort erstanden hatte, als gäbe es nicht noch ein Riesenstück von der Hochzeitstorte. Ich aß das Gebäck und versuchte, es nicht zu bewerten. Doch hin und wieder schaltete sich mein kritischer Blick ein, und ich dachte: Ganz hübsch, aber was nützt das, wenn es zu trocken ist?

Elysius hatte uns aus irgendwelchen exotischen Bohnen eine Kanne Kaffee gebraut, die angeblich überwältigende Auswirkungen auf Daniels Werk hatten. »Erstklassig, hochwertig.«

Ich wusste, dass es eine Tagesordnung gab. Ich wusste, Elysius und meine Mutter hatten sich im Vorfeld unterhalten, Elysius hatte sich Notizen gemacht, und wir mussten eine Themenliste abarbeiten, ob wir nun wollten oder nicht.

Wir sprachen über die Hochzeit – Anekdoten, Details, die Outfits der weiblichen Gäste. Meine Mutter und ich erlaubten

Elysius, sich darüber auszulassen, dass Daniel die Flitterwochen verschoben hatte, um zu arbeiten, bis sie zum Ausgangspunkt zurückkehrte und seine Kunst verteidigte.

»Wenn man einen Künstler heiratet, heiratet man auch seine Arbeit. Das weiß ich inzwischen sehr gut. Und ich liebe seine Arbeiten. Nicht so sehr wie ihn, aber ich liebe sie.« Und als wäre die Liebe ein geeigneter Übergang, sagte meine Schwester unvermittelt: »Jack Nixon findet dich charmant.«

»Charmant?«, wiederholte ich und errötete. »Ich konnte ihm kaum in die Augen sehen.«

»Ich hab's dir ja gesagt«, meinte Elysius, »die Kunst des Flirtens – man muss sie trainieren, sonst verlernt man sie.«

»Tja, ich hab's schon verlernt.« Jack Nixon war nett und gut aussehend und hatte mich als schöne Frau bezeichnet, sogar noch nachdem ich ihn vom Haken gelassen hatte, und nun hielt er mich auch noch für charmant. Trotzdem, ich hatte nicht nur Angst vor ihm, sondern vor allem vor dem, wofür er stand.

»Und, mochtest du ihn?«, fragte Elysius. »Er hat angedeutet, dass er sich mit dir verabreden will. Ganz zwanglos. Er war noch nie verheiratet. Er hat keine Kinder, keinerlei Altlasten. Er ist unkompliziert! Er ist perfekt!«

Wie lautete ihre Verkaufsmasche für mich? Ich war sehr wohl verheiratet gewesen. Ich hatte ein Kind. Ich hatte nicht nur Altlasten; ich schleppte ganze Überseekoffer mit Problemen mit mir herum! Nicht, dass an Jack Nixon irgendetwas verkehrt gewesen wäre. Durchaus nicht. Er schien ganz in Ordnung zu sein, aber er wollte mit mir ausgehen? Ausgehen? Wie konnte man von mir erwarten, dass ich mit jemandem ausging? Ich muss sehr niedergeschlagen gewirkt haben, denn meine Mutter schaltete sich ein.

»Aber, aber«, flötete sie. »Wenn sie so weit ist, findet sie schon eine neue Liebe.«

»Moment mal«, protestierte Elysius. »Du warst schließlich eingeweiht. Du warst der Meinung, Jack sei ein guter Fang.«

»Ich bin aber noch nicht so weit«, antwortete ich und erkundigte mich rasch, wo Charlotte blieb.

»Die schläft noch«, sagte Elysius. »Sie braucht einen ganzen Tag Schlaf, um zu funktionieren.«

»Sie ist eben in dem Alter«, sagte meine Mutter.

»Ich war nie in dem Alter«, beschwerte sich Elysius. »Ich bin immer früh aufgewacht.«

»Dafür hattest du viele andere Phasen. Deine pampige Phase. In einer Phase hast du dich nur von Frischkäse und Schokolade ernährt. Deine Zigarettenphase«, erinnerte sie meine Mutter sanft.

Es war eine Weile still.

»Nun«, sagte meine Mutter und brach das Schweigen.

»Nun?«, gab ich ungeduldig zurück. Sie sollte endlich zur Sache kommen. Was genau war ihre Idee, und wie kam ich aus der Nummer raus?

»Nun …«, sagte Elysius zögernd.

»Das Haus«, fing meine Mutter an. »Jemand muss sich darum kümmern.«

»Das Haus?«, fragte ich ungläubig. Mein Haus war zwar ein bisschen unaufgeräumt, die hintere Veranda hatte einen neuen Anstrich nötig, und die Spülmaschine pfiff auf dem letzten Loch, aber mir zu unterstellen, dass ich es vernachlässigte, erschien mir ein wenig extrem.

Meine Mutter griff in ihre Handtasche, legte einen Stapel Fotos auf den Tisch und schob sie mir zu.

»Das Haus in der Provence«, präzisierte sie. »Wie oft muss ich wiederholen, dass es dort gebrannt hat?«

»Vielleicht war es wirklich nur ein kleiner Küchenbrand«, spekulierte ich, während ich daran dachte, was Tante Giselle gesagt hatte: Das Haus war wie ein trotziges Kind, das einen Wutanfall hatte.

»Wir wissen nicht, wie groß der Schaden ist«, sagte meine Schwester. »Aber das Haus ist praktisch seit Jahrzehnten vernachlässigt worden. Ich würde ja selbst hinfahren, aber Daniel und ich haben uns schon eine Yacht mit eigener Crew gemietet.«

»Und ich kann nicht hin. Dein Vater würde sich weigern mitzukommen, und ohne ihn kann ich nicht fahren. Es ist zu … belastet«, ergänzte meine Mutter.

Elysius und meine Mutter schwiegen, während ich die Bilder durchsah, unscharfe Farbfotografien aus den späten Achtzigern, als wir drei zum letzten Mal dort gewesen waren. Meine Mutter im taillierten Rock, Elysius mit langen Haaren und dichten Ponyfransen und ich mit einer Baseballmütze. Hinter uns leuchtete der Mont Sainte-Victoire. Aufnahmen von dem Steinhaus, von uns dreien, wie wir im Garten am Springbrunnen zu Abend aßen, das große Nachbarhaus, Véronique – mit eckigen Schultern, ein leises Lächeln auf den Lippen – und ihre Jungs, die wie immer schüchtern lächelten. Ein Bild vom Vater der Jungen mit schwarzen Socken und Sandalen, den Mund geöffnet, als würde er singen. Kathedralen, in denen Architekturstile nahtlos ineinander übergingen, Weinberge, ein Sonnenblumenfeld, wir drei daneben am Straßenrand.

Auf das nächste Foto war ich nicht gefasst: Meine Mutter im gelben Badeanzug saß am Rand unseres Swimmingpools, umgeben von einem Garten mit kleinen Wegen, in den man durch ein schmiedeeisernes Tor gelangte. Sie sah elegant und so überwältigend jung aus, dabei musste sie mindestens so alt gewesen sein wie ich jetzt.

»An diesen Badeanzug erinnere ich mich nicht«, sagte ich verwundert.

»Das Bild ist aus dem Sommer darauf«, sagte sie ohne jede Gefühlsregung, als sei sie nicht genau in dem Sommer verschwunden. Auf dem Foto schirmte sie mit der Hand ihre Augen vor der Sonne ab, eine kokette Grußhaltung. Ich fragte mich, wer das Foto gemacht hatte. Wen lächelte sie an?

Die kritische Prüfung, der ich dieses Foto unterzog, muss ihr unangenehm gewesen sein, denn sie versuchte, mich mit beiläufigem Geplänkel davon abzulenken. »Seit nunmehr zehn Jahren ist an dem Haus nichts mehr gemacht worden. Auch wenn es kein verkohlter Steinhaufen ist, muss es in Schuss gebracht werden.«

»Sie hat recht«, stimmte Elysius ihr zu. »Alles ist kurz vorm Einstürzen: die Küche, die Badezimmer … Es war zwar schön, als Daniel und ich da waren, aber es versprüht einen heruntergekommenen Charme.«

Ich brachte Ordnung in die Fotos, indem ich wie mit Spielkarten mit dem Stapel auf den Tisch klopfte.

»Aus diesem Stapel hab ich mal ein Foto geklaut.«

»Wirklich?«, fragte meine Mutter überrascht.

Ich nickte.

»Das, auf dem Véroniques ältester Sohn für die Kamera eine Show abzieht und einen Springstock auf der Stirn balanciert.«

»Daran erinnere ich mich!«, warf Elysius ein.

»Der ältere Sohn heißt Pascal«, sagte meine Mutter. »Aber über das Feuer habe ich mit Julien gesprochen, ihrem jüngeren Sohn.«

»Das ist der, der immer geschmollt und mich im Pool nassgespritzt hat«, fügte ich hinzu.

»Ich erinnere mich dunkel«, sagte Elysius.

»Wo waren die Fotos die ganze Zeit?«, fragte ich und schob sie zurück über den Tisch.

»Ich habe sie weggeschlossen«, sagte meine Mutter. »Warum sollte man sie herumzeigen? Ende gut, alles gut.« Sie sprach über ihre Ehe, unsere Familie. Warum hätte sie die Bilder in Alben kleben sollen, wo mein Vater sie hätte sehen können? Immerhin hatte sie an diesem Ort einst Zuflucht gesucht und wäre fast nicht zurückgekommen.

»Ihr wisst doch beide, dass ich nicht hinfahre«, sagte ich. »Schließlich muss ich arbeiten. Und Abbot nimmt an einem eintägigen Jonglierkurs teil …«

»Henry ist jetzt fast zwei Jahre tot«, entgegnete meine Mutter. »Du musst irgendwann weiterleben.«

Meine Gabel fiel klirrend auf den Teller. Je öfter man mir sagte, dass es in Ordnung sei, sich neu zu orientieren, dass ich mich sogar neu orientieren sollte, desto weniger fühlte ich mich dazu imstande. Als würde mir jemand sagen, dass ich Henry hinter mir lassen sollte, und das kam mir vor wie ein Verrat. Zu ihrer Verteidigung muss ich jedoch anführen, dass meine Mutter diesen Anspruch bisher nie an mich erhoben hatte.

Und dann sprach meine Mutter die Worte aus, die sie offenbar vorher eingeübt hatte. Sie beugte sich vor und verkündete: »Jede Frau braucht in ihrem Leben einen verlorenen Sommer. Und das ist deiner.«

»Ist das obligatorisch?«, fragte ich, und ein alter Groll stieg in mir hoch.

»Ja.«

»Du musstest in jenem Sommer verschwinden, als wir klein waren?«, fragte ich.

»Ich bin ja wiedergekommen«, verteidigte sich meine Mutter. »Jener Sommer hat mir erlaubt zurückzukommen.«

»Aber nun geht es darum, was du brauchst, Heidi«, sagte Elysius.

»Ich soll Abbot den Sommer über allein lassen? Seid ihr völlig durchgeknallt?«, fragte ich entsetzt.

»Nimm ihn doch mit«, schlug Elysius vor.

»Vielleicht braucht ihr beide einen verlorenen Sommer«, stimmte meine Mutter zu.

»Das ist ein bisschen elitär«, grummelte ich.

»Ich habe auch nicht behauptet, dass jede Frau einen verlorenen Sommer bekommt«, sagte meine Mutter. »Ich sage nur, dass jede Frau einen braucht – einen verdient – angesichts der ganzen Scheiße, die wir uns von den Männern bieten lassen müssen!« Sie rang um Fassung. Ich konnte mich nicht erinnern, wann sie das letzte Mal geflucht hatte. »Außerdem ist es nicht irgendein Haus. Es ist, als würde man als Blinder auf eine Wallfahrt zu Unserer Lieben Frau von Lourdes gehen und dann das Augenlicht zurückgewinnen, aber das gilt nur für die Frauen unserer Familie, und nur für Herzensangelegenheiten.«

»Wie Unsere Liebe Frau von Lourdes? Wirklich?«, fragte ich ungläubig. Meine Mutter war nie fromm gewesen, aber manchmal kam ihre katholische Erziehung doch durch, als müsste sie ein paar ihrer anderen Charakterzüge wieder wettmachen: ihre Freizügigkeit, was Sexualität betraf, ihren Wunsch nach Reichtum und ihre lustvolle Beziehung zu Schokolade und gutem Wein.

»Ja, Lourdes.«

Meine Schwester stützte die Ellenbogen auf den Tisch und sagte nüchtern:

»Acht Jahre, Heidi. Daniel und ich waren acht Jahre zusammen. Er wollte nie wieder heiraten. Nie. Doch dann habe ich ihn mit in das Haus in der Provence genommen, und er hat sich geöffnet. Ich kann es nicht erklären, aber genau das ist passiert! Er hat mir einen Antrag gemacht. Einfach so.«

»Ganz zu schweigen von deiner Großmutter«, ergänzte meine Mutter. »Es ist das Haus, in dem sich meine Eltern ineinander verliebt haben.« Sie beschwor die alten Liebesgeschichten. Ich sah es als Zeichen ihrer Verzweiflung.

Ich schüttelte den Kopf.

»Wer kann sich denn einen verlorenen Sommer leisten?«, fragte ich. »Ich jedenfalls nicht. So einfach ist das.«

»Doch«, widersprach meine Mutter. »Du weißt genau, dass Jude sich um den Laden kümmert. Sie hat sowieso schon den Großteil der Verantwortung übernommen. Und ich habe ein Konto für das Haus, das ich nie angezapft habe. Es wäre eine Investition in das Haus. Jemand muss hinfahren und die Renovierungsarbeiten beaufsichtigen.«

»Und«, fügte Elysius hinzu und senkte die Stimme. »Diese Reise könnte mir wirklich helfen …« Sie sah meine Mutter Zustimmung heischend an.

»Nun mach schon«, drängte meine Mutter sie. »Sag es ihr.«

»Es geht um Charlotte«, erklärte Elysius. »Als Mom mit ihrer Idee zu mir kam, wusste ich, dass du nie ohne Abbot fahren würdest, nie, und es ist ja schwierig, allein mit einem Achtjährigen zu verreisen. Und dann dachte ich an Charlotte, und dass es vielleicht … für beide Seiten vorteilhaft sein könnte.«

Meine Mutter fasste noch einmal zusammen:

»Da du beschlossen hast, Abbot mitzunehmen, willst du womöglich auch Charlotte dabeihaben.«

»Ich habe weder beschlossen, Abbot mitzunehmen, noch überhaupt zu fahren«, protestierte ich.

»Charlotte ist jetzt in dem Alter, in dem sie ihren Horizont erweitern muss. Sie muss lernen, dass es im Leben mehr gibt als …« Meine Mutter beendete den Satz nicht, doch ich wusste, dass es eine Anspielung war. Charlotte musste lernen, dass es im Leben mehr gab als nur ihren Freund Adam Briskowitz. »Und Elysius hätte sie mal vom Hals. Dann könnten beide durchatmen.«

»Charlotte kann dir mit Abbot helfen«, fuhr Elysius fort. »Damit du mal ausgehen und was erleben kannst.« Das war eine andere Art, mir zu sagen, dass ich mich neu orientieren sollte. »Und außerdem kann sie ihr Französisch aufmöbeln, vielleicht einen Kurs überspringen und gleich Französisch III machen, und sie hätte Zeit, ohne Ablenkung für ihre Uni-Zulassungstests zu lernen.« Mit Ablenkung war natürlich Adam Briskowitz gemeint.

»Du brauchst das Haus«, sagte meine Mutter. »Du glaubst es zwar nicht, aber das wird sich schon noch ändern.«

Ich erinnerte mich an uns drei, verloren im Schwarm der wunderschönen Resedafalter. Ich wollte nicht verzaubert werden. Ich schüttelte den Kopf.

»Es ist ein hübsches Haus. Mehr nicht. Wir wollen nicht übertreiben. Schließlich war ich schon als Kind in dem Haus und wurde nicht auf wundersame Weise verwandelt.«

»Damals hattest du auch noch kein gebrochenes Herz«, sagte Elysius. »Das ist der Unterschied.«

Ich sah aus dem Fenster zum Pool. Mein Vater durchwühlte eine riesige Tonne mit Wasserspielzeug. Abbots Schnorchelausrüstung lag auf dem Betonboden. Er war ohne sie im Pool, nur ein farbiger Schatten am tiefen Ende. Ich wartete darauf, dass er sich vom Boden abstieß, an die Oberfläche schnellte und sein Haar ausschüttelte. Doch mehrere Augenblicke vergingen. Würde er ertrinken? Ich sprang vom Tisch auf, ließ meine Serviette zu Boden fallen und rannte aus dem Esszimmer durch die Küche.

»Abbot! Abbot!«, schrie ich, während ich über die Veranda rannte und eine kleine Topfpflanze auf dem Geländer umstieß, die mit einem dumpfen Schlag auf den Rasen fiel.

Als ich über den Rasen lief, hielt sich Abbot an der Leiter fest und schüttelte sich das Wasser aus den Haaren.

»Was ist los?«, rief mein Vater mir verwundert zu. »Ist alles in Ordnung?«

Ich war außer Atem. Mein Herz pochte in meiner Brust. Ich blieb stehen und krümmte mich, die Hände auf die Knie gestützt. Schließlich richtete ich mich wieder auf und winkte. »Alles okay«, rief ich ihnen zu. »Okay.« Ich drehte mich um, und hinter mir auf der Veranda standen meine Mutter und Elysius, die Tür hinter ihnen weit aufgerissen, die Erde aus dem zerschlagenen Blumentopf lag verstreut im Gras. Ich wusste, wie ich ihnen vorkommen musste: von meinen Ängsten besessen, durch meine Trauer aus dem Gleichgewicht gebracht, mit schrecklicher Angst vor dem Leben; eine Witwe, die nach ihrem einzigen Sohn schreit, der an einem wunderschönen Morgen nicht ertrunken ist und nicht einmal kurz davor war.

Ich schüttelte den Kopf.

»Tut mir leid«, keuchte ich. »Wir fahren nicht. Es geht einfach nicht.« Ich lief auf Abbot zu. »Wir müssen aufbrechen!«, rief ich. »Hol deine Sachen!«

Eine Henry-Geschichte erzählte ich Abbot nur in einer entschärften Version. Er wusste, dass ich eine Fehlgeburt gehabt hatte. Eigentlich war es keine Henry-Geschichte, sondern eine Geschichte, die ich mir selbst erzählte, und ich erzählte sie mir oft, denn der Verlust von Henry erinnerte mich an diesen früheren Verlust.

Abbot war so perfekt – pummelig, mit zahnlosem Lächeln, er schnarchte leise –, dass Henry und ich fast Schuldgefühle hatten, weil wir noch ein Baby wollten. Doch wir gaben dem Wunsch nicht nach, nicht unmittelbar, vor allem weil Abbot uns vor Schlaflosigkeit und Selbstlosigkeit ganz schwindelig machte – oder vielleicht bedeutete Abbot, die Manifestation unserer Liebe, dass uns ganz schwindelig war, weil wir vor Liebe überquollen.

Doch als Abbot vier wurde – Jahre, die mit halsbrecherischer Geschwindigkeit verflogen –, waren wir mehr als bereit. Es war längst überfällig.

Henry und ich wussten, dass die Welt zu einem gewissen Zeitpunkt von uns verlangen würde, Abbot herzugeben. Es würde uns nicht gestattet, ihn für immer bei uns zu behalten.

»Je mehr Kinder wir haben, desto mehr müssen wir fürchten. Ist es nicht so?«, fragte ich Henry.

»Ich glaube schon. Aber wir haben auch mehr«, sagte Henry.

Diesmal wurde ich mit der Übelkeit besser fertig. Mir blieb

nichts anderes übrig, weil ich mich um Abbot kümmern musste. Genau wie Henry, der jetzt nicht mehr ständig um mich herumscharwenzeln konnte. Als in der zwölften Woche die Übelkeit nachließ, fiel mir auf, dass auch meine Brüste nicht so angeschwollen waren wie beim ersten Mal. Bei einer Routineuntersuchung konnte im Rahmen der Dopplersonographie kein Herzschlag festgestellt werden.

»Keine Sorge«, beruhigte mich die Gynäkologin, während sie mir die Schmiere vom Bauch wischte. »Wir schieben Sie morgen noch für einen Ultraschall ein und vergewissern uns, dass alles in Ordnung ist!«

»Keine Sorge«, beruhigte ich Henry, den ich anrief, während ich mich wieder anzog. Doch als ich die Praxis später verlassen wollte, hörte ich, wie eine Arzthelferin ein Ultraschallgerät anforderte. »Sofort«, sagte sie.

In dem Moment wurde mir bewusst, dass vielleicht doch Grund zur Sorge bestand.

Meine Mutter kam zu uns, um auf Abbot aufzupassen, während Henry mich zur Ultraschalluntersuchung begleitete. Er versicherte mir immer wieder, dass die Ärztin mir gesagt hatte, dass es keinen Grund zur Sorge gebe.

Ich schwieg.

Schließlich nahm die Arzthelferin uns mit in einen kleinen Raum und begann mit der Untersuchung. Sie sagte nichts. Als ich mit Abbot schwanger war, hatten die Arzthelferinnen ständig geredet und auf die Geschlechtsteile des Babys hingewiesen wie Reiseführerinnen. »Hier ist die Wirbelsäule. Das hier ist ein Fuß. Und wenn Sie hier hingucken, sehen Sie Big Ben …«

Henry fragte:

»Ist das das Baby?«

Die Arzthelferin sagte:

»Ja.«

»Und wie sieht es aus?«, fragte er.

»Ihre Ärztin kommt gleich, um mit Ihnen zu sprechen«, sagte die Arzthelferin leise.

»Aha«, murmelte Henry. »Okay.«

Doch ich wusste es schon vor Henry, spürte die Furcht, die niederschmetternden Nachrichten vorausgeht, so wie man schon Böses ahnt, wenn mitten in der Nacht das Telefon klingelt. Ich drehte das Gesicht zur Wand und weinte, wie ich noch nie geweint hatte: aus tiefster Seele, barbarische Laute drangen tief aus meiner Kehle.

»Heidi, hör mir zu. Heidi, ich bin hier. Sieh mich an!«, flehte Henry.

Aber ich war nicht ansprechbar, ganz in mich selbst zurückgezogen.

Bis ich wieder angezogen war, hatte uns die Nachricht aus dem Sprechzimmer der Ärztin erreicht, dass wir sofort zu ihr kommen sollten. Dort wurden wir informiert. Das Baby hatte keinen Herzschlag mehr. Es war in mir gestorben.

Henry musste meine Mutter anrufen.

»Das Baby hat nicht überlebt«, sagte er. Später im Bett vertraute Henry mir an, dass er das Gefühl hatte, versagt zu haben, dass er etwas falsch gemacht, es an einem genetischen Defekt auf seiner Seite gelegen hätte.

Ich war nicht bereit, ihm einen Teil der Verantwortung in die Schuhe zu schieben. Es war eine Fehlgeburt, und ich trug das Kind in mir. Ich sagte kategorisch:

»Es war nicht deine Schuld.«

Irgendwann war ich in der Lage, ihm zuzuflüstern, dass es mir für ihn leidtat. »Ich durfte das Kind in mir tragen, und du nicht.« Dass ich das Baby in mir hatte tragen dürfen, wenn auch nur für kurze Zeit, kam mir vor wie ein Geschenk.

»Großer Gott«, sagte er, stieg aus dem Bett und tigerte auf und ab. »Dir braucht überhaupt nichts leidzutun. Ich bin doch nur ein Bettler.« Ich verstand, was er damit meinte. Er hatte schon mehr bekommen, als ihm zustand. Im Grunde sind wir alle nur Bettler. Er stieg wieder ins Bett und wandte mir sein Gesicht zu. Er war so schön: seine sanften blauen Augen, seine wunderschönen Zähne, die ein bisschen schief waren.

Dann musste ich mich einem kleinen operativen Eingriff unterziehen. Als reichte der emotionale Schmerz noch nicht aus, nun kam auch noch der körperliche hinzu. Henry las derweil Zeitschriftenartikel über Sport. Später erzählte er mir, dass er sich noch nie so weit von mir entfernt gefühlt hatte. Er sah sich im Wartezimmer um: alte Männer, die versunken dasaßen, während Frauen im Alter seiner Mutter dummes Zeug daherplapperten und gut gelaunt ihre Neuigkeiten herausposaunten. Damals wusste er noch nicht, dass uns eine ganze Lawine aus Fehlgeburten-Geschichten überrollen würde. Wie es schien, hatte jeder aus unserem Bekanntenkreis mindestens von zwei Fehlgeburten zu berichten: Mütter, Töchter, Kinder, Ehefrauen, Freunde.

»Fehlgeburt«, sagte Henry. »Noch so ein Geheimbund, wie der Geheimbund der Verheirateten, aber diesem hier sind wir versehentlich beigetreten.«

»Wie viele Geheimbünde gibt es denn?«, fragte ich ihn.

»Ich will es gar nicht wissen.«

Erst später sollte ich vom Geheimbund der jungen Witwen erfahren: dass junge Witwen einander vorgestellt wurden, weil sie sich über ihren Verlust austauschen sollten. Wie oft hatte meine Mutter mich schon aufgefordert, mich mit Tante Giselle zu treffen? »Vielleicht hat sie dir etwas Wichtiges zu sagen.« Aber ich kannte die Wahrheit bereits: Wenn zwei Witwen zusammenkamen, gab es nichts zu sagen.

Nach dem Eingriff hatten wir im Haus eine undichte Leitung. Henry riss wie ein Wahnsinniger die Badezimmerfliesen heraus und fahndete nach der Ursache. Er wünschte sich verzweifelt, etwas in Ordnung zu bringen.

Ich hingegen vertiefte mich ins Backen. Mein Kopf war voll mit raffinierten Ideen. Ich kreierte fantastische Hochzeitstorten. Zu dem Zeitpunkt hatten wir den Cake Shop schon, aber nur wenige Kunden, alle vor Ort. Als Henry professionelle Fotografen einschaltete, fing das Geschäft an zu blühen.

Nur wenige Monate vor seinem Tod gestand mir Henry, dass er sich immer noch ein zweites Kind wünschte.

»Das Geld ist mir egal. Und gegen die Windeln und den Schlafmangel hab ich auch nichts. Es geht auch nicht darum, dass ich stolz auf den ersten Schritt sein will, den das Baby macht. Ich will nur noch mehr von dir, eine neue Seite, ein neues Gesprächsthema, einen weiteren wissenden Blick, den wir uns zuwerfen, bevor wir einschlafen. Das ist doch das Schöne an Kindern, oder? Das ist doch, was Abbot uns geschenkt hat: Gesprächsstoff für ein ganzes Leben, eine ureigene Gemeinsamkeit. Er hat uns mehr vom jeweils anderen geschenkt. Ist es falsch, mehr davon haben zu wollen? Ist das gierig?« Sein Gesicht war so offen, sein Blick klar.

»Mir ist egal, ob es falsch ist«, sagte ich. »Und dir?«

»Wir könnten unsere Gier vervollkommnen, unseren Amateur-Status hinter uns lassen und auf eine professionelle Gier-Tournee gehen.«

Und so versuchten wir es aufs Neue.

In der Zeit vor seinem Tod sahen wir einander in einem neuen Licht, und da sonst niemand wusste, dass wir versuchten, noch ein Kind zu bekommen, nahm unser Sexualleben einen Zug von Heimlichkeit an, wodurch es auf uns geheimnisvoll wirkte und etwas Dringliches bekam.

»Hast du nicht auch das Gefühl, dass wir rumvögeln?«, fragte ich. »Mir geht dieses Wort nicht aus dem Sinn.«

Als Henry starb, wartete ich darauf, ob ich schwanger war.

War ich nicht.

Das Blut war der Beweis. Noch ein Verlust.

Was hätte ich getan mit einem Baby, das ich ohne Henry hätte aufziehen müssen? Wie schwer es für mich und Abbot gewesen wäre, war mir durchaus klar. Aber ich hätte einen Teil von ihm behalten, im Angesicht des Todes hätte ich neues Leben im Arm gehalten – doch mir blieb nur der Tod. Auch diesen Teil von Henry hatte ich verloren, eine weitere Möglichkeit war dahin.

Wenige Tage später betrat ich mit meiner Mutter, Elysius und Charlotte eine Boutique, was ich nur tat, weil ich Schuldgefühle hatte. Normalerweise hätte ich mir eine Ausrede einfallen lassen, erst recht so kurz nach unserem Brunch. »Du musst weiterleben«, »Jede Frau braucht in ihrem Leben einen verlorenen Sommer« und »Damals hattest du auch noch kein gebrochenes Herz«. Ich fühlte mich in die Enge getrieben, mich plagten Schuldgefühle, und wie man sich Schuldgefühle zunutze machte, das wusste meine Mutter. Sie würde mich so lange umkreisen, bis sie bekam, was sie wollte. Vorerst wollte ich Charlotte jedoch nicht mit in die Provence nehmen. Ich wusste nicht einmal, ob sie überhaupt mitkäme, und zudem hatte sie keine Ahnung. Trotzdem hatte ich das Gefühl, ihr etwas vorzuenthalten. Außerdem tat mir meine Schwester wegen der auf Eis gelegten Flitterwochen leid, und so tat ich auch noch ein gutes Werk, indem ich dabei half, sie mit dem Besuch der Boutique ein wenig abzulenken.

Elysius und meine Mutter stürmten den luftigen, überteuerten Laden namens Bitsy Bette's Boutique und legten kurze Zwischenstopps ein, wie Schmetterlinge, die für zwei Flügelschläge landeten, um den ein oder anderen Stoff zwischen den Fingern zu reiben und zu befinden, ob er »zart«, »sinnlich« oder »verträumt« war. Charlotte und ich folgten ihnen seufzend und rollten immer wieder heftig mit den Augen. Charlotte verachtete den Laden noch mehr als ich, und jedes Mal, wenn Elysius oder meine Mutter eine Bemerkung über ein Kleidungsstück machte, flüsterten Charlotte und ich uns den Werbespruch des Ladens zu: »Für immer elegant«.

Elysius wandte sich an Charlotte:

»Ich kaufe dir alles, was dir gefällt. Ein paar neue Sommer-Outfits. Du hast die Wahl. Egal was.«

Charlotte bekam vor Angst ganz große Augen.

»Ich meine es ernst«, bekräftigte Elysius, die ihre Angst als Aufregung missverstand. »Ganz egal, was!«

Charlotte wirkte blasser als sonst.

Sie zupfte mich am Ärmel.

»Sie sollen aufhören.«

»Nimm einfach irgendwas«, flüsterte ich. »Das dauert doch nicht lange.«

»Du hast ja keine Ahnung«, sagte Charlotte. »In diesem Laden kennt die Zeit keine Regeln. Jahre vergehen, und sie merkt es nicht mal.«

Es dauerte nicht lange, bis das gesamte Verkaufspersonal sich bei Elysius und meiner Mutter einschleimte. Und zwar auf ziemlich dreiste Art und Weise, sodass man davon ausgehen konnte, dass sie mit an Sicherheit grenzender Wahrscheinlichkeit auf Provisionsbasis arbeiteten und an den beiden bestimmt schon öfter verdient hatten – und zwar ein Heidengeld. Da waren eine majestätische Frau namens Rosellen, die gut fünfzehn Zentimeter größer war als ich und spindeldürr, eine Blondine mit Pferdegesicht namens Pru und ein Mann, Phillip, der einer alten Frau mühsam half, Schuhe anzuprobieren, während er verzweifelt versuchte, dem Gespräch mit Elysius zu folgen. Mich und Charlotte würdigten die Verkäufer keines Blickes.

»Sie sollten mal den Bolero aus Dupionseide sehen!«, schwärmte Rosellen. »Ich hole ihn in Ihrer Größe.« Elysius' Kleidergröße schien hier allgemein bekannt zu sein.

»Ach, wissen Sie«, säuselte Pru und fiel Rosellen in den Rücken, die fortgeeilt war, um den Bolero zu suchen. »In dem plissierten Georgette-Cocktailkleid würden Sie viel besser aussehen.«

»Vergiss nicht das Tüllkleid mit den Gardenien-Applikationen«, rief Phillip ihr zu. »Ich hole es, wenn ich hier fertig bin.« Eine nette Art, zu sagen: »Nun mach hin, Alte. Ich hab zahlungskräftigere Kundinnen zu bedienen.«

»Ich würde Charlotte so gern etwas kaufen«, beteuerte Elysius.

»Ein bisschen was Jugendliches«, fügte meine Mutter hinzu. »Und auch was für dich, Heidi. Etwas Leichtes und Luftiges.«

Die drei Verkäufer erstarrten, als sähen sie Charlotte und mich zum ersten Mal. Charlotte trug ihre ausgebeulten Tarn-Shorts und ein T-Shirt mit Selbstmord-Smiley-Motiv und war, bevor sie aus dem Haus gegangen war, noch schnell in kniehohe Angelstiefel geschlüpft. Ich hingegen hatte mich in Jeans, ein Tank-Top und einen alten, schäbigen Kaschmir-Pullover geworfen, den ich oft trug, weil er weich und vertraut war.

Hätte Elysius Charlotte besser gekannt, wäre ihr klar gewesen, dass Charlotte nicht mehr jugendlich aussehen wollte. Sie wollte auch keine Altfrauenkleider aus Bitsy Bette's Boutique tragen und »für immer elegant« aussehen. Sie wollte erwachsen sein, tiefgründig, und geschätzt werden. Sie wusste genau, dass das wahre Leben schmerzhaft, brutal und manchmal hässlich ist, und wollte dieses Bewusstsein auch nach außen hin deutlich machen. Sie konnte nicht in jugendlicher Bitsy-Bette's-Boutique-Kleidung durch die Gegend tänzeln. Doch Elysius begab sich auf solche Missionen, um anderen zu helfen. Sie sah das als Akt der Großzügigkeit. Ich war mein Leben lang das Zielobjekt dieser Missionen gewesen. Als ich noch klein war, schnitt sie mir Ponyfransen. In der Mittelstufe stylte sie mich völlig um und zwang mich, geschminkt auf die Rollschuhbahn zu gehen, wo ein gleichaltriger Junge mich als »Clownhure« bezeichnete. Als ich ein Kleid für den Abschlussball brauchte, kam sie mit und übernahm das Kommando. Zum Glück rümpfte sie, da sie selbst nicht verheiratet war, zu der Zeit, als ich heiraten wollte, die Nase über Hochzeiten und boykottierte meine Hochzeit. Ihr Wunsch, mich mit Jack Nixon zu verkuppeln, war auf denselben Impuls zurückzuführen. Obwohl es so aussah, als wollte sie mir helfen – und das glaubte sie selbst sicher auch –, wirkte es auf mich wie eine Kritik, als wollte sie mir damit sagen: »Du hast dein Leben nicht im Griff. Lass mich kurz das Ruder übernehmen, dann mache ich es besser … und es wird mehr wie meins.« Charlotte und ich litten beide unter Elysius' wohlwollenden Schikanen, und unser geteiltes Leid führte zu einem schweigenden Einvernehmen zwischen uns.

»Möchten Sie einen Blick auf die Ankle Pants und/oder die Bermudashorts aus Stretch-Köper werfen?«, fragte Rosellen Charlotte. Ankle Pants aus Luxus-Stretch-Köper waren das Allerletzte, sodass ich gar nicht wusste, wo ich anfangen sollte. Stretch-Köper? Darunter stellte ich mir Köper vor, der sich um teigige Frauenschenkel spannte, und dann war irgendein Sadist darauf gekommen, aus Stretch-Köper Ankle Pants zu fertigen? Arme Charlotte.

Und dann setzte Phillip noch einen drauf:

»Ach, ich weiß! Die echten Pullunder mit Häkelrand! Damit kann man nichts falsch machen.«

Ein echter Pullunder mit Häkelrand? Im Gegensatz zu einem … unechten Pullunder mit Häkelrand?

»Damit könnte man als Achtzigjährige nichts falsch machen«, murmelte Charlotte und flüsterte mir zu: »Hat Bitsy Bette's Boutique die echten Häkelarbeiten von echten alten

Frauen in Altersheim-Ausbeuterbetrieben dranhäkeln lassen?«

»Was hältst du davon, Charlotte? Möchtest du das mal anprobieren?«

»Für immer elegant!«, erwiderte Charlotte.

»Wir hätten da auch noch das Gürtelkleid«, sagte Pru, der ihr Sarkasmus nicht entging. »Das ist jugendlich und trotzdem elegant.«

Jetzt konnte ich mich nicht mehr zurückhalten und platzte heraus:

»Das sieht aus wie ein Kleid an der Leine.«

Das Verkaufspersonal erstarrte.

Charlotte lachte. So lange ich denken konnte, war es das erste Mal, dass ich sie lachen hörte.

Ich stellte mir vor, wie ich Henry diese Geschichte erzählte. »Und dann hab ich gesagt, es sehe aus wie ein Kleid an der Leine!« Ich hatte ein ganzes Sammelsurium solcher Geschichten auf Lager und wusste nicht, wohin damit.

»Ich finde es sehr gut geschnitten und elegant«, sagte Elysius. »Irgendwann in naher Zukunft wirst du dir sowieso Gedanken darüber machen müssen, was du zu College-Vorstellungsgesprächen tragen willst. Das ist ein guter Anfang!«

»Und welche Größe haben Sie?«, erkundigte sich Pru bei Charlotte. Das war ein schmerzhafter Moment, und einen kurzen Augenblick lang fragte ich mich, ob das eine unfaire Retourkutsche dafür war, dass Charlotte über meinen Spruch mit der Leine gelacht hatte. Prus Stimme hatte einen Unterton, der den Verdacht durchaus nahelegte. Charlotte ist dicker als Elysius. Niemand hat Elysius' zwanghafte Fitnessgewohnheiten. Doch da Charlotte ausgebeulte Tarn-Shorts und sackartige T-Shirts mit Selbstmord-Smileys darauf trug, konnte man unmöglich feststellen, wie viel dicker sie war als ihre Stiefmutter.

Charlotte zuckte mit den Achseln.

Das Verkäufertrio starrte sie an. (Die alte Dame war ihrem Schicksal überlassen worden und musste sich die Schuhe selbst zuschnallen.)

»Womit sollen wir anfangen?«, fragte Rosellen.

»Ich habe keine Ahnung«, sagte Phillip.

Pru schlug vor:

»44, 46?«

»Wirklich?«, fragte Elysius fasziniert.

»Probieren Sie es einfach mit ein paar Größen«, mischte sich meine Mutter taktvoll ein. »Das ist heutzutage in jedem Laden so unterschiedlich, dass niemand mehr seine Größe kennt!«

Pru schnappte sich Gürtelkleider in unterschiedlichen Größen und führte Charlotte zu den Umkleidekabinen.

Sobald sie nicht mehr zu sehen war, bat ich:

»Verschonen wir sie mit dem Gürtelkleid oder den Ankle Pants. Das ist nicht ihr Ding.«

»Aber es könnte ihr Ding sein, wenn sie sich Mühe gäbe«, sagte Elysius. »Sie muss dann und wann auch mal professionell aussehen. Kultiviert. Schließlich ist sie Daniels Tochter, und sie muss langsam damit anfangen, sich auch so zu benehmen.«

»Was soll das denn nun wieder heißen?«, fragte ich.

»Wir sind nicht irgendeine Mittelschicht-Familie, die in einem umgestalteten Keller haust und GameCube spielt«, regte sie sich auf. »Herrgott, hast du sie dir mal angeschaut? Sie kann einem kaum in die Augen sehen. Sie lebt in ihrer eigenen Welt, und wer weiß, was sich da drin abspielt?«

»Sie macht nur eine Phase durch, Liebes. Erinnerst du dich nicht mehr an deine künstlerischen Phasen?«, fragte meine Mutter. Das war das zweite Mal in nur wenigen Tagen, dass sie Elysius' Phasen erwähnte. Das war, wie ich annahm, eine Art genüssliche Retourkutsche meiner Mutter, die Elysius' Phasen hatte ertragen müssen; ihr Umzug nach New York, um Künstlerin zu werden, hatte ihr bestimmt viele schlaflose Nächte beschert.

Elysius starrte sie wütend an. Es passte ihr nicht, dass ihre Zeit als aufstrebende Künstlerin als Phase abgetan wurde. Das war gefährliches Terrain.

Ich lenkte ab.

»Sie versucht nur, ernst genommen zu werden«, sagte ich.

»Ich versuche ja, sie ernst zu nehmen. Eines Tages wird sie jemand mit nach Frankreich nehmen, und was werden die Franzosen von ihr halten?«, ereiferte sich Elysius.

»Ehrlich gesagt ist es mir egal, was die französische Nation von Charlotte halten könnte, und der französischen Nation auch!«, gab ich zurück.

»Sie könnte sich manchmal etwas erwachsener kleiden, mit mehr Raffinesse!« Elysius musterte mich kritisch. »Und dir könnte etwas Raffinesse auch nichts schaden.«

»Dein Lebensstil ist nicht der einzige auf der Welt. Bei dir zu Hause ist es so gemütlich wie in einer Leichenhalle. Weißt du das eigentlich?« Ich bereute es schon, während ich es sagte. Aber ich entschuldigte mich nicht, sondern ging einfach weg.

»Mädchen«, ermahnte unsere Mutter uns.

»Schön«, sagte Elysius. »Aber ich bemühe mich. Ich bemühe mich wirklich.« Und das stimmte auch. So viel konnte ich ihr zugestehen, und mein Haus war es ja nicht. Mutter zu sein ist schwer. Und als Stiefmutter spielt man in einer ganz anderen Liga. Elysius schimpfte immer noch, aber ich stellte auf Durchzug. Ich wollte nicht darüber reden. In solchen Momenten erhob sich in meinen Ohren ein Summen, ich nahm die Welt nur noch gedämpft wahr und hätte am liebsten gesagt: »Henry ist tot, ihr müsst lauter sprechen.«

Charlotte erschien in dem Gürtelkleid samt Angelstiefeln.

Der Gürtel war ihr viel zu eng. Sie sah aus, als hätte man sie in einen Schlauch gezwängt. Ihre Wangen waren knallrot.

»Du siehst schön aus!«, flötete Elysius mit viel zu viel Verzweiflung in der Stimme.

»Wir könnten es mit einer Nummer größer versuchen«, schlug Phillip vor.

»Ich hasse es!«, verkündete Charlotte. »Es ist scheußlich und bonzenhaft.«

»Hör mir mal zu«, sagte Elysius. »Ich musste schuften, um dahin zu kommen, wo ich heute bin. Dir ist alles in den Schoß gefallen. Und du vergeudest es.« Die Bemerkung war absurd, das wussten alle. Das Verkaufspersonal stob auseinander. Solche Streitereien kannten sie zur Genüge.

»Vergeuden«, sagte ich zu Charlotte, um die Stimmung etwas aufzulockern. »Das steht bestimmt auf deiner Liste.« Mir war nicht klar gewesen, wie schlecht es zwischen Elysius und Charlotte stand. Das war ein Totalschaden.

»Ich vergeude überhaupt nichts«, schleuderte sie Elysius entgegen. »Du vergeudest unser Geld für all dieses Zeug, das völlig unwichtig ist. Zeug, Zeug, Zeug. Dieses Kleid kostet einhundertachtundsechzig Dollar, dabei ist es bloß ein dämliches Kleid an der Leine! Aber wenn du möchtest, dass ich es trage, ziehe ich es an. Kaufen wir es. Mach schon. Schmeißen wir das Geld zum Fenster raus.«

Diese Seite von Charlotte hatte ich noch nie erlebt, diese Selbstbehauptung. Sie stand in dem Kleid vor uns, die Arme vor der Brust verschränkt, kurz davor, in Tränen auszubrechen. Ihr Gesicht war stoisch, bis auf ein gelegentliches Zucken ihres Unterkiefers.

Elysius sah sie wütend an, warf mir einen Blick zu und schaute sie wieder an. Am Ladeneingang schwirrten ein paar neue Kunden herum.

»Ähm, okay«, sagte Pru. »Gehen Sie doch wieder in die Umkleidekabine, dann ziehen wir es ab.«

»Danke, ich behalte es gleich an«, widersprach Charlotte.

»Charlotte«, drohte Elysius. »Zieh es aus. Ich kaufe es nicht.«

»Danke, ich behalte es gleich an«, wiederholte Charlotte.

»Ich gehe mit ihr«, bot sich meine Mutter an.

»Nein, danke«, beharrte Charlotte.

In dem Moment spürte ich, wie mein Verlust ein wenig leichter wog. Charlotte war verletzt, und sie zeigte ihren Schmerz, statt ihn zu verbergen. Auch wenn ihr Schmerz nicht derselbe war, so war er dunkel und ging tief. Er war schön. Und wenn nun auf der Welt nur eine gewisse Menge an Schmerz zur Verfügung stand? Dann schulterte Charlotte mehr davon, als ihr zustand, doch es erlaubte mir, einmal durchzuatmen.

Die Leute im vorderen Bereich des Ladens kamen langsam in unsere Richtung. Nervös warf Elysius einen Blick über ihre Schulter.

»Verdammt noch mal, Charlotte«, flüsterte sie. Es war sonnenklar, dass Elysius die Leute kannte: eine kesse junge Frau mit einer Meckifrisur, die einen Buggy vor sich herschob und mit ihrem Mann sprach, von dem ich nur den kräftigen Rücken im rosafarbenen Poloshirt sah.

»Na schön«, gab Elysius nach und fischte ihre Geldbörse heraus. »Dann behalt es eben an.« Damit legte sie ihre Karte auf den Ladentisch.

Pru sah sie fragend an und zog das Kleid ab. Rosellen verschwand und tauchte samt einer Tüte mit Charlottes Klamotten wieder auf, die sie aus der Umkleidekabine geholt hatte. Sie reichte sie Charlotte mit einer Zärtlichkeit, die ich ihr nie zugetraut hätte. Charlotte weinte immer noch nicht, ein unglaublicher Akt der Selbstbeherrschung. Stattdessen reckte sie trotzig das Kinn hoch.

Meine Mutter nahm Charlotte die Tüte ab.

»Ich halte das so lange«, sagte sie.

Elysius faltete die Quittung zusammen und sagte:

»Gehen wir«, wobei sie nicht in die Richtung zeigte, wo die Frau mit dem Buggy stand, sondern in die entgegengesetzte.

Die Heimfahrt verlief schweigsam. Ich saß neben Charlotte auf dem Rücksitz.

Irgendwann drückte ich ihr kumpelhaft die Schulter.

»So kann man einen Ausflug auch verkürzen.«

Sie lächelte mich traurig an und drückte auch meinen Arm.

»Für immer elegant«, sagte sie.

»Für immer«, antwortete ich.

Als ich Abbot an jenem Abend ins Bett brachte (das Wörterbuch lag wieder auf seinem Platz auf dem Nachttisch), bat er mich um eine Henry-Geschichte. Es war ein langer Tag gewesen, und ich war nicht in der Stimmung für eine lange Geschichte.

»Nun … Als dein Dad noch ein kleiner Junge war, nahmen ihn seine Eltern im Sommer manchmal mit zu Freunden an einem See in New Hampshire. In der Nähe war ein Bauernhof, auf dem sechs große Pyrenäische Berghunde lebten, große weiße Hunde. Sie buddelten Löcher im Garten. Wenn Dad und sein Bruder Jimmy auf ihren Fahrrädern vorbeifuhren, kamen die Hunde jaulend und voller Freude herausgesprungen. Sie freuten sich wahnsinnig, waren aber so groß, dass sie auf dem Asphalt ausrutschten. Sie flößten einem Angst ein mit ihrer Fröhlichkeit, und dein Dad hatte das Gefühl, als würde er mit dem Rad durch eine große Hundelawine fahren. Kannst du dir vorstellen, wie die vielen kräftigen weißen Hunde alle auf einmal auf dich zustürzen?«

»Die Geschichte kenne ich«, sagte Abbot ernst.

»Hab ich sie dir schon mal erzählt?«

»Ja«, sagte Abbot, »und Daddy auch.«

»Oh«, sagte ich enttäuscht.

Er rieb sich die Hände und sagte:

»Morgen Abend erzählst du mir mal eine, die ich noch nicht kenne.«

Das überraschte mich, doch ich zögerte nur kurz.

»Okay«, sagte ich, strich ihm den Pony aus dem Gesicht und küsste ihn auf die Stirn.

»Kann ich einen neuen Kissenbezug haben?«, fragte Abbot.

»Warum?«

»An dem hier sind Bakterien von gestern Nacht und von allen Nächten davor.«

»Das macht nichts«, beruhigte ich ihn.

»Ganz sicher?«

»Sicher.«

Er zog das Kissen unter seinem Kopf weg.

»Ich brauche kein Kissen.«

Ich stand auf, knipste sein Red-Sox-Nachtlicht an und lief ins Spielzimmer, wo ich mehrere Runden drehte. Abbot wollte eine neue Geschichte, die er noch nicht gehört hatte? Ich erfand Henry Bartolozzi nicht. Ich behielt ihn hier, hielt ihn für uns lebendig. Ich spürte ein hektisches, elektrisches Sirren in meiner Brust.

Ich öffnete die Haustür. Ich brauchte frische Luft. Es war einer dieser Abende im Spätfrühling, an denen es im Haus stickig wird, die Luft draußen aber angenehm kühl ist. Ich bemühte mich, eine wachsende Panik im Zaum zu halten.

Ich sah in den von einer Straßenlaterne erhellten Vorgarten und musste an meine Mutter denken, die mich drängte, mein Leben zu ändern. Jede Frau verdient einen verlorenen Sommer. Ich dachte an Elysius, wie sie sagte: »Ich bemühe mich ja, ich bemühe mich.« Und an Charlotte, die in Bitsy Bette's Boutique in ihren Angelstiefeln so tapfer allen Paroli bot. Dann dachte ich an die Weißwale im Aquarium und an Abbot, der von ihren Gliedmaßen sprach. Sie sind genau wie wir. Ich warf einen Blick in das erleuchtete Haus. In dem Moment ging mir auf, dass mein Leben sich wie ein Museum anfühlte, ein Museum aus Verlust, und ich hatte es mir selbst geschaffen. Ob ich mir nun versagte, bei Erinnerungen zu verweilen, oder von ihnen überwältigt wurde, alles erinnerte mich an eine Geschichte über Henry; alles verdiente eine Gedenktafel: ein gerahmtes Foto von Henry und mir im japanischen Steakhouse, den fünfjährigen Abbot zwischen uns; Henrys alte Red-Sox-Mütze, seine Stollenschuhe aus der Softball-Liga für über Dreißigjährige, die unter einer Bank verstaut waren. Das Foto von Abbots viertem Geburtstag, auf dem Henry und Abbot neben der halb aufgegessenen Torte posierten. Der Geburtstag, an dem Abbot sich eine Kerze gewünscht hatte, um sie dann auszupusten.

Ich hatte keinen einzigen Gegenstand, der Henry gehörte, in Kartons verpackt – eine Aufgabe, die mir unfassbar erschien.

Ich betrachtete meinen Eingangsbereich wie eine Fremde. Weil ich hier fremd bin, dachte ich. Da standen Topfblumen, die ich schon über ein Jahr vernachlässigt hatte. Ich nahm eine hoch und kippte die Erde in die Büsche am Haus, und dann nahm ich eine zweite. Zu diesem Zeitpunkt weinte ich schon leise schluchzend.

Als ich den dritten Tontopf hochnahm, fand ich ein violettes Plastik-Osterei darin. Ich hielt es in den Händen wie ein echtes Ei, als würde sich gleich ein Vogelküken den Weg nach draußen frei picken.

Im letzten Frühjahr war Abbot mit Freunden in einem Park hier ganz in der Nähe auf Ostereiersuche gegangen; das bedeutete, dass Henry das Ei vor zwei Jahren versteckt hatte.

Ich ließ das Ei aufspringen, aus dem ein Stoß muffige Luft entwich, und zum Vorschein kamen zwei steif gewordene Gummibärchen und ein Stück verhärtetes Kaugummi.

Durch diesen unbedeutenden Vorgang zerbrach etwas in mir. Ich war kaum noch da. Ich war ein kleiner Luftstoß, und sonst nichts.

In jenem Frühjahr war Abbot von der Frage besessen gewesen, warum der Osterhase Eier legte und warum wir alle falsches Gras und Körbe benutzten. Was hatte das zu bedeuten? Henry schrieb Abbot einen Brief vom Osterhasen, den er mitsamt seinem Schokohasen bekam. Darin gestand ihm der Osterhase, dass er keine Ahnung habe, wie das alles seinen Anfang genommen habe. Henry las mir das Briefchen laut vor. *Ich bin schließlich nur ein Häschen. Ich verstehe auch nicht alles.* »Ich finde, dass wir ehrlich sein sollten, wenn die Welt keinen Sinn ergibt.« Da stimmte ich ihm zu. »Wir sind eben nur Häschen«, bestätigte ich, und er steckte den Brief in das Körbchen mit dem falschen Gras.

Unsicher lief ich zurück ins Haus. Das in zwei Hälften gespaltene Ei legte ich auf den Esszimmertisch, und daneben die Gummibärchen und das eingewickelte, hart gewordene Kaugummi.

Ich vermisste Henry wahnsinnig. Die Sehnsucht nach ihm wallte stets völlig unerwartet in mir auf. Ich vermisste ihn – den echten Henry, nicht die Geschichten über ihn. Ich vermisste seinen Hals, den Duft von Aftershave, der sich dort konzentrierte. Manchmal zog ich seine T-Shirts an, nachdem er sie ausgezogen hatte, wenn sie noch warm von seinem Körper waren, und schlief darin. Ich vermisste es, den Kopf auf seine Brust zu legen und seinen Herzschlag zu spüren. Und ich vermisste seine Schultern, sein Schlüsselbein, seine schönen Hände. Wie er im Meer schwimmt, seinen Körper, von der Sonne gerötet. Henry eingewickelt in ein Bettlaken wie in einen engen Kokon. Wie er sich bückt, um Abbots Schuhe zuzuschnüren. Ich wollte ihn vergöttern. Ich vermisste sein schlafendes Gesicht, das so jung aussah wie an dem Tag, an dem ich ihn kennen lernte. Ich vermisste seinen Bauch. Er hatte »Rapper-Bauchmuskeln«. Natürlich fehlte mir der Sex mit ihm. Ich hätte alles gegeben, um noch einmal mit ihm zu schlafen – im Sommer, wenn ich es mir aussuchen dürfte – auf dem Bett, ohne die Decke und das obere Laken, um am Ende erschöpft zusammenzubrechen, das verzückte und benommene Keuchen danach, wie zwei Überlebende eines Schiffbruchs, die gerade ans Ufer gekrochen sind.

Ich brauchte nicht in die Provence zu fahren, um meine Mutter und meine Schwester zu beschwichtigen, um verzaubert zu werden. Ich konnte die Erfahrungen auch hier machen. *Von nun an werde ich versuchen, nichts zu verlieren oder mich verloren zu fühlen. Ich werde mich nicht auf Abbot fixieren. Ich werde wieder lernen, im Hier und Jetzt zu leben. Abbot und ich brauchen keinen verlorenen Sommer, um zu lernen, wie man lebt.* Doch noch während ich mir das sagte, wusste ich, dass es wahrscheinlich Ausflüchte waren.

Jetzt wo ich das kleine violette Plastik-Ei hatte, brauchte ich mehr – eine Nachricht von Henry. Er würde mir sagen, dass ich nicht fahren, dass ich bei ihm bleiben sollte, dass wir an das Haus gebunden waren, dass der Efeu, der sich um die Tür rankte, diese überwuchern sollte. Oder würde er wollen, dass ich Charlotte rettete? Ich wollte es jedenfalls. Vielleicht wollte ich sie retten, weil ich das überwältigende Bedürfnis hatte, irgendwen zu retten, und Abbot und mich nicht retten konnte.

Da fiel mir Abbots Wörterbuch ein. Ich schlich mich zurück in Abbots Zimmer. Dort lag es, im trüben Schein des Red-Sox-Nachtlichts. Ich betrachtete Abbot, dessen Züge im Schlaf weicher waren. Ich nahm das Wörterbuch, das schwer in meinen Händen lag, und kam mir vor wie eine Diebin.

Ich lief damit ins Esszimmer, legte es auf den Tisch und setzte mich davor. Ich blätterte zur Widmung von Henrys Vater an Henry und zu Henrys Widmung an Abbot. Ich dachte an Henrys Vater, ein zäher Bursche, ein Mann, der am College

Football gespielt hatte, als Tight End, und stolz auf die leichten Schutzhelme damals gewesen war, doch zugleich entpuppte er sich als Romantiker mit einem weichen Herzen. Auf Henrys Beerdigung brach er zusammen und weinte. Als ich mich auf den Rücksitz des langen, dunklen Wagens setzen wollte, nahm er meine Hand und sagte:

»Ich kann es nicht akzeptieren. Er ist mein Junge. Er ist mein Sohn. Das ist nicht richtig. Ich kann und werde es nicht verwinden.« Es kam mir vor wie ein Versprechen. Da erschien Henrys Mutter hinter ihm.

»Lass sie los, Schatz«, sagte sie mit ihrem weichen, gedehnten Südstaatenakzent. »Die Wagen müssen weiterfahren.« Ich konnte es nicht ertragen, ihn anzusehen. Ich nickte und ließ mich neben Abbot auf den Rücksitz gleiten. Henrys Vater schlug die Tür zu und presste die Hand ans Fenster – und diese Geste verstand ich. Halt fest, sagte er mir. Halt ihn fest.

Henry. Ich wollte Henry nachschlagen. Würde er drinstehen? Hatte er ein kleines Bild von sich eingeklebt?

Ich blätterte, fand die richtige Seite und ließ den Finger darübergleiten. Und was ich fand, war Folgendes:

*Hennenfarm: Zuchtbetrieb für Legehennen*

*Henotheismus: der Glaube an einen Gott, ohne die Existenz anderer Götter zu leugnen*

Und dann *Henry*: *Einheit der Induktivität. Wenn bei gleichförmiger Stromänderung von einem Ampere innerhalb von einer Sekunde eine Selbstinduktionsspannung von einem Volt entsteht, hat eine Spule eine Induktivität von einem Henry.*

Und als Nächstes?

*Hic et nunc: lat. hier und jetzt, sofort, augenblicklich, auf der Stelle.*

Ich bin schließlich nur ein Häschen. Ich verstehe auch nicht alles.

Aber ich verstand. Diese Hennenfarm, dass ich an einen Gott glauben kann, dabei die Existenz anderer aber nicht leugnen muss. Ich verstand die elektromagnetische Kraft von Henry, und dass er mir sagte: *Augenblicklich.*

*Fahre*.

# *Teil 2*

Und so wurde der verlorene Sommer augenblicklich in Anspruch genommen.

Oder sollte ich sagen, er nahm uns in Anspruch? Anscheinend lebt man so im *hic et nunc* – ohne jede Vorbereitung, ohne Zeit, sich zu wappnen.

Wir besaßen alle drei einen Pass – Abbot und ich wegen Henrys guter Vorsätze, eines Tages mit uns nach Europa zu reisen, und Charlotte aufgrund einer zweiwöchigen Kanadareise mit dem Französischclub ihrer Privatschule in der achten Klasse. Ich bat Jude, sich um die Bäckerei zu kümmern, was kein dramatischer Schritt war, weil sie das sowieso schon zum größten Teil tat. Trotzdem war ich zunächst überzeugt, nur zwei Wochen erübrigen zu können, doch meine Mutter bestand darauf, dass zwei Wochen nicht genügten, um die Renovierungsarbeiten in die Wege zu leiten. Sechs Wochen in der Provence wären das Minimum. Ich nahm die Reservierungen zügig vor, weil ich wusste, dass ich einen Rückzieher machen würde, wenn ich zu lange damit wartete. In einer Woche sollte es losgehen.

Wenige Tage vor unserer Abreise besprachen meine Mutter und ich am Esstisch bei mir zu Hause die Renovierung. Da sie inzwischen mit Véronique gesprochen hatte, konnte sie den Brandschaden besser einschätzen, der tatsächlich auf die Küche beschränkt zu sein schien. Ich sollte die Küche neu gestalten, das Bad modernisieren und die vier Schlafzimmer mit frischer Farbe aufpolieren und neue Stromleitungen, Steckdosen und WLAN installieren lassen. Auch der Garten sollte etwas von seiner alten Pracht zurückbekommen – der Pool und der steinerne Springbrunnen inbegriffen.

Sie hatte ein Dutzend Zeitschriften gesammelt, und als sie sie mir gab, sagte sie: »Statte das Haus ruhig ein bisschen moderner aus. Das Nebeneinander von Alt und Neu wird dem Haus neues Leben einhauchen. Vielleicht sollten wir die Schlafzimmer in frischem Weiß streichen lassen, wie Leinen.« Sie zog ein paar Farbmuster hervor, die sie bei Sherwin-Williams ausgewählt hatte: Creme- und Elfenbeintöne, einige davon weich und honiggelb. Als sie mir eine Zeitschrift zeigte, die sich einzig und allein mit Kacheln beschäftigte, wurde mir klar, dass ich bis über beide Ohren drinsteckte. Meine Mutter hatte sogar ein paar Seiten mit eleganten, umweltfreundlichen Toiletten mit Eselsohren markiert.

»Welche davon gefällt dir am besten?«, fragte sie.

Ich überlegte und deutete prompt auf die falsche, was ich daran erkannte, wie meine Mutter den Kopf schief legte.

»Wirklich?«, fragte sie.

»Ich denke schon«, sagte ich unsicher und zeigte auf die andere. »Oder doch lieber die hier?«

»Ja, die gefällt mir auch besser«, sagte sie. Dann legte sie unvermittelt alle Zeitschriften beiseite und stapelte sie ordentlich auf dem Tisch. »Hör zu«, sagte sie. »Ich will viele Dinge für das Haus. Aber die Rolle des Diktators liegt mir nicht. Letzten Endes musst du es machen, wie du meinst.«

»Wirklich?« Ich wusste nicht, ob ich ihr glauben sollte.

»Ja«, sagte sie. »Ich setze volles Vertrauen in dich.«

Sie und mein Vater hatten ein großzügiges Budget ausgetüftelt, und sie wies mich an, wie ich das Geld von ihrem Konto abheben konnte, um damit die Renovierung zu bezahlen. »Du musst Geduld haben. Wenn es um solche Dinge geht, hat man in Frankreich mit einer ganzen Menge Bürokratie zu kämpfen.«

»Was denn für Bürokratie?«

»Véronique wird dir alles erklären«, beruhigte sie mich. »Fahr einfach hin, und versuche, ein Gefühl für das Haus zu bekommen. Du wirst eine Beziehung dazu entwickeln, und die Entscheidungen werden sich wie von selbst ergeben.«

»Meine Aufgabe besteht also darin, ein Gefühl, eine Beziehung zu meiner Umwelt zu entwickeln und Entscheidungen zu treffen?«

»Die Entscheidungen werden sich wie von selbst ergeben«, wiederholte sie. »Das ist etwas ganz anderes. Das Haus wird dir schon sagen, was du tun musst.«

Da wir zunächst nach Paris fliegen würden, buchte meine Mutter dort ein Hotel für uns und bestand darauf, dass wir ein paar Tage die Weltstadt genossen, bevor wir in die ländliche Gegend der Provence weiterfuhren. Sie ersparte mir nicht nur einige logistische Probleme (sie besorgte uns die Zugtickets und schloss unseren Mietwagenvertrag ab), sondern gab mir auch eine ordentlich getippte Liste mit Restaurants, Frisörsalons, Kleiderläden, Parks, Museen und Theatern. Ich steckte sie brav in meine Handtasche. Um die ganze Liste abzuhaken, würde man Monate brauchen – ihre Traumreise, nicht meine. Ich würde das nicht alles schaffen.

Dann war es Zeit für den Flug. Kinofilme auf winzigen Bildschirmen, Hähnchen Alfredo, auf kleinen, in Plastikfolie eingeschweißten Tabletts serviert, und die üblichen dünnen, marineblauen Flugzeugdecken.

Charlotte schlief und behielt ihre Ohrhörer drin. Elysius und Daniel hatten sich im Vorfeld mit ihr hingesetzt und ihr den Plan erläutert. Sie waren auf Widerstand gefasst und der festen Überzeugung gewesen, dass sie Nein sagen würde. Doch Charlotte blinzelte nur verwundert und fragte:

»Moment mal, wollt ihr mir sagen, dass ich mit Heidi und Abbot nach Frankreich fliege? Das ist der Grund für eure griesgrämigen Gesichter und das ernste Getue?«

Sie nickten.

»Tja, ich bin dabei.«

»Wobei?«, fragte ihr Vater irritiert.

»Wo muss ich unterschreiben?«, fragte sie ungeduldig.

Elysius und Daniel wussten immer noch nicht, ob sie sie richtig verstanden.

»Ja!«, sagte sie. »Ist das deutlich genug? Ja! Ich will mit!«

Abbot hingegen musste ich gut zureden. Er wollte die Fotos genaustens studieren. Er lieh sich in der Bibliothek Bücher aus und fand heraus, dass es in Südfrankreich Skorpione gab. »Man muss seine Schuhe umdrehen und schütteln, bevor man sie anzieht, weil Skorpione gern in Schuhen wohnen«, sagte er. »Willst du an einem Ort leben, wo du Skorpione in den Schuhen hast? Du bringst unser Leben in Gefahr!«

Er fürchtete sich vor Bakterien. »Dort gibt es völlig andere Bakterien. Französische Bakterien. Dagegen sind wir nicht immun!« Da wir ausführlich über die Vorteile von Bakterien gesprochen hatten, war ihm der Begriff Immunität sehr vertraut. Er warf regelrecht damit um sich. Schließlich gab ich nach und willigte ein, ihm für die Reise eine Flasche Hygiene-Handgel in Reisegröße zu kaufen.

»Wir können das Wasser da nicht trinken«, unkte er. »Die Powells sind verreist und konnten das Wasser nicht trinken.«

»Die waren in Cancún«, erklärte ich. »Das ist in Mexiko. Das ist was anderes.«

»Mexiko ist ein fremdes Land, und Frankreich ist ein fremdes Land. Ich trinke da nichts.«

Er kam nicht darüber hinweg, dass es gebrannt hatte – für ihn der unwiderlegbare Beweis, dass Frankreich ein gefährliches Pflaster war.

Unter einem Stapel Unterwäsche in Abbots Koffer fand ich das Wörterbuch. Ich nahm es heraus und sah ihn fragend an.

»Ich kann es mir in Frankreich auf den Tisch an meinem Bett legen.«

Ich schüttelte den Kopf.

»Lass es lieber hier. Dann haben wir etwas, worauf wir uns freuen können, wenn wir wieder nach Hause kommen.«

Er kam noch mit anderen Ängsten und Ausreden an, und ich redete ihm immer wieder ins Gewissen: »Du darfst dich von deinen Ängsten nicht davon abhalten lassen, dein Leben zu leben.« Ich wusste, dass ich in erster Linie zu mir selbst sprach.

Wir fuhren trotzdem. Es gab kein Zurück. Sein Sperrfeuer aus Ängsten machte mir nur noch deutlicher, dass wir fahren mussten.

Am Flughafen fürchtete er sich vor terroristischen Verschwörungen und wies mich permanent auf verdächtige Personen hin. Er flehte mich an, einen Jungen anzuzeigen, der etwas bei sich trug, das wie ein Klarinettenkoffer aussah.

Als der Flieger auf dem Flughafen Charles de Gaulle landete, sah ich Charlotte an. Sie schien die Welt völlig ausgeblendet zu haben, hörte Musik und starrte ausdruckslos durch das kleine Flugzeugfenster. Mir fiel ein, was Elysius über sie gesagt hatte, dass sie in ihrer eigenen Welt lebte. Wie sah diese Welt aus? Ich fragte mich, ob ich davon je eine Vorstellung bekäme, und mir kam zum ersten Mal in den Sinn, dass diese Reise eine Katastrophe werden konnte. Wenn Charlotte es dort nun ganz schrecklich fände? Wenn sie völlig dichtmachte? Ich hatte keine Ahnung von Teenagern. Elysius und Daniel waren vernünftige Menschen und trotzdem wegen Charlotte mit ihrem Latein am Ende. Ich hatte mir eigentlich nicht vorgestellt, dass etwas schiefgehen könnte. Ich könnte in Frankreich mit einem verstörten Teenager festsitzen. Was dann?

Derweil drückte Abbot mit seinen handgelverschmierten Händen meinen Arm. Was, wenn ihm alles zu viel wurde? Die französischen Bakterien, das verseuchte Wasser, die möglichen Hausbrände und die Bedrohung durch Skorpione. Auch er könnte durchdrehen. Und war ich selbst psychisch so stabil?

Was wollten wir hier? Plötzlich kam mir unser Trio merkwürdig vor. Der Urlaub war eine Möglichkeit für Charlotte, ihren Horizont zu erweitern, eine Chance für Abbot, seine Ängste zu überwinden, und für mich? Ich befand mich auf einer Pilgerreise für Untröstliche und sollte lernen zu leben – lebendig zu sein. Und wie genau sollte ich das anpacken? Auf einen Zauber warten? Gefühle, eine Beziehung zu meiner Umwelt entwickeln, und Entscheidungen ergaben sich von selbst? Ich dachte an Henry. Im Flugzeug hatte ich die Augen geschlossen und ihm zugeflüstert: »Wir fliegen hin, nach all den Jahren. Wir fliegen wirklich.« Und mit »wir« meinte ich nicht nur Charlotte, Abbot und mich. Ich meinte auch Henry. Wie konnte ich Paris und das alte Haus in der Provence anders als mit Henrys Augen sehen? Ich musste es mit ihm teilen, die Welt mit meinen und seinen Augen sehen.

Und obendrein sollte ich ein verkohltes Haus renovieren, das mit Liebesgeschichten überfrachtet war.

Doch zu dem Zeitpunkt war das alles noch abstrakt gewesen, aber als die Bremsen des Jets kreischten, die Reifen über die Landebahn schlitterten und holperten, die französische Stewardess uns willkommen hieß, wurden diese Dinge sehr real.

Laut unserer inneren Uhr landeten wir mitten in der Nacht in Paris. Wir waren erschöpft, übernächtigt, aber ziemlich aufgedreht. Wir mussten noch durch den Zoll: die langsame, schlurfende Warteschlange, und dann das Crescendo einer fremden Sprache. Zum ersten Mal seit Langem hörte ich klar und deutlich, weil mir nichts anderes übrigblieb. Mir fielen die Babar-Bücher aus meiner Kindheit wieder ein, die Jacques-Brel-Alben, die Französin in unserem Viertel und ihr kreischender Papagei, der französische Obszönitäten von sich gab.

Ich war erstaunt, an wie viel Französisch ich mich noch von meiner Mutter erinnerte, die uns zwischen unseren Sommeraufenthalten scheinbar aus einer Laune heraus gelegentlich gezwungen hatte, mit ihr Französisch zu sprechen. Sie stellte eine Regel auf. »Wenn ihr etwas von mir wollt, bittet mich auf Französisch darum. Ich nehme keine Wünsche mehr auf Englisch entgegen.« In der Öffentlichkeit schalt sie uns auf Französisch, weil sie fand, dass es in fremden Ohren elegant klang. Doch für uns klang es nur nach Schelte. »Ne touchez pas!« »Écoutez!« »Faites attention!«

Als wir nach draußen in die helle Sonne traten, fielen mir diese Befehle wieder ein. Ich fasste nichts an! Ich hörte zu! Ich passte auf!

Vor dem Flughafen stiegen wir in ein Taxi, und ich gab die Adresse des Hotels an. Der Fahrer verstand mich, und ich war von mir selbst beeindruckt.

»Du bist ja eine, hast ja voll Französisch drauf«, staunte Charlotte.

»Probier's auch mal«, sagte ich.

Doch Charlotte stopfte sich wieder einen Ohrhörer rein.

»Ich kann nur im Sprachlabor sitzen und mir über Ohrhörer Bänder anhören«, antwortete sie ein wenig zu laut. Entschieden stopfte sie sich auch den zweiten Ohrhörer ins Ohr, wandte sich ab und starrte aus dem Fenster, während das Taxi losfuhr.

»Im Hotel gibt es doch Rauchmelder, oder?«, fragte Abbot.

»Natürlich«, versicherte ich ihm.

Zuerst sahen wir nur die Schnellstraße, ein Stadion, den Verkehr. Abbot wies auf die winzigen Autos hin, Charlotte über die Musik hinweg auf die vielen Motorroller und Motorräder. Doch das Bild änderte sich, als wir in die Stadt kamen.

In Paris war uns alles ein wenig fremd: die Telefonhäuschen, die Balkone mit Eisengeländer, die Gässchen, die üppigen grünen Parks. Gelegentlich, wenn wir um eine Ecke bogen, kam eine vertraute Kulisse in Sicht: Brücken, die die Seine überspannten, Notre-Dame, die wie aus dem Nichts auftauchte, und der Eiffelturm, der die Skyline auf geheimnisvolle Weise durchbohrte. Ich erinnerte mich an die Besuche in meiner Kindheit, und an das letzte Mal mit dreizehn. Meine Mutter war immer mit uns über Paris geflogen, nie über Marseille, damit sie shoppen und uns die Haare schneiden lassen konnte. Mir hatte sich ein Bild eingebrannt: der Geruch der Luft, die Energie, die imponierenden, riesigen, stoischen Gebäude, dazwischen plötzlich ein geschmackvoll verziertes Tor, das einen Privateingang absperrte. Und die Sprache, die in der Kehle rollt und bei der man unwillkürlich die Lippen spitzt.

La France.

Ich war das wenig elegante Mischlingskind, das in der Wildnis von Amerika gelebt hatte – und jetzt hatten mich meine tiefsitzenden Gene wieder nach Hause geführt. Ich fühlte mich unerklärlich stolz. Nicht nur, weil ich von diesen schönen Menschen abstammte – die eine ganz eigene Art von Stress und gleichzeitig einen eleganten Lebensstil der Muße pflegen –, sondern auch, weil ich fortgegangen, weil ich Amerikanerin war. Wild, laut, blauäugig – ich war das Produkt eines Krieges, der zwei Länder miteinander verbunden hatte. Ich stellte mir meine Großeltern vor, wie sie in die Menschenmassen gezogen wurden und das Ende der Besatzung feierten – und jenen Kuss. Ich spürte diese Verbindung in mir.

In Paris war es Morgen, und wir mussten über die Runden kommen, bis das Zimmer, das meine Mutter für uns reserviert hatte, am Nachmittag bezugsfertig war. Deshalb stellten wir unser Gepäck in eine Ecke der kleinen Lobby des Hotels Pavillon Monceau Palais des Congrès. Abbot zog mich am Arm. »Frag wegen der Rauchmelder. Bitte!« Ich versprach, ihm später die Rauchmelder im Zimmer zu zeigen.

Das Hotel lag im siebzehnten Arrondissement, ein Viertel mit vielen Familien mit Buggys und Jugendlichen auf Motorrollern. Erschöpft schlugen wir die Zeit tot, indem wir durch Geschäfte bummelten; es gab eine Straße fast nur mit Läden für Kinder: Spielzeugläden, ein Buchladen, in dem wir Asterix-Comics kauften, und Kinderboutiquen. Wir schlenderten über einen Markt und kauften frische Pfirsiche, Joghurt, chinesisches Essen, eine Flasche Orangensaft und Bonbons. Abbot blieb die ganze Zeit in meiner Nähe. Es war ihm lieber, sich bei mir einzuhaken, als von Keimen befallene Hände zu halten. Er wich den Menschen aus, an denen wir auf den schmalen Gehwegen in den Seitenstraßen vorbeikamen. Ich wusste, dass ihm dabei die völlig fremden Bakterien der Franzosen durch den Kopf spukten.

Ich erinnerte mich daran, wie ich mit meiner Mutter und Elysius durch Paris gehetzt war. Zuerst bekamen wir in einem Salon die Haare geschnitten, und danach shoppten wir hemmungslos; meine Mutter sammelte die Einkaufstüten an ihren Armen, bis man Einkerbungen sehen konnte. Wir erledigten unsere Weihnachtseinkäufe, unsere Geburtstagseinkäufe. Wir aßen in Cafés. Ab und zu erlaubte meine Mutter uns, mit unseren Instamatic-Kameras Fotos zu machen. Ich kenne immer noch nicht das Paris mit seinen großen Monumenten oder Wahrzeichen, denn immer, wenn wir unsere Kameras aus den Taschen zogen, seufzte sie, als brächen wir ein unausgesprochenes Versprechen – wir waren keine Touristen. Während Abbot, Charlotte und ich bummelten, vermisste ich meine Mutter und Elysius. Dabei wollte ich sie gar nicht dabeihaben. Ich wollte sie in der Vergangenheit – erneut einen sonnigen Nachmittag gemeinsam mit ihnen verbringen – vor der Affäre, bevor meine Mutter verschwand, in jenem letzten Sommer, als ich dreizehn war. Ich wollte uns drei zurückhaben, so wie wir früher waren.

Auf einem kleinen Markt an der Rue de Levis, der von Läden gesäumt war, stießen wir auf einen Hut-Verkaufsstand.

Abbot riss sich von mir los und rief:

»Baskenmützen! Baskenmützen!«

»Absterizer, sieh dich mal um«, ermahnte ihn Charlotte. »Echte Franzosen tragen keine Baskenmützen. Sie hat dasselbe Schicksal ereilt wie den Sombrero und Federkronen.«

»Aber wir müssen!«, beharrte Abbot. »Wir sind in Frankreich! Wir brauchen Baskenmützen!«

Meine Mutter hätte uns nie erlaubt, etwas so Touristisches zu kaufen. Trotzdem, ich wollte etwas, das uns einander näherbrachte, etwas Frivoles und Spontanes.

»Klar! Warum nicht?«, sagte ich. »Baskenmützen!«

»Ich will eine schwarze, wie die Künstler«, verkündete Abbot.

Charlotte seufzte.

»Ich nehme Rot. Eine Baskenmütze wird mir bei meinem Akzent helfen.« Sie pflückte eine vom Ständer, setzte sie auf und sagte grinsend: »Für immer elegant!«

Ich entschied mich für Blau.

»Ich weiß nicht, ob ich meine tragen oder lieber in die Luft werfen soll wie Mary Tyler Moore«, scherzte ich. Keiner von beiden verstand die Anspielung. Henry hätte sie verstanden. Ich hatte das Gefühl, ihm so viel erzählen zu müssen. *Hier ist das kleine Hotel. Hier ist der Markt. Hier sind wir mit unseren Baskenmützen.*

Wir aßen im Parc Monceau, der voll mit Schulkindern in Uniform, blassen Büromenschen und Joggern war. Wir hatten keine Möglichkeit, die Pfirsiche zu waschen, aber mit Wasserbrunnen-Bakterien wäre Abbot sowieso nicht klargekommen. Also wuschen wir die Pfirsiche mit Orangensaft. Abbot geizte nicht mit seinem Hygienekel und weigerte sich, sich wie bei einem Picknick auf den Boden zu setzen. Stattdessen lungerte er um uns herum und starrte neugierig die Schulkinder an. Wir hatten keine Löffel für den Joghurt, der sich als ungesüßt herausstellte. Mein Französisch war eben doch nicht hundertprozentig.

Charlotte erregte Aufsehen. Ich sagte ihr, dass sie in London nicht weiter aufgefallen wäre. In der Londoner Kultur ist Punk so tief verwurzelt, dass die Leute blaue Haare mit schwarzen Spitzen gar nicht registriert hätten. Doch in Paris hängt Stil von Schönheit ab, und nicht von Politik, Revolution oder jugendlichem Aufbegehren. Vielleicht verwirrte Charlotte deshalb die Pariser.

Während jenes Vormittags versteckte Charlotte sich immer noch hinter mir. Doch gegen Mittag schien ihr langsam zu dämmern (und vielleicht half ihr die völlige Erschöpfung dabei), dass sie hier niemanden treffen würde, den sie kannte. Es störte niemanden, wenn sie sich zum Narren machte. Das sind die Vorzüge eines fremden Landes.

Auch Abbot muss diese Befreiung verspürt haben. Obwohl er seine Hände bei sich behielt und sich standhaft weigerte, das

Drehkreuz in der Métro-Station zu berühren, und immer erst wartete, bis jemand anders die Ladentüren öffnete, fing er wie ein kleiner Franzose an, *Bonjour* zu Schalterbeamten zu sagen und *Excusez-moi*, wenn er auf der Straße Passanten auswich.

Als wir im Café saßen und jeder an seiner Cola nippte, fragte ich:

»Ist es nicht ein gutes Gefühl, anonym zu sein?« Hier gehörte ich nicht mehr zum Geheimbund der Witwen.

Abbot sah mich argwöhnisch an.

»Das bedeutet, dass man seinen Namen nicht druntersetzt, wenn man was geschrieben hat.«

»In dem Fall nicht, Absterizer«, sagte Charlotte. »In dem Fall heißt es, dass uns niemand kennt. Niemand bemerkt uns. Wir könnten jeder sein.«

Abbot sah mich scharf an. Vielleicht wusste er im tiefsten Inneren, dass ich seit Henrys Tod eine Identitätskrise durchgemacht hatte und dass es mich in Angst und Schrecken versetzen würde, jedermann sein zu können. Doch genau das Gegenteil traf zu. Es war tröstlich.

»Hier weiß niemand etwas über uns.« Und damit meinte ich, dass niemand wusste, dass Abbot und ich ein gebrochenes Herz gehabt und es überlebt hatten. Hier würde uns niemand mit unerwünschtem Mitleid und Ratschlägen und aufmunternden Worten überfallen.

Wir waren frei.

In jener Nacht im Hotel roch ich Rauch.

Natürlich wusste ich, dass in unserem Zimmer an der Decke ein Rauchmelder angebracht war, weil ich Abbot das blinkende Licht gezeigt hatte. Der Rauchmelder blieb stumm und blinkte immer noch.

Wir hatten die Fenster offen gelassen. Es gab keine Fliegengitter, genau wie ich es aus meiner Kindheit in Erinnerung hatte. Ich musste an die Sommernächte in Tallahassee denken, wie Henry und Abbot die kleinen Eidechsen beobachtet hatten, die unsere Fliegengitter nach Motten durchforsteten, die vom Licht in unserem Haus angelockt worden waren. Manchmal waren sie auf der Seite der Eidechsen und manchmal auf der der Motten. Charlotte, Abbot und ich waren schon früh eingeschlafen, trotz einer Geräuschkulisse aus lachenden, schreienden Menschen, hupenden Autos und seltsamen Sirenen aus der Ferne, Essensgerüche zogen vorbei.

Doch mitten in der Nacht, als ich vom Rauchgeruch aufwachte, wusste ich, dass es echter Rauch war, nicht von Zigaretten, nicht von brutzelndem Abendessen. Abbot schlief mit mir in einem Bett, und ich musste an Charlottes Bett vorbei zur Tür. Ich schnappte mir den Schlüssel und trat hinaus in den Flur.

Das Treppenhaus war von altertümlicher Liebenswürdigkeit – breit, mit verblasstem rotem Teppich, und auf jedem Absatz hohe, schwere, alte Fenster, die weit offen standen.

War der Rauchgeruch hier stärker? Ja.

Ich eilte die Treppe hinunter.

Roch es hier stärker? Konnte ich Rauch sehen? Nein. Aber der Rauchgeruch war mal stärker, mal schwächer. Und dann roch ich nichts mehr.

Als ich ins Foyer kam, wurde mir klar, dass ich keinen BH trug und unter meinem weißen T-Shirt und der kurzen Schlafanzughose nackt war. Und ich war barfuß. Ich betätigte die kleine Klingel, leider musste ich den Nachtportier wecken. Was genau wollte ich ihm eigentlich sagen, und vor allem wie?

Der müde Hotelangestellte kam aus dem Hinterzimmer, wo vermutlich ein Klappbett für ihn stand. Es war ein junger Mann, groß und schlaksig, der sich bemühte, nicht verschlafen zu wirken. Er strich sich die Haare glatt und rückte seine Brille zurecht.

»*Fumer*«, sagte ich – das Verb für rauchen. Er verstand mich und trat hinter der Rezeption hervor und fragte mich, wo ich den Rauch gerochen hätte. Dass er mich so ernst nahm, machte mich noch nervöser. Warum war ich hier unten? Ich hätte Charlotte wecken und zwingen sollen aufzustehen. Ich hätte Abbot in ebendiesem Moment in den Armen halten sollen. Warum ging der Alarm nicht los?

Ich deutete auf die Treppe und ging vor. Auf dem ersten Absatz blieben wir stehen. Ich schnüffelte und hielt einen Finger hoch. Wieder sagte ich:

»*Fumer?*«

Er schüttelte den Kopf, lief aber trotzdem mit mir bis zum nächsten Absatz, wo wir uns gemeinsam aus dem Fenster lehnten. Wir lauschten den Geräuschen der Stadt und atmeten die Luft ein. Ich musste an meine Hochzeitsnacht denken. Henry und ich hatten uns früh von unserem Empfang verdrückt und waren zu einem alten Hotel am Kap gefahren, wo wir ein Zimmer gebucht hatten. Dort fand gerade ein Old Home Day statt – eine Art Fest der Gründerväter, das in Städten in New England verbreitet ist. Ein Feuerwerk fand statt. Im Flur war ein Fenster, das auf ein Teerdach führte. Also kletterten wir hinaus und standen dort neben der brummenden Klimaanlage – ich im Hochzeitskleid und Henry in seinem Smoking – und beobachteten das Feuerwerk, während sich die Luft mit Rauch verdunkelte. Damals waren wir unerfahren, hatten das Leben noch vor uns. Unsere Familien hatten uns gehen lassen; Abbot musste uns erst noch finden. Für diese sehr kurze Zeit gab es nur uns zwei – zwei junge Menschen.

War da überhaupt kein Rauch? War der Geruch nur eine Erinnerung an Henry? War es eine Halluzination?

»*Non?*«, flüsterte ich. »*Non fumer?*«

»*Non*«, sagte der Nachtportier und legte seine Hand auf meine und sagte auf Englisch: »Die Nacht hat keinen Rauch. Die Luft ist rein.« Es war nicht kokett gemeint, sondern liebevoll. Er schien zu wissen, dass ich jemanden brauchte, der mir versicherte, dass alles in Ordnung war.

»Okay«, sagte ich. »Danke. *Merci.*«

Nach jener Nacht beschloss ich, dass es vielleicht doch nicht das Schlechteste war, in die Touristenrolle zu schlüpfen. Wenn wir einige Orte auf der Liste meiner Mutter abklapperten, kam ich gar nicht erst zum Nachdenken. Die wahre Herausforderung stand mir nämlich erst noch in dem Haus in der Provence bevor. Vorerst jedoch wollte ich Charlotte und Abbot durch Paris scheuchen.

Erste Station: der Eiffelturm. Wir nahmen den Fahrstuhl, auch wenn wir uns wie Betrüger vorkamen.

Oben angekommen, hielt Abbot sich vom Rand fern, doch Charlotte lehnte sich ans Geländer. Der Wind peitschte ihr durchs Haar wie auf einem Schiff. Die Stadt lag schillernd in der Sonne vor uns. Ich trat neben Charlotte.

»Es ist schön hier oben.«

Sie seufzte rastlos und warf den anderen Touristen einen genervten Blick zu.

»In Paris wimmelt es von Liebespaaren«, meckerte sie. »Man fängt an, sich zu fragen, ob sie vom Fremdenverkehrsbüro bezahlt werden.«

Da stimmte ich ihr zu. Mir taten sie auch nicht gut, aber ich wusste nicht, was ich antworten sollte. Sollte ich Adam Briskowitz zur Sprache bringen? Durfte ich von ihm wissen? »Ein Haufen Schwindler«, scherzte ich, um einen unbeschwerten Ton bemüht.

Wir sahen die Pyramide vor dem Louvre, schafften es aber nicht hinein, weil die Warteschlangen zu lang waren. Wir hatten die Karten nicht schon vorher gekauft. Es war Sommer, und da kamen die Touristen rudelweise. Ich kam mir langsam wie eine Verräterin vor, weil ich ohne Henry in Paris war. Und doch sah ich ihn in den Menschenmassen: ein flüchtiger Blick auf ein paar Sneakers; sein Gesicht, einen kurzen Moment lang hinter einer Kamera verborgen; und einmal sogar eine Red-Sox-Ballcap, verblichen und ausgefranst. Ich ließ den Blick nirgends ruhen und sah immer schnell wieder weg. Wir schoben uns weiter durch das Gewühl, während Abbot »Excusez-moi!« zwitscherte.

Ich bestand darauf, dass wir zum Place de l'Opéra gingen, wo meine Großeltern sich einst geküsst hatten. Auf dem Weg dorthin in der Métro erzählte ich Charlotte und Abbot die Liebesgeschichte meiner Großeltern. Ich schilderte ihnen das Ende des Zweiten Weltkrieges, die gewaltigen Menschenmengen, wie sie sich geküsst hatten und getrennt wurden und wie er später, nach dem Krieg, zurück nach Frankreich kam und sie durch eine stets rätselhaft bleibende Reihe von Wundern im Haus in der Provence wiederfand. Ich beendete die Geschichte, wie sie immer endete: »Sie schworen einander, sich nie wieder zu trennen.« Bei diesen Worten überlief es mich kalt, genau wie als junges Mädchen.

»Das ist superromantisch«, sagte Charlotte und klang zur Abwechslung mal nicht zynisch.

»Das Haus in der Provence kann auf eine lange Geschichte der Liebe zurückblicken«, erklärte ich. »Ich hab dir die Geschichten doch erzählt, Abbot, oder?«

»Nein«, gab er zurück. »Ich kenne alle Henry-Geschichten, aber keine Geschichten vom Haus.«

»Oh«, sagte ich überrascht. Mir kam in den Sinn, dass ich

die Geschichten nach so vielen Jahren vielleicht immer noch glaubte und sie ihm nicht erzählt hatte, weil ich nicht wollte, dass jemand sie anzweifelte, wie ich in meiner Jugend. Aber Charlotte und Abbot sollten wissen, wohin sie fuhren. »Tja, das lässt sich ändern.« Und damit begannen die Lektionen, über die Geschichte des Hauses in der Provence, seine lange Geschichte der Liebe, wie ich es ausgedrückt hatte, und seine vielen Wunder.

Und der Place de l'Opéra? Er war atemberaubend. Wir standen vor dem riesigen Gebäude, das sich so breitschultrig erhob wie damals, als meine Großeltern einander in der Menschenmenge fanden. Für mich war es eine Torte: erst die Schichten aus Bögen, dann die Säulen, dann eine kunstvolle Verzierung samt Glasur, abgerundet mit einer wunderschönen, grün patinierten Kupferkuppel und hell strahlenden Goldengeln.

Wir klapperten die ganze Stadt ab, ein Monument nach dem anderen. In Notre-Dame war Abbot von der Buntglas-Darstellung eines Mannes beeindruckt, der dazu verdammt war, seinen abgeschlagenen Kopf bis in alle Ewigkeit in der Hand zu halten, und natürlich von den Wasserspeiern. Charlotte zündete eine Kerze an und stopfte Geld in einen Klingelbeutel. Das überraschte mich. War sie dafür nicht zu zynisch? Im kühlen Dunkel nahmen wir drei im hinteren Teil der Kathedrale Platz.

Touristen schlurften vorbei und verursachten eine gedämpfte Geräuschkulisse.

Ich sagte: »Ich könnte auch ein paar Stützpfeiler gebrauchen, einen festen Halt. Vielleicht beneide ich ja Stützpfeiler.«

»Du könntest dich auf den Boden hocken«, schlug Abbot vor. »Wenn er nicht so schmutzig wäre.«

»Stützpfeiler zu bauen dauert anscheinend lange«, sagte Charlotte, reichte mir die Informationsbroschüre und schien sich in sich selbst zurückziehen. Ich hatte noch nie erlebt, wie jemand das so schaffte wie sie, seine Anwesenheit an- und auszuschalten.

Doch sie nahm alles in sich auf, selbst wenn sie dabei stumm war und ihre Kommentare auf ein Minimum beschränkte. Sie war beeindruckt von der Geschicklichkeit der Crêpes-Verkäufer.

»Ich finde es geil, dass die Franzosen alles mit Schokolade füllen. Das ist der beste Spleen überhaupt«, sagte sie. Sie liebte den Kaffee am Morgen und die Zuckerwürfel. Sie wollte über den Markt schlendern und sich die Fische und Spanferkel ansehen. Sie blieb stehen, um die Speisekarten zu lesen, die vor ansprechenden Lokalen angeschlagen waren – aber nur die, die ins Englische übersetzt waren. »Man könnte sich durch diese Stadt hindurchessen und sie so genauso gut verstehen lernen, wie wenn man sie durchläuft.«

Sie erinnerte mich, nun ja, an mich, in dem Alter, als ich begann, Essen als mehr als nur Essen zu betrachten. Henry hatte Essen geliebt, aus den richtigen Gründen: manchmal als Trost, aber auch als Kunst. Für ihn hieß Essen Identität, Kultur, Familie, wie man Heimat und Liebe definierte und wer man war. Wenn wir ein paar Tage irgendwo waren, versuchte er, den dortigen Markt zu besuchen, die Küche der Gegend kennen zu lernen. »Sie erzählt eine Geschichte«, behauptete er immer.

Charlotte sprach so über Essen wie er früher.

»Wenn die Sauce auf meinen Gaumen trifft, ist sie fast zu bitter, aber der Nachgeschmack ist süß. Wie kriegen die das hin? Probier mal.«

Ich naschte. In dem Moment fiel die touristische Hast von mir ab. Die Zeit verlangsamte sich. Doch ich musste gegen mein Verlangen ankämpfen, mich auf den Geschmack zu konzentrieren. Ich war gewillt, die Konsistenz zu registrieren, wehrte mich aber gegen den Rest. Wären Henry und ich gemeinsam dort gewesen, hätten wir auch probiert.

»Schmeckst du das?«, fragte Charlotte. »Weißt du, was ich meine?«

»Ich weiß, was ich schmecken sollte«, wiegelte ich ab. »Du beschreibst es perfekt. Ich kann nur nicht … Ich bin nicht hier …« Ich schüttelte den Kopf. Mir fiel ein, wie Henry einmal in New Orleans nach dem Essen feuchte Augen bekommen hatte.

»Weinst du wegen des Pekannuss-Kuchens?«, fragte ich ihn. »Nein«, sagte er und verdrückte ein paar Tränen. »Es ist nicht nur der Kuchen. Es umfasst Chemie und Physik. Es umfasst Orte, Zeiten, Geschichte, Religion und Musik …« Er war überwältigt.

Trotz der vielen Ablenkung als Paristouristin fühlte ich mich von seiner Gegenwart beeinträchtigt und hin- und hergerissen zwischen zwei Vorstellungswelten – der Welt, wie ich sie sah, und der Welt, wie Henry sie gesehen hätte.

Charlotte schien zu verstehen, dass es um mehr ging, und bedrängte mich nicht.

Als wir das Café wieder verließen, schwiegen wir, bis Abbot den Place de la Concorde entdeckte.

»Seht mal! Sie haben einen riesigen Bleistift, genau wie wir in D. C.«

»Wenn du dich auf der Welt umsiehst«, sagte Charlotte, »wirst du feststellen, dass Männer überall Erektionen errichten. Das ist ein Zeichen patriarchalischer Unterdrückung.«

»Was hast du in der letzten Zeit gelesen?«, fragte ich Charlotte entgeistert.

»Um so was zu sagen, braucht man nicht mehr zu lesen. Das war nur ein Scherz.«

»Ich hab erst im College über patriarchalische Unterdrückung Witze gemacht.«

»Scherze haben sich eben inzwischen weiterentwickelt«,

sagte sie. »Außerdem war mein Freund, tja, mein Ex, ein richtiger Spaßvogel und sehr gegen patriarchalische Unterdrückung.«

Da war Adam Briskowitz also wieder. Kein Freund, sondern eine Katastrophe. Und jetzt ihr Ex. Konnte Adam Briskowitz wirklich so schrecklich sein, wenn zwei seiner entscheidenden Charakterzüge darin bestanden, dass er sehr gegen patriarchalische Unterdrückung und ein Spaßvogel war? Ich wusste, dass mehr dahintersteckte, und so war es jetzt an mir, sie nicht zu drängen. Das würde ich auf später verschieben.

In der Nähe von Les Halles stießen wir auf die riesige Statue eines geneigten Kopfes, der in einer offenen Handfläche ruhte. Wir posierten abwechselnd davor, als würden wir der Figur in der Nase bohren.

Schließlich waren wir Amerikaner.

Vier Tage nach unserer Ankunft in Paris nahmen wir den TGV nach Aix-en-Provence. Ich verspürte Erleichterung darüber, dass wir das hektische Touristentempo nicht mehr beibehalten mussten, da es sich als Ablenkung doch nicht so bewährt hatte wie erhofft. Jetzt würden wir uns häuslich einrichten und uns einen festen Tagesrhythmus schaffen und mussten nicht mehr das Gesehene kommentieren, es fotografieren und behandeln wie eine Erinnerung, die bereits im Entstehen war. Wir würden einfach leben, einfach nur sein.

Völlig durcheinander und total nervös holte ich unseren Mietwagen in der Nähe des Bahnhofs von Aix-en-Provence ab, den man tunlichst nicht wie meine Mutter mit dem anderen Bahnhof dort verwechseln sollte. Es war eine traurige Mahnung daran, dass meine Mutter seit Jahrzehnten nicht mehr dort gewesen war. Wir hatten nie über die Umstände ihrer Rückkehr nach ihrem verlorenen Sommer gesprochen, doch ich wusste, dass sie und mein Vater eine Vereinbarung getroffen hatten. Hatte sie ihm versprochen, nie mehr in ihr Haus in der Provence zurückzukehren, wenn mein Vater ihr im Gegenzug versprach, nicht mehr fremdzugehen? Oder war das unausgesprochen geblieben? Hatte meine Mutter das Gefühl gehabt, einen Teil von sich selbst aufgeben zu müssen, damit ihre Ehe intakt blieb?

Während wir unser Gepäck in den gemieteten Renault luden, wurde mir klar, was nicht stimmte. Ich war nicht nur erschöpft, nachdem ich an der falschen Stelle einen Mietwagen verlangt hatte und dann ein Taxi durch die Stadt zum richtigen Bahnhof hatte nehmen müssen, sondern ich musste mich gleich selbst ans Steuer setzen – und das in Frankreich! Ich erinnerte mich, wie meine Mutter auf diesen Straßen fuhr und entgegenkommenden Fahrzeugen nach rechts auf Seitenstreifen auswich, die mit hohem Unkraut überwuchert waren. Französische Autofahrer versetzten sie in Angst und Schrecken. Und obwohl ich mir früher einmal etwas auf meine Fahrkünste eingebildet hatte, hatte Henrys Unfall mich erschüttert. Manchmal packte ich das Lenkrad und stellte mir den Aufprall auf Henrys Rippen, Henrys Brustkorb vor. Als ich Charlotte bat, Landkarte und Wegbeschreibung aus einem der Fächer in meiner Handtasche zu holen, muss ich nervös geklungen haben.

»Soll ich lieber fahren?«, fragte sie vorsichtig. »Ich mach's, auch wenn es hier verboten ist.«

»Schon gut«, wiegelte ich ab.

»Aber du kennst doch den Weg«, meinte Abbot, der sich auf dem Rücksitz bereits angeschnallt hatte. »Du warst doch oft hier, als du klein warst.«

»Es hat sich viel verändert«, sagte ich, »aber wir kommen schon klar, und irgendwann sollte ich die Gegend wiedererkennen. Berge verändern sich schließlich nicht.«

Ich startete den Wagen und steuerte ihn auf die schmale Straße. Aix-en-Provence war eine geschäftige Stadt, in der es von Autos nur so wimmelte. Wir nahmen zunächst die Schnellstraße, bevor wir nach vielen Kreiseln auf kleinere Straßen gelangten. Was hat es mit den Franzosen und ihrer Vorliebe für Kreisel auf sich? Die Hinweisschilder, die Mautstellen, die Haltebuchten waren uns fremd, die fremdartige Landschaft, durch die ich versucht war, meinen Blick von der Straße zu wenden – vielleicht hatte es sein Gutes, weil ich nicht so viel an Henry denken konnte, sondern mich konzentrieren musste.

Charlotte las die Straßennummern laut vor und glich sie mit den Wegweisern ab. Durch sie behielt ich den Überblick. Schließlich fanden wir uns in einer ländlichen Gegend wieder, wo weniger Verkehr war. Der alte Mont Sainte-Victoire sah aus, als hätte er sich gerade erst frisch aus dem Boden erhoben – mächtige Kämme, die unregelmäßigen dunklen Wolken erzeugten ein Spiel aus Licht und Schatten vor dem Hintergrund eines klaren, mit roten Schlieren durchsetzten Himmels.

Ich musste an die Geschichten aus meiner Kindheit denken – an diese Landschaft, das Versprechen, das sie damals für mich in sich trug. »Am Anfang«, hörte ich mich sagen, genau wie meine Mutter immer mit der Erzählung über das Haus begonnen hatte – die Geburtsstunde des Hauses, als einer meiner Vorfahren das Haus gebaut hatte, um das Herz einer Frau zu gewinnen. »Und sie verliebte sich in das Haus und in den Mann, der es gebaut hatte.« Im Wagen war es still, und während wir weiterfuhren, an Ackerland, einem Obst-und-Gemüsestand und wunderschönen alten provenzalischen Häusern vorbei, zerzauste der Wind uns durch die offenen Fenster das Haar.

»Der Himmel sieht aus wie auf Onkel Daniels Gemälden«, bemerkte Abbot wehmütig. »Wenn man den Kopf schief legt und die Augen zukneift.«

»Wenn man die Augen fest genug zukneift, sieht alles aus wie die Gemälde meines Vaters«, entgegnete Charlotte trocken. »Wenn sich die volle Wirkung der Arbeiten meines Vaters entfalten soll, ist es sogar am besten, die Augen ganz zu schließen.« Charlotte klang verbittert, und ein wütender Unterton war herauszuhören. Dabei meinte sie nicht den Beruf ihres Vaters, sondern eher seine außergewöhnlich leidenschaftliche Konzentration darauf.

»Aber Abbot hat recht«, widersprach ich. »Seine neueste Arbeit mit den kräftigen Linien erinnert mich an die Berge.«

Statt einer Antwort beugte sich Charlotte vor und schaltete das Radio ein. In den nächsten Minuten drehte sie daran herum, fand aber nur Techno-Pop und französische Balladen, bis sie schließlich bei Pat Benatar landete, die *Hit Me With Your Best Shot* sang. Ich sang lauthals mit, und Charlotte und Abbot fielen ein. Die Zikaden im hohen Gras zirpten so laut, dass sie sogar das Motorengeräusch, die Musik und unseren ausgelassenen Gesang übertönten.

Auf Pat Benatar folgte ein Lied von Jaques Brel, das ich von den Alben meiner Mutter kannte. Ich summte mit, während ich den Hinweisschildern nach Puyloubier folgte, dem kleinen Dorf, das unmittelbar in der Nähe des Hauses lag.

Die Kinder kannten das Haus von Bildern.

»Da müssen ein kleines Hinweisschild und ein langer Zufahrtsweg sein«, sagte ich, »und zwei Häuser, die weit weg von der Straße stehen. Das kleinere mit den blauen Fensterläden ist unseres. Unmittelbar hinter dem Haus müssen die Berge und große Bäume zu sehen sein. Auf unserem Grundstück gibt es einen Springbrunnen mit Fischen drin – dicken orangefarbenen Koi-Karpfen – und einen Pool.«

Obwohl sie das alles wussten, hörten sie mir schweigend zu. Vielleicht wollten sie es noch einmal hören. Rechts und links von uns erstreckten sich Weinberge – lange Reihen aus dicken Rebstöcken, Pflöcken und dünnen Seilen. Das ganze Tal war vom Zirpen der Zikaden erfüllt. Ich erinnerte mich daran, wie ich Henry das Geräusch beschrieben hatte und dass er mich und Abbot im Frühling immer mit in die Sümpfe nahm, um den Frühlingspfeifern zu lauschen, den schrillen Paarungsrufen der Frösche, ein Chor aus Liebesliedern.

Als wir auf die Straße kamen, die nach Puyloubier führte, wurde die Fahrbahn enger, und das hohe Gras und die Zäune waren mit den kleinen weißen Schneckenhäusern getüpfelt, die ich noch aus meiner Kindheit kannte. Ich war überzeugt, dass hier immer nur ein Auto fahren konnte, stellte aber bald fest, dass die entgegenkommenden Fahrer keine Angst hatten, wenn es eng wurde. Sie kamen in einem Höllentempo auf uns zugerast und brausten an uns vorbei, während ich über die Bordkante holperte, um ihnen auszuweichen. Wenn sie vorbeidonnerten, hielt ich den Atem an und zog instinktiv den Bauch ein, als würde das etwas bringen. Mein Herz hämmerte wie ein Rammbock. Dann musste ich an Henry denken und stellte mir das Lenkrad in meinen Rippen vor, einen alles verschlingenden Brand …

Wir sahen weder das Schild noch die Zufahrt zum Haus, und so landeten wir, ehe wir es uns versahen, im Ortszentrum.

»Wie konnte ich es nur verpassen?«, fragte ich mich laut. Ich war genervt.

»Es muss irgendwo da hinten sein«, stellte Charlotte fest. »Es kann ja nicht einfach verschwunden sein! Wir sollten aussteigen und ein bisschen rumlaufen.«

»Ich will die Stadt sehen!«, rief Abbot aufgeregt.

»Okay, wir könnten einen kleinen Spaziergang machen und auf dem Markt ein paar Lebensmittel kaufen«, willigte ich ein und versuchte, mich wieder zu beruhigen.

Ich parkte in der Nähe eines kleinen Bushaltestellenhäuschens vor einem Weingeschäft. Neben uns parkte noch ein anderer Renault, dessen Insassen sich, während wir uns zu orientieren versuchten, die Beine vertraten und sich für eine Tour auf einem der nahe gelegenen Wanderwege bereitmachten.

Beide Männer trugen Caprihosen, und ich hielt sie für deutsche Touristen. So, wie sie sich ansahen, fast verstohlen, hätten sie gut und gerne ein Liebespaar sein können.

Wir liefen an einer Gruppe Jungs vorbei, die mit nacktem Oberkörper und langen Madrashosen oder geblümten Shorts auf einem Platz Fußball spielten, und an alten Männern, die unter kleinen Bäumen auf einem staubigen Hof vor einem riesigen Rathaus Boccia spielten, das tieforange gestrichen war und riesige Fenster und ein Dach im spanischen Stil hatte. Eine wunderschöne Frau mit glatten schwarzen Haaren hatte dort einen Buggy mit einem schlafenden Baby abgestellt und saß auf einer Bank in der Nähe der kreisförmigen Brunnenanlage auf dem gepflasterten Platz. Sie sah einem Jungen dabei zu, wie er mit dem Fahrrad herumfuhr. »*Doucement*, Thomas!«, rief sie ihm zu. Er sollte vorsichtiger sein. »*Doucement!*« Abgesehen davon war das Städtchen still, fast ausgestorben.

Es war ein kleiner Ort, und es gab einen Laden, ein Café, eine Kirche, eine Schule – alles eingebettet in ein Netz aus etwa sechs größeren Straßen. Die Sträßchen, abschüssig und kurvenreich, wurden von großen, schmalen Reihenhäusern gesäumt, gelegentlich unterbrochen von Gässchen aus Steintreppen. Unmittelbar am Fuße des Berges gebaut, schien das robuste Dorf sich an den Fels zu kauern. Wir schlenderten zu einem Aussichtspunkt an einem Berghang, der mit Flieder übersät war. Unter uns erstreckte sich eine weite Fläche Ackerland, fruchtbarer Boden, sorgfältig bewirtschaftet.

»Riecht ihr das auch?«, fragte Charlotte. »Es ist, als würde ich endlich verstehen, was Duftkerzen eigentlich bezwecken sollen.«

Abbot musste mal und suchte sich eine versteckte Stelle zwischen den Fliederbäumen. Dort entdeckte er die Schnecken. »Sie sind überall! Schaut nur.«

Wir untersuchten sie gründlich: ihre langstieligen Augen, die zerbrechlichen spiralförmigen Häuser.

»*Escargot*«, murmelte Charlotte. »Das Wort kenne ich.«

Wir bummelten durch eine Seitenstraße, vorbei am Schulhof, an der Kirche mit ihrem Glockenturm und an den Reihenhäusern mit steilen Vordertreppen und farbenfrohen Fensterläden in verwaschenen Blau- und Grüntönen. Wir kamen zu einem kleinen Springbrunnen mit einer Statue in Form einer Putte, die einen Wasserkrug in den Händen hielt. Eine alte Frau schrubbte eine Bank aus Marmor.

Und dann liefen wir bergab. Wir kamen an einem Schild vorbei, auf dem *Les Sarments* stand. Am oberen Ende eines Gässchens aus Steinstufen versteckte sich ein viel versprechendes Restaurant. *Sarments* – das Wort kannte ich nicht. Ich würde es nachschlagen.

Wir bogen nach links ab, vorbei am Café Sainte-Victoire. Dort standen ein paar Einheimische an der Bar, und in einer Ecke flimmerte ein Fernseher, auf dem ein französisches Musikvideo lief, das in den achtziger Jahren produziert worden sein musste. Charlotte und Abbot griffen in die Eistruhe und zogen in dickes Papier gewickelte Eishörnchen heraus, während ich mir einen Kaffee bestellte. Wir verweilten bei den Tischen vor dem Laden, während die Bedienung hin und her lief und die Gäste bediente, die auf der erhöhten schattigen Terrasse saßen und ein spätes Mittagessen einnahmen. Ich erinnerte mich noch an die Betriebsamkeit hier, nicht weit vom zentralen Platz. Am vertrautesten war mir die frische, klare Luft. Ich hatte das Gefühl, meine Lunge würde das Atmen auf ganz neue Weise erlernen.

Nebenan war der Cocci-Markt, ein Lebensmittelgeschäft, vollgestopft mit Obst und Gemüse und den wichtigsten Lebensmitteln. Abbot war besessen von dem Haribo-Süßigkeitenstand, auf dessen aufklappbare Behälter Bildchen geklebt waren. Am liebsten hätte er alle aufgemacht und hineingeschaut. Aber sicherlich hatten das schon Hunderte, wenn nicht gar Tausende schmutziger Kinderhände vor ihm getan.

Unschlüssig stand er da, die Hände in den Taschen seiner kurzen Hose. Vor ein paar Wochen hatte er aufgehört, kurze Sporthosen zu tragen, und sich stattdessen für Shorts mit Taschen entschieden. Er sah mich hilfesuchend an, doch ich tat so, als bemerkte ich sein Dilemma nicht, und sagte, dass ich ihm eine Sorte kaufen würde.

»Also überleg dir gut, welche du nimmst.«

Charlotte kam angeschlendert.

»Nimm die Haribo-Kiss-Colafläschchen.«

Er sah erst Charlotte, dann mich an.

»Ich hab eben erst ein Eis gegessen«, redete er sich heraus. »Ich hab keinen Hunger.«

»Süßigkeiten isst man doch nicht, weil man Hunger hat«, sagte Charlotte ungehalten. »Das ist eine Grundregel der Kindheit. Bist du ein Außerirdischer?«

Sie hatte es nicht böse gemeint, doch Abbot blickte betreten auf seine Schuhe und schüttelte den Kopf. Ich wusste, dass er sich manchmal wirklich so fühlte.

»Wir kommen ein andermal wieder«, tröstete ich ihn.

Wir kauften uns einfache, lebensnotwendige Dinge: Wasser in Flaschen, Milch, Brie, Käsecracker, Erdbeeren und Shampoo.

Als wir zurück zum Wagen gingen, sammelten sich ein paar dunkle Wolken am Himmel, und ein stärkerer Wind kam auf. Trotzdem war die Luft so klar und leicht, dass man sich vorkam wie in einer anderen Welt, als wären die Gesetze der Schwerkraft außer Kraft gesetzt.

Als wir uns wieder in den Wagen quetschten, sagte Charlotte: »Okay, alles noch mal von vorne.«

»Ich rufe Véronique an«, verkündete ich, »um ihr zu sagen, dass wir auf dem Weg sind, und um sie nach ein oder zwei Orientierungspunkten zu fragen.«

»Oder lieber nach sechs«, fügte Abbot trocken hinzu.

Ich ließ den Motor an und griff nach meinem Handy in der Seitentasche an der Tür. Es war weg.

»Wo ist mein Telefon?«, fragte ich entgeistert und wandte mich an Charlotte. »Vielleicht ist es in der Fototasche oder beim Laptop mit drin.«

Charlotte inspizierte den Fußraum und drehte sich nach hinten, um auf dem Rücksitz nachzusehen.

»Wo ist meine Fototasche?«

»Abbot«, sagte ich alarmiert. »Siehst du die Laptop-Tasche?«

»Nein!«, antwortete Abbot beunruhigt.

Wir waren bestohlen worden. Es dämmerte mir nur langsam. Laut fluchend sprang ich aus dem Wagen und klappte den Kofferraum auf. Sowohl Abbots als auch mein Koffer waren weg. Charlotte hatte einen Army-Issue-Seesack dabeigehabt, der auf dem Rücksitz gelegen hatte – ebenfalls verschwunden. Genau wie alle elektronischen Geräte: Kamera, Laptop und Charlottes iPod.

»Moment«, flüsterte Charlotte entsetzt. »Meine Musik!«

Mir fielen die zwei Männer in dem anderen Renault ein, die sich in ihren Caprihosen die Beine vertreten hatten, die schwulen deutschen Touristen, die wahrscheinlich weder schwul noch deutsch und schon gar keine Touristen waren, sondern ganz gewöhnliche Diebe, die uns in unserem Mietwagen von der Schnellstraße gefolgt waren. Ihr Auto war weg.

»Es sind nur Sachen«, stellte ich fest und bemühte mich, ruhig zu bleiben. »Sie haben nur Sachen gestohlen. Es gibt Schlimmeres.«

Aber Abbot wirkte bestürzt – kreidebleich und fassungslos. »Das Wörterbuch«, jammerte er. »Das Wörterbuch!«

»Nein«, entgegnete ich. »Das haben wir doch gar nicht mitgenommen. Es liegt auf deinem Nachttisch.«

Er fing an, hemmungslos zu weinen.

»Ich hasse Räuber«, schluchzte er. »Ich hasse sie! Ich hasse sie!«

»Ja«, beruhigte ich ihn. »Aber es gibt Schlimmeres. Wir sind alle unversehrt.«

Charlotte war stinksauer.

»Das glaub ich jetzt nicht!«

»Wie sind sie an die Sachen gekommen? Habe ich nicht abgeschlossen? Das kann doch nicht sein!« Und ob, wurde mir schlagartig klar. In Paris und im Zug war ich übervorsichtig gewesen, doch hier, in dem kleinen, idyllischen Örtchen, hatte ich nicht aufgepasst.

Ich sah mich nach Zeugen um. Die alten, Boccia spielenden Männer waren zu weit weg; die Mutter mit dem Buggy und dem Jungen auf dem Fahrrad war gegangen. Doch an der nahe gelegenen Bushaltestelle tummelten sich noch die Jungs mit nacktem Oberkörper, die sich vorhin um einen Fußball gebalgt hatten. Jetzt starrten sie uns an.

Ich beschloss, bei ihnen anzufangen. Vielleicht hatten sie etwas gesehen.

Abbot war wieder aus dem Wagen gestiegen und klammerte sich an mich. Er weinte.

»Ich hatte wichtige Sachen dabei«, schluchzte er. »Wirklich wichtige.«

Auch Charlotte stieg jetzt aus.

»Schon gut, Absterizer«, sagte sie, wirkte aber selbst erschüttert.

Es hatte zu regnen begonnen, nur leicht, aber es war ein

Regen, aus dem sich ein kurzes Sommergewitter entwickeln konnte.

Ich sah wieder zu den Jungs, von denen keiner älter als dreizehn war.

»Ich werde sie fragen, ob sie was gesehen haben.«

In dem Moment hob einer von ihnen, der ein wenig größer war als der Rest und schmutzige Turnschuhe und geblümte Shorts trug, ein Gewehr über seinen Kopf und senkte es betont langsam und systematisch, bis es direkt auf uns zeigte.

»Steigt in den Wagen«, befahl ich leise und eindringlich. »Sofort.«

»Was? Das ist doch nur Regen«, murrte Charlotte, tat jedoch wie ihr befohlen und sah sich irritiert um.

Ich packte Abbot unter den Achselhöhlen, warf ihn auf den Rücksitz und knallte die Tür zu.

»Köpfe runter!«, schrie ich, während ich auf den Fahrersitz hechtete. Mein Herz hämmerte.

Charlotte und Abbot duckten sich auf ihren Sitzen.

»Was ist los?«, rief Abbot.

»Nichts. Haltet nur die Köpfe unten.« Ich legte hektisch den Rückwärtsgang ein, raste aus der Parklücke, würgte die Gangschaltung auf Fahren und raste los.

Charlotte und Abbot machten sich noch kleiner und kauerten sich im Fußraum zusammen.

Charlotte sagte: »Ich hab es gesehen. Ich hab's auch gesehen.«

»Was gesehen?«, kreischte Abbot.

»Ich darf nicht sterben«, flüsterte Charlotte. »Ich darf einfach nicht. Noch nicht.«

Ich dachte jetzt nur noch daran, wie wir von hier wegkamen, wie ich den Wagen auf Höchstgeschwindigkeit bringen konnte, wie ich so viel Distanz wie möglich zwischen das Gewehr und uns bringen konnte. Dass wir bestohlen worden waren, war jetzt bedeutungslos. Meine Hände umklammerten das Lenkrad. Ich beugte mich so nahe wie möglich an die Windschutzscheibe und gab Vollgas. Der Regen war stärker geworden und prasselte aufs Autodach. Er war so laut, dass mir der Kopf dröhnte. Ich raste über die engen Straßen, die Scheibenwischer bewegten sich wie wild hin und her. Ich konnte durch die Frontscheibe kaum etwas erkennen. An dem Morgen, als Henry starb, hatte es auch geschüttet; Nebel war über die Schnellstraße gerollt. Ich schaltete die Scheinwerfer an. Die Straße lag verschwommen vor mir.

»Ich hab mein Handy!«, rief Charlotte triumphierend, zog ihr Mobiltelefon aus einer ihrer vielen Taschen und reichte es mir.

Ich warf einen Blick darauf: einundvierzig verpasste Anrufe. Einundvierzig? Ich klappte es auf und wählte 911. Etwas Besseres fiel mir nicht ein. Es fing an zu klingeln. Ich war erleichtert.

»Es funktioniert!« Ich fuhr ein bisschen langsamer.

Und dann antwortete ein Polizeibeamter auf Französisch. Was sonst? Hatte ich mit Englisch gerechnet? Vermutlich ja.

*»Bonjour!«*, sagte ich verwirrt und fiel in rudimentäres Französisch zurück. Mit einfachen, kurzen Sätzen erklärte ich dem Polizisten, dass ich in Puyloubier sei, dass wir … vergewaltigt worden seien, verbesserte mich aber gleich, nein, nicht vergewaltigt. Bestohlen. Die französischen Begriffe *voler* und *violer* ähnelten sich. Der Wagen wurde ausgeraubt, sagte ich ihm. Und dann fügte ich hinzu: *»Je suis Américaine.«* Keine Ahnung, wieso mir das wichtig erschien. Rechnete ich damit, dass jemand die amerikanische Botschaft alarmierte? Ich berichtete ihm, dass uns dort ein Junge mit einem Gewehr bedroht hatte.

»*Non, non.*« Er lachte und korrigierte mich prompt. Die Vokabeln für Gewehr und Rakete ähnelten sich ebenfalls.

»*Oui! Correct!*« Ich bestätigte, dass der Junge ein Gewehr gehabt hatte. Und keine Rakete.

Da mir auf der schmalen Straße ein Auto entgegenkam, wich ich aus. Auf einem Seitenstreifen, der hoch mit Unkraut bewachsen war, gab der Renault den Geist auf.

Der Beamte versprach, mich zur Polizeiwache in Trets durchzustellen, zu jemandem, der Englisch sprach.

Der Regen prasselte jetzt so laut aufs Dach, dass ich die Stimme des Beamten kaum noch hören konnte. Der Empfang wurde immer schlechter. Ich stieg aus dem Wagen und lief erst in eine, dann in die andere Richtung. Um das Handy vor der Nässe zu schützen, zog ich die Schultern hoch.

Und dann meldete sich eine männliche Stimme und sprach Englisch mit mir.

»Ja? Kann ich Ihnen helfen?«

Das Handy gab mir piepsend zu verstehen, dass der Akku bald schlappmachen würde. Und Charlottes Aufladegerät war in der geklauten Computertasche.

So rasch wie möglich erklärte ich ihm, was geschehen war.

Der Beamte war sehr ruhig – *tranquil*, wie die Franzosen sagen würden.

»Das Gewehr war bestimmt nicht echt. Waffen sind hier illegal. Kinder besitzen Waffenattrappen. Wahrscheinlich war es, wie sagt man? Ein Witz.«

»Wo ich herkomme, sind Gewehre kein Witz«, gab ich zurück, inzwischen fast hysterisch.

»Nein«, stimmte mir der Beamte zu. »Wo Sie herkommen, schießen sich die Menschen tot.«

Ich wusste nicht, wie ich das aufnehmen sollte, aber ich war beleidigt – auch wenn es stimmte.

»Wir wohnen in dem Haus neben Véronique Dumonteils Pension. Das Haus gehört meiner Familie.«

»Ja, das Haus, von dem Sie sprechen, kenne ich. Hören Sie, manchmal lassen die Diebe wertlose Gegenstände am Straßenrand liegen. Ich schicke jemanden los, um nachzusehen. Aber Sie müssen auf der Polizeistation in Trets Anzeige erstatten.« Trets war die nächste größere Stadt in der Gegend. Ich kannte sie gut. Als Kinder hatten wir manchmal einen Ausflug dorthin gemacht, weil es dort einen größeren Lebensmittelladen gab. Das Örtchen Puyloubier selbst war zu klein für eine eigene Polizeiwache.

»Heute noch?«, fragte ich entsetzt.

»Nein, nein«, beschwichtigte er mich. »Morgen reicht vollkommen. Ruhen Sie sich aus. Beruhigen Sie sich.«

Klatschnass und gedemütigt stieg ich wieder in den Wagen.

»Das Gewehr war eine Attrappe«, murmelte ich. »Sagt der Polizeibeamte.« Das war mir kein Trost. Mein Kopf fühlte sich an wie mit Watte gefüllt, ich hatte Beklemmungen und atmete flach.

»Welches Gewehr?«, fragte Abbot.

»Die Attrappe«, erklärte Charlotte. »Das waren nur Jungs in Blümchenshorts mit einer Gewehrattrappe.«

»Es hätte eine Gang sein können«, sagte ich.

»Es liegt durchaus im Bereich des Möglichen, dass Gangmitglieder in Südfrankreich Blümchenshorts tragen«, meinte Charlotte trocken.

Ich drehte den Schlüssel in der Zündung. Der Motor stotterte und erstarb. Frustriert haute ich mit der Faust aufs Lenkrad und versuchte es noch einmal. Der Motor hustete – dann nichts mehr. Ich stellte mir Henry vor, wie er am Ufer stand und Abbot und mir im Meer »Zu weit, zu weit!« zurief. Da fing ich an zu weinen.

»Und wenn wir nun hier festsitzen und die Räuber finden uns und wollen uns erschießen?«, schniefte Abbot, der immer noch panisch war und hinten im Fußraum kauerte.

»Ich krieg keine Luft«, ächzte ich. »Kurbelt die Fensterscheiben runter!«

»Aber es schüttet noch«, sagte Charlotte.

»Das ist bloß ein Mietwagen!«, kreischte ich. »Komm wieder hoch, Abbot! Es war nur eine Attrappe!«

»Kein Grund zur Panik«, sagte Charlotte, die inzwischen wieder ganz ruhig war. Abbot kniete sich auf den Rücksitz und presste die Stirn an die Fensterscheibe.

»Wir sitzen in Südfrankreich in einem Wagen fest. Die Räuber sind weg. Niemand verfolgt uns. Es war nur eine Gewehrattrappe! Es ist alles in Ordnung!«

Ich kniff die Augen zu. Henry hätte gewusst, was zu tun gewesen wäre. Henry hätte uns gerettet. Aber er war weg. Genau wie unsere Sachen. »Was soll ich nur machen?«, fragte ich verzweifelt. »Was zum Teufel soll ich jetzt machen?«

»Ruf Véronique an«, schlug Charlotte vor. »Das wolltest du jedenfalls vorhin.«

Ich sah Charlotte an, deren Augen hell und klar waren. Sie konzentrierte sich aufs Wesentliche. Sie war in Notfällen zu gebrauchen. Ausgerechnet Charlotte!

»Okay«, sagte ich. Ich kramte die Telefonnummer, die ich mir auf einen kleinen Zettel gekritzelt hatte, aus meiner Tasche. Ich wählte. Das Telefon klingelte. Ich rechnete mit Véronique, aber es war nicht ihre Stimme, die antwortete. Hatte ich die falsche Nummer? *»Allô?«*, murmelte ich verwirrt.

Charlotte nahm mir das Handy weg.

»Wir suchen Véronique Dumonteil«, sagte sie und hörte zu. »Ja, ja, danke.« Charlotte erklärte, dass wir eine Autopanne hatten, wo wir uns befanden, und sagte dann: »Mm-hmm, okay, blau. Danke.« Sie klappte das Handy wieder zu. »Es kommt jemand her«, sagte sie und kurbelte die Fensterscheibe hoch.

»Warum blau?«, fragte ich.

»Was?«

»Du hast ›blau‹ gesagt. Warum?«

»Die Farbe des Wagens«, erklärte sie. »Es klang, als würden die feiern.«

»Feiern?«, fragte ich entrüstet. »Sie haben uns gerade alle Sachen aus dem Auto geklaut!«

»Ich glaube nicht, dass die Party für uns ist. Kommst du jetzt wieder klar?«, fragte sie mich besorgt.

»Nein«, antwortete ich. »Wahrscheinlich nicht.«

Der Regen prasselte weiter auf den Wagen. Wir saßen schweigend da, bis auf Abbot, der immer noch weinte. Von dem Dunst beschlugen die Fenster.

Endlich kam ein sportliches Cabriolet mit offenem Verdeck durch den Regen angerast. Am Steuer saß ein Mann, der den Wagen von der Straße lenkte und direkt auf uns zuhielt. Kurz bevor er in uns hineinfuhr, bremste er und hielt unmittelbar vor unserer Stoßstange.

»Herrgott!«, sagte ich ungehalten.

Da das Cabrio-Verdeck offen war, zog er sich am oberen Rand der Windschutzscheibe hoch, auf dem die Wischer immer noch hin- und herschlugen. Er setzte sich auf die Rückenlehne und fuhr sich mit der freien Hand durch sein dunkles, regennasses Haar. Dann winkte er.

Charlotte winkte zurück.

»Das muss derjenige sein, der herkommen wollte.«

Obwohl er erwachsen war, erkannte ich ihn sofort, sein jungenhaftes Gesicht.

»Das ist der andere Bruder«, murmelte ich.

»Anderer Bruder?«, fragte Charlotte.

»Der schmollte immer im Gartenstuhl«, erklärte ich. »Und hatte keinen Springstock.«

»Ihr bleibt hier«, befahl ich Charlotte und Abbot. »Ich sondiere erst mal die Lage.«

»Bist du dir sicher?«, fragte Charlotte.

Ich nickte, aber sicher war ich mir nicht. Ich war panisch, irrational argwöhnisch und feindselig. Ich stieg aus und lief planlos durch den strömenden Regen zum Cabrio.

»Das Dach des Wagens ist kaputt«, sagte Julien mit einem französischen Akzent, wobei das Th mehr wie ein stimmhaftes S klang. Er trug einen teuren, maßgeschneiderten Anzug und dazu eine dünne goldene Krawatte – er war patschnass. Hätte er nicht im peitschenden Regen in einem Cabrio gesessen, hätte er ausgesehen wie einer aus diesen Werbespots für teure Schuhe. »Normalerweise fahre ich nur bei sonnigem Wetter.«

»Und wenn es mal unerwartet regnet?«, fragte ich. Natürlich war das jetzt unwichtig, aber mir fiel nichts Besseres ein.

Er breitete die Arme aus.

»Dann werde ich eben nass«, gab er zurück, lächelte mit vom Regen glänzenden Lippen und wischte sich die Tropfen von den dunklen Wimpern. Er war wunderschön. Er hatte eine breite Brust; durch das dünne, klitschnasse weiße Hemd konnte ich die Muskeln sehen. Er war braun gebrannt, als hätte er viel Zeit an Mittelmeerstränden verbracht. Als wir noch Kinder waren, hatten unsere Familien ab und zu gemeinsame Strandausflüge gemacht, zu denen wir Eimer mitnahmen und darin kleine Krebse fingen. Er und sein Bruder Pascal trugen knappe französische Badehosen, über die meine Schwester und ich uns hinter ihrem Rücken lustig machten. Er schien sich auch an mich zu erinnern, denn er sagte: »Als Mädchen warst du immer mit deiner Schwester und deiner Mutter hier. Ihr kamt, bliebt eine Weile und wart wieder verschwunden. Ich habe dich nicht vergessen. Du hast noch dasselbe Gesicht.«

»Du hast mich immer im Pool nassgespritzt«, sagte ich anklagend.

»Ich?« Er schien kurz nachzudenken, ob er der Typ gewesen war, der im Pool amerikanische Mädchen nassspritzte, und entschied sich dagegen. »Nein«, widersprach er. »Ich doch nicht.«

»Unser Auto ist aufgebrochen worden. Während wir uns die Stadt angesehen haben, sind alle unsere Sachen aus dem Wagen gestohlen worden«, sagte ich rundheraus und bemühte mich sehr, normal zu atmen. »Ich habe eine Panikattacke.«

»Wirklich?«, fragte er. »Du wirkst gar nicht so.«

»Wirke ich nicht, als wäre ich bestohlen worden oder als hätte ich eine Panikattacke?«, fragte ich.

Er legte den Kopf schief.

»Du warst ein seltsames kleines Mädchen«, sagte er. »Du warst immer sehr mutig. Du hast eine Haarspange getragen.« Er deutete auf eine Seite seines Kopfes. »Auf der Haarspange war eine Blume. Bist du heute auch noch so?«

Heute hatte ich Panikattacken. Ich sagte:

»Nachdem unser Auto aufgebrochen worden war, hat ein Junge auf dem Parkplatz mit einem Gewehr auf uns gezielt.« Ich deutete die Straße hinab. »Erst vor wenigen Minuten.«

»Ah«, sagte er und verschränkte die durchnässten Arme vor seiner durchnässten Brust. »Das war wahrscheinlich eine Attrappe.«

Ich hatte es langsam satt, ständig darauf hingewiesen zu werden.

»Ich halte es für das Beste, durchs Leben zu gehen und davon auszugehen, dass Gewehre echt sind.«

Er sah mich an, als wollte er etwas Besserwisserisches sagen, überlegte es sich aber anders. Als Kind war er ein Besserwisser gewesen. Ich erinnerte mich, dass sein Bruder bei allen beliebt gewesen war. Julien hingegen zuckte viel mit den Achseln, behielt Sachen für sich, murmelte lustige Sachen vor sich hin und schummelte manchmal beim Kartenspielen.

»Bist du betrunken?« Inzwischen dämmerte mir, dass das der Fall sein konnte – ein Mann im Anzug, der im offenen Cabrio durch den Regen fuhr. Und Charlotte hatte gesagt, es hätte geklungen, als würden sie feiern.

»Ein bisschen«, gestand er und zuckte mit den Schultern. »Wir feiern eine Party.«

»Was feiert ihr denn?«

Er zögerte.

»Es gibt keinen speziellen Anlass«, sagte er und rutschte wieder auf den Sitz, schaltete endlich den Motor aus und zog die Schlüssel aus der Zündung. »Vielleicht solltest du lieber fahren.« Er warf mir die Schlüssel zu, die prompt vor meinen Füßen landeten, da ich keine Anstalten machte, sie aufzufangen.

»Ich kann jetzt nicht fahren«, kreischte ich. »Ich hab eine Panikattacke!«

Wir starrten uns wütend an; dann schaute er zum Himmel.

»Im Moment haben wir kein Glück«, sagte er laut, über das Getöse des Regens hinweg. Dann blinzelte er zu unserem Mietwagen.

»Das Mädchen?«, fragte er. »Sie kann fahren, *non*?«

»Ich glaube nicht, dass die Jugend von heute noch lernt, mit Knüppelschaltung zu fahren.«

»Was ist Knüppelschaltung?«

Ich schaltete pantomimisch in einen anderen Gang.

»Manuell«, erklärte ich.

»Ah«, sagte er. »Knüppelschaltung.« Er gab Charlotte ein Zeichen, das Fenster herunterzukurbeln.

»Was ist?«, rief sie nach draußen.

»Kannst du fahren?«, schrie er zurück. »Es ist eine manuelle Knüppelschaltung.«

»Manuelle Knüppelschaltung?«, fragte sie verständnislos.

»Kannst du mit Gangschaltung fahren?«, schrie ich.

»Na klar, Gangschaltung«, wiederholte sie. »Das hab ich mal abends auf dem Parkplatz des Einkaufszentrums gelernt.« Ich stellte mir vor, wie sie im Dunkeln mit Adam Briskowitz auf dem Parkplatz eines Einkaufszentrums herumkurvte. Vielleicht sollte sich die Katastrophe, wie meine Mutter ihn nannte, doch noch als nützlich erweisen.

»Ausgezeichnet«, sagte Julien und schüttelte sein Haar aus wie Abbot, wenn er aus dem Wasser auftauchte. Das erschien mir sehr jungenhaft. War er überhaupt erwachsen geworden? »Für Amerikanerinnen ist es normal, davon auszugehen, dass alle Gewehre echt sind, oder? Du kannst nichts dafür. Amerikaner besitzen Waffen wie Briten Bulldoggen.«

»Nennst du mich eine typische Amerikanerin?«, fragte ich gereizt.

»Führen typische Amerikanerinnen lange Gespräche im Regen?«

»Mir ist der andere Bruder lieber – der mit dem Springstock«, ätzte ich.

»Ja«, gab er zurück. »Da bist du nicht die Einzige.«

Der Wagen war nicht einmal zwei Kilometer vom Haus entfernt liegen geblieben, was mir wie eine bittere Niederlage vorkam – wie in den Geschichten von Menschen in der Wüste, die nur wenige Meter von der Wasserstelle entfernt zusammenbrechen. Aber Dehydrierung war nicht unser Problem. Wir waren patschnass, und es schüttete immer noch aus Kübeln. Wir müssen einen seltsamen Anblick geboten haben, wie wir, zu viert in den Sportwagen gequetscht, mit offenem Verdeck durch den Regen fuhren. Charlotte schlug sich ganz gut am Steuer, und Julien gab ihr behutsam Anweisungen, den Ellbogen auf das heruntergelassene Fenster am Beifahrersitz gestützt. Was hatte es für einen Sinn, bei offenem Verdeck mit geschlossenen Fenstern zu fahren? Julien schien merkwürdigerweise froh darüber zu sein, dass er einen Vorwand gehabt hatte, aus dem Haus zu flüchten und, leicht beschwipst, mit dem alten Sportwagen seines Vaters mit dem kaputten Verdeck durch den Regen fahren zu können. Mir fiel noch etwas an ihm auf – eine tiefe Rastlosigkeit, eine nervöse Energie, etwas, das unter der Oberfläche brodelte.

Die Sitze waren klatschnass, doch die harten Regentropfen auf meinen Armen und die kühle Luft taten mir gut, als bekäme ich wieder ein Gefühl für meinen Körper.

»Langsam«, sagte Julien, während Charlotte das Getriebe malträtierte. Als sie endlich im dritten Gang über die Straße düste, lehnte sich Julien aus dem Fenster wie ein Hund an einem sonnigen Tag.

Währenddessen betete Abbot unsere Leidensgeschichte her: der Einbruch ins Auto, die Gewehrattrappe, der Regen und dass wir 911 gewählt hatten. Abbot tat das manchmal, wenn er nervös war; »Das verbale Sperrfeuer« nannte Henry das immer. Abbot rieb sich heftig die Hände, als wollte er sich dringend aufwärmen. Ich behielt ihn im Auge. Mit den Lebensmitteln auf dem Schoß saßen wir nebeneinander auf dem Rücksitz. Mir kam es so vor, als hätte ich die Lebensmittel in einem anderen Leben gekauft, in einer anderen Ära, in den guten alten Zeiten, in denen man noch sicher durch die Straßen gehen konnte, ohne Angst haben zu müssen, bestohlen oder von jemandem ins Visier genommen zu werden, und sei es nur mit einer Gewehrattrappe. Abbot beendete seine Schilderung mit den Worten: »Meine Oma würde sagen, wenn etwas schiefgeht, ist das ein buddhistisches Geschenk.« Ich war baff, dass meine Mutter Abbot an dieser Erkenntnis hatte teilhaben lassen, da sie ihr umfangreiches Wissen normalerweise für sich behielt. Aber natürlich kannte sie sich mit den Weltreligionen aus und hatte mir einmal anvertraut, dass ihr der Buddhismus zusagte, weil »die Buddhisten nicht neidisch sind, wenn man einen BMW fährt«. Meine Mutter war eine komplizierte Frau.

»Bist du Buddhist?«, fragte Julien Abbot.

Er zuckte mit den Schultern.

»Irgendwie schon. Aber ich vermisse meine Sachen. Ich mochte meine Sachen.«

»Ich mochte auch mal meine Sachen«, sinnierte Julien und zerrte unbehaglich an seiner dünnen Krawatte. »Einfach weiter geradeaus«, wies er Charlotte an. »Seht ihr das Schild?«

Und da war es: ein weißes Schild mit kleiner Beschriftung, eingegraben am Fahrbahnrand.

»Kein Wunder, dass wir es verpasst haben«, meinte Abbot.

»Seit dem Brand hat niemand mehr in eurem Haus gewohnt«, berichtete Julien. »Bis auf das Paar aus Paris, als bei uns nichts mehr frei war. Sie waren verzweifelt. Doch dann hatten sie beim Krocket-Spielen einen Streit und reisten ab.«

»Hier hat jemand übernachtet?«, hakte ich nach. »Dann muss es noch bewohnbar sein.«

»Das ist es auch«, sagte er. »Die Schlafzimmer sind vom Feuer verschont geblieben. Aber das Haus muss renoviert werden. Ich glaube, das Paar aus Paris sah die Verwüstung als Symbol. So sind sie, die Franzosen.«

»Romantisch«, sagte ich sarkastisch.

»Als wären wir in einem alten französischen Film gefangen«, erklärte er. »Amerikanische Filme, tja, das ist was anderes. Ihr dürft ab und zu ein Happy End haben. Aber französische Filme? Nein, aber wir leben trotzdem noch.« Wie zum Beweis seiner Existenz breitete er die Arme aus. Er war schlank und muskulös, er hatte einen geschmeidigen Körper und hätte Karriere als Fußballer machen können.

»Mir war nicht klar, welch schwere Verantwortung auf den Franzosen lastet«, spottete ich.

»Das ist eine große Last«, gab er zurück.

Wir fuhren den langen Zufahrtsweg hinauf, zwischen Weinbergen hindurch, während die Reifen durch ein paar frische Pfützen spritzten. Auf der linken Seite stand das große Steinhaus der Dumonteils und auf der rechten unser kleineres. Unser Haus sah derangiert aus. Seine Fensterläden hingen schief, als wäre es von zu vielen Mistralwinden gepeitscht worden, den kalten, starken Winden, die im Winter und im Frühling unerbittlich durch die Region fegen. Der Vorgarten war zwar frisch gemäht, aber ansonsten ungepflegt. Die Blumenbeete waren dem Unkraut zum Opfer gefallen. Es hatte sich bis über den Rand des alten Springbrunnens ausgebreitet, der von weitem kaum noch zu sehen war.

»Es steht noch«, sagte ich leise.

»Es liegt nicht nur an dem Brand«, sagte Julien. »Meine Mutter ist müde. Sie hat alles schleifen lassen. Sie will mit dir reden.« Er sah mich an, mit seinen dunklen Wimpern, die immer noch nass waren. »Ja«, sagte er, als antwortete er auf eine Frage, die ich nicht gestellt hatte. »Ich habe einen Sommer lang in Amerika studiert. Ich hab damit gerechnet, dich zufällig zu treffen.«

»Aha«, sagte ich. »Warst du in Florida?«

»Nein«, sagte er. »Boston. Mir war nicht klar, wie groß das Land ist. Ich hab dich nie gefunden.«

»Deine Mutter hätte sich mit meiner in Verbindung setzen können, und dann hättest du mich anrufen können.«

»Nein, ich wollte dich zufällig treffen. Das ist was anderes. Aber jetzt bist du ja hier.« Er sah mich lächelnd an. Gestand er mir gerade, dass er all die Jahre in mich verknallt gewesen war? Er wechselte das Thema. »Es regnet hier nur kurz und selten.« Womit er recht hatte. Der Regen ließ schon nach. Auf dem fernen Bergkamm zeigte sich die Spätnachmittagssonne, hell und klar.

Julien wies Charlotte an, in der Garage zu parken, die zwischen den beiden Häusern stand – beide im Schatten des Mont Sainte-Victoire.

Wir stiegen aus. In den hohen Bäumen über uns war das tropfende Geräusch des Regens zu hören. Außer dem langen, zerfurchten Bergrücken war nichts zu sehen. Er erstreckte sich meilenweit und endete an einem Berghang, der steil zu den Dörfern außerhalb von Aix-en-Provence abfiel. Mont Sainte-Victoire, massiv und schwergewichtig, eines der uralten Zeugnisse der Erde. Ich erinnerte mich an Wanderungen auf den Berg in meiner Kindheit. Der Boden des Berges war hart – staubig, die riesigen Felsbrocken dienten als Haltegriffe für Hände und Füße, und auf dem Geröll rutschte man in seinen Turnschuhen aus. Man konnte leicht hinfallen und sich das Knie aufschürfen. Doch es war die Anstrengung wert – denn man konnte sich hochziehen, wenigstens teilweise, um einen Blick von weit oben auf die Häuser dort unten zu erhaschen, die wie Puppenhäuser aussahen, und sich mächtig fühlen.

Der Besitz der Dumonteils erstreckte sich bis zum Fuße des Berges. Der riesige Garten hinter dem Haus wurde von hohen Bäumen abgegrenzt, und auf der Rasenfläche stand ein langer Tisch mit einer Decke darauf, die vor Nässe schlaff herunterhing. Darauf standen noch ein paar nasse Kerzen und herrenlose Weingläser, die nun mit Regenwasser gefüllt waren.

»Ihr könnt gern dazukommen«, lud Julien uns ein. »Ich habe alte Freunde der Familie und viele Archäologen zu Gast, wilde Archäologen.« Er seufzte, als fände er wilde Archäologen anstrengend.

»Wilde Archäologen?«, fragte Charlotte.

»Wir hatten hier die reinste … Archäologenplage. Sie haben beide Häuser bewohnt. Einer hat sogar den Brand verursacht. Sie arbeiten tagsüber hier und nehmen manchmal auch hier ihre Mahlzeiten ein, aber jetzt wohnen sie in Aix. Weniger gefährlich.«

»Warum sind sie hier?«, fragte ich.

»Ein Mann ist beim Graben nach Leitungsrohren auf etwas gestoßen. Es war eine Grabstätte. Sie haben Gegenstände aus der Erde geholt.« Er gestikulierte vage in die Richtung hinter den Bäumen.

»Gebeine?«, fragte Abbot interessiert.

»Ja, ein gallisch-römisches Grab, uralt«, sagte Julien. »Meine Mutter ist sehr, wie sagt man, nostalgisch, wenn es um alte Gräber geht.«

»Verstehe.« Ich verstand nichts. Ich hatte mir noch nie eine Meinung über alte Grabstätten gebildet.

»Kommt ihr mit rein?«, fragte er noch einmal. »Das Essen ist vorzüglich, echt provenzalisch.« Es kam mir so vor, als hätte er keine Lust, reinzugehen. Er trödelte. Eine Lachsalve schallte aus dem Haus, und die Hintertür öffnete sich.

Véronique trat heraus. Sie trug einen Gips am Bein und stieg immer nur eine Treppenstufe herunter.

»Unsere Amerikaner!«, rief sie, und ich lief zu ihr, Charlotte und Abbot im Schlepptau. Sie lächelte uns an, umarmte mich und küsste mich auf beide Wangen. »Du bist eine Frau geworden. Du bist wunderschön.« Ich fühlte mich in keinster Weise schön, schon gar nicht in dem Moment. »Immer für eine Überraschung gut!«

Ich war immer für eine Überraschung gut? Oder meine Familie? Oder alle Amerikaner? Vielleicht war das eine vage Anspielung auf die Landung in der Normandie?

»Hat meine Mutter dir nicht gesagt, dass wir kommen?«, fragte ich. »Tut mir sehr leid, wenn es zu einem Missverständnis gekommen ist …«

Sie hob abwehrend die Hand und schüttelte den Kopf.

»Nein, ich hab von deiner Mutter gehört. Sie ist immer für eine Überraschung gut. Von ihr hast du das ja gelernt.«

Was gelernt?, dachte ich. Wie man für Überraschungen gut ist? Vielleicht wusste sie, dass meine Mutter uns überrascht hatte, indem sie von zu Hause weggelaufen war – eine Frau, die vor ihrem Leben davonlief. Jetzt küsste Véronique auch Charlotte und Abbot auf die Wangen. Abbot wappnete sich gegen die Kuss-Bazillen, kniff die Augen zu und rümpfte die Nase, obwohl ich ihn vorgewarnt hatte.

In dem Moment traten drei Männer mit Weingläsern in der Hand aus dem Haus und kamen zu uns in den Garten. Ich kam mir vor wie ein kurioses Spektakel. Schaut nur, auf dem Rasen sind Amerikaner gelandet! Macht schnell, bevor sie wieder wegfliegen!

»Diebe haben ihr Auto aufgebrochen und haben all ihre Sachen mitgenommen«, informierte Julien seine Mutter.

»Alle eure Sachen sind gestohlen?«, fragte Véronique entsetzt. »Das müsst ihr dem Bürgermeister melden.«

»Dem Bürgermeister?«, wiederholte ich irritiert und sah Julien fragend an.

Er nickte.

»Ja, dem Bürgermeister von Puyloubier. Er will über alles Bescheid wissen.«

Abbot meldete sich zu Wort.

»Das Haus hat doch einen Rauchmelder, oder?«

»Ja, natürlich«, versicherte Véronique ihm leicht beleidigt.

»Er ist ein bisschen ängstlich«, erklärte ich.

Auf der Treppe erschien eine wunderschöne junge Frau. Sie war barfuß und trug ein Tank-Top und einen ausgeblichenen Jeansrock.

»*Julien*«, rief sie schmollend. »*Viens! Je t'attends!*«

»*J'arrive, Cami!*«, rief er lächelnd zurück. Mir ging plötzlich auf, dass Julien, der schmollende Wasserspritzer, der Junge, der mich hoch zu der Bergkapelle geführt hatte, in der ein geköpfter Einsiedler spukte, zum Playboy geworden war. »Kommt ihr mit rein?«, fragte er mich noch einmal.

»Bitte!«, fügte Véronique hinzu.

»Ein andermal«, versprach ich. »Wir müssen uns erst mal von dem Schrecken erholen. Der Einbruch ins Auto, das Gewehr …«

»Dann eben morgen«, beschloss Véronique, die alle wieder nach drinnen scheuchte. »Zum Frühstück!«

»Ja, gern«, sagte ich. »Wir kommen.«

»Hast du die Papiere für den Mietwagen?«, fragte Julien. »Ich kann das für dich regeln. Anrufen, erklären, organisieren …«

Ich wühlte tief in meiner Handtasche und reichte ihm den Mietvertrag.

»Ich muss bei der Polizei in Trets Anzeige erstatten«, sagte ich.

»Wenn der Wagen bis dahin noch nicht hier ist, fahre ich dich hin. Mit etwas Glück regnet es nicht.«

»Danke«, sagte ich. »Für alles.« Abbot und Charlotte einigten sich schon darüber, wer das größte Schlafzimmer bekäme. Ich lief ihnen nach, drehte mich aber noch einmal um und sagte: »Vielleicht treffen wir uns zufällig!«

»Vielleicht«, sagte er, und sein Blick wanderte über meinen Körper, meine nassen Klamotten. Ich fragte mich, ob sie durchsichtig waren. Er wirkte verlegen und fügte schnell hinzu: »Da sind, wie nennt man sie, Mäntel, mit denen man aus dem Bad geht? Sie hängen in den Wandschränken. Ihr könnt sie anziehen, bis eure Kleider wieder trocken sind.« Damit machte er auf dem Absatz kehrt und lief mit großen, leichten Schritten ins Haus.

»Kleider«, sagte ich zu mir selbst. Wir brauchten alle neue Kleider.

»Kleider?«, wiederholte Charlotte. »Wo soll ich Kleider herkriegen, die nicht total … französisch sind?«

»Hier werden Jungs gezwungen, ganz knappe Badehosen zu tragen«, beschwerte sich Abbot. »Ich hab in meinen Wörterbüchern Bilder davon gesehen.« Meine Mutter kaufte ihm immer französische Wörterbücher. Die Aussicht, eine knappe *maillot de bain* tragen zu müssen, schien ihn zu entsetzen.

»Wir werden's überleben«, beruhigte ich die zwei und fügte hinzu: »Für immer elegant, okay?«

»Okay«, sagte Charlotte. »Für immer elegant.«

Das Haus der Dumonteils und unser Haus standen etwa sechzig Meter voneinander entfernt. Eine lange gekieste Zufahrt trennte sie, die sich gabelte und hinter jedem Haus eine Kurve machte. Die Weinberge zu beiden Seiten der Zufahrt endeten abrupt an den Vorgärten. In unserem stand ein Springbrunnen, der größer und doppelt so hoch war wie ein Kinderschwimmbecken aus Plastik. Hinter dem Haus der Dumonteils war die Garage, und hinter unserem, leicht seitlich versetzt, ein eingezäunter Pool. Von dort erstreckten sich Weinberge bis hin zum Fuße des Berges, den man in etwa fünfzehn Minuten Fußmarsch erreichte. Ich wusste, dass das Land hinter dem Haus den Dumonteils gehörte und sie es an Bauern verpachteten, während unseres in Parzellen aufgeteilt und von unseren Vorfahren verkauft worden war, sodass nur ein kleiner Teil uns gehörte. Aber wer hätte es ihnen verübeln können? Das Land war eine Menge Geld wert. Immerhin blieb uns noch die Aussicht.

Als wir die Zufahrt zu unserem Haus überquerten, fiel mir auf, dass hinter dem Haus der Dumonteils ein größeres Areal gerodet worden war und sich innerhalb dieser gerodeten Fläche etwas befand, das aussah wie ein etwa dreißig bis sechzig Zentimeter tief in die Erde gegrabenes Labyrinth. Eine Ausgrabung! Ich wusste, dass Abbot davon begeistert wäre. Immerhin hatte es etwas mit dem Tod zu tun, und Abbots Verhältnis zum Tod war aus gutem Grund angespannt.

Doch für Erkundungen war später noch reichlich Zeit. Ich nahm Abbot bei der Hand und lotste ihn vorerst von der Grabungsstätte weg.

»Es sieht gar nicht aus wie auf den Fotos«, wunderte sich Abbot. Er riss sich von mir los, rannte zum umzäunten Pool und beugte sich suchend vor. »Er ist leer.«

Ich lief zum Springbrunnen, der von hohem Unkraut überwuchert war. Auf seinem Rand entdeckte ich ein weißes Schneckenhaus, in dem ein Regentropfen schimmerte. Der Brunnen war voll mit abgestandenem Wasser. Fische schwammen nicht mehr darin.

»Der reinste Urwald«, stellte Charlotte nüchtern fest.

Ich blickte zu dem einstöckigen Haus und sah, wie eine Schwalbe aus einem offenen Fenster im Obergeschoss flog. »Dieses Haus muss nicht modernisiert werden. Wir müssen es *zurückerobern*«, stimmte ich ihr zu.

Die Hintertür stand offen, und die steinernen Stufen, die zu ihr führten, waren völlig ausgetreten. Wir schleppten die Einkaufstüten hinein. Mehr besaßen wir nicht, außer meiner Handtasche, in der zum Glück unsere Pässe waren. Wir betraten die Küche, die nach kaltem Rauch stank. Der Herd war nur noch ein dunkles, leeres Loch, völlig unbrauchbar. Die Ofentür hing schief in den Angeln. Ganz früher hatte die Küche einmal über einen offenen Kamin und eine Feuerstelle verfügt. Den Schornstein hatte der Familiensage zufolge mein Vorfahre, der liebeskranke junge Mann, gebaut. Später war er als Abzug für einen modernen Ofen genutzt worden. Die Steine waren zwar geschwärzt, hatten dem Feuer aber standgehalten. Die Holzschränke auf beiden Seiten des Ofens waren unbrauchbar, der Fliesenspiegel rechts und links des Schornsteins jedoch unversehrt. Auch die Wände und die Zimmerdecke waren geschwärzt – je näher man zum Ofen kam, desto dunkler und dicker war die Rußschicht. Die Küche mochte verkohlt sein, doch das Haus selbst war robust.

»Es sieht aus wie die Bilder von den Raucherlungen, die sie uns in der Schule gezeigt haben«, sagte Abbot, »nur für den Fall, dass einer von uns mit dem Gedanken spielt, mit dem Rauchen anzufangen.«

Da stand ein winziger Kühlschrank, der sogar noch funktionierte, und ich entdeckte eine Waschmaschine, deren Glastür gesprungen war. Ich bezweifelte stark, dass sie noch wasserdicht war. Die Spüle war zwar aus elegantem gesprenkeltem Marmor, aber sehr unpraktisch. Ich hatte eine Doppelspüle, die so tief war, dass man darin ein Kleinkind hätte baden können. Die Spüle hier würde in Sekundenschnelle überlaufen, da genügten ein paar Salatreste im Abfluss. Neben dem langen Küchentisch stand ein Ventilator. Als Abbot ihn anschaltete, begann er geräuschvoll zu rotieren, ein träges Brummen, vor und zurück, immer wieder zum Stillstand kommend, als würde auch er das Haus unter die Lupe nehmen und es, nun ja, enttäuschend finden.

»Ich hatte noch nie im Leben den Wunsch, einen Boden zu schrubben, aber der hier …«, sagte Charlotte. Sie bückte sich und berührte bewundernd die kunstvoll verlegten Fliesen. Sie waren wunderschön, doch die Flecken sahen aus wie fest eingebrannt.

»Ich weiß nicht, ob das viel bringen würde«, sagte ich.

Auf dem Tisch stand ein hohes leeres Trinkglas mit aschgrauen Fliederzweigen darin. Ich deutete darauf.

»Zurückgelassen von dem französischen Paar, das in dem französischen Film gefangen war?«, fragte Charlotte.

»Vermutlich.«

Ich inspizierte das kleine Wohnzimmer und fuhr mit der Hand über Bucheinbände, ohne sie zu lesen. Dann besah ich mir das winzige Bad mit der engen Dusche und stieg die steile, schmale Steintreppe hinauf. Oben nahm ich die vier Schlafzimmer in Augenschein, deren Wände leicht schmutzig waren. Ich dachte an das Vorhaben meiner Mutter, dass sie frisch und sauber aussehen sollten, wie weißes Leinen.

Ich schaltete das Licht am Bett an, einem Doppelbett mit weißen Laken und einer dünnen Daunendecke, und öffnete den leeren Schrank und die Kommodenschubladen. Ich hatte nichts, womit ich sie hätte füllen können. Inzwischen hatten Charlotte und Abbot ein Radiogerät gefunden und es laut gedreht – ein altes französisches Chanson mit knarrendem Akkordeon. Sie taten so, als würden sie auf Französisch mitsingen. *Boschwatschie Sawaaswie ponschaduuu …*

Die Fensterläden waren rissig, der Fensterrahmen teilweise verzogen. Ich öffnete die Fensterläden weit und ruckelte am Griff, um das Fenster zu öffnen. Ich sah hinaus auf den Berg, ein diesiges Gold im letzten Licht der untergehenden Sonne. Die Luft wurde trocken. Eine Brise erhob sich und legte sich wieder. Ich hatte das Gefühl, als wäre ich an einem Ort gelandet, der mir sowohl äußerst fremd war – der Geruch der Luft, der Einfallswinkel des Lichts – als auch vertraut, als hätte ich schon immer gewusst, dass Luft und Licht so und nicht anders sein sollten. Dieses Gefühl hatte ich schon einmal gehabt: in der Küche mit Henry Bartolozzi, und dann vor meinem Haus, als ich mich in ihn verliebte, nach jener Dinnerparty, wo ich die Schlüssel verloren hatte und wir uns küssten – dieses Gefühl, Heimweh zu haben nach einem Ort, an dem man noch nie gewesen war, und dann plötzlich irgendwo zu sein, wo alles neu ist und wo man sich trotzdem sofort heimisch fühlt.

Ich vermisste Henry wahnsinnig. Hier hätte ich eine neue Sicht auf ihn bekommen. Wie wäre Henry der Fremde in einem fremden Land gewesen? Es gab unendlich viele Versionen von ihm zu betrauern – er war mein Liebhaber, mein Vertrauter, mein Geschäftspartner, der Vater meines Sohnes. Er war der Sohn eines Mannes, der Bruder eines anderen, der Junge seiner Mutter. Jeder kannte eine andere Version von Henry: meine Eltern, Elysius und Daniel, Jude, alle unsere Nachbarn, Verwandten, Freunde, seine alten College-Kumpels, seine Freunde aus der Kindheit. Nach seinem Tod boten sie mir ihre Erinnerungen, *ihren* Henry, an, doch das verstärkte meinen Verlust nur noch. Am liebsten hätte ich gesagt: »Der ist auch tot? Wie viele Henrys können wir eigentlich verlieren?«

Abbot kam hereingerannt und ließ sich, alle viere von sich gestreckt, aufs Bett fallen.

»Woraus sind diese Kissen?«, fragte er und drückte sie zusammen.

»Aus Federn«, erklärte ich und wandte mich vom Fenster ab.

»Mom«, sagte er leise und umklammerte das Kissen.

»Was ist?«

Ihm kamen die Tränen. Er kniff die Augen zu.

»Ich hab das Wörterbuch doch eingepackt.«

»Ach, Abbot«, rief ich, eilte zu ihm und nahm ihn in die Arme.

Er fing an zu schluchzen.

»Ich hab nicht auf dich gehört. Ich hab es ganz unten rein unter das andere Zeug gepackt. Ich wollte, dass Daddy mit uns kommt.«

»Schon gut«, beruhigte ich ihn. »Scht. Ist ja gut.«

»Nichts ist gut. Es ist weg! Jetzt haben es die Räuber, und die wissen nicht mal, was es ist.«

»Abbot«, sagte ich eindringlich und hob sein Kinn an, damit er mir in die Augen sah. »Es ist nur ein Wörterbuch. Es ist nicht dein Vater. Dieses Wörterbuch ist nicht Henry Bartolozzi. Daddy ist hier drin«, sagte ich beschwörend und tippte auf seine schmale Brust. »Er ist die ganze Zeit bei uns.«

Abbot klammerte sich an mich.

»Ich wollte nicht, dass es geklaut wird.«

»Natürlich nicht«, sagte ich. »Ist schon gut. Eigentlich ist es sogar besser so. Jetzt wirst du merken, dass dein Daddy nicht in dem Wörterbuch steckt. Du wirst merken, dass er immer bei dir ist.«

Er blickte zu mir auf und nickte.

In dem Moment kam Charlotte über den Flur, spähte zu uns herein und lehnte sich an den Türpfosten. Sie sah glücklich aus.

»Worüber grinst du so?«, fragte ich erstaunt.

»Mir ist gerade etwas klar geworden«, erklärte sie.

»Und das wäre?«

»Die Diebe haben meine Lehrbücher geklaut. Ich fühle mich nahezu *uneingeschränkt*.«

»Ein Wort von der Liste?«, fragte ich.

»Ironischerweise ja.«

Als ich am nächsten Morgen aufwachte, lag ich in einem fremden Bett. Für einen kurzen Augenblick wusste ich nicht, wo ich war. Ich hatte nur mit einem weißen Bademantel bekleidet geschlafen, bei offenen Fenstern, durch die die Nachtluft wehte. Das Zimmer war leer, meine Sachen weg. Einen Moment lang hatte ich nicht das Gefühl, bestohlen worden zu sein, sondern fühlte mich eher befreit.

Erst als ich an das Wörterbuch dachte, durchzuckte mich ein Schmerz, doch selbst damals wusste ich schon, dass das Wörterbuch bereits auf märchenhafte Weise seine Aufgabe erfüllt hatte. Es hatte uns hierhergebracht. Und es war besser für Abbot, wenn er sich seinen Vater nicht als Geist in einem Buch vorstellte, das man uns stehlen konnte.

Vielleicht hatte Abbot mit dem Zitat meiner Mutter recht gehabt. Vielleicht war der Einbruch in das Auto wirklich ein buddhistisches Geschenk. Wenn wir all unsere Sachen – Klamotten, Toilettenartikel und vor allem die technischen Geräte – zur Verfügung gehabt hätten, ganz zu schweigen von einer funktionierenden Küche und einem einsatzfähigen Mietwagen –, wären wir unabhängig gewesen und hätten uns hier im Haus verkrochen. Doch genau das war der Fehler, den Abbot und ich zu Hause begingen. Jetzt hingegen wären wir gezwungen, uns hinaus in die Welt zu wagen.

Wir hatten unsere nassen Kleider in Charlottes Zimmer auf ein wackliges Wäschegestell aus Holz gehängt. Die Luft war so trocken, dass die Klamotten richtig steif waren. Der Stoff fühlte sich auf meiner Haut komisch an. Das Gefühl erinnerte mich an meine Kindheit, an die kratzenden Handtücher, die nach dem Trocknen so steif und rau waren wie Luffaschwämme.

Während Abbot unsere Schuhe ausschüttelte (seine Turnschuhe, Charlottes Chucks und meine klobigen Sandalen), nur um sicherzugehen, dass keine Skorpione darin waren, schrieb ich rasch eine Liste mit allen Sachen, die wir brauchten. Die Liste war lang. Wir brauchten alles – am dringendsten ein Aufladegerät für Charlottes Handy.

Während ich mir diesen Punkt notierte, blickte ich auf. »Einundvierzig Mobilbox-Nachrichten?«, fragte ich Charlotte. »Hab ich das richtig gelesen?«

»Briskowitz«, sagte sie. »Wahrscheinlich trägt er nach dem Piep *Die Ilias* vor oder so. Wer weiß.«

»Du hörst seine Nachrichten nicht ab?«

»Nee«, sagte sie und wechselte abrupt das Thema. Sie bewegte unter ihrem T-Shirt unbehaglich die Schultern. »Fühlt sich dein T-Shirt auch an wie frisch gestärkt, Absterizer?«

»Als steckte man in einem Hautpanzer«, pflichtete Abbot ihr bei.

Als wir aus der Hintertür traten, um zum Frühstück zum Haus der Dumonteils hinüberzugehen, sahen wir den Berg, der in der Morgensonne erstrahlte. Er nahm ein leuchtendes Azurblau an, mit grellen orangefarbenen Schatten, die sich wie ein wallendes Kleid vom Himmel bis zur Erde erstreckten. Dies schien mir die beste Methode zu sein, sich aus einem Haus in die Welt hinauszuwagen.

»Er ist heute größer als gestern«, staunte Abbot.

»Sieht so aus, nicht?«, erwiderte ich.

»Man kommt sich ganz klein vor«, stellte Charlotte fest. Im

hellen Tageslicht sah ich, wie anders sie ohne Schminke und das Zeug aussah, mit dem sie sonst ihre Haare steif machte. Sie war weicher, verletzlicher und sogar noch schöner. Ich stellte mir alle Liebesgeschichten vor, die sich an diesem Ort zugetragen hatten: den Mann, der das Haus gebaut hatte, Stein auf Stein; das Paar, das wie durch ein Wunder während des Mistrals ein Baby empfing; meine Großmutter und meinen Großvater nach dem Zweiten Weltkrieg; die Resedafalter, die meine Schwester, meine Mutter und mich an einem Sommernachmittag einhüllten. Und der verlorene Sommer meiner Mutter?

Elysius hatte hier ihren Heiratsantrag bekommen. Kein Wunder. Hatte der Berg mit seinem Zauber eine Wirkung auf Daniel gehabt? Vielleicht. Ich hatte immer noch an den Folgen von Henrys Tod zu knabbern, wie zerbrechlich plötzlich alles geworden war. Henry machte mir in einem Red Roof Inn an der Interstate 95, wo wir spontan abgestiegen waren, um am helllichten Tag Sex zu haben, einen Antrag. Im Rückblick fanden wir das erstaunlich, weil wir damals die Kochschule noch nicht abgeschlossen hatten und eigentlich pleite waren. Sex im Red Roof Inn war ein Riesenluxus. Und vielleicht inspiriert von dieser Herrlichkeit, während wir faul unter der orangefarbenen Daunendecke lagen, hatte Henry mir dort eröffnet, dass er mir sein Herz ausschütten wollte.

»Okay«, sagte ich und stützte mich auf dem Ellenbogen auf.

Henry brauchte ein Weilchen und sagte dann:

»Ich mag dich wirklich.«

Nun, unter Herzausschütten stellte ich mir etwas anderes vor. Seit unserem ersten Kuss an jenem Abend waren wir unzertrennlich. Er hatte mich gerade zu einem Treffen der Familie seiner Mutter in North Carolina mitgenommen. Und ich hatte ihn am Telefon meinen Eltern und Elysius vorgestellt.

Dass wir uns *mochten*, war also klar, sogar, dass wir uns *wirklich* mochten. Also sagte ich:

»Ich kann mir nicht vorstellen, dass das schon alles war.«

»Wie wär's damit?«, er zögerte kurz. »Ich bin verliebt in dich, und ich will den Rest meines Lebens mit dir verbringen.«

Ja, *so schüttete* man sein Herz aus. Es war äußerst mutig und elegant, insbesondere wenn man das Dekor eines Red Roof Inn berücksichtigte, die an die Wand gedübelten Bilder. Ich verstand das als Heiratsantrag und sagte:

»Ja, ich liebe dich auch.«

An diesen Augenblick dachten wir immer wieder zurück. Die darauffolgende Hochzeit mit dem ganzen Trara war nichts in Anbetracht dieses Moments, den wir als Beginn unserer Ehe betrachteten. Wir hatten darüber gesprochen, dass es in jeder Ehe einen wahren Moment gibt, in dem sich die Herzen beider für immer verpflichten. Das passiert nicht unbedingt, wenn ein Mann *Willst du mich heiraten?* in den Rasen mäht oder ein goldiges Hündchen trainiert, seiner Liebsten eine samtene Schmuckschachtel zu übergeben. Es geschieht nicht unbedingt im weißen Reifkleid oder weil irgendein erschöpfter Friedensrichter es sagt. Normalerweise geschieht es in einem stillen Moment, den man oft gar nicht registriert. Während man sich gemeinsam die Zähne putzt oder in einem liegen gebliebenen Wagen sitzt, dessen Motor keinen Mucks mehr macht. In einem ungeplanten, spontanen Augenblick. Und das war unserer. Dieser Beginn wurde von uns beiden besiegelt, indem wir aus dem Red Roof Inn Hotelseifen und Shampoofläschchen mitgehen ließen.

Ich beneidete Elysius nicht um Daniels Antrag – obwohl er zugegebenermaßen eine viel bessere Geschichte abgab. Aber ich beneidete sie darum, dass sie es geschafft hatten, hier ihre eigene Liebesgeschichte zu kreieren. Henry und ich hatten diese Chance nicht mehr, und ich war ein wenig sauer auf uns, weil wir uns die Zeit und das Geld nicht gegönnt hatten. Wir dachten, wir hätten noch genug Zeit.

Abbot, Charlotte und ich trotteten über einen kleinen Trampelpfad durchs Gras, der von unserer zu der Hintertür der Dumonteils führte. Wir stiegen die Stufen hinauf und klopften.

»*Entrez!*«, rief eine Frauenstimme.

Wir traten in die kühle, dunkle Diele. Auf dem Boden lag ein persischer Läufer in prächtigen Rubintönen mit einem Stich ins Orange- und Rosafarbene. Er erstreckte sich durch die ganze Diele bis zur Haustür am anderen Ende, deren Scheiben von der Sonne hell erleuchtet waren.

In der Tür rechts, wo die Küche war, erschien Véronique. Mit Hilfe eines Stocks humpelte sie auf ihrem Gipsbein herum. Ich wusste immer noch nicht, was genau passiert war. Sie schlug die Hände gegeneinander und Mehl stob in kleinen weißen Wolken auf. Wieder tauschten wir die rituellen Wangenküsse und dann Höflichkeiten aus.

»Schaut euch nur den Jungen an!«, bestaunte sie Abbot. »Er hat auch ein bisschen was von dir.«

Das machte Abbot stolz, weil es hieß, dass er viel von seinem Vater hatte.

Julien kam die paar Stufen aus der Speisekammer herab und trat durch den niedrigen Türrahmen. Ich hatte ihn nicht so groß in Erinnerung, obwohl er die Schultern hängen ließ und vom Abend zuvor ein wenig mitgenommen wirkte. Er sah übernächtigt aus; sein Lockenkopf war ungekämmt und auf einer Seite plattgedrückt. Er war unrasiert, trug eine weiße Hose und ein weißes, kragenloses Hemd und war barfuß.

Offensichtlich hatte er nicht damit gerechnet, jemandem in die Arme zu laufen.

»Ich hab mich heimlich runtergeschlichen, um mir was zum

Frühstück zu stibitzen.« Mir fiel auf, dass seine Nase eine typisch französische Krümmung aufwies, und er hatte wunderschöne Zähne, die leuchteten, wenn er sprach, und ein Grübchen, das ein bisschen mädchenhaft wirkte. Ich erinnerte mich an sein Gesicht, als er noch ein Junge gewesen war, am französischen Nationalfeiertag, erleuchtet von den festlichen runden Lampions, die an Stöcken hin und her schaukelten. Er zuckte mit den Achseln und befolgte die Regeln der Höflichkeit: Er durchquerte die Küche mit federnden Schritten und küsste uns auf beide Wangen.

»Was ist mit deinem Fuß los?«, fragte Abbot Véronique.

»Ich bin beim Treppensteigen gestürzt«, sagte sie, »wie eine alte Frau. Er ist gebrochen. Letzten Monat habe ich ein Mädchen aus dem Dorf gebeten, mir zu helfen, aber sie war zu jung und nicht belastbar und wusste nicht, was Arbeit bedeutet. Deshalb hilft mir jetzt Julien, aber ich will das nicht.« Sie drohte ihm mit dem Finger. »Julien, zeig ihnen das Esszimmer. Ich komme gleich nach«, sagte sie.

Julien führte uns über den Flur.

»Hast du gut geschlafen?«, fragte er mich.

»Und du?«, fragte ich zurück.

Er lächelte schüchtern, ein Lächeln, das ich aus unserer Kindheit kannte.

»Gut«, behauptete er und rieb sich verlegen den Kopf.

»Heute Morgen hatten wir keine Skorpione in den Schuhen«, verkündete Abbot.

»Skorpione sind hier selten. Du wirst wahrscheinlich keinen zu Gesicht bekommen«, sagte Julien.

»Wahrscheinlich?«, murmelte Abbot zweifelnd.

»Wo ist denn Cami heute Morgen?«, fragte ich unschuldig und wusste genau, dass ich zu neugierig war.

»Zu Hause«, sagte er kurz angebunden.

Er betrat das Esszimmer. Am hinteren Ende des Tisches saßen zwei verkaterte Archäologen, die prompt den Kopf hoben. Einer rief lautstark:

»*Bon anniversaire!*« – Herzlichen Glückwunsch zum Geburtstag.

Julien lächelte.

»*Merci!*«, bedankte er sich mit einem Nicken.

»Du hast uns gar nicht gesagt, dass du Geburtstag hast«, wunderte ich mich.

»Hab ich auch nicht. Das ist ein Missverständnis.«

»Ich hab auch mal wegen meines Geburtsdatums gelogen«, beichtete Charlotte, »um im Olive Garden ein Gratisdessert zu kriegen.«

»Sie glauben, dass der Anlass der Party gestern mein Geburtstag war.«

»Und was war dann der Anlass?«, fragte ich.

»Nur, das Leben zu feiern«, sagte er.

Bis auf die verkaterten Archäologen war das Esszimmer elegant. An den Wänden hingen Porträts, vermutlich Ölgemälde von irgendwelchen Vorfahren. Auf einer niedrigen Kommode standen Tabletts mit Gebäck, Kaffee, Würfelzucker, Sahne, einem Laib Brot, einer Schüssel Beeren, Butter, Marmelade und wunderschöne Gefäße in strahlenden Blau- und Rottönen. Um die vor sich hin leidenden Archäologen nicht weiter zu behelligen, setzten wir uns auf majestätisch aussehende Stühle mit hohen Rückenlehnen am entgegengesetzten Ende des Tisches. Die Armen tranken massenweise Kaffee – ganze Schalen, in die sie ihre Brotkrusten mit Butter und Konfitüre tunkten, während sie sich nuschelnd auf Französisch unterhielten.

Während wir frühstückten, fragte ich Abbot, ob er sich daran erinnerte, dass ich ihm als kleiner Junge Französisch hatte beibringen wollen.

»Nein«, sagte Abbot. »War Dad dabei und hat dir geholfen?«

»Er hatte an der Highschool Französisch und hat mir ein wenig geholfen«, erzählte ich. »Du wurdest immer zornig und hast dir die Ohren zugehalten und geschrien. Einmal hast du gesagt, dass du Französisch hasst, weil es für alles ein anderes Wort gibt.«

»Ein kluges Kind«, sagte Charlotte.

Abbot lachte und schmierte sich Butter in das Loch, das er in seine Brotscheibe gemacht hatte. Die Archäologen schlurften davon. Sie wirkten verschlafen und jetzt schon ganz verstaubt.

Julien beugte sich zu mir über den Tisch und sagte:

»Meine Mutter und ich haben einen Plan. Ich kann dich zur Polizeiwache in Trets und zum dortigen Supermarkt bringen. Ich fahre dich gern. In der Zwischenzeit können die Kinder meiner Mutter helfen. Und heute Nachmittag machst du mit meiner Mutter eine Grundstücksbegehung, Heidi. Sie will was mit dir besprechen.«

»Gibt es im Supermarkt auch Kleider?«, fragte ich. »Ist es so was wie ein Megamarkt?«

»Sie haben alles.«

»Ich glaube nicht, dass es dort Läden gibt, in denen sie die Klamotten verkaufen, die ich trage«, maulte Charlotte. »Meine Klamotten haben eine ironische Note. Gibt's das in Frankreich überhaupt?«

»Hier kennt dich sowieso niemand«, beruhigte ich sie. »Du kannst es dir leisten, eine Weile in unironischen Klamotten rumzulaufen.«

»Und später könnte ich die ganze Familie zur Kathedrale in Saint Maximin bringen«, bot Julien sich an.

Abbot stieß einen traurigen Seufzer aus. Er hatte genug von Kathedralen.

»Diese Kathedrale hat eine Krypta«, sagte Julien als Reaktion auf den Seufzer. »Und zusätzlich kann ich euch noch … wie heißen sie gleich? Schweine mit großen Zähnen zeigen.«

»Schweine mit großen Zähnen?«, fragte Charlotte.

»Solche großen Zähne«, sagte Julien und gab mit einer Geste zu verstehen, dass er Hauer meinte.

»Warzenschweine!«, rief Abbot.

»Ja, vielleicht Warzenschweine«, sagte Julien.

»Wie viele Warzenschweine?«, fragte Abbot.

»An die dreißig, vielleicht auch mehr. Willst du mitkommen?«

Abbot überlegte kurz und nickte.

Julien und ich fuhren aus der Zufahrt auf die Hauptstraße. Mein Mietwagen stand nicht mehr am Straßenrand. Julien informierte mich, dass die Mietwagenfirma mir einen neuen Wagen bringen würde.

»Bis dahin«, sagte er, »bin ich dein Chauffeur!«

Wir fuhren durch Puyloubier, vorbei an der *boulangerie-pâtisserie* und der *petite église* mit ihrer leisen Glocke, dann wurde die Straße breiter und ging in die Weinberge an den Hängen des Mont Sainte-Victoire über. Julien schaltete aus dem dem Dorftempo angemessenen zweiten Gang in den dritten und beschleunigte auf der D12 auf Landstraßentempo, immer noch eine Landpartie, und dann höher in den vierten und fünften Gang, sodass die Weinberge zu beiden Seiten an uns vorbeisausten. Er war der Typ französischer Fahrer, der mich schon das Fürchten gelehrt hatte.

Mir gefiel die Ordnung in den Weinbergen. Die starken Stämme der Rebstöcke, die ordentlichen Reihen, wie die Blätter und die Trauben von den Seilen gestützt wurden. Doch in den Weinbergen herrschte auch Chaos. Dann und wann klaffte eine leere Stelle. Manche Rebstöcke waren von irgendeinem exotischen Käfer befallen oder hatten nicht genügend Wasser von der Bewässerungsanlage abbekommen. Die Weinblätter, die knorrigen Rebstöcke und die grellgrünen Trauben wuchsen ungezügelt in geordneten Reihen. Grün vermischte sich mit staubigem Rot, Hellgrün mit Schokoladenbraun.

Die Fahrt von Puyloubier nach Trets sollte zu einer meiner Lieblingstouren werden. Abgesehen von dem Monoprix-Supermarkt, dem Waschsalon und, im Rahmen dieses Ausflugs, der Polizeistation, gab es in Trets zwar nichts Spektakuläres zu sehen, aber die Fahrt quer durch die Weinberge in dem trockenen Flussbecken zwischen den beiden Bergzügen war atemberaubend.

»Ich habe lange auf deine Rückkehr gewartet«, sagte Julien, dessen Hemd sich im Wind blähte. Er war auf eine Art sexy, wie es sich die meisten amerikanischen Männer nicht zugestanden. Amerikanische Männer wirken steif, als versuchten sie, auf möglichst massige Art maskulin zu sein. In gewisser Hinsicht dürfen Amerikaner nicht sexy sein; das ist den amerikanischen Frauen vorbehalten. Aber europäische Männer sollen sexy sein. Sie fühlen sich bei dieser Vorstellung wohl, und deshalb sind sie es, ohne sich auch nur darum zu bemühen. Wenigstens war es bei Julien so. Er trug ein Eau de Cologne mit einer erdigen, schweren Note. Seine Kleidung kostete ein Vermögen, doch er trug sie lässig und selbstbewusst. Sein weißes Leinenhemd war einen Knopf weiter aufgeknöpft, als amerikanische Männer es gewagt hätten – aber es war elegant.

»Was meinst du damit, du hast auf mich gewartet?«

»Du, deine Schwester und deine Mutter, ihr wart Fremde, die unser Leben übernommen haben«, erzählte er. »Wenn ihr nicht hier wart, haben mein Bruder und ich auf Neuigkeiten von euch gewartet. Manchmal gab es zu Weihnachten ein paar

Fotos. Und dann, manchmal im Sommer, erschient ihr wie durch Zauberei, und dann wart ihr genauso schnell wieder verschwunden.«

»Ich habe das nie so gesehen«, sagte ich.

»Und dann, als ihr interessant wurdet, kamt ihr nicht mehr.«

»Interessant?«, fragte ich. »Ich dachte, du hättest mich mutig und merkwürdig gefunden.«

»Hab ich auch.«

»Hm, ich sehe mich eher als Angsthasen«, sagte ich. »War ich denn tapfer?«

»Sehr.«

»Warum hast du mich dann nassgespritzt?«

»Du hast mir Angst gemacht.«

»Warum? Ich mit meiner Blümchenspange?«

»Ja, wirklich.« Er warf mir einen Blick zu.

Ich fragte mich, ob er mit mir flirtete, und lenkte das Gespräch wieder auf sicheres Terrain.

»Du bist also hier, um deiner Mutter zu helfen?«

»Ich versuche es. Sie ist stur. Aber es ist gut für mich, ihr zu helfen. Eine gute Ablenkung.« Ich sah zu ihm hinüber, er hatte den Ellbogen auf dem Fenster abgelegt, mit der anderen Hand hielt er das Steuer, während ihm die Haare ins Gesicht wehten. Er hatte dieselben wachen, dunklen Augen wie als Kind. »Ich laufe weg, zurück in meine Kindheit. Eigentlich zurück zu meiner Mutter.« Er starrte auf die Straße. »Das machen kleine Jungs. Sie laufen weg.«

»Bist du denn ein kleiner Junge?«

»Wenigstens hat man mir das gesagt.« Er drehte sich zu mir. »Und du? Läufst du auch weg?«

»Ich weiß nicht so recht.«

Wir schwiegen eine Weile. Ich versuchte, diesen Augenblick im Hier und Jetzt zu würdigen, doch alles um mich herum schrie förmlich: *Vergangenheit, Vergangenheit, Vergangenheit!* Die Bauernhäuser mit den maroden Fensterläden und den uralten Gerätschaften, die sich in der provenzalischen Sonne zur Ruhe gesetzt hatten, um zu rosten, und darauf warteten, dass sie der Mistral im Winter peitschte, sie für die herrlichen Sommertage bestrafte. Allein schon die Stärke der Rebstöcke machte ihr Alter, ihre Reife, ihre Fähigkeit deutlich, Früchte zu tragen, die Jahre später als Wein mit einer einfachen Mahlzeit aus Pistou und krustigem Brot auf dem Tisch standen. »Und wer nennt dich einen kleinen Jungen?«

»Meine Frau«, sagte er.

»Du bist verheiratet?«

»Ich bin so frisch geschieden, dass ich die Male, die ich mich als geschiedener Mann bezeichnet habe, an einer Hand abzählen kann. Das ist das vierte Mal. Sie behält das Haus, und ich wohne hier, wenn ich nicht geschäftlich unterwegs bin. Meine Mutter braucht Hilfe, und deshalb ist es ein guter Zeitpunkt. Aber ich bin kreuzunglücklich.«

»Du hast eine merkwürdige Art, das zu zeigen.«

»Je unglücklicher man ist, desto härter muss man daran arbeiten, Freude zu empfinden.«

»Das gestern Abend war also Arbeit?«, fragte ich ironisch.

»Natürlich«, bestätigte er. »Es heißt, dass man sich von einer Scheidung schwerer erholt als von einem Todesfall.«

»Tja, das stimmt nicht«, widersprach ich mit einer Wut, die uns beide überraschte.

»Tut mir sehr leid«, murmelte er peinlich berührt. Es tat ihm wirklich leid. »Meine Mutter hat es mir erzählt. Keine Ahnung, warum ich so etwas sage. Es stand in einem Buch. Es hat mich beeindruckt. Aber es ist natürlich dumm. Tod ist Tod. Tut mir sehr leid, dass du ihn verloren hast.«

»Schon gut«, wiegelte ich ab. »Sein Unglück miteinander zu

vergleichen – ob nun Scheidung oder Tod – ist sowieso dumm. Jeder hat ein Recht auf sein persönliches Leid. Es ist das Abschiedsgeschenk. Zwar ein beschissenes Abschiedsgeschenk, aber egal.«

»Genau«, stimmte er zu, und mir wurde klar, dass er sich so schrecklich fühlte, dass er allem zugestimmt hätte, was ich zu sagen hatte.

»Tun wir es doch einfach«, schlug ich vor, um ihm die Befangenheit zu nehmen. »Vergleichen wir unser Unglück. Stellen wir fest, wen von uns es am schlimmsten erwischt hat.«

»Nein, nein«, wehrte er ab.

»Du hast nur Angst zu verlieren. Du hast Angst, dass ich noch unglücklicher bin, und das würde deinen Kummer schmälern, und du würdest dich in deinem Unglück noch unglücklicher fühlen, wo es doch Menschen gibt, die viel unglücklicher sind, ich und die hungernden Menschen in vom Krieg zerrissenen Ländern eingeschlossen.«

»Versuchst du, mir zu verzeihen?«, fragte er.

»Ich hab dir schon verziehen, ob du es akzeptierst oder nicht«, sagte ich lächelnd. »Spielen wir.«

»Na schön«, willigte er ein. »Aber ich warne dich, ich bin *sehr* unglücklich.«

»Okay«, sagte ich. »Ich fange an.«

»Gut, denn ich weiß nicht, wie man das spielt.«

Ich überlegte kurz.

»Okay«, legte ich los. »Manchmal tigere ich hin und her, statt zu schlafen, und manchmal weine ich so, dass ich kaum noch Luft kriege.«

»Ich schlafe überhaupt nicht.«

»Tja, ich kann nicht richtig essen. Und wenn ich es tue, schmecke ich kaum was.«

»Ich esse und esse und esse, bin aber nie zufrieden.«

»Ich sehe meinen Mann überall«, trumpfte ich auf. »Wie einen Schemen.«

Erstaunt sah er mich an.

»Das kenne ich! Ich sehe ihren Hinterkopf, ihre Haare, ihre Schultern in einem Kleid, doch dann dreht sie sich um, und sie ist es gar nicht – eine andere Frau ist in ihren Körper geschlüpft.«

»Du timst es nicht richtig«, sagte ich leise.

»Was?«

»Nichts«, murmelte ich. Für einen kurzen Augenblick blitzte Henry sehr lebendig vor meinem geistigen Auge auf – seine Arme, seine Brust, die Laken auf unserem Bett. »Ich verliere ständig alles.«

»Ich habe fünfzig Prozent von allem verloren«, hielt er dagegen. »Einschließlich meiner Tochter.«

Ich hatte Abbot zu hundert Prozent. Ich schloss träge die Augen und ließ mein Gesicht von der Sonne wärmen. Juliens Geständnis fand in meinem eigenen Schmerz einen Widerhall.

»Wie heißt sie?«

»Frieda. Sie ist vier Jahre alt. Sie ist den Sommer über bei ihrer Mutter«, erzählte er. »Ich wollte meine Ehe retten – aber ich konnte es nicht. Wäre ich ein besserer Mensch gewesen, hätte es mir gelingen können.« Schon bei unserem Wiedersehen, als ich ihn im Regen vom Rücksitz des Cabriolets aus beobachtet hatte, war mir etwas an ihm aufgefallen, das ich auch von mir kannte: eine tiefe Rastlosigkeit. Jetzt wusste ich, was mir an ihm vertraut war: Er war rastlos, weil er Schuldgefühle hatte.

»Der Tod meines Mannes war ein Unfall«, sagte ich. »Ich war fünfzehn Meilen entfernt. Und trotzdem habe ich das Gefühl, ich hätte ihn retten können.«

Wir bogen in eine belebtere Straße ein und überholten einen Motorradkonvoi. Quads brummten über eine kleine, unbefestigte Ringstraße. Ein einsames Pferd sah aus einem Schuppen zu.

»Ich bin bestimmt nicht der Erste, der dir sagt, dass du keine Schuld hast«, sagte Julien. »Mir haben die Leute dasselbe versichert, aber in meinem Fall haben sie unrecht, oder jedenfalls zum Teil. Aber was macht das schon? Man kann nicht Logik auf etwas anwenden, das unlogisch ist, und erwarten, dass es auf einmal logisch wird.«

Ich lehnte mich auf meinem Sitz zurück.

»Ich will gar nicht darüber hinwegkommen«, gestand ich ihm. »Denn dann wäre es wirklich zu Ende. Und ich will nicht, dass es zu Ende ist.«

Julien hielt an einem Kreisel und wartete, bis er an der Reihe war.

»Ich will darüber hinwegkommen«, entgegnete er. »Aber ich fürchte, das werde ich nie.«

»Und wer ist nun unglücklicher?«, fragte ich, eine Hand über den Augen, um sie vor der grellen Sonne zu schützen. »Du oder ich?«

Der Wagen war im Leerlauf, und Julien rüttelte am Schaltknüppel.

»Die hungernden Menschen in vom Krieg zerrissenen Ländern«, sagte er.

»Ah«, kapitulierte ich. »Die gewinnen immer.«

Wir erreichten die Polizeistation von Trets an einer merkwürdigen Stelle, an der sich drei Straßen kreuzten. Der Parkplatz für die Polizeiwagen lag dahinter, während davor nur zwei Parkplätze für die Öffentlichkeit reserviert waren. Ich nahm das als Lehrstück der französischen Polizei: eine raffinierte Einschüchterungstaktik. *Wir sind in der Überzahl*, oder: *Wir sind so gut, dass wir nicht mal die Wache verlassen müssen.*

Und vielleicht stimmte das ja auch, denn einer der beiden Parkplätze war noch frei.

»Mein Französisch ist eingerostet«, sagte ich, als Julien und ich aus dem Wagen stiegen. »Und damit meine ich, ummantelt von mindestens einem Jahrzehnt Rost.«

»Sie können Englisch«, beruhigte er mich. »Du kommst schon klar, und ich bin ja auch noch da.«

Wir traten vor das Eisentor am Eingang zur Gendarmerie. Neben dem Klingelknopf hingen Instruktionen, die ich nicht so richtig verstand. Hilfesuchend drehte ich mich zu Julien um. Er bedeutete mir, den Knopf zu drücken, was ich dann auch tat.

Eine typische Gegensprechanlagen-Stimme antwortete, und ich sagte nervös: *»Je suis l'Américaine qui était …«* – Ich bin die Amerikanerin, die … Ich wollte nicht noch einmal *vergewaltigt* sagen, aber das Wort für *bestohlen* fiel mir nicht ein, und so sagte ich: »… qui était *bestohlen*, hier.«

Das funktionierte seltsamerweise. Die Gegensprechanlage summte, und ich drückte das Tor auf.

»Was soll das mit dem Tor?«, fragte ich Julien. »Ist Trets ein Brennpunkt des Terrorismus, oder sind Polizisten massiver Gewalt ausgesetzt?«

»Sie sind wie in den Filmen über amerikanische Cops. Sie essen ständig Gebäck. Die Franzosen nehmen ihr Gebäck ernst. Sie beschützen es.«

»Doughnuts«, sagte ich grinsend. »Amerikanische Cops sind weltberühmt für ihre Doughnuts. Das ist schön.«

»Doughnuts«, wiederholte er. »Ja, die mit den Löchern.«

Der lange Empfangstresen war unbemannt. Rechts davon stand eine Reihe leerer Stühle.

»Kann man hier irgendwo klingeln? Müssen wir eine Nummer ziehen?«

Julien zuckte mit den Achseln.

»Wir warten. Es ist Sommer in der Provence.«

Wir saßen dort und hörten ein paar Männern zu, die im Hinterzimmer scherzten und lachten. Ich sollte erwähnen, dass Julien sehr beliebt zu sein schien. Er hatte sein Handy zwar nicht auf Klingeln oder Vibrieren geschaltet, doch wenn jemand eine Nachricht hinterließ, machte es ein leises Geräusch, das sich anhörte, als würde ein Zugschaffner einen Fahrschein entwerten. Ich fragte mich, wer ihn anrief. Er sah immer wieder auf die Nummer des Anrufers, ging jedoch nicht hinaus, um zurückzurufen.

»Was machst du eigentlich beruflich?«, fragte ich.

»Ich bin Graphikdesigner, komme aber aus dem Bereich Betriebswirtschaft. Mein Hauptkunde sitzt in London, und da kann ich sehr gut auch von hier aus arbeiten. Ich bin flexibel. Irgendwann diesen Sommer oder Herbst muss ich aber nach London.«

»Haben die Anrufe was mit deiner Arbeit zu tun?«, fragte ich. »Es ist okay, wenn du jemanden zurückrufen musst.«

»Nein«, wehrte er ab. »Es ist nicht beruflich.«

Gab es noch mehr Frauen?, fragte ich mich. Zum Beispiel Cami?

Endlich kam ein Polizist an den Tresen gestiefelt. Er sah aus wie ein wandelndes französisches Klischee, ein alter Franzose, wie ihn Norman Rockwell gemalt hätte, wenn er alte Franzosen gemalt hätte. Lange, krumme Nase. Dunkler Mund mit nikotinbefleckten Zähnen. Fettiges Haar und Zweitagebart. Schlechte Haltung. Schäbiger, von der Polizei als Dienstkleidung ausgegebener Pullunder, der aussah, als hätte er zwanzig Jahre auf dem Buckel.

*»Bonjour«*, sagte er und rasselte ein paar Floskeln herunter, die mit einer Frage endeten.

Julien sah mich erwartungsvoll an, doch ich hatte keine Ahnung, was der Mann von mir wollte. Da ich nicht reagierte, dämmerte dem Polizisten langsam, wer ich war.

»*Ah, l'Américaine. Venez ici.* Dort entlang«, sagte er und deutete um den Tresen herum nach links.

Ich stand auf, während Julien zögerte, weil er nicht wusste, ob er mir folgen sollte.

»*Votre mari aussi*«, sagte der Beamte. Ihr Ehemann auch.

Ich erklärte hastig, dass er nicht mein Mann war.

Der Polizist sah uns an wie dreiste Lügner.

»*Mais oui, c'est évident*«, beharrte er, womit er meinte, dass es offensichtlich sei, dass Julien mein Ehemann sei.

Nun erklärte Julien, dass er nicht mein Mann war.

Der Polizeibeamte schien beleidigt zu sein, weil wir ihn so dreist belogen, während ich gereizt und eingeschüchtert war. War das eine Taktik? Die Leute von Anfang an wie Lügner zu behandeln, um sie in die Defensive zu drängen?

Wir folgten ihm in ein Büro mit vier Schreibtischen aus der Zeit des Zweiten Weltkriegs. Weiter links waren noch zwei Büros, in denen Poster von französischen Fußballstars hingen.

Ich hatte mir die Polizeistation anders vorgestellt, irgendwie französischer – so ähnlich wie (es ist mir peinlich, es zuzugeben) die französische Fremdenlegion in alten Schwarz-Weiß-Filmen, doch dies war schlicht und ergreifend eine dörfliche Polizeiwache, und der Mann vor mir war Polizist, und die Wände waren in einem fast ekelerregenden Blassgrün gestrichen, typisch Behörde, beunruhigend und absolut vertraut.

Als wir in ein kleines Vorzimmer traten, gesellte sich noch ein weiterer Beamter zu uns, der einen dicken Schnurrbart trug. Er reichte mir ein Formular und befahl mir, es auszufüllen. Gehorsam listete ich alle gestohlenen Gegenstände auf, das Wörterbuch eingeschlossen. Das wollte ich unbedingt zurück. Obwohl ich Abbot weisgemacht hatte, dass wir aus seinem Verlust etwas Wichtiges und Gutes lernen konnten, wünschte ich es mir mehr als alles andere zurück. Deshalb malte ich neben das Wort *Wörterbuch* ein Sternchen. Es war mir ein Bedürfnis, den Männern zu erklären, wie wichtig das Buch meiner Familie war – auch wenn es sie sicher nicht weiter interessieren würde.

Die Beamten baten mich, ihnen genau zu schildern, was passiert war, und ich erklärte es ihnen, so gut ich konnte, auf Französisch. Ich erzählte ihnen, dass die zwei Männer *habillés comme les touristes d'Allemagne* – gekleidet gewesen wären wie Touristen aus Deutschland. Sie fragten mich, ob ich den Wagen abgeschlossen hätte. Das wusste ich nicht sicher. Sie wollten, dass ich ihnen das Auto der Diebe beschrieb. Ich erinnerte mich, dass der Wagen keine Radkappen hatte, kannte aber das Wort für Radkappen nicht. Julien schon, deshalb sprang er ein. Sie erkundigten sich nach dem Schaden, was genau gestohlen worden war.

Der Polizist im Pullunder fragte, was ich mit *habillés comme des touristes allemands* meinte.

Ich zählte enge Hemden und Sandalen mit Socken auf und versuchte pantomimisch, Caprihosen zu beschreiben, bis mir siedend heiß klar wurde, dass *capri* bestimmt ein französisches Wort war. Ich sah Julien hilfesuchend an, dem die pantomimische Vorstellung zu gefallen schien.

»Nur weiter so«, ermunterte er mich. »Du schlägst dich gut!«

Der Beamte mit dem Schnurrbart fragte mich, warum ich der Meinung wäre, dass deutsche Touristen Caprihosen trügen.

Darauf wusste ich keine Antwort. Ich hatte keine Ahnung, warum, war aber fest davon überzeugt. Ich zuckte mit den Achseln.

Julien übersetzte mir die Frage.

»Ich weiß, was er gefragt hat«, sagte ich irritiert. »Ich habe im Moment nur keine gute Begründung dafür!«

Sie hatten eine Abschrift meines Telefonanrufes vorliegen, und mit Bezug darauf fragte mich der Polizist im Pullunder skeptisch, ob die Diebe bewaffnet gewesen wären.

*»Les voleurs ont eu un pistolet?«*

»*Non*«, widersprach ich und erklärte ihnen, dass die Jungs in geblümten Shorts – *les shorts avec les fleurs* – das Gewehr gehabt hätten. Um die peinliche Verwechslung zwischen den Worten für Gewehr und Rakete zu vermeiden, blieb ich bei dem Begriff *pistolet*. »*Les voleurs n'ont pas eu un* pistolet.«

»*Le pistolet était un jouet!*«, sagte der Beamte im Pullunder amüsiert. Das Gewehr war ein Spielzeug.

Julien neigte den Kopf zur Seite und sah mich an. Dann zuckte er mit den Achseln.

»Siehst du?«, fragte er.

»Ich weiß«, gab ich entnervt zurück. »Ich hab's kapiert. Gewehrattrappen.«

Schließlich erkundigte sich der Beamte im Pullunder nach der Sternchenmarkierung auf der Liste.

Ich erklärte ihm auf Französisch, dass das Buch für meine Familie große Bedeutung habe und von jemandem sei, der nicht mehr lebe, von jemandem, den wir liebten.

»*Qui?*«, fragte der Beamte mit dem Schnauzer.

»*Mon mari*«, sagte ich. Mein Ehemann.

»*C'est une veuve?*«, fragte der Polizist im Pullunder Julien. Sie ist Witwe? Seine Augen waren vor Tränen ganz glasig. Ich fragte mich, ob er seine Frau verloren hatte.

»*Oui*«, antwortete Julien.

»*Si jeune*«, sagte der Beamte im Pullunder kopfschüttelnd. *So jung.*

Sie lehnten sich auf ihren Stühlen zurück und versicherten mir, dass sie nach unseren gestohlenen Sachen fahnden würden. Der eine Beamte beugte sich zu dem anderen, und sie verständigten sich schnell und gedämpft. Dann lehnte sich der Gesetzeshüter im Pullunder über den Tisch, bedeutete Julien, näher zu kommen, und stellte ihm leise eine Frage.

Julien sah ihn fragend an, zuckte mit den Schultern und sagte zu mir:

»Sie wollen wissen, ob du irgendwelche bekannten Amerikaner kennst.«

»Berühmtheiten?« Es war zu heiß für einen Pullunder. »Prominente?«

»Ja!«, rief der Beamte mit dem Schnurrbart mit starkem französischem Akzent. *»Des stars!«*

Der Beamte im Pullunder fügte hinzu:

»Kennen Sie Daryl Hannah?« Er sprach Daryl Hannah mit stummem H und einem rollenden R aus, sodass ich den Namen nicht verstand.

»Wen?«, fragte ich.

»Sie wissen schon!«, sagte der Pullunderbeamte verärgert. »Darrrrrr-elle Anna! Aus dem Film *Splash* mit Tum Änks.«

»Daryl Hannah«, soufflierte Julien.

»Ah, Daryl Hannah!«, wiederholte ich.

Der Beamte verdrehte die Augen, als machten Julien und ich uns über ihn lustig, und er hasste uns dafür.

»Klar kenne ich die«, beteuerte ich. »So, wie ich Sophie Marceau und Edith Piaf kenne.«

»Edith Piaf ist tot«, informierte mich der Beamte mit dem Schnurrbart.

»Stimmt«, sagte Julien, obwohl es ihm inzwischen schwerfiel, ernst zu bleiben.

»Dachte ich's mir doch«, sagte ich.

»Aber Sophie Marceau ist sehr gut. Sogar in schlechten Filmen ist sie gut. Sie ist Französin.«

Julien sah aus, als würde er gleich losplatzen.

»Sie sind anderer Meinung?«, fragte der Beamte mit dem Schnurrbart defensiv.

»Sie ist gut«, versicherte Julien ihm hastig. »Sie ist sehr gut.«

»Wie Julia Roberts!«, ergänzte der Beamte im Pullunder. Aus Roberts wurde *Rrrro-bearrr.*

»Ich weiß«, sagte ich.

»Sonst noch jemand?«, fragte der Pullunderpolizist. »Jemand Bekanntes?« Die zwei sahen mich erwartungsvoll an.

»Einmal hab ich Al Pacino gesehen«, prahlte ich. Damals besuchte er eine Filmpremiere in New York und trug einen schwarzen Leinenanzug. Henry und ich waren zur Hochzeit eines Freundes dort gewesen. Es war ein glücklicher Zufall.

»Pacino«, sagten sie ehrfürchtig und kniffen nickend die Augen zusammen.

»Und einmal hab ich eine Rede von Bill Clinton gehört«, fügte ich hinzu.

Darüber lachten die Beamten und fragten Julien etwas in sehr schnellem Französisch, wovon ich nur das Wort *embrasse* verstand.

Julien schüttelte den Kopf und hob abwehrend die Hände.

»Meine Herren«, protestierte er. »*Non.*«

Der Beamte mit dem Schnurrbart sah ihn ob seiner Gehorsamsverweigerung wütend an.

»Wir wollen wissen … Haben Sie ihn umarmt?«

»Wie die Frau …«, fragte der Beamte im Pullunder.

»Monica Lewinsky?« Ich schüttelte den Kopf. »Nein, ich hab Bill Clinton nicht umarmt wie Monica Lewinsky.«

»Monica Lewinsky«, feixten sie. »Sie ist sehr bekannt …«

»Okay, okay«, griff Julien ein. »Genug.«

»Können wir jetzt gehen?«, fragte ich.

Julien stand auf.

»Wir gehen!«

»*Absolument*«, sagte der Beamte mit dem Schnurrbart. Sie verfielen zurück ins Französische, händigten mir meinen Polizeibericht aus und empfahlen mir, ihn für alle Fälle mit meinen Versicherungspapieren abzuheften.

Der Pullunderträger brachte mich bis zur Tür und sagte auf Französisch, mit einem französischen Achselzucken und einem französischen Schmollmund:

»Vielleicht finden wir Ihre Sachen. Vielleicht treten Sie mit dem linken Fuß in Scheiße!«

»Er wünscht dir viel Glück«, dolmetschte Julien.

»Danke«, sagte ich zu dem Beamten.

Der Polizist stemmte die Hände in die Hüften und lächelte wohlwollend.

Als ich ihnen zum Abschied zuwinkte, flüsterte ich Julien mit zusammengebissenen Zähnen zu:

»Meine Sachen kann ich in den Wind schreiben. Die sind für immer weg, oder?«

»Ja«, bestätigte mir Julien. »Für immer.«

Nur Augenblicke später erlebte Julien etwas mit, das man nur als Kaufrausch bezeichnen konnte. Ich hatte Charlotte für später eine Shopping-Tour durch die kleinen Läden in Aix versprochen und sie davon überzeugt, dass dieser Einkauf uns nur zur Überbrückung dienen sollte. Deshalb hatte sie mir ihre Größe genannt. »Im Zweifel immer Schwarz«, sagte sie und tätschelte mir aufmunternd die Schulter.

Im Monoprix kaufte ich alles von Unterwäsche für kleine Jungs, BHs, Schuhen und ein paar Stretchkleidern, die gleich mehrere Größen abdeckten, bis hin zu Zahnbürsten, Haarbürsten und Vitamintabletten. Ich erstand Lebensmittel, die man nicht zu kochen brauchte, da wir über nichts anderes verfügten als über einen verkohlten Ofen, ein Riesenglas Nutella, wofür Abbot eine Schwäche entwickelt hatte, und eine bizarre Pastete, nur weil sie im Sonderangebot war und die Franzosen sie in rauen Mengen zu kaufen schienen. Ich kaufte eine Kamera, Netzadapter und ein universell einsetzbares Handyaufladegerät. Mir ein neues Mobiltelefon zu kaufen brachte ich nicht über mich. Die Vorstellung, mich durch die Details eines französischen Handyvertrags quälen zu müssen, schreckte mich ab. Deshalb mussten wir uns mit Charlottes Telefon begnügen.

»Ich komme mir so amerikanisch vor«, seufzte ich auf der Rückfahrt, während der Wagen, der mit unverwüstlichen Mehrweg-Plastiktüten vollgepackt war, für die ich hatte bezahlen müssen, im Wind klapperte.

»Eine Invasion«, scherzte er.

*»Der Sturm auf die Normandie.«*

»Du bist hier eingefallen.«

»Aber das musste ich«, erklärte ich.

»Churchill wäre stolz auf dich.«

»Nur zu meiner Verteidigung, es hat mir keinen Spaß gemacht!«, sagte ich. Bis auf die Pastete war es eine lästige Pflicht gewesen. Ich kam mir so amerikanisch vor, weil der Monoprix wie ein großer amerikanischer, neonbeleuchteter Supermarkt wirkte.

»Damit du dich französischer fühlst, gehen wir in die Patisserie – da kannst du französisches Brot kaufen.«

Julien fuhr zurück durch die engen, verwinkelten Sträßchen von Puyloubier, bog in eine Seitenstraße ein und hielt vor einer kleinen Bäckerei.

Eine Bäckerei.

Urplötzlich wurde mir klar, dass ich keine Lust hatte, hineinzugehen. Abgesehen vom Cake Shop hatte ich seit Henrys Tod keinen Fuß mehr in eine Bäckerei gesetzt, und auch den Cake Shop hatte ich, so gut es ging, gemieden. War ich nicht hier, um den Dingen zu entkommen, die auf mir lasteten? War mir nicht einmal das geringste Maß an Trost vergönnt?

Ich überlegte, ob ich Julien sagen sollte, dass Backen mein Beruf war, aber ich konnte es nicht. Er könnte mir Fragen stellen – ganz normale, höfliche Fragen –, die mich zwingen würden, über Details zu sprechen. Es gelang mir nicht, meine Lebensaufgabe von der Liebe meines Lebens zu trennen. Ich wollte nur die Geschichten erzählen, die mir in den Kram passten, ansonsten konnten mich Fragen auf dem falschen Fuß erwischen. Ich fürchtete mich vor der Sprunghaftigkeit meiner Erinnerungen.

Ich war durcheinander. Meine Hände zitterten. Ich rieb sie aneinander, um das Gefühl loszuwerden, und redete mir ein, dass es einfacher wäre, einfach hineinzugehen und es hinter mich zu bringen. Ich könnte wie bei Elysius' und Daniels Hochzeitstorte meinen kritischen Blick einschalten, was mir eine gewisse Objektivität und Distanz ermöglichen würde, und ich hoffte, dass es mir dabei helfen würde, die Situation durchzustehen.

Wir stiegen aus dem Wagen und betraten die kleine Bäckerei-Konditorei, ein Gebäude mit einer grünen Markise, das am Ende einer Reihe aus Häusern mit großen Holzfensterläden stand. Eine Glocke an der Tür machte den Bäcker, einen schlanken Mann Mitte sechzig, auf uns aufmerksam. Er stand hinter den kuppelförmigen Vitrinen und trug ein strahlend weißes Hemd und eine dünne Kette mit einer fein gearbeiteten Silbermünze, deren Inschrift zu klein und damit unleserlich war. Er spreizte seine breite Hand auf dem Tresen, stützte sich darauf und scherzte mit Julien, während die Münze immer wieder auffunkelte.

Ich heftete den Blick auf die Obsttorten unter den Glashauben, die mit Schokolade gesprenkelten Croissants und die glasierten Küchlein.

»Wir waren als Kinder hier«, stellte ich fest. Ich erinnerte mich, wie Véronique und meine Mutter sich zankten, wer für was bezahlen durfte.

»Ja«, sagte Julien, »wir haben deinen Geburtstag gefeiert.«

Einmal – als ich mit dreizehn das letzte Mal hier gewesen war – waren wir schon im Juni nach Frankreich gekommen und hatten eine kleine Party zu meinem Geburtstag veranstaltet. Und in diesem Laden hatten wir die Leckereien dafür gekauft. Damals hielt ich mich für zu alt für eine Party mit Küchlein.

Und doch erinnerte ich mich genau an den Laden und wusste, was das für Kuchen waren. Plötzlich wollte ich die Worte auf Französisch hören. Ich deutete auf eine der wunderschönen, exquisiten, kleinteiligen Süßspeisen.

»*Qu'est-ce que c'est?*«, fragte ich. Was ist das?

»*Américaine?*«, fragte der Bäcker.

»*Oui*«, bestätigte ich.

Die Miene des Bäckers wurde ernst. Er sah erst mich an und dann Julien. Er schien mir eine Frage stellen zu wollen – über Daryl Hannah? –, überlegte es sich aber anders. Stattdessen beschrieb er mir die *framboise*, eine Himbeer-Mousse mit Pistazien und zwei Schichten *genoise* getränkt mit Himbeersirup.

Ich deutete auf die nächste Leckerei.

Geduldig und voller Ehrfurcht beschrieb er mir die *tarte citron*, einen Zitronenaufstrich in einer zuckrigen Pastete.

Dann *Tiramisu*, in dem das Biscuit Joconde mit Mandeln mit Kaffeesirup getränkt war; eine Rolle mit in Weißwein pochierten Birnen; Haselnuss-Baiser mit Buttercreme und Schokoladenganache; ein weißer Kuchen, mit Rum, sautierten Mangofrüchten und gerösteter Kokosnuss; Trüffel mit luftigen, geschichteten Füllungen und bitterem Ganache aus dunkler Schokolade; und Torten mit Schokolade, Nüssen und Marzipan.

Ich wiederholte die Worte leise, formte sie fast nur mit den Lippen. Schon die Worte vergingen auf der Zunge: *framboise*, *mousse*, *pistaches*, *citron*, *coco* …

Ich erinnerte mich daran, wie ich mit meiner Mutter in der Küche gearbeitet hatte, nach ihrem verlorenen Sommer, als sie nach Hause gekommen war, ihre Hände mit Puderzucker bestäubt, während sie Fondant ausrollte, Sahne schlug, das Eigelb vorsichtig vom Eiweiß trennte. Meine Mutter arbeitete fieberhaft, während ich um sie herumwuselte. Elysius verschwand mit ihren Freunden, doch ich blieb so viel wie möglich bei meiner Mutter in der dampfigen Küche, berauscht von den Düften von Kakao, Karamellzucker und Kuchen, die in Schwaden durch die Küche waberten.

In der Nähe war eine Bäckerei: die weißen Tortenschachteln aus Pappe waren mit Schnüren zugebunden; in den gewölbten, durchsichtigen Vitrinen standen Glasfigürchen, die man kaufen und auf die Geburtstagstorte stellen konnte. Frauen in weißen Schürzen nahmen unsere Bestellungen entgegen und spritzten direkt vor unseren Augen unsere Namen in wirbelnden Buchstaben auf die Torten. Doch schließlich, als die Backbesessenheit meiner Mutter ein Ende fand, gingen wir nur noch wegen Geburtstags- und Schulabschlusstorten dorthin. Ich hingegen – fixiert auf jeden wunderschönen Kuchen, meine Hand an das gekühlte Glas gepresst – verspürte immer das starke Verlangen, wieder mit meiner Mutter in der Küche zu stehen, um Zeugin eines Heilungsprozesses zu sein und mitzuerleben, wie eine Frau, die nach Hause zurückgekommen war, erst nach und nach wieder zu sich selbst fand.

Ich wusste nicht so recht, was in dieser kleinen französischen Bäckerei über mich gekommen war. Mir war schwindelig, und ich hatte Hunger – auf eine Art, wie ich es lange nicht mehr verspürt hatte –, ein Hunger, so rastlos wie mein Schuldgefühl. Ich nickte zu allem, was der Bäcker mir sagte, und hörte mich sagen: »*Une* davon. *Trois* davon. *Deux* davon. *Non, non, quatre.*«

Der Bäcker warf Julien immer wieder einen Blick zu, als wollte er ihn fragen, ob ich das durfte, ob ich ganz gesund war. Julien nickte immer nur. *Ja, ja, tun Sie, was sie sagt.*

Auf der Heimfahrt kam ich mir lächerlich vor. Da der Rücksitz schon mit Tüten vom Monoprix vollgepackt war, musste ich die Schachteln mit dem Gebäck auf meinem Schoß stapeln. Der Stapel war so hoch, dass er mir die Sicht versperrte. Die Brotlaibe klemmte ich zwischen Tür und Beifahrersitz.

»Das ist Teil unserer französischen Erziehung«, sagte ich.

»Keine Begründung nötig«, schmunzelte Julien. »Aber das war …«

»Was denn?«, fragte ich irritiert. »Das ist nur mein Beitrag.«

»Genau«, sagte er. »Ich versteh schon. Aber das war …«

»Ja, es hat mir Spaß gemacht«, sagte ich. »Sogar sehr. Ich arbeite doch daran, Freude zu empfinden, weißt du noch? Das soll man doch deiner Meinung nach tun, wenn man unglücklich ist.«

»Es war …«

»Was denn nun?«, fragte ich. »Was?«

»Erotisch.«

Ich zog die Augenbrauen hoch.

»Sei nicht so französisch«, murmelte ich und lächelte verlegen.

»Ich bin nicht französisch. Das war die internationale Sprache. Es war erotisch.«

Ich seufzte.

»Es hat mich eben überkommen.«

»Ja«, sagte er. »Das war es. Immerhin ein Anfang.«

»Ein Anfang von was? Lebe ich ein bisschen?«

»Ja«, sagte er. »Nur ein bisschen, aber immerhin ein Anfang.«

Julien half mir, die Monoprix-Tüten aus dem Wagen zu laden und ins Haus zu schaffen, die Schachteln mit dem Feingebäck und das französische Brot trugen wir ins Haus der Dumonteils. Durch die offenen Fenster hörte ich ein seltsames, atonales Stöhnen, ein trauriger Ton und dann noch einer. Musik? Oder eine bedauernswerte, traurige Gans?

Wir fanden Charlotte, Abbot und Véronique in der Küche, wo sie allesamt in die Arbeit vertieft waren. Véronique saß auf einem Hocker, den sie sich herangezogen hatte, und kontrollierte etwas in einem Schmortopf.

Charlotte blickte mit feuchten Augen von einem Hackbrett auf. Hatte sie etwa gestöhnt? Angst durchzuckte mich. War etwas Schreckliches passiert? Hatte jemand angerufen und schlechte Nachrichten verbreitet?

Doch dann sagte sie mit einem Grinsen:

»Ich hab noch nie eine Zwiebel geschnitten.«

»Wie ist das möglich?«, fragte ich erstaunt.

»Niemand, den ich kenne, kocht richtig«, sagte sie.

»Das ist eine chemische Reaktion«, dozierte Abbot. »Die Zwiebeln haben winzige Zellen, die man durchs Schneiden gewaltsam öffnet.« Das klang so, als hätte Henry ihm das beigebracht. Henry war ein Koch, der gern über die Chemie der Nahrungsmittel sprach. Wie gelang es Abbot, diese Dinge zu behalten?

Abbot saß vor einer Reihe Weingläser, die mit unterschiedlichen Wassermengen gefüllt waren. Er tauchte seinen Finger in eins und rieb über den zarten Rand. Das war das Geräusch, das ich mit einem Stöhnen verwechselt hatte! Es war *tatsächlich* Musik. »Ich habe eine Sardine zerlegt«, sagte er stolz. Die intensive Atmosphäre in der Küche war also nicht von Traurigkeit, sondern von Lerneifer geprägt. War ich nicht mehr in der Lage, solche feinen Unterschiede zu erkennen?

»Siehst du«, sagte ich zu Julien und schüttelte meine Angst ab. »Ihre französische Erziehung hat begonnen.«

»Prächtige Kinder«, meinte Véronique. Auch wenn sie gelassen wirkte, war sonnenklar, dass sie dieses Staunen und diese Wissbegierde in den Kindern geweckt hatte.

Wir stellten die Schachteln auf den Küchentisch.

Véronique drehte sich um und schnappte nach Luft. »Was ist das?«

»Ich hatte in der Patisserie eine Art Anfall«, sagte ich kleinlaut.

»Macht sie auf!«, rief Abbot aufgeregt.

Wir klappten die Deckel auf und betrachteten die glänzenden Konditoreiwaren, Spiralen und Glasuren.

»Warum so viel? Die heben wir uns für den Nachtisch auf«, murmelte Véronique und klappte die Schachteln wieder zu – vielleicht aus Unbehagen.

»Was hat die Polizei gesagt?«, fragte Abbot. »Werden sie alles für uns wiederfinden?«

»Wahrscheinlich nicht«, sagte ich.

Betrübt senkte er den Blick auf die Gläserreihe vor ihm.

»Ich hab euch für heute Nachmittag eine Kathedrale und Warzenschweine versprochen!«, lenkte Julien ihn ab.

»Moment!«, rief Véronique, und für einen Moment musste ich an Hercule Poirot in den Verfilmungen der alten Agatha-Christie-Romane denken, die ich als Kind so sehr geliebt hatte. Es hätte mich nicht gewundert, wenn sie gleich gesagt hätte: *Ich möchte Ihnen allen mitteilen, warum ich Sie heute hierhergebeten habe.* »Bevor wir fahren, will ich mit Heidi eine Grundstücksbegehung machen«, verkündete sie. Ich fürchtete mich ein wenig vor Véronique, empfand aber auch Ehrfurcht vor ihr. Sie kam mir vor wie eine gewaltige Macht, wie sie diese Pension ganz allein führte, nachdem sie schon so lange geschieden war. Sie beobachtete mich aufmerksam, als versuchte sie, in mich hineinzusehen. Ich fragte mich, wonach sie suchte. »Aber es dauert noch einen Moment«, sagte sie.

»Ich wollte sowieso erst im Haus noch ein paar Sachen auspacken«, sagte ich. »Komm einfach rüber, wenn du so weit bist.«

»Okay«, sagte sie.

»Und danach fahren wir los und sehen uns Kathedralen und Warzenschweine an«, versprach ich. »Das will ich mir nicht entgehen lassen.«

Charlotte und Abbot machten sich daran, Julien bei der Vorbereitung der Lunchpakete zu helfen, die wir auf unserem Ausflug verzehren wollten, während ich zurück zu unserem Haus ging, um die Sachen aus dem Monoprix wegzuräumen und mich häuslich einzurichten.

Auf dem kurzen Spaziergang zum Haus versetzte mich der Berg von Neuem in Erstaunen. Er tauchte so plötzlich auf und war so gewaltig, dass ich fast wie angewurzelt stehen geblieben wäre. Dass man aus dem eigenen Garten einen solchen Blick haben konnte, kam mir immer widernatürlich vor – ganz zu schweigen von der Grabungsstätte und den Archäologen weiter weg, die neben dem Muster standen, das sie in die Erde gegraben hatten, und debattierten.

Ich lief ins Haus und fand es merkwürdig, dort allein zu sein; die Stille senkte sich über mich. Ich beeilte mich, teilte unsere neuen Kleider in Stapel auf und verstaute die Lebensmittel in den Schränken und im Mini-Kühlschrank. Wenn das Haus in tausend Jahren ausgegraben und unsere Gebrauchsgegenstände zutage gefördert würden, wäre das ein ganz schöner Haufen. Wie würden uns diese Dinge definieren? Was würden sie bedeuten – unsere Verpackungen, unsere biegsamen Plastikzahnbürsten, unsere klobigen Adapter? Ich musste an die Archäologen denken, wie es war, die Vergangenheit zutage zu fördern, sie vom Staub zu befreien und zu versuchen, ein Abbild des damaligen Lebens zu erschaffen. Eigentlich war das nicht möglich. Wenn sie das hier ausgrüben, fänden sie keine Spur von Henry. Dabei war Henry immer noch am präsentesten von allen.

Ich wühlte ganz unten in einer Tüte und fand das Aufladegerät. Charlottes Handy lag noch auf dem Küchentisch. Ich stöpselte es mit dem Adapter in die Steckdose. Es gab einen herzhaften Piepston von sich und erwachte blinkend zum Leben. Inzwischen zeigte es siebenundfünfzig verpasste Anrufe an.

Adam Briskowitz, dachte ich. Der arme Junge. Verzehrte er sich vor Gram? Ich sah John Cusack in dem Film *Teen Lover* vor mir, den Ghettoblaster über den Kopf gereckt – wie er erfolglos versuchte, ein Ständchen zu bringen.

Ich lief nach oben in mein Zimmer und zog mir einen Rock und ein T-Shirt an, legere Klamotten, die ich im Monoprix erstanden hatte, und dazu Flip-Flops.

Als ich die steile, schmale Steintreppe wieder hinabstieg, hörte ich Charlottes Handy brummen, das auf dem Küchentisch vibrierte.

Ich nahm es in die Hand. Auf dem Display stand BRISKY.

Ich seufzte.

»Brisky«, sagte ich zu mir und klappte das Handy auf. »Hallo?«

»Hallo?«, sagte er verdattert. »Hallo? Charlotte? Hallo?«

»Hier ist Charlottes Tante«, klärte ich ihn auf. »Heidi.«

»Ist Charlotte da? Kann ich mit ihr sprechen? Es ist dringend. Ich versuche ständig, sie zu erreichen, und es ist wirklich dringend.«

»Sie ist momentan nicht da«, sagte ich.

»Wo ist sie denn?«

»Sie ist hier bei mir, in Frankreich.«

»Sie ist nach Frankreich geflogen?«

»Ja«, sagte ich. »Ich glaube nicht, dass sie mir dir reden will, aber ich kann ihr etwas ausrichten, da ich nicht glaube, dass sie deine Nachrichten abhört.«

»Es war wirklich verantwortungslos von ihr, nach Frankreich zu fliegen«, sagte Adam mehr zu sich selbst als zu mir.

»Verantwortungslos?«

»Ja«, brummte er. »Das hätte sie wirklich nicht tun dürfen. Wenigstens finde ich das. Und Sie?«

»Soll ich ihr das ausrichten?«, fragte ich. »Dass sie verantwortungslos ist, weil sie in diesem Sommer verreist ist?«

»Nein«, sagte er, und sein scharfer Unterton wurde weicher. »Nein, bitte nicht. Bitte sagen Sie ihr, dass ich sie liebe. Und dass es nicht meine Absicht war, sie zu briskowitzen.«

»Okay«, sagte ich. »Dieser Begriff ist mir zwar nicht geläufig, aber ich sage es ihr.«

»Und ich weiß, dass sie mich nicht sehen will«, sagte er. »Aber vielleicht darf ich ihr einen Brief schreiben? Einen altmodischen Brief?«

»Das wäre vielleicht besser«, sagte ich. »Wir sind hier noch nicht online.«

»Wie lautet die Adresse?« Ich hörte, wie er hektisch nach Stift und Zettel suchte.

Ich lief zum Kühlschrank und las ihm die Adresse vor, die dort hing.

Er wiederholte sie noch einmal, und ich bestätigte sie.

»Wunderbar«, sagte er. »Ich danke Ihnen sehr. Richten Sie ihr lieber nichts aus. Sagen Sie ihr nicht mal, dass ich angerufen habe. Ich schicke noch heute einen Brief an sie los, in dem ich alles erkläre. Also, gilt die Abmachung?«

»Ja.«

»Ja, ja, okay, ich danke Ihnen sehr. Hervorragend«, sagte er. »Das vergesse ich Ihnen nie. Danke.«

»Gern geschehen«, sagte ich. »Tschüs!«

»*Au revoir!*«, erwiderte er mit einem miserablen Akzent. »*Merci* und *au revoir*!«

»Cézanne betrachtete den Mont Sainte-Victoire von vorne. Wir hingegen sehen den Berg von der Seite. *La longueur.* Eine breitere Leinwand«, erklärte Véronique. Wir waren aus der Hintertür ihres Hauses getreten, an der gekiesten Zufahrt vorbeigelaufen und steuerten nun auf die Weinberge und die archäologische Ausgrabungsstätte zu, die in der Hitze des Tages verwaist dalag. Véronique hatte einen Stock bei sich, einen Gehstock mit einem Marmorgriff. Sie benutzte ihn weniger zum Laufen als vielmehr, um damit auf Dinge zu deuten. Er war ein so natürliches Accessoire, dass ich mich fragte, wie sie je ohne ihn ausgekommen war. »Der Berg verändert seine Farbe den ganzen Tag über, wenn man Geduld hat. Deine Mutter hat diesen Berg lange Zeit beobachtet, in jenem Sommer, als sie uns zum letzten Mal besucht hat.«

Ich wusste nicht, wie ich diese Information aufnehmen sollte. Ich hatte den Eindruck, dass Véronique von mir eine Frage erwartete, hatte aber keine Ahnung, welche. Ich erinnerte mich nur an unser Leben ohne sie – an meinen Vater in der Küche, wie er hilflos am Dosenöffner nestelte. *Ich denke, ihr solltet darauf vorbereitet sein, dass ihr euch zwischen uns beiden entscheiden müsst. Wer weiß, wie die Sache ausgeht.* Die Sache war gut ausgegangen. Sie kam wieder nach Hause. Ich war bemüht, mich nicht näher damit zu befassen, was der verlorene Sommer ihr bedeutet hatte, oder gar mir. Er war eben verloren. Doch sie ging nicht verloren und kehrte zu uns zurück. Doch nun, wo ich schon einmal hier war, konnte ich nicht umhin, mich zu fragen, was damals mit ihr passiert war. Was hatte sie gelernt, das es ihr erlaubte zurückzukommen?

»Der Berg ist wunderschön«, sagte ich lediglich.

Sie zögerte und wartete auf mehr.

»Ja«, erwiderte sie. »Allerdings!« Sie deutete auf einen Baum zwischen unseren beiden Häusern. »Dort beginnt unser Land. Die Linie zieht sich mehr oder weniger bis zu diesem Baum.« Diese Linie trennte unseren Besitz voneinander, als setzte sich die Zufahrt zwischen beiden Häusern als Grenzlinie fort. »Das ist euer Land. Wir laufen das Grundstück ab.«

»Aber dein Fuß«, wandte ich ein.

»Ich muss mich bewegen. Wegen der Durchblutung«, sagte sie. »Das Blut zirkuliert, und das ist gut für die Knochen.« Wir gingen ein Stückchen. »Deine Mutter ist eine sehr starke Frau«, sagte sie.

»Ich glaube, sie hatte große Sorgen, als sie das letzte Mal hier war. Ich vermute, sie musste sich entscheiden, ob sie wieder nach Hause kommen wollte oder nicht, ob wir es wert waren oder ob sie für ein Leben in der Provence alles hinschmeißen sollte.« Es sollte scherzhaft klingen, aber die Leichtigkeit ging in der fremden Sprache verloren.

»Die Kinder waren es ihr wert. Die Frage war der Ehemann«, sagte sie. »Er war – ein Betrüger? Nennt man das so?«

Ich nickte mit einem unbehaglichen Gefühl, weil mein Vater als Betrüger bezeichnet wurde, auch wenn es stimmte. Trotzdem war er immer noch mein Vater, und nach all den Jahren, die er in die Rettung seiner Ehe investiert hatte, hatte ich ihn rehabilitiert.

»Mein Exmann war Imperialist. Auch er war ein Betrüger. Er ging weg. Als deine Mutter in jenem Sommer hier war, als ihre Ehe zerbrach, ging meine auch in die Brüche.« Das hatte ich nicht gewusst. Noch etwas, das meine Mutter und Véronique geteilt hatten.

»Wo ist dein Mann jetzt?«

»Er ist tot. Er hat uns in einem Winter verlassen. Ohne ein Wort. Er hat eine neue Familie gegründet und in Arles gelebt. Die Jungs hatten eigentlich keinen richtigen Vater.« Sie seufzte. »Aber es ist mir lieber so. Ohne Mann.«

»Es ist durchaus möglich, als Frau selbstbestimmt zu leben und glücklich zu sein«, sagte ich. »Ich bewundere das.«

Sie blieb stehen und bohrte ihren Stock in die Erde.

»Nein«, sagte sie. »Ich habe die Türen zu meinem Herzen verschlossen, und sie waren verriegelt. Deine Mutter konnte das nicht. Sie hat ein Herz mit offenen Türen. Sie hat die Türen offen gelassen. Eine Frau verschließt und verriegelt ihr Herz. Eine andere lässt die Tür offen. Wer ist stark? Wer ist schwach? Vielleicht sind beide nur eigensinnig?«

»Ich weiß nicht«, sagte ich unsicher.

»Als sie hier war, endete meine Ehe. Wir lebten zwar noch zusammen, aber ich wusste, dass er eines Tages weggehen würde. Als er weg war, hatte ich zwar Liebhaber, verliebte mich aber nie. Ich schloss die Türen aus Furcht. Das ist kein gutes Leben. Aber ich habe meine Regeln aufgestellt, und jetzt bin ich zufrieden.«

»Ich finde es gut, seine eigenen Regeln aufzustellen, sein eigenes Glück zu schmieden«, versicherte ich ihr.

Sie warf mir einen Blick zu, und ich fühlte mich sofort durchschaut. Hatte ich aus Furcht die Türen zu meinem Herzen geschlossen, und waren sie verriegelt? Sie lief weiter.

»Und, nach so vielen Jahren, war dein Vater es wert? Ist sie glücklich?«

Ich nickte.

»Ich glaube schon. Ihre Ehe ist stabil.« Das war mein Versuch, ihr zu sagen, dass mein Vater nicht mehr fremdgegangen war. Es war eine einmalige Sache gewesen.

»Ich verstehe«, sagte sie ohne jede Andeutung von Gefühl.

Am liebsten hätte ich einen weiten Bogen um das Leben meiner Mutter gemacht. Es machte mir Angst. Ich konnte jetzt verstehen, wie beeindruckend es hier für sie gewesen sein musste, auf diesem Grund und Boden, mit diesem faszinierenden Berg. Wie winzig klein und zerbrechlich ihre Familie ihr von hier aus, aus so weiter Ferne, erschienen sein musste. Versuchte sie, sich Elysius und mich beim Schwimmunterricht vorzustellen, beim Singen auf der Jugendfreizeit, bei unseren abendlichen Einschlafversuchen? Fragte sie sich, ob wir versehentlich in den Giftsumach gelaufen waren, einen Sonnenbrand hatten, ohne unsere Hüte wandern gegangen waren und uns jetzt eine Zecke durchs Haar krabbelte? Um diese Dinge hätte sie sich kümmern müssen. Mein Vater hatte davon keine Ahnung. In jenem Sommer passten Elysius und ich aufeinander auf. Ich bekam zum ersten Mal meine Periode, und Elysius zeigte mir die Schachtel mit den Binden, die im Wäscheschrank versteckt war, und brachte mir bei, wie ich mit kaltem Wasser und Salz den Blutflecken aus meinen Laken schrubben konnte. Wusste meine Mutter, dass wir wie apathisch waren, den Atem anhielten und darauf warteten, dass sie zu uns zurückkam? Ich sagte zu Véronique:

»Meine Mutter hat mir gesagt, dass du wegen der Hausrenovierung Informationen für mich hast, die … *Bürokratie* betreffend? Vielleicht kannst du mir jemanden empfehlen? Ich würde gern alles in die Wege leiten, die Arbeiten wenigstens in Gang bringen, bevor ich wieder abreise. Danach kann ich ab und zu kontrollieren, ob alles läuft.«

»Wie lange bist du hier?«

»Sechs Wochen«, sagte ich.

Sie brach in Gelächter aus.

»Was ist daran so lustig?«

Sie lachte jetzt so heftig, dass sie keine Luft mehr bekam.

»Jetzt mal im Ernst«, sagte ich leicht eingeschnappt. »Was ist daran so lustig?«

»Deine Mutter«, japste sie kopfschüttelnd und fing sich langsam wieder. »Sie ist eine sehr lustige Frau.«

»Was meinst du damit?«

»Wir sind hier in Frankreich!«, sagte sie und gestikulierte wild. »Man wartet schon ein bis zwei Monate, um die *permis de construire* und den *devis* von den Handwerkern zu bekommen, *le cahier des charges.*«

»*Permis de construire*, du meinst die Baugenehmigungen?«

Sie nickte.

»Von der Regierung.«

»Der *devis* ist das *cahier des charges*? Der Kostenvoranschlag?«

»Der *devis* ist, wie sagt man, wenn man den Handwerker nach seinem Preis fragt? *Le cahier des charges* ist ein sehr langes Dokument mit sehr spezifischen Details. Und du brauchst die mit *les tiroirs.*«

»Mit Schubladen?«

»Natürlich«, bekräftigte sie, als erklärte das, was Schubladen mit einem Angebot zu tun hatten. »Und es ist schwierig, die Handwerker dazu zu bewegen, zu kommen und dieses Dokument zu erstellen. Man muss sie viele Male anrufen und darum bitten, und man muss ihnen sagen, dass man wunderbare Dinge über ihre Arbeit gehört hat, *bouche-à-oreille*, ›vom

Mund zum Ohr‹. Und wenn sie schnell kommen, will man sie überhaupt?«

Sie redete noch endlos weiter, doch ich verstand nur, dass manche Probleme beim Bauen universell sind. Alles würde länger dauern als vorausgesehen. Alles würde mehr kosten als vorher veranschlagt. Und das einzig Vorhersehbare war, dass im Verlauf von etwas scheinbar Unbedeutendem und Berechenbarem etwas Unvorhersehbares geschehen würde. Dann sah sie mich ernst an. »Es kann sein, dass monatelang niemand etwas anrührt.«

»In ein paar Monaten bin ich nicht mehr hier!«

»Das ist auch gut so. Denn wenn sie die Wände einreißen, lebst du im Staub. Dann atmest du das Haus in deine Lunge und schmeckst es in allem.«

»Und du glaubst, meine Mutter wusste das schon die ganze Zeit?«

»Sie wollte dich hier. Sie hat dich hierherbeordert.«

»Gab es etwa gar kein Feuer?«

Sie schüttelte den Kopf und machte *tsk, tsk*, was so typisch für die Franzosen ist.

»Das Feuer war echt, aber sie hat es benutzt, um dich hierherzulocken.«

Ich blickte mich um.

»Aber sie hat mir Zeitschriften mit Kacheln gezeigt! Und mir Farbmuster gegeben! Sie hat mir Vorträge gehalten, dass ich dem Haus eine moderne Note verpassen soll. Sie hat mir aufgetragen zu fühlen, eine Beziehung zum Haus zu entwickeln und Entscheidungen reifen zu lassen!«

»Ah!« Véronique hob lächelnd den Finger. »*Et voilà!* Das sind alles Sachen, die du machen *kannst*!«

Nun standen wir am Tor vor dem leeren Pool, der voll mit toten Blättern war. *Monate? Die französische Bürokratie würde*

*Monate brauchen? Ich müsste mich bei den Handwerkern einschleimen, nur um sie dazu zu bringen, mir einen Kostenvoranschlag zu machen?*

»Der Pool ist nicht kaputt, aber er hat einen Sprung«, sagte Véronique.

»Und wie viele Monate wird das dauern?« Mein Ton war ziemlich gereizt.

»Ich kann das arrangieren. Ich kenne jemanden, der wegen des Pools kommen wird«, schlug sie vor.

»Ich würde ihn gern mit Wasser füllen lassen.«

»Wasser ist möglich.«

»Kann ich den Springbrunnen wieder in Stand setzen? Vielleicht ein paar Koi-Karpfen anschaffen?«

»Koi-Karpfen?«

»Fische.«

»Die Pumpe«, sagte sie, »ist kaputt. Das können wir ohne Genehmigung beheben. Wir können Wasser hineinfüllen, aber letzten Endes wirst du dir die Steine ausbessern müssen.«

»Ich hätte aber gerne Koi-Karpfen«, beharrte ich, wohl wissend, dass ich jetzt zickig klang. »Zumindest das.«

Sie warf einen Blick zur Ausgrabungsstätte und deutete mit dem Stock auf die Erdaufschüttungen.

»Das sind richtige Arbeiter. Sie haben eine Grabstätte gefunden«, schwärmte sie.

»Julien hat uns davon erzählt«, erwiderte ich und versuchte, meinen Frust über meine Mutter loszuwerden, ich fühlte mich übers Ohr gehauen.

»Gebeine«, sinnierte Véronique. »Zum Schluss sind wir alle nur noch Gebeine.«

»Das stimmt«, sagte ich. »Nun, nicht immer. Manche sterben, bevor sie das Ende erreichen. Wenn man bis zum Ende durchhält, ist das ein Geschenk.«

»Deine Mutter hat mir das mit deinem Mann erzählt«, sagte sie. »Das tut mir leid, aber ich verspreche dir, dir kein Mitleid entgegenzubringen. Mitleid war mir schon immer zuwider.« Sie lächelte.

»Mir auch«, sagte ich.

»Ich habe etwas, das deiner Mutter gehört. Es wurde nach dem Feuer gefunden.«

»Was denn?« Ich konnte mir nicht vorstellen, was das sein sollte. Meine gewiefte Mutter! Ich dachte an den gelben Badeanzug auf dem Foto von ihr am Pool. Zu Hause hatte ich sie nie in diesem Badeanzug gesehen. Hatte sie ihn sich hier gekauft und zurückgelassen? Dieser Gedanke ergab keinen Sinn. Einen Badeanzug hätte Véronique bestimmt nicht die ganzen Jahre über aufbewahrt.

»Ich gebe es dir, bevor du abreist. Es ist klein. Aber ich glaube, es ist ihr wichtig. Nur eine kleine Schachtel mit Sachen drin.« Der Wind kräuselte ihre Bluse. Und bevor ich sie bitten konnte, mir zu sagen, was es war, sagte sie: »Weißt du, deine Mutter ist eine Diebin.« Sie sagte es ganz ruhig, als weise sie nur auf eine Tatsache hin.

»Eine Diebin?«, fragte ich entgeistert. Niemand hatte je etwas Schlechtes über meine Mutter gesagt. Andererseits war sie auch kein Mensch, von dem die Menschen schwärmten. In der Stadt hielt mich niemand an, um mir zu sagen, dass meine Mutter ihnen in ihrer finstersten Stunde eine warme Suppe vorbeigebracht oder beim Auftreiben von Geld für wohltätige Zwecke hervorragende Arbeit geleistet hätte. »Meine Mutter? Hat sie dir etwas gestohlen?«

»Eine kleine Diebin. Eine Herzensdiebin.«

»Was bedeutet das, eine Herzensdiebin?«

Véronique schüttelte den Kopf. Sie wollte nicht darüber reden. Mir dämmerte allmählich, dass hier irgendein Missverständnis vorliegen musste. Die Bezeichnung Herzensdiebin kam mir ein bisschen zu nett vor für eine Ehebrecherin, eine Geliebte oder eine Frau, die die Familie einer anderen zerstörte. Hatte meine Mutter die Familie einer anderen zerstört? Hatte sie einen Anteil daran, dass Véroniques Mann ausgezogen war? Ich beschloss, dass es ein Missverständnis war, das sich aufklären und das uns dann zum Lachen bringen würde.

Véronique klemmte den Stock am Ellbogen fest und verschränkte die Arme.

»Ich mache mir Sorgen um das Haus und den Grund und Boden. Was damit passieren wird, wenn ich nicht mehr bin.«

Sowohl das Geständnis als auch die Tatsache, dass sie gerade mich dafür auserwählt hatte, überraschten mich. Obwohl ich mich ein wenig vor ihr fürchtete, fühlte ich mich zu ihr hingezogen. Dieses Gespräch war emotionsgeladen, irritierend und verwirrend, aber gleichzeitig seltsam beglückend. Ich hatte keine Ahnung, was als Nächstes kommen würde.

»Ich bin alt«, sagte sie.

»Will Julien das Haus nicht?«

»Die Jungs würden sich darum streiten. Sie haben Probleme, wie du weißt.« Ich wusste überhaupt nichts über die Probleme zwischen den Jungs. Sie schüttelte den Kopf. »Die Kinder wollen heutzutage Geld. Sie werden das Haus verkaufen.«

»Hast du sie denn gefragt?«

»Nein«, sagte sie. »Wenn sie es verkaufen, ist das ein guter Zeitpunkt, auch euer Haus zu verkaufen. Vielleicht will jemand beide Häuser und das Land.«

»Es steht mir nicht zu, es zu verkaufen«, sagte ich.

»Ich verstehe.«

»Was ist mit Pascal?«, fragte ich.

Sie schüttelte den Kopf und schnalzte abschätzig mit der Zunge.

»Hör zu«, sagte ich. »Ich finde, du solltest den Jungs von deinen Sorgen erzählen. Vielleicht freuen sie sich sogar, wenn ihnen das Haus gehört. Vielleicht ist es anders, als du denkst.«

»*Voilà*«, sagte sie und berührte mich am Arm. »Ich höre es so deutlich. Deine Stimme, du bist wie deine Mutter, *non*?«

»Eigentlich nicht«, widersprach ich. »Elysius ist diejenige, die …«

»Nein, deine Schwester hat das Gesicht eurer Mutter, aber du«, sagte sie, »du hast deine Mutter in dir.« Sie tippte sich auf die Brust. »Wie du den Berg anschaust. Deine Schwester hat den Berg nie so angesehen. Sie ist …« Véronique schnippte mit den Fingern in der Luft, und ihr Blick huschte hin und her.

»Schnell abgelenkt?«

»Schnell abgelenkt«, sagte sie. »Ja. Aber du.« Sie schüttelte den Kopf und sah mich durchdringend an. Ich hatte keine Ahnung, was sie sah. »Hast du dich mal gefragt, warum deine Mutter nie wieder hierher zurückgekommen ist?«

Ich wusste, dass es viele komplizierte Gründe dafür gab. Meine Mutter liebte diesen Ort, hatte immer zurückkehren wollen, doch dieses Thema war zwischen meinen Eltern ein wunder Punkt. Selbst ich verband diesen Ort inzwischen mit der Zeit, als sie uns verlassen hatte.

»Es ist weit«, wich ich aus. »Hierherzukommen ist teuer …«

»Nein«, sagte sie. »Daran liegt es nicht. Frag deine Mutter. Sie hat viel gelernt.« Sie drehte sich zum Wind, der ihr die Haare aus dem Gesicht wehte. Ich stellte mir Véronique als kleines Mädchen vor. Sie und meine Mutter hatten sich während der Sommer in ihrer Kindheit kennen gelernt. Ich stellte mir vor, wie sie romantische Streifzüge unternahmen, durch die Weinberge rannten.

»Die Sommer in der Provence sind trocken, kein Wunder, dass es hier so leicht brennt. Deine Mutter hat einen Brand miterlebt, bevor sie abreiste. Die Bäume brannten nieder, das Feuer machte alles dem Erdboden gleich, deshalb die archäologischen Grabungen.« Véronique tippte mit ihrem Stock auf den Rasen. »Das ist interessant, *non*? Eine Tragödie, das Feuer, aber es macht es erst möglich, nach der Vergangenheit zu graben.«

»Ja«, sagte ich. Das war natürlich eine Metapher. War die Tragödie die meiner Mutter, der Beinahe-Verlust ihrer Ehe in jenem Sommer, ihr großer Kummer? Oder vielleicht Véroniques eigene gescheiterte Ehe? Oder sprach sie von meiner Tragödie, Henrys Tod? War es an der Zeit zu graben?

Egal, wie ich die Metapher deutete, das Gespräch, der Rundgang war zu Ende. Véronique lief zum Haus zurück. Ihr humpelnder Gang war so schnell und voller Lebenskraft, als triebe ihr Hinken sie vorwärts, statt sie zu behindern. Zum Abschied rief sie mir zu: »Deine Mutter, die Diebin, wird dich noch überraschen.«

Das hatte sie bereits.

Während uns im Cabriolet der Wind durch die Haare pfiff, erklärte uns Julien, dass wir Saint-Maximin-la-Sainte-Baume nicht mit Saint Maximin verwechseln dürften, einer anderen Kathedrale nicht allzu weit entfernt, in Arles.

»Der Hauptunterschied besteht darin, dass in dieser hier der Leichnam von Maria Magdalena liegt.« Wir waren zu unserem versprochenen Ausflug aufgebrochen – zuerst zur Kathedrale, da die Warzenschweine als Belohnung für die erduldete Besichtigung der Kathedrale gedacht waren.

»Hat Maria Magdalena nicht mal mit Jesus im Mittleren Osten rumgehangen?«, fragte Charlotte.

»Allerdings«, bestätigte Julien. »Aber dann!« Er hob dozierend den Finger in die Luft. »Dann stieg sie in ein zerbrechliches kleines Schiff ohne Segel und ohne Steuer, gemeinsam mit Maximin, bevor er zum Heiligen wurde. Es waren auch noch andere dabei – und sie fanden sich in Marseille wieder! Ein Wunder!«

»Das klingt wirklich nach einem Wunder«, sagte Charlotte trocken. »Klingt irgendwie touristisch.«

»Ich glaube, *Pilger* ist hier das Wort für ›Tourist‹«, belehrte Julien sie.

»Tja, dann ist es eben sehr pilgerisch.«

»Wie ist sie gestorben?«, fragte Abbot. Er saß auf dem Rücksitz, die verschränkten Arme seitlich auf die Tür gestützt, während der Wind ihm die Haare platt an den Kopf drückte. Er runzelte die Stirn und kniff die Augen zusammen, damit sie im Wind nicht tränten.

»Sie hat die Menschen in Marseille bekehrt, und später, als sie alt war, lebte sie in einer Höhle in den Bergen von Sainte-Baume.«

»Und wie ist sie gestorben?« Er ließ nicht locker.

»Ich glaube, sie war sehr alt«, sagte ich. »Sie ist ganz friedlich eingeschlafen. So wie die meisten Menschen.« Ich wusste, dass Abbot Angst davor hatte, zu früh zu sterben wie sein Vater. Der Tod musste ihm wie ein Vermächtnis vorgekommen sein. Mit einer solchen Last zu leben konnte ich mir nicht vorstellen, weshalb ich ihm zu jeder sich bietenden Gelegenheit zu erklären versuchte, dass der Tod normalerweise ein natürlicher Prozess am Ende eines langen Lebens war. Einerseits machte ich mir Gedanken, dass ich mit ihm nicht genug über den Tod gesprochen hatte, andererseits dachte ich, dass ich vielleicht zu viele Worte darüber verloren hatte.

Abbot hob seine rauen Hände und hielt sie gegen den Wind. Glaubte er, auf diese Art Bakterien loszuwerden, wie bei einem Händetrockner auf einer Restauranttoilette?

»Wo ist ihre Leiche?«, fragte er. »In der Kirche?«

»In einer Krypta in der Kirche«, sagte Julien. »Und dort könnt ihr die besten Graffiti sehen. Wirklich. Sie sind sehr alt.«

»Antike Graffiti«, sagte Charlotte. »Interessant.«

Ich fragte mich, ob ich Charlotte verraten sollte, dass Adam Briskowitz ihr einen Brief schreiben wollte. Sie kam mir viel unbeschwerter vor, seit wir hier waren, freier, lustiger und weniger … verloren. Und ich wollte nicht, dass ein unerwarteter Brief den Zauber brach. Aber sie konnte ihn ja ignorieren, wenn er kam, so wie seine Nachrichten. Offenbar verfügte sie über eine derartige Willenskraft. Ich beschloss, erst einmal abzuwarten.

Vor der Kathedrale war ein Platz mit einer Bank aus Steinplatten und einer Art Trog, der von einem Wasserhahn gespeist wurde. Dort ließen wir uns unsere Lunchpakete in der Sonne schmecken, Schinkenbrote, Orangina und Wasser aus Flaschen. Wir beobachteten, wie erst eine Frau ihren Hund aus dem Trog trinken ließ und dann ein Mann daraus trank. Abbot aß schnell auf und rannte auf dem Platz herum. Wie auf den meisten öffentlichen Plätzen, auf die wir in Frankreich gestoßen waren, lagen massenweise Zigarettenkippen und in der Sonne getrocknete Hundehaufen herum. Abbot wies uns auf alle Hinterlassenschaften hin, als liefe er Patrouille. Das gehört zu den einzigartigen Erlebnissen, die man mit Kindern auf Reisen hat. Sie haben einen anderen Blick auf die Welt – manchmal aufgrund ihrer Unschuld und manchmal schlicht und ergreifend, weil sie dem Boden näher sind.

Die Kathedrale war aus uneinheitlichen grauen Steinen erbaut und hatte massive dunkle Holztüren. Innen war sie eng, dämmerig und hoch. Auf einer Seite war eine kleine Kanzel mit einer kurzen, geschwungenen Treppe, in deren Nähe Abbot eine verborgene Anlage mit Lichtern und Knöpfen entdeckte, die anzurühren ich ihm verbot. Es schien mir nicht schicklich. Die Stimme eines Geistlichen sollte meiner Meinung nach auf natürliche Weise widerhallen.

Genau wie in Notre-Dame schlenderte Charlotte wieder in die entlegenen Winkel der Kathedrale. Das Kirchenschiff war auf beiden Seiten von sechzehn Kapellen gesäumt, durch die sie sich der Reihe nach vorarbeitete. Sie verweilte in jeder, nahm die Kunst in sich auf und blieb dann in einer, um zu beten. Ihr Vater und Elysius waren Atheisten. Ich versuchte mich zu erinnern, ob ihre Mutter religiös war. Sie kam mir eher esoterisch vor, aber ich konnte es nicht sagen, da ich sie nicht richtig kannte. Aber Charlotte, mit ihren blauen Haaren mit den schwarzen Spitzen und dem Nasenring, wirkte merkwürdigerweise so, als wäre sie am richtigen Ort angekommen. Sie wirkte gelassen, hatte den Kopf geneigt, die Hände gefaltet. Ich beneidete sie. Früher hatte ich als eine Art Meditation vor dem Zubettgehen gebetet. Doch nach Henrys Tod war ich wie blockiert. Ich wusste nicht mehr, wofür ich einst gebetet hatte, und erst recht nicht, wie. Es war, als wäre Beten für mich eine Fremdsprache, die ich früher beherrscht hatte, in der ich jetzt aber nicht einmal mehr ein verständliches Wort herausbrachte. Ich erinnerte mich daran, wie es war zu beten, an die Ruhe, die ich dabei schon als Kind verspürt hatte, doch inzwischen kam mir das sehr weit weg vor.

Julien trat zu mir.

»Abbot will nach der Krypta suchen.«

»Hm«, sagte ich und sorgte mich kurz wegen dieser morbiden Faszination – Abbot interessierte sich nicht nur für die Krypta, sondern auch für die archäologische Grabungsstätte beim Haus. War es nicht seltsam, dass er in diesen Fällen keine Angst vor Bakterien hatte? Ich wagte zu bezweifeln, dass er sich so genau an die Beerdigung seines Vaters erinnerte. Wir hatten nie richtig über seinen Tod gesprochen, weil ich mich immer auf den lebenden Henry konzentriert hatte. Vielleicht war Abbots Interesse am Tod darauf zurückzuführen, dass ich ihn völlig ausgeblendet hatte – oder war es die normale Faszination eines jeden Kindes?

»Ist das ein *Sakrileg*?«, fragte Julien. Er sprach es wie *sacrilège* aus und fragte dann: »Ist es auf Englisch dasselbe Wort?«

»Ja«, sagte ich und beschloss, ein bisschen lockerer zu sein. »Es ist schon in Ordnung. Er darf nach der Krypta suchen.«

»Okay.« Julien lief durch das Kirchenschiff zu Abbot, tätschelte ihm den Rücken und sagte: »Komm zu uns, wenn du sie gefunden hast.«

Ich nahm in einer Kirchenbank Platz. Julien kam zurück und ließ sich neben mir nieder. Als er sich setzte, streifte sein Knie meins, und mir fiel auf, wie lang seine Beine waren. Oder lag es daran, dass die Bänke vor Generationen für kleinere Menschen gemacht wurden?

»Erinnerst du dich an meine Mutter, an jenen Sommer, als das große Feuer ausgebrochen ist?«, flüsterte ich.

Er nickte.

»Ich war zwar noch ein Kind und in meiner eigenen Welt, aber ich erinnere mich an sie.«

»Wie war sie damals?«

»Sie war stiller. Und sie nahm Unterricht. Sie arbeitete im Garten. Ich sah sie am Fenster in eurem Haus, von wo sie auf den Berg blickte. Sie hatte Liebeskummer. Das wusste ich. Und du und deine Schwester waren nicht dabei. Etwas stimmte nicht.«

»Deine Mutter hat sie eine Herzensdiebin genannt«, sagte ich.

»Was ist eine Herzensdiebin?«

»Ich dachte, du wüsstest es.«

»Nein.«

»Sie hat gesagt, dass die Türen zum Herzen meiner Mutter offen standen und ihre geschlossen waren.«

»Das ist ein Ausdruck meiner Mutter. Sie spricht so über die Herzen der Menschen, wie über Räume, die manchmal verschlossen sind.«

»Ich glaube, meine Mutter hatte hier eine Affäre«, sagte ich.

»Menschen verlieben sich eben.« Er blickte zu den hohen Orgelpfeifen, die mit dunklem Holz verkleidet waren.

»Sie war hier, weil mein Vater eine Affäre hatte. Sie ist einfach verschwunden. Wir wussten nicht, ob sie zurückkommt. Vielleicht hat sie in Erwägung gezogen, für immer wegzugehen.«

»Mein Vater ist weggegangen und nicht mehr wiedergekommen. Du hast Glück. Sie ist nach Hause zurückgekehrt.«

Ich nickte. Véronique hatte mich angestachelt. Sie wollte, dass ich meine Mutter danach fragte. Sie hatte gesagt, meine Mutter habe viel gelernt, Dinge, die sie an mich weitergeben könne. Doch der verlorene Sommer meiner Mutter gehörte ihr. Wenn sie mir davon hätte erzählen wollen, hätte sie es getan. Vielleicht war das wichtig bei verlorenen Sommern: dass sie unauffindbar bleiben sollten.

Völlig außer Atem kam Abbot zu uns gerannt.

»Ich hab eine Stelle gefunden, wo Treppen runtergehen, und ich glaube, das ist die Krypta.«

»Zeig es uns«, sagte Julien.

Charlotte kam zu uns geschlendert, und wir drei folgten Abbot zu ein paar steinernen Stufen, die in einen verdunkelten Raum hinabführten.

»Seht euch das an«, staunte Charlotte und strich mit der Hand über die eingemeißelten Graffiti. »Das ist von 1765. Und hier, das ist von 1691. Wer war der Scherzkeks 1691?«

»Vermutlich gab es in der Geschichte schon immer irgendwelche Scherzkekse«, sagte ich.

»Die Graffiti sind älter als unser ganzes Land«, sinnierte Charlotte. »Wenn das unsere Graffiti wären, hätten wir in Washington, D. C., extra dafür ein Museum, im Einkaufszentrum. Wir sind historisch benachteiligt.«

»Aber wir haben den Cowboyhut erfunden«, warf ich ein. »Jedenfalls bin ich mir da ziemlich sicher.«

Wir stiegen die dunkle, schmale Treppe hinab, Abbot zuerst. Unten angekommen, blieb er stehen. Wir sahen zum anderen Ende der kleinen, leeren Krypta mit ihrer niedrigen, gewölbten Decke. Dort, in einem Lichthof, erblickten wir etwas, das wie ein goldener Helm aussah. Ein Sarkophag. Die sterblichen Überreste von Sainte Marie-Madeleine – Maria Magdalena.

»Da!«, rief Abbot und rannte los.

»Warte«, rief Julien.

Doch es war zu spät. Abbot sah die Spiegelung des Lichts auf dem Plexiglas nicht, das den Sarkophag schützte, und prallte dagegen wie ein Vogel gegen eine Fensterscheibe. Er stürzte rückwärts zu Boden und schlug mit dem Hinterkopf so hart auf den Steinboden, dass es ein scheußliches, dumpfes Geräusch gab.

»Abbot«, rief ich entsetzt und kniete mich neben ihn. »Ist dir was passiert, Schätzchen?« Ich legte die Hand an seinen Hinterkopf und suchte nach Blut. Seine Haare waren trocken, doch auf seiner Stirn prangte bereits ein roter Striemen. Vielleicht hatte er eine Gehirnerschütterung, und ich musste an die Krankenhäuser hier denken. Ich stellte mir französische Ärzte wie französische Polizisten vor, die in ihren Pullundern herumgammelten und sich mit mir über Daryl Hannah unterhalten wollten. Wut loderte in mir auf. Warum war ich wütend? Weil ich allein war. Henry hatte mich allein gelassen. Er war diesmal nicht am Ufer, um uns im Meer zuzurufen, dass wir uns *zu weit, zu weit* hinausgewagt hatten.

Langsam hob Abbot den Kopf. Seine Augen wurden feucht, und als er blinzelte, rollten ihm zwei Tränen über die Wangen. Er betrachtete seine Handflächen und hielt sie sich vors Gesicht. Vom vielen Waschen rau, waren sie jetzt schmutzig, leicht verkratzt und bluteten. Doch er rieb sie nicht aneinander, sondern sah mich lächelnd an.

»Ich hab sie gefunden«, sagte er staunend. »Sie leuchtet!«

Nach der Besichtigung der Kathedrale wusch ich Abbot mit dem restlichen Wasser aus meiner Flasche die Hände. Ich wartete darauf, dass er protestierte, weil ich aus der Flasche getrunken hatte und meine Bakterien in seine Wunden geraten könnten. Aber er sagte nichts. Er war still und abwesend. Der rote Striemen auf seiner Stirn war zu einer kleinen blauen Beule geworden, und von dem Aufprall auf dem Boden hatte er auch eine am Hinterkopf. Ich zwang ihn, mich anzusehen, damit ich überprüfen konnte, ob er eine Gehirnerschütterung hatte. Er stand zur Sonne hin, und ich vergewisserte mich, dass seine Pupillen sich gleichzeitig erweiterten. Ich war erleichtert. Julien entdeckte auf dem Platz einen Keramikladen, der geöffnet hatte, und der Töpfer hatte hinten einen kleinen Kühlschrank mit Eis. So konnte ich Abbots Kopf vorne und hinten mit in Servietten eingewickelten Eiswürfeln kühlen.

»Wir könnten nach Hause fahren und uns erholen«, schlug ich vor. »Kleine glasierte Kuchen essen.«

»Ich glaube, er hat gerade ein Wunder erlebt«, sagte Julien. »Isst man nach einem Wunder Kuchen?«

»Was für ein Wunder denn?«, fragte Abbot interessiert.

»Ich weiß nicht«, sagte Julien. »Wir müssen abwarten, was mit dir passiert. Warst du blind und kannst jetzt sehen?«

»Aber ich war noch nie blind«, wandte Abbot ein.

»Wir sollten jetzt lieber nach Hause fahren«, beharrte ich. »Kleine glasierte Kuchen kann man immer essen.«

»Absterizer?«, sagte Charlotte. »Wofür bist du? Die Warzenschweine oder Kuchen?«

»Warzenschweine«, sagte Abbot prompt. Er war fest entschlossen. Als ich ihn so ansah, mit dem kleinen blauen Ei mitten auf der Stirn, musste ich an das Wort *blessure* denken – französisch für »Verletzung«. Darin steckte auch ein englisches Wort. *To be blessed on the head* hieß auch auf den Kopf geschlagen werden. Abbot hatte eine Blessur. Aber er war auch *blessed* – gesegnet.

Ich bestand darauf, neben Abbot auf dem Rücksitz zu sitzen, doch er rückte weg von mir, wrang die durchnässten Servietten aus und starrte in die vorüberziehende, mit Weinbergen gesäumte Landschaft. Charlotte, seit dem Verlust ihres iPods unter Musikentzug leidend, saß vorne und fingerte am Radio herum. Nach mehreren schlechten Techno-Popsongs landete sie schließlich bei ABBA, und wir waren alle seltsam erleichtert, das Stück bis zum Ende hören zu können.

Julien folgte den Wegweisern zur Légion Étrangère über einen staubigen, unbefestigten Feldweg.

»Hier findet man noch ein paar echte *légionnaires*«, erklärte mir Julien. »Wie die aus den Schwarz-Weiß-Filmen. Hier draußen leben die betagteren Veteranen in kleinen Häusern, manche brauchen auch spezielle Reha-Maßnahmen.«

»Warzenschwein-Reha?«, fragte Charlotte.

»Ich weiß nicht, wer auf die Idee kam, Warzenschweine hierherzubringen«, sagte Julien. »Aber sie sind hier.«

»*C'est comme ça*«, sagte ich.

»Was heißt das?«, fragte Abbot.

»Es heißt ›So ist es eben‹. Das ist ein französischer Ausdruck«, sagte ich.

»Weil die Dinge eben manchmal so sind. Das ist alles. Es ist einfach so«, sagte Julien.

»Das stimmt«, pflichtete Charlotte uns bei.

Wir parkten und gingen die lange Straße zum Gehege hinauf. Bevor wir die Warzenschweine sehen konnten, rochen wir sie – ein unangenehm feuchter, tierischer Geruch. Die Warzenschweine waren riesig und reichten Abbot bis zur Taille. Sie hatten breite, gewölbte Rippen und breite, dreckverkrustete Hinterteile mit dünnen Schwänzen. Ihr spärliches Fell war drahtig, und die Hauer bogen sich neben ihrem gummiartigen Rüssel nach oben. Ihre Hufe waren vergleichsweise zierlich, genau wie ihre Hinterbeine, die x-beinig aussahen. Sie harmonierten farblich mit dem staubigen Pferch, der mit seinen Schlammlöchern und hohlen Baumstämmen kraterartig wirkte. Einige von ihnen trabten davon, als wir kamen. Andere stießen wütend an den Metallzaun, tiefe Grunzlaute von sich gebend. Ein paar waren auf den Wassertrog und ihr Fressen fixiert: Samen und Getreide auf einer Zementplatte; daneben waren kleine höhlenartige Hütten, in die sich die Warzenschweine zurückziehen konnten. Nur eines schien an der Hand schnüffeln zu wollen. Abbot betrachtete es auf Augenhöhe durch den Zaun.

»Es ist schmutzig«, staunte Abbot.

»Richtig schmutzig«, sagte ich, ausnahmsweise erleichtert, dass mein Sohn eine Phobie hatte und seine Hand nicht durch den Zaun stecken würde.

»Sehr schmutzig«, bekräftigte Julien und lehnte sich an den Zaun.

»Schaut nur«, rief Charlotte. »Da sind Kleine.« Sie deutete auf eine Ecke hinten im Pferch, wo zwischen ihren kräftigen Müttern ein paar junge Warzenschweine waren, deren Beine länger und besser proportioniert zu ihren noch nicht so breiten Körpern schienen. »Die Kleinen sehen genauso aus wie die Großen, nur kleiner.«

»Aber sie haben keine Hauer«, sagte Julien.

»Das wäre auch ganz schön unverschämt, wenn man etwas mit Hauern gebären müsste«, sinnierte ich.

»Es ist heiß«, murmelte Charlotte. »Gehen wir zurück zum Wagen. Große Schweine in einem Pferch. Ich hab's kapiert.« Ihr plötzlicher Stimmungsumschwung überraschte mich nur insoweit, als ich bisher noch keinen erlebt hatte. Doch Elysius hatte mich vorgewarnt.

»Warzenschweine sind eigentlich in Westafrika beheimatet«, dozierte Julien.

»Ich bin hier fertig«, beharrte Charlotte und lief zurück zum Wagen.

Ich konzentrierte mich weiter auf die Warzenschweine. Ich war beeindruckt davon, wie *erdverbunden* die Warzenschweine waren – das war der Ausdruck, der mir immer wieder durch den Kopf ging. Sie waren erdverbunden – und nicht kopflastig, nicht ständig mit Grübeln beschäftigt. Und soweit ich es beurteilen konnte, waren sie auch nicht von der Vergangenheit besessen.

»Sie wohnen in dem ganzen Dreck und in ihrer eigenen Kacka«, sagte Abbot.

»Und es geht ihnen gut dabei«, ergänzte Julien. »Außer dass sie im Exil leben, in einem kleinen fremden Gefängnis.« Ich musste an Juliens Scheidung denken und daran, wie sehr er seine vierjährige Tochter Frieda vermissen musste. Ich fragte mich, ob sie aussah wie er: mit seinen dunklen Augen, seinem schnell aufblitzenden Lächeln.

»Aber wenigstens ist es ein echtes Gefängnis«, sagte ich. »Und keine Metapher, wie bei dem Pärchen aus Paris, das das verbrannte Haus für ein Symbol ihres gemeinsamen Lebens hielt.«

Er lächelte mich an.

»Sehr wahr!«

»Sie sind wirklich erdverbunden«, staunte ich. »Seht sie euch an. Sie passen sich farblich an den Schmutz und die Baumstämme an. Sie wühlen herum und suhlen sich.«

»In Schmutz und Kacka«, sagte Abbot.

»Du kannst sie ruhig anfassen«, sagte Julien. »Sie leben zwar in Schmutz und Kacka, aber sie sind dabei glücklich.«

Abbot sah mich fragend an. Die leuchtend blaue Beule mitten auf seiner Stirn erinnerte mich an die kleinen, mit Zucker überzogenen rotkehlchengroßen Eier, die kurz vor Ostern in den Regalen auftauchten. *Ich bin nur ein Häschen. Ich weiß auch nicht alles.* Ich fragte mich, was Henry jetzt von uns halten würde, von Abbot, dessen Kopf doppelt gesegnet und der mit dem Dreck der Warzenschweine konfrontiert war. Ich stellte mir vor, dass Henry besorgt wäre – nicht sehr, er würde nur ein wenig die Stirn runzeln; denn er empfand noch immer einen Rest Schuldgefühl, weil damals sein Bruder fast ertrunken wäre. Und es beutelte ihn immer wieder so sehr, dass er es nicht kontrollieren konnte. Wir würden uns gegenseitig davon überzeugen, dass es Abbot gut ging. Wir würden einander versichern, dass es offensichtlich keine Gehirnerschütterung war, dass er bald wieder auf dem Damm wäre. Abbot war unser einziges Kind, deshalb gab es niemanden, der unsere elterliche Sorge hätte zerstreuen können, aber wir waren auch ein gutes Team, das Besorgnis mit Vernunft aufwiegen konnte. »Streichle ein Warzenschwein«, hätte einer von uns gesagt. »Leb ein bisschen«, hätte der andere zugestimmt.

Aber Henry war nicht hier, um diesen Mittelweg zu finden. Ich musste seine Abwesenheit kompensieren und mich für zwei sorgen. Was würde passieren, wenn Abbot die Warzenschweine anfasste und es später bereute? Bekäme er einen Zusammenbruch? War das ein Durchbruch, oder war er noch nicht wieder er selbst, immer noch benommen von dem Sturz? Wenn ich mich für zwei sorgen musste, müsste ich ihn dann nicht doppelt ermutigen? Ich war wie gelähmt. Schließlich platzte es aus mir heraus:

»Mach schon, Abbot! Du bist ein Kind. Mach, was man als Kind so macht!«

Abbot starrte mich verdutzt an, als hätte er keine Ahnung, was Kinder so machen.

»Die beißen nicht«, sagte Julien sanft. »Sie fühlen sich an wie Gummi.« Julien legte die Hand neben die Warzenschweinnase an den Zaun. Das Warzenschwein stupste mit seinem Rüssel dagegen, wobei seine Hauer am Zaun schabten. »Sie sind zwar hässlich, aber sehr liebevoll.«

Unsicher blickte Abbot zu Julien hoch und zog die Hände aus den Taschen. Genau wie Julien legte er eine Hand flach an den Zaun. Noch ein Warzenschwein kam auf seinen kleinen Hufen angewackelt, drückte sich an den Zaun und beschnüffelte Abbots Hand, wahrscheinlich nach Futter fahndend.

Abbot wandte sich ab, ließ die Hand aber an den grunzenden Rüssel des Warzenschweins gepresst. Eine Sekunde lang dachte ich: Ist das das Wunder? Ist er verzaubert? Denn dort stand Abbot, biss sich mit seinen zwei überdimensionalen Schneidezähnen auf die Unterlippe, und sein Lächeln ging in ein Lachen über.

»Das ist eine echte Schnauze!«, rief er aufgeregt. »Eine echte, lebendige Schnauze!«

Was erwacht als Erstes zum Leben, wenn man sich lange Zeit abgekapselt hat und sich dann langsam wieder öffnet? Die üblichen Verdächtigen fallen einem ein: die Sinne, das Herz, der Verstand, die Seele. Andererseits sind all diese Dinge so miteinander verknüpft, dass man eine Herzensregung nicht von einem Duft unterscheiden kann, das Wispern der Seele nicht von einem Windhauch auf der Haut, einen Gedanken nicht von einem Gefühl, ein Gefühl nicht von einem Gebet.

Wenn ich einen bestimmten Moment festlegen müsste, in dem ich mich langsam wieder öffnete, weiß ich nicht, ob ich das könnte. Vielleicht war es der Schrecken, der mir in die Glieder fuhr, nachdem man unser Auto aufgebrochen hatte. Vielleicht war es aber auch die Gesetztheit und die Weite des Berges. Vielleicht die Bäckerei mit ihrem schweren Duft aus frisch gebackenem Brot, Karamellzucker und Kakao. Oder war es der Anblick meines Sohnes, mit seiner doppelten Blessur am Kopf, wie er die Hand an den gummiartigen Rüssel eines Warzenschweins hielt?

Oder war es schlicht und ergreifend beim Essen?

An jenem Abend nahmen wir am langen Tisch im Esszimmer, das von der späten Sonne nur noch schwach beleuchtet war, ein provenzalisches Festmahl ein. Die Stühle waren unbequem. Sie hatten nicht die richtige Höhe und kippten nach vorne. Aber ich war so müde und hungrig, dass ich nicht weiter darauf achtete.

Es waren keine anderen Gäste da, keine überflüssigen Archäologen, nur wir drei und Véronique und Julien. Charlotte servierte uns das Brot, das ich in der Bäckerei gekauft hatte, in Scheiben geschnitten und dazu einen körnigen, dunklen Aufstrich aus zerstoßenen Oliven.

Julien ging mit Abbot die Sirupgetränke durch, die auf einer der niedrigen Kommoden in einer Art Metallkasten mit Metallgriff standen. Wahrscheinlich war damit einmal die Milch ausgeliefert worden. Jetzt standen darin Flaschen mit dickflüssigem Sirup – Heidelbeere, Pfefferminze, Himbeere. Julien zeigte Abbot und Charlotte, wie man den Sirup mit Wasser mischte, um sich daraus ein zuckersüßes Getränk zuzubereiten, wobei der Sirup herumwirbelte und sich zu genau dem richtigen Blau-, Grün- oder Dunkelviolettton verdünnte.

Dann kam Véronique ins Zimmer gehumpelt und stellte den Schmortopf auf den mittleren Untersetzer auf dem Tisch. Als sie den Deckel hob, entwich ein Duft und erfüllte das Zimmer. Mein Kopf wurde ganz leer.

Ich sah das blassgoldene Hühnchen in seiner dunklen Sauce aus Tomaten, Knoblauch und Paprikaschoten. Ich roch Knoblauch, Wein und Fenchel. Als Véronique uns auftat, füllte sich mein Teller mit der köstlichen Flüssigkeit bis zum Rand und verbreitete einen Zitrusduft, und das Aroma entfaltete sich.

»Zitrone?«, fragte ich.

»Nein, Orange«, sagte sie. »Das ist Hühnchen. Ein ganz alltägliches Gericht.« Véronique machte eine wegwerfende Handbewegung, legte den Vorlagelöffel zurück in den Schmortopf und setzte sich hin. »Es gibt noch mehr, wenn ihr mögt.« Sie schien über das Essen die Nase zu rümpfen, zu dem es wunderbare Kartoffeln und einen üppigen Salat gab. Anscheinend tischte Véronique dieses Gericht auf, wenn sie keine Lust zum Kochen hatte.

Ich fing an zu essen, und es war, als äße ich seit Henrys Tod zum ersten Mal. Warum jetzt? Lag es daran, dass ich in einer anderen Umgebung war, daran, dass meine Sinne schon begonnen hatten, klein beizugeben? Fühlte sich verzaubert sein so an?

Der erste Bissen war fast zu viel für mich, so viel Geschmack, und ich war wahnsinnig hungrig. Julien bot eine Flasche Rosé von einem Weingut aus der Gegend an, und ich sagte: »Ja, gerne.« Er schenkte mir ein Glas ein, und ich trank einen großen Schluck, mit dem ich alles herunterspülte. Normalerweise meide ich Rosé, weil ich ihn tendenziell für zu süß und mädchenhaft halte. Aber die provenzalischen Rosé-Weine waren komplex, und die Kühle hob die fruchtige Note hervor, vermied jedoch, dass der Geschmack ins Süße umkippte.

Ich erinnerte mich an nichts mehr, weder an den Tag noch an den Abend. Ich war völlig auf das Essen konzentriert. Mit dem nächsten Bissen verschmolz die Süße der Zwiebeln und der Paprikaschoten schnell mit dem leicht gesalzenen, auf der Zunge zergehenden Hühnchen. Der Orangen- und der Fenchelgeschmack kamen später, rundeten den Bissen jedoch mit Süße ab.

Ich warf einen Blick auf Abbot, der das Essen mit gesenktem Kopf in sich hineinschaufelte. Das war seine Art, der Köchin ein Kompliment zu machen. Abbot geht es gut, dachte ich. Sieh ihn dir nur an. Es geht ihm gut. Er hatte sich vor dem Essen wie immer die Hände gewaschen, sie aber nicht geschrubbt. *Ihm geht es gut.*

»Das Essen ist genial«, lobte Julien seine Mutter.

»Nein«, widersprach Véronique. »Es ist ganz simpel.«

»Es ist so gut«, schwärmte Charlotte, »dass mir die Worte fehlen.«

Auch ich war sprachlos.

Und dann die Nachspeise. Véronique tischte sie auf, einen kleinen Kuchen nach dem anderen, eine lange, scheinbar endlose Reihe, die sich über den ganzen Tisch erstreckte. Ich nahm mir eine *tarte au citron* und probierte sie. Sie schmeckte fast so wie die Törtchen meiner Mutter in jenem Herbst, als sie aus der Provence zurückgekommen war und ich ihr in der Küche wie ein Hündchen hinterherlief.

»Meine Mutter hat nach ihrer Rückkehr französische Desserts gemacht … und wir haben es fast hinbekommen. Wir waren nahe dran«, sagte ich in die Runde.

Véronique sah erst mich und dann Julien an und hob ihre Gabel in die Luft.

»Sie hat gebacken, als sie nach Hause kam?«, fragte sie.

»Ja.« Ich nickte. »Damals hab ich selbst auch mit dem Backen angefangen.«

»Ja«, sagte sie. »Deine Mutter hat mir erzählt, dass du eine Bäckerei hast.«

»Ich backe nicht mehr viel, aber ich bin von Beruf Patissière.«

Véronique nickte.

»Das ist also, was bleibt. Wie komisch, solche Dinge.«

»Was für Dinge?«

»Nichts«, sagte sie. »Iss. Genieße.«

Ich ertappte Charlotte dabei, wie sie mich vom anderen Ende des Tisches anstarrte.

»Und du schmeckst wirklich etwas, ja?«, fragte sie. »Ich würde dir das nämlich später alles nur ungern beschreiben.«

»Ja«, sagte ich. »Ich bin hier.« Und ich musste an das Verb *être*, sein, denken. Ich dachte: *Ich bin hier. In der Gegenwart. Ich bin.*

»Alles in Ordnung?«, fragte Julien.

Wahrscheinlich sah ich ein bisschen durchgeknallt aus. Hatte glasige Augen, wirkte erschöpft, war ergriffen.

Ohne nachzudenken, sagte ich:

»Ich bin. Ich bin im Hier und Jetzt.«

Julien sah Charlotte fragend an. Sie zuckte mit den Achseln. »Ist das eine Redensart?«, fragte er.

»Nein«, sagte Charlotte. »Stimmt's?«

»Ja«, sagte ich. »So fühle ich mich nur.«

»Ich bin im Hier und Jetzt«, sprach Julien mir nach.

»Ich auch!«, sagte Abbot.

»Ich bin eindeutig im Hier und Jetzt«, bestätigte Charlotte und schob sich noch ein Stück Hühnchen in den Mund.

»Bist du im Hier und Jetzt?«, fragte Julien seine Mutter.

»Im Hier und Jetzt?«, fragte sie.

»Leben Sie in der Gegenwart?«, fragte Charlotte.

»Die Gegenwart? Was ist schon die Gegenwart?«, sagte sie. »Ich bin *le passé*. Ich bin die Vergangenheit.«

Als ich an jenem Abend satt und vom Wein gewärmt durch den Garten der Dumonteils zu unserem Haus lief, rief Julien mir von der Hintertür aus nach:

»Wir haben nicht alle Kuchen aufgegessen. Komm morgen früh zum Frühstück rüber.«

Die Luft war klar, die Nacht kühl. Der Berg war von einem tiefen, samtigen Violett. Abbot und Charlotte hatten sich durchs Unkraut gekämpft und sich am Rand unseres kaputten Springbrunnens eine Stelle frei gemacht, um sich dort hinsetzen zu können. Abbot hatte sich die Hände trichterförmig an die Ohren gelegt und bewegte den Kopf hin und her, um das Zirpen der Zikaden zu modulieren, während Charlotte hinauf zum Nachthimmel sah.

»Danke, das werden wir«, versicherte ich Julien. »Danke für alles. Vor allem für heute. Es war toll. Abbot hat ein Warzenschwein angefasst! Vielleicht war das ein Wunder.«

»Vielleicht«, sagte er.

»Er ist ein wenig zartbesaitet, wie seine Mutter.«

»Zarte Saiten?«, fragte Julien. »Abbot hat gute Saiten, wie seine Mutter.«

»Danke«, sagte ich. »Ich nehme das als Kompliment.«

»Es *ist* ein Kompliment«, sagte er.

»Du bist ein sehr netter kleiner Junge«, sagte ich.

»Ich dachte, ich hätte dich zu oft nassgespritzt«, gab er zurück.

»Dem Nassspritzen bist du inzwischen entwachsen.«

»Und du der Blümchenspange.«

»Flirten Sie mit mir, Monsieur Dumonteil?«

»Ich?«, fragte er unschuldig. »Natürlich nicht. Dafür bin ich zu unglücklich.« Doch er lächelte und verschwand im Haus.

Als ich am nächsten Morgen aufwachte, rief ich meine Mutter an. Gestern war es zu spät gewesen, wenn man den Zeitunterschied berücksichtigte, aber neun Uhr morgens nach unserer Zeit war drei Uhr nachmittags in Florida.

Als sie abnahm, legte ich sofort los.

»Zwei bis drei Monate für Baubewilligungen und nur um die Kostenvoranschläge zu bekommen? Hast du *das* mit Bürokratie gemeint?«

»Heidi, wovon sprichst du?«

»Ich kann hier gar nichts bewirken. Ich kann von Glück sagen, wenn ich die Renovierung in sechs Wochen angeschoben habe.«

»Ah«, sagte sie. »Ja, aber …«

»Nichts aber!«, fiel ich ihr ins Wort. »Du hast mich unter Vortäuschung falscher Tatsachen hierhergelockt. Entwickle ein Gefühl, eine Beziehung zu deiner Umwelt, und lass die Entscheidungen reifen! Hör auf das Haus?«

»Und dazu stehe ich auch. Ich will, dass du das tust.«

Stille in der Leitung. Natürlich ging es bei dem Streit nur oberflächlich um die Renovierung. Ich hatte mir eingeredet, dass ich nichts über ihren verlorenen Sommer wissen wollte, aber ich konnte nicht anders. Es erschien mir nur angemessen, dass ich wissen sollte, was eigentlich los war. Schließlich war ich hier und fühlte mich von ihrem verlorenen Sommer verfolgt. Ich fiel mit der Tür ins Haus.

»Darf ich dich was fragen?«

»Alles«, sagte sie.

»Was hast du gestohlen?«

»Gestohlen? Wovon sprichst du?«

»Mir scheint, du hast in Südfrankreich den Ruf, eine Diebin zu sein.«

»Das stimmt nicht.«

»Nun, vielleicht nicht in der ganzen Region, aber ganz sicher hier in dieser Gegend.«

»Wer behauptet denn, dass ich etwas gestohlen habe?«

»Véronique.«

Es wurde still in der Leitung.

»Ich weiß nicht, wovon sie spricht.«

»Hm«, sagte ich.

»Was soll das heißen, *hm*?«

»Du wirst rot.«

»Ich bin in Amerika. Woher willst du wissen, ob ich rot werde?«

»Ich höre es an deiner Stimme.«

»Na schön.« Sie räusperte sich. »Soweit ich weiß, habe ich Véronique nichts gestohlen.«

»Ich habe gar nicht gesagt, dass du ihr etwas gestohlen hast.«

»Hast du doch.« Sie war nervös.

»Nein, hab ich nicht. Sie sagt auch, dass sie etwas für dich hat. Etwas, das du hiergelassen hast. Es wurde nach dem Brand gefunden.«

»In der Küche?«

»Hat sie nicht gesagt. Aber gebrannt hat es vorwiegend in der Küche.« Ich erinnerte mich, wie sehr meine Mutter am Tag der Hochzeit durch den Wind gewesen war. Sie hatte sogar geweint. Damals hatte sie zwar behauptet, nicht zu wissen, warum sie so reagierte, doch jetzt hatte ich so meine Zweifel.

»Hat dich der Hausbrand deshalb so mitgenommen?«, fragte ich.

»Nein. Ich hatte nur Angst, dass dabei jemand verletzt wurde oder dass das Haus zerstört wäre«, behauptete sie.

»Aber du wusstest doch, dass niemand verletzt war und es nur in der Küche gebrannt hat«, widersprach ich. »Was hast du denn in der Küche zurückgelassen?«

»Hat Véronique dir gesagt, was sie gefunden hat?«

»Du hast meine Frage nicht beantwortet.«

»Ich habe deine Frage absichtlich nicht beantwortet. Ich weiß nicht, was sie in der Küche gefunden hat. Wie sollte ich auch?«

»Du hast etwas in der Küche zurückgelassen, das aufgrund des Brandes gefunden wurde. Also muss es versteckt gewesen sein, und das Feuer muss es freigelegt haben.« Ich musste daran denken, was Véronique mir über die trockene Sommerluft in der Provence erzählt hatte: dass es schnell zu einem Brand kommen konnte und dass das Feuer im Jahre 1989 die Grabungen der Archäologen erst ermöglicht hatte. Vielleicht war es gar keine Metapher, wie ich zunächst gedacht hatte. Vielleicht war es eine Tatsache. Vielleicht sprach sie davon, was in unserer eigenen Küche zutage gefördert worden war. »Hattest du Angst, dass das Feuer es zerstört hätte?«

»Ich weiß wirklich nicht, was sie gefunden hat. Ich weiß nicht, was es ist!«

Doch ich wusste, dass sie nicht die Wahrheit sagte.

»Véronique meint, es wäre eigentlich nichts Großartiges, aber für dich von Bedeutung. Was ist es? Überleg mal!«

»Nun, es ist sicher nichts Wichtiges, sonst hätte ich sie schon längst darum gebeten, es mir zurückzugeben, oder? Wie geht es meinem Abbot? Wie geht es Charlotte ohne diesen Adam Briskowitz?« Das war ein Ablenkungsmanöver. Ich ließ es ihr durchgehen. Was gab es sonst noch zu sagen? Ich war überzeugt, dass sie eine Diebin war und dass sie etwas in der Küche versteckt hatte. Wahrscheinlich ging sie davon aus, dass sie es nie wiederfinden würde, konnte den Gedanken daran aber trotzdem nicht aufgeben.

Julien war nach London geflogen, um Arbeit für seinen Hauptkunden zu erledigen. Er hatte sich nicht verabschiedet. Am Morgen, als ich zum Frühstücken zu den Dumonteils ging, war er nicht mehr da. Seine Mutter sagte:

»Es war ein Notfall. Arbeit. Ich soll euch ausrichten, dass er etwa in einer Woche zurückkommt.«

»Etwa in einer Woche?«

Sie sah mich leicht verdutzt an. Hatte ich enttäuscht geklungen, weil er so lange weg sein würde?

War ich denn enttäuscht? Ich schob den Gedanken beiseite.

Mir wurde klar, dass ich auf keinen Fall imstande sein würde, mit den Vertracktheiten – kultureller und bürokratischer Art – klarzukommen, die mit der Renovierung des Hauses einhergingen. Deshalb fragte ich Véronique nach einem Bauleiter, oder, wie die Franzosen sagen, einem *entrepreneur*. Das würde mich zwar zusätzlich noch einmal zehn bis fünfzehn Prozent mehr kosten, aber was blieb mir anderes übrig?

»Ich kenne einen Mann, der sehr gut, ehrlich und wohlbekannt ist«, sagte sie. »Die Wirtschaftslage lässt zu wünschen übrig, deshalb musst du vielleicht nicht warten.«

»Danke«, sagte ich. »Ich weiß das sehr zu schätzen.«

Sie nickte.

»Kein Problem.«

Doch bis dahin war ich entschlossen, alles so weit wie möglich selbst zu erledigen. Ich erstellte eine Liste mit Dingen, für die wir keine *permis de construire* und keine *devis* brauchten:

jäten, pflanzen, streichen, Fliesen legen und Steine von Asche reinigen.

Im Laufe jener ersten Tage lernten wir recht schnell, nicht zu lange im Bett zu bleiben. Die Morgenstunden waren kühl und für Arbeiten im Freien am besten geeignet und durften nicht vertan werden.

Jeden Morgen schüttelte Abbot, der immer noch auf der Hut vor Skorpionen war, unsere Schuhe aus und schien seltsamerweise frustriert zu sein, keine zu finden.

»Wo sind die Skorpione?«, fragte er eines Morgens. »Ich meine, im Buch stand doch, hier gäbe es welche!«

»Ich war als Kind oft hier«, brachte ich ihm schonend bei, »und habe nie einen Skorpion gesehen.«

Abbot, Charlotte und ich arbeiteten im Garten, merzten Unkraut aus und stutzten Weinranken. Wir setzten neue Pflanzen. Charlotte fragte Véronique, welche Pflanzen zu dieser Jahreszeit am besten geeignet waren. Sie erstellte uns eine Liste mit einjährigen Pflanzen (Ringelblumen, Schmuckkörbchen, Petunien) und Blumen, die im Herbst blühen würden, wenn wir weg wären: Chrysanthemen, Astern, Herbstzeitlose.

In der Küche arbeitete ich ohne die Kinder und band mir eins von Véroniques Taschentüchern über Mund und Nase. Ich warf den geflochtenen Teppich weg und riss die verbrannten Wandschränke heraus. Veronique gewährte mir freien Zugang zu allen Werkzeugen in der Garage. Sie zog ein paar Einheimische hinzu, die den Ofen herausrissen und auf der Ladefläche eines Lasters wegschafften. Ich schrubbte den Steinfußboden mit einer Drahtbürste und einer heißen, seifigen Mixtur, die Véronique in einem Rieseneimer für mich gezaubert hatte. Damit wischte ich auch die Wandkacheln und die gefliesten Böden sauber. Es war ein gutes Gefühl, die Küche auszumisten. Es fühlte sich sehr therapeutisch und reinigend an. Es war eine Veränderung, die in ihrer unmittelbaren Sichtbarkeit sehr befriedigend war.

Mit dem Cake Shop stand ich in Kontakt. Véronique erlaubte uns, den Computer zu benutzen, den sie in einem ruhigen Eckchen vor der Küche stehen hatte, und ich checkte sporadisch meine E-Mails. Jude hielt mich mit allem, was den Cake Shop betraf, auf dem Laufenden, die Verkaufszahlen eines beliebten Eiskaffees namens Cooliocino, den sie selbst erfunden hatte, eingeschlossen. Sogar Abbot las ab und zu seine E-Mails, aber Charlotte zeigte kein Interesse. Sie weigerte sich, auch nur kurz nachzusehen.

Die Leihwagenfirma brachte uns einen neuen Renault, mit dem ich oft nach Aix fuhr, damit ich langsam ein *Gefühl* für die Umgebung bekam, eine *Beziehung* zu meiner Umwelt entwickelte – zum Beispiel, indem ich neue Kacheln für Bad und Küche aussuchte –, ohne Entscheidungen zu *treffen*. Während wir darauf warteten, dass ein richtiger Herd installiert wurde – ein Vorgang, der angesichts des Riesenschadens Zeit brauchte –, kaufte ich eine Einzelkochplatte, eine Mikrowelle und einen Schmortopf, damit wir überleben konnten. Trotzdem bestand Véronique oft darauf, dass wir bei ihr mitaßen.

Am liebsten machte ich mich auf den Weg zur Patisserie. Ich ging alle paar Tage hin, um frische Backwaren zu kaufen. Der Bäcker freute sich immer, mich zu sehen, vermutlich weil ich immer so übermäßig viel kaufte und stets etwas Neues probieren wollte. Er sprach nur Französisch mit mir und sagte mir einmal, dass er sich an mich erinnerte, als ich klein war und mit meiner Mutter kam. Und dass meine Schwester diejenige war, die aussah wie meine Mutter.

Aber jetzt sagte er mir, dass ich wie meine Mutter sei. *Ihr wacher Blick und Ihre Gesten.*

Ich sagte ihm, genau wie Véronique, dass meine Schwester ihr ähnlicher sähe.

Doch er hob den Finger und schüttelte den Kopf. *Ich habe recht*, versicherte er mir. *Ich habe völlig recht.*

Ich widersprach ihm nicht. Vielleicht hatten eine Mutter und eine Tochter zu einer bestimmten Zeit in ihrem Leben etwas an sich, das sich ähnelte, in einer Zeit, in der sie beide verloren wirkten – etwas, das von innen her leuchtete und sich nicht leugnen ließ.

Einmal fragte er, wie es meiner Mutter heute ginge, und ich musste an Julien denken, wie er als Kind auf Neuigkeiten von uns gewartet hatte. Ich stellte mir vor, wie alle Ladenbesitzer in dem winzigen Dorf sich im Sommer an uns gewöhnten und wir dann wie Zugvögel im nächsten oder übernächsten Jahr wieder auftauchten.

Aber trotz meiner Besuche in der Patisserie verspürte ich immer noch nicht den Wunsch zu backen. Ich hatte kein Verlangen danach, die Küchlein herzustellen, die ich so schön, so perfekt fand. Normalerweise hätte mich das beflügelt, vor allem, da diese Süßspeisen etwas tief in mir berührten, die Erinnerung an meine Mutter in der Küche, als sie endlich wieder bei uns war. Aber nein, ich wollte sie nur essen, jeden Bissen genießen und einfach satt werden.

Manchmal begleiteten Charlotte und Abbot mich bei meinen Besorgungen, doch normalerweise wollten sie zu Hause bleiben. Abbot gefiel es, den Archäologen zuzusehen, die mit ihren kleinen feinen Werkzeugen und Pinseln im Grabungsabschnitt hockten. Manchmal wurden sie lebhaft und schrien sich an. Ihre Arbeit war mühevoll. Sie gruben immer nur einige Millimeter und dokumentierten es dann. Zuerst blieben Charlotte und ich bei ihm, doch es fiel mir immer leichter, Abbot allein losziehen zu lassen, und die Archäologen gewöhnten sich an seinen beharrlichen Schatten und erlaubten ihm, sich am Rand aufzuhalten, unter einem Regenschirm, den er in einem riesigen Schrank unter der Treppe gefunden hatte.

Sie hatten die Grundfläche einer gallisch-römischen Villa freigelegt, und nicht weit davon entfernt eine Grabstätte. Der Grabungsabschnitt war von der Hintertür aus zu Fuß in etwa fünf Minuten zu erreichen.

Ich verstand, warum Abbot so fasziniert davon war. Sie hatten einen antiken Brunnen ausgegraben, ein Wasserleitungssystem, ein Fliesenmuster aus kleinen Kreuzen, eine Kochstelle, verschiedene Räume.

Irgendwann zeigten sie Abbot ihre Werkzeuge: Kellen, Pinsel, Zahnwerkzeuge, Maßbänder, Nivelliergeräte, Siebvorrichtungen. Sie erklärten ihm, was sie gefunden hatten, wie die Gegenstände damals hergestellt wurden, warum sich die Menschen dort niedergelassen hatten und warum sie vielleicht wieder weggegangen waren.

Die Archäologen nahmen ihre Arbeit sehr ernst. Einer von ihnen war ein dünner, blonder, aber sonnengebräunter Brite, schlank und agil und anscheinend mit der Leitung betraut. Wenn sie sich abends entspannten, waren sie ausgelassen. Aber tagsüber waren sie zurückhaltend und buddelten vor sich hin, warteten, wie es schien, auf etwas, das sie feiern konnten. Ihnen stand nur eine begrenzte Zeit zur Verfügung. Die meisten mussten im Herbst zum Unterrichten an die Universität zurückkehren, und so machten sie Überstunden. Abends erzählte Abbot uns von den Theorien der Archäologen, wie die Bewohner der Villa ihr Essen gekocht und ihre Babys versorgt hatten.

»Das waren echte Menschen«, staunte er.

Ich fragte mich, ob ihm das eine Perspektive gab. Ob ihm die Tatsache, dass Menschen leben und sterben und Gegenstände hinterlassen und Jahrhunderte vergehen, half, mit dem

Tod seines Vaters und der Vorstellung von Leben und Tod im Allgemeinen zurechtzukommen. Oder erschien ihm das Leben dadurch zu vergänglich? Ich war mir nicht sicher, aber es schien ihm wichtig zu sein, und so erlaubte ich ihm, seine Zeit dort draußen zu verbringen, wo er vielleicht etwas verstehen konnte, etwas Wichtiges. In jedem Fall hätte es nichts gebracht, ihn davon abzuhalten.

Jedes Mal, wenn ich beim Streichen der Schlafzimmer eine Pause machte, behielt ich ihn von meinem Lieblingsplatz im Gartenstuhl aus im Auge und nahm den Anblick des Berges in mich auf.

Charlotte hatte von dem breiten Fenster in Véroniques Küche aus ein Auge auf ihn. Sie bewährte sich sehr gut in der Küche, war tüchtig, geduldig und gut organisiert und befolgte Véroniques knappe Anweisungen. Es erinnerte mich an das Zusammensein mit meiner Mutter. Ich fragte mich, ob auch Charlotte sich aufgrund einer tiefen Sehnsucht nach einer aufmerksamen, selbstsicheren Mutter zu Véronique und dem Dampf in der Küche hingezogen fühlte. Véronique lobte Charlotte mir gegenüber.

»Sie stellt die richtigen Fragen«, sagte sie. »Sie hat geschickte Hände, die wissen, was wann zu tun ist.«

Ich fragte Véronique nicht mehr nach meiner Mutter, der Diebin. Auch die Schachtel, die nach dem Brand gefunden worden war und die ich meiner Mutter zurückgeben sollte, erwähnte ich nicht. Wie wichtig konnte das nach all den Jahren schon sein? Welchen Unterschied würde es machen?

Elysius und Daniel waren auf einer Yacht und nur schwer zu erreichen. Ich informierte sie mit kurzen E-Mails über das Neuste, über die Hausrenovierung und die Kosten. Charlotte meldete sich ab und zu bei ihrer Mom. Da sie Adam Briskowitz nie zur Sprache brachte, tat ich es auch nicht.

Gegen drei Uhr nachmittags waren Charlotte, Abbot und ich müde und trafen uns oft in den kühlen Winkeln des Hauses. Wir lasen die Bücher, die in den Regalen standen, eine eigenartige Sammlung, die andere Besucher zurückgelassen hatten. Darunter waren Sachen wie ein Hachette-Italien-Reiseführer aus dem Jahre 1956, herausgegeben vom Touring Club Italiano, spröde gewordene Seiten mit knallbunten eingeklebten kleinen Landkarten. Es war die aktualisierte Version des ersten Hachette-Reiseführers durch Italien aus dem Jahre 1855 und lockte neue Leser mit folgendem Versprechen: »Verschiedene Änderungen, die den Gebrauch des Reiseführers erleichtern und ihn den modernen Reisegepflogenheiten anpassen, wurden hinzugefügt!« Seltsamerweise liebte ich das Buch: die antiquierte Sprache, wie es mich durch Zeit und Raum beförderte.

Abbot entwickelte Interesse an einem Naturführer über Vögel, der schlicht *Les Oiseaux* hieß. Darin war kein Erscheinungsjahr angegeben, aber das Buch war sehr alt. Es bot vier Vogelbilder pro Seite, von denen ab und zu eine ordentlich zur Hälfte herausgerissen war, als hätte ein früherer Leser ein Foto eines bestimmten Vogels entfernt, um es in ein Sammelalbum zu kleben. Das ärgerte Abbot.

»Woher soll ich die Vögel kennen, von denen ich nicht weiß, dass ich sie suche?«

Ich kaufte Abbot ein unliniertes Notizheft, das er immer mit zur archäologischen Grabung nahm, wo er Ausschau nach Vögeln hielt. Er erzählte mir, dass er alle Vögel finden wollte, die aus dem Buch herausgerissen worden waren.

Abends drehten die Schwalben durch, sausten eine gute Stunde lang unbändig durch die Dämmerung und fraßen alle Insekten, die sie kriegen konnten. Abbot und ich machten es uns zur Gewohnheit, das schwindelerregende, irrwitzige, spiralförmige Aufwärtsfliegen und Herabstoßen gemeinsam zu beobachten. Die Vögel waren laut und schrill. Wir versuchten sie zu zählen. Abbot malte Bilder von ihnen in sein Heft. Manchmal malte er auch ein Bild von Henry, inmitten der Schwalben, als wäre er hier bei uns. Das erschien mir realistischer als alles andere – seine Version der Wahrheit.

Später nahmen wir üppige Mahlzeiten ein, bei deren Zubereitung Charlotte Véronique half, manchmal mit den Archäologen, bevor sie zurück nach Aix eilten, oder mit anderen Gästen. Die Mahlzeiten waren so unbändig, schwindelerregend und irrwitzig wie die Schwalben. Ich schloss beim Essen oft die Augen, weil ich sichergehen wollte, dass mich nichts ablenkte, dass ich alles schmecken konnte.

Ich probierte alles. Doch die körperliche Anstrengung bei der Gartenarbeit und die ambitionierte Entscheidung, allen Schlafzimmern einen neuen Anstrich zu verpassen, hielten mich fit. Kam ich dem Wunsch meiner Mutter nach sauberen weißen Wänden, ihren Creme- und Elfenbeintönen nach? Nein. Was soll ich sagen? Das Haus sprach zu mir, und ich hörte zu. Ich entschied mich für tiefe Blautöne, ein Rubinrot, ein leuchtendes Grün. War das eine Art Rache? Vielleicht. Ich beschloss, ein Schlafzimmer weiß zu lassen.

Abends erzählte ich Abbot und Charlotte Geschichten über das Haus. Ich erzählte ihnen von den Resedafaltern und von dem gewaltigen Feuer, das über den Berg gefegt war und alles verschlungen hatte, dass der Brand in dem Sommer, in dem meine Mutter allein hierherkam, genau vor der Tür Halt gemacht hatte.

»Warum kam sie denn allein hierher?«, fragte Charlotte.

»Das ist eine lange Geschichte«, wich ich aus. Es stand mir nicht zu, sie zu erzählen. »Aber sie glaubt, dass das Haus für sie ein Wunder bewirkt hat.«

»Wie bei Tante Elysius«, sagte Abbot. »Onkel Daniel hat ihr hier einen Heiratsantrag gemacht.«

»Das ist ein bisschen sehr dramatisch«, sagte Charlotte. »Findet ihr nicht?«

»Ich weiß nicht«, gab ich zurück. »Die Geschichten sind das, was man aus ihnen macht.«

Später, wenn Abbot im Bett lag und Charlotte Musik im Radio hörte, das sie aus dem Salon in ihr Schlafzimmer mitgenommen hatte, saß ich auf einem Gartenstuhl im dunklen Garten. Nur das Licht aus der Küche fiel durch die Fenster, und ich beobachtete, wie der Berg im letzten Tageslicht seine Farben veränderte.

Manchmal dachte ich über Julien nach. Er war jetzt eine Woche weg. Ich fragte mich, ob er überhaupt zurückkäme.

Ich vermisste ihn auf eine Weise, die mich überraschte. Ich machte mir Sorgen, dass ich in ihn verknallt war, und wenn, was es zu bedeuten hätte. Diese Gefühle jagten mir Angst ein. Ich redete mir ein, dass sie ganz natürlich waren. Schließlich war er attraktiv. Dass Frauen sich für ihn interessierten, fiel ihm nicht schwer. Und ich war auch nur ein Mensch. Was war schon eine Schwärmerei? Nichts. Es brauchte überhaupt nichts zu bedeuten.

Was würde Henry davon halten? Er würde es auch normal finden. Ich fragte mich, was er von mir dachte, wie ich hier auf dem Gartenstuhl saß, Wein trank und den Berg anstarrte. Hatte er jetzt eine umfassendere Weltsicht, wie sie nur den Toten vergönnt ist?

Nachts schlüpfte ich in die frischen weißen Laken auf dem harten Bett. Eine Schlafzimmerwand war blau, die anderen noch schmuddelig weiß. Die Abdeckplane und die Leiter, beides von Véronique geborgt, hatte ich in die Ecke geschoben. Ich streckte alle Gliedmaßen von mir wie ein Stern, so steif waren meine schmerzenden Muskeln. Ich erinnerte mich daran, wie ich mir als kleines Mädchen, nachdem meine Mutter uns die Geschichten über das Haus und die vielen Wunder erzählt hatte, die Geschichten selbst noch einmal erzählte, sie in meine hohlen Hände flüsterte. Ich legte die Hände an den Mund, doch alles, was ich jetzt flüstern konnte, war: »Ich bin hier. Ich bin. Ich bin jetzt hier.« Plötzlich kam es mir vor wie ein Gebet. Ich musste an Charlotte denken, in Notre-Dame und Saint-Maximin-la-Sainte-Baume. Vielleicht war es die einzige Art von Gebet, die mir möglich war, und es beruhigte mich tatsächlich, sogar so sehr, dass ich mich zusammenrollte und einschlief.

Und ich träumte von Henry. Die Träume waren anders als die zu Hause, in denen mir immer klar wurde, dass sein Tod irgendein bürokratischer Fehler war, eine Verwechslung. Hier hingegen stand er am Fenster, die Hände von der Gartenarbeit leicht mit Erde verkrustet. Er trug ein altes, langärmliges Hemd. Er machte die Knöpfe an den Handgelenken auf. Nur diese kleine, vertraute Geste – das war alles, was der Traum zuließ.

Und dann füllte sich das Schlafzimmer mit Licht, und es war wieder Morgen. Und ich vermisste ihn – ein Schmerz, den ich den ganzen Tag mit mir herumtrug.

*Siehst du Abbot bei der Feldarbeit?*, fragte ich ihn im Geiste.

*Kannst du dir vorstellen, wie rein und klar die Luft ist?*

*Ich wünschte, ich könnte dir das in den Mund schieben, damit du es schmecken kannst.*

Die Tage nahmen einen ruhigen Rhythmus an.

Mir ging ein bestimmter Satz nicht aus dem Kopf – *C'est comme ça* – was mir nicht nur sagen sollte: »So ist es eben«, sondern auch, wie ich damals glaubte: *Es ist eben so und wird immer so sein …* Aber damit hatte ich unrecht.

Inwiefern ich unrecht hatte? Es gab Dinge, die ich nicht wusste und die miteinander kollidieren sollten.

1. Ich kannte weder Adam Briskowitz noch die Definition des Begriffes *briskowitzt werden.*
2. Véronique war im Besitz der Schachtel, die meiner Mutter gehörte. Sie hatte sie auf ihrem Nachttisch und wartete nur auf den richtigen Zeitpunkt, sie mir zu übergeben. Ich wusste nicht, was sie enthielt und inwieweit der Inhalt mich beeinflussen würde.
3. Abbot würde eine verletzte Schwalbe finden und dieser Vogel – vielleicht mehr als alles andere – sollte unser Leben verändern.

Und so fing es an.

Nach etwa der Hälfte unseres sechswöchigen Aufenthalts tauchte Julien wieder auf.

Eines Abends, als das goldene Licht sich der kühlen, trockenen Luft bemächtigte, beobachteten Abbot und ich am Weinberg nahe der archäologischen Grabungsstätte die Schwalben bei ihrem abendlichen Futterwettstreit. Abbot hatte sein Skizzenheft gezückt und malte wirbelnde Flugmuster. Auf dem Bild versuchte sein Vater mit den Armen zu schlagen wie die Schwalben mit den Flügeln. Es war ein lustiges Bild, und Abbot hatte konzentriert daran gearbeitet und sich sogar an die kleine Narbe an Henrys Knie erinnert. In der Studienzeit hatte beim Baseballspielen ein Gegner Henry mit dem Stollenschuh verletzt. Mir fiel eine verletzte Schwalbe auf, die in der Nähe der Weinstöcke herumhüpfte, ich wollte aber nicht Abbots Aufmerksamkeit darauf lenken. Es war nicht nötig, dass mein Sohn durch eine verletzte Schwalbe etwas Neues über das Leben lernte. Für ein Kind seines Alters hatte Abbot schon genug Lektionen fürs Leben bekommen. Man konnte doch auch etwas durch die Flugmuster von Vögeln, durch deren künstlerische Impressionen lernen.

Aber natürlich entdeckte Abbot den Vogel.

»Schau mal«, rief er, ging in die Hocke und watschelte auf ihn zu.

Der Vogel war lahmgelegt, sein linker Flügel abgeknickt.

»Wir müssen uns um ihn kümmern«, sagte Abbot eifrig.

»Nein«, widersprach ich. »Das ist ein Vogel. Sein Instinkt wird einsetzen, und er wird wissen, wie er sich selbst hilft.«

Abbot ignorierte mich.

»Wir brauchen einen Karton«, überlegte er. »Im Schrank unter der Treppe ist einer. Ich hole ihn. Pass du auf den Vogel auf.«

»Ich hole ihn«, schlug ich vor und marschierte los.

Als ich mit dem Karton zurückkam, erblickte ich Juliens Wagen. Julien hatte sich neben Abbot gekniet, um den Vogel genau zu betrachten. Er trug ein weißes Hemd ohne Krawatte und eine graue Anzughose. Die Anzugjacke lag über dem Vordersitz des Cabriolets.

»Wie kommt es, dass der Wagen nicht zum Swimmingpool wird?«, fragte ich.

»Ich nehme den Zug«, sagte er und stand auf, »und stelle den Wagen in der Garage eines Freundes in Aix ab. Du liebst dieses Auto, stimmt's?«

»Vielleicht«, schmunzelte ich.

Er stand auf und küsste mich auf beide Wangen.

»Hallo«, sagte er. Seine Küsse waren weich und flüchtig. Er roch nach etwas Süßem, Kräftigem – irgendein wunderbares Aftershave.

»Daran gewöhne ich mich nie«, murmelte ich.

»Woran?«

»An die Wangenküsse«, erklärte ich.

»Ach«, sagte er und reichte mir die Hand. »Ist dir das lieber?«

Ich schüttelte ihm die Hand, die kräftig und warm war.

»Nein«, sagte ich. »Die Wangenküsse sind okay. Sie überraschen mich nur immer.«

»Wir haben einen Plan!«, verkündete Abbot.

»Tatsächlich?«, fragte ich.

»Julien sagt, man kann eine Schwalbe nicht so einfach freilassen. Sie können nicht nach oben fliegen. Man muss sie gesund pflegen und dann irgendwo runterwerfen, wo es hoch ist, zum Beispiel vom Dach«, erklärte Abbot.

»Wirklich?«, fragte ich. Das schien mir eine vorprogrammierte Katastrophe zu sein. »Man wirft einen verletzten Vogel in einen Abgrund?«

Julien nickte.

»Wenn er fliegt, fliegt er.«

»Und wenn er nicht fliegt?«

»Dann fliegt er nicht.«

»Toll!«, sagte ich und sprach leiser. »Also sieht ein Junge zu, wie der Vogel, den er gehegt und gepflegt hat, in den Tod stürzt?«

Inzwischen musste Julien gedämmert haben, dass ein solches Erlebnis vielleicht nicht das Beste für einen kleinen Jungen mit einem toten Vater war, denn er wirkte leicht erschüttert. »Ah«, sagte er. »Das haben wir immer mit verletzten Vögeln gemacht. Manchmal fliegen sie.«

»Toll!«

»Wir können doch wenigstens versuchen, ihm zu helfen!«, beharrte Abbot. »Ich meine, wenn wir es nicht tun, stirbt er oder wird von einer Katze gefressen oder so.« Abbot sah abwechselnd mich und Julien an.

Ich seufzte.

»Na schön«, sagte ich und stellte den Karton auf den Boden. »Und wer hebt den Vogel jetzt hoch und setzt ihn rein?«

»Ich«, sagte Julien. »Ich hab das als Kind schon gemacht.« Sehr ruhig trat er auf den Piepmatz zu, beugte sich über ihn, packte ihn mit einer schnellen Bewegung, die Flügel an den Körper gepresst, und setzte ihn in den Karton.

Wir starrten den Vogel im Karton an, während er herumzappelte und seine Krallen über die Pappe kratzten.

»Wir müssen ihn mit toten Fliegen füttern«, sagte Abbot. »Und ein Schüsselchen Wasser holen.«

»Nein«, widersprach Julien. »Wir müssen ihm nur ein paar Stunden geben, um sich auszuruhen, und dann müssen wir ihn in die Luft kriegen.«

»Aber zuerst müssen wir uns um ihn kümmern. Er ist noch nicht so weit. Schau ihn dir doch an.«

»Lass ihn ruhig«, sagte ich zu Julien.

»Okay.« Julien trat einen Schritt zurück.

Der Anblick von uns dreien, wie wir um den Karton herumstanden, zog die Aufmerksamkeit von Charlotte und Véronique auf sich, die uns vom Küchenfenster aus gesehen haben mussten. Jedenfalls kamen sie aus dem Haus.

»Was ist los?«, rief Véronique und humpelte auf uns zu.

»Eine Schwalbe!«, rief Abbot zurück. »Eine verletzte Schwalbe!«

»Die Schwalben …«, sagte Véronique. Sie und Charlotte spähten in den Karton. »Wie viele verletzte Schwalben hattest du als Junge?«

Julien zuckte mit den Schultern.

»Ich wollte eben Arzt werden.«

»Haben sie alle überlebt?«, fragte Abbot.

»Manche ja und manche nein.«

»So ist das Leben«, sagte Véronique. »Wir akzeptieren das.«

Meine Toleranz für so leichtfertiges Geschwätz über die Akzeptanz des Todes tendierte gegen null. Abbot kniete vor dem Karton und hielt das Gesicht zu nahe vor den Vogel.

»Zurück, Abbot«, warnte ich ihn. »Sonst hackt dir der Vogel noch die Augen aus.«

In dieser Momentaufnahme waren wir alle miteinander verbunden. Niemand sprach.

Was unsere geballte Aufmerksamkeit ablenkte, war ein Taxi, das über die lange Zufahrt gerumpelt kam und fünfzehn Meter vor uns anhielt. Durch die Windschutzscheibe konnten wir sehen, wie jemand dem Fahrer Geld nach vorne reichte. Dann sprang der Kofferraum auf.

»Ein Gast«, stellte Véronique fest. »Er hat nicht reserviert.«

Der Fahrer stieg aus und zog einen Koffer aus dem Kofferraum – einen sehr altmodischen Koffer, aus schottischem Plaidtuch mit Reißverschluss und ohne Räder. Und dann stieg hinten ein junger Mann aus. Er war klein, dünn und gebräunt. Er hatte dunkle Jeans an, die an den Hüften verwaschen waren, und ein schwarzes T-Shirt mit dem Namen einer Band, den ich nicht lesen konnte, weil er noch zu weit weg war. Darüber trug er eine offene Anzugjacke. Er hatte eine Wahnsinnsmähne, gelockt und wuschelig, die den Eindruck eines Wolfsmenschen erweckt hätte, wenn sie nicht so gewollt unbändig ausgesehen hätte. Auch mit all seinen anderen Accessoires, unter anderem einer überdimensionalen Brille mit dickem schwarzem Rahmen und Aufstecksonnenbrille, wie mein Vater sie früher trug, machte er bewusst auf Künstler. Und Wolfsmenschen machten höchst selten bewusst auf Künstler. Er musste dem Taxifahrer ein ziemlich großzügiges Trinkgeld gegeben haben, denn der Mann sah fassungslos auf das Geld und umarmte ihn so heftig, dass er kurz das Gleichgewicht verlor.

»Das ist kein Gast«, sagte Charlotte leicht entrüstet, aber auch mit einer Spur Bewunderung. »Das ist Adam Briskowitz.«

»Brisky?«, fragte ich. »Ich dachte, er wollte dir nur einen Brief schreiben.«

»Du hast ihm unsere Adresse gegeben?«, fragte Charlotte anklagend. »Du?«

»Ich dachte wirklich, er wollte dir nur einen Brief schreiben, eine liebeskranke Entschuldigung«, verteidigte ich mich. »So ganz altmodisch und romantisch.«

»Höchstpersönlich aus Amerika herzukommen *ist* altmodisch und romantisch«, sagte Julien, der die Situation sofort verstand. »Nur wenn er ein Schiff genommen hätte, wäre es noch besser.«

»Bleibt er über Nacht?«, fragte Véronique.

Als das Taxi wieder wegfuhr, kam Adam Briskowitz auf uns zu und blieb, seinen Schottenkarokoffer am Plastikgriff haltend, vor uns stehen. Jetzt stand er so nah vor mir, dass ich die T-Shirt-Aufschrift lesen konnte: ganz altmodisch Otis Redding – ausgerechnet. Er trug Segelschuhe aus hellbraunem Leder mit weißen Schnürsenkeln, ein bisschen staubig von der Straße, ohne Socken. Er lächelte uns an und deutete auf Abbot, der im Schneidersitz neben dem Karton saß. Der Vogel raschelte. Adam klappte die Plastiksonnenbrillengläser hoch und fragte:

»Was hast du denn da, Sportsfreund?«

»Eine verletzte Schwalbe«, antwortete Abbot. »Wir werden sie gesund pflegen und dann von einem Dach werfen.«

»Interessanter Plan«, sagte Adam. Dann wandte er sich an Charlotte und sagte: »Willst du das mit mir auch machen?«

»Warum bist du hier?«, fragte Charlotte, die jede Silbe überdeutlich betonte, als spräche sie mit jemandem, der schwer von Begriff war.

Er ließ seinen Koffer auf den Kies fallen und sagte:

»Du weißt, warum ich hier bin. Alle wissen das.«

»Nein«, gab sie zurück. »Warum sollten wir?«

Daraufhin wandte er sich verblüfft an uns.

»Hören Sie, ich bin kein Snob. Ich bin nicht elitär, wenn Sie das glauben. Scheiße noch eins, ich bin in der neunten Klasse von der Phillips Exeter Academy abgegangen, weil ich mir das Proletariat zu eigen machen wollte. Ich bin … Ich bin …« Ihm fehlten die Worte. In einer Art wütendem Protest zog er seine Anzugjacke aus. »Ich gehöre zu den Guten.«

Charlotte schloss die Augen und seufzte.

»Warum redest du so?«

»Wie denn?«

»Als würdest du eine Rede halten und alle wüssten, wer du bist.«

»Wissen sie denn nicht, wer ich bin?«, fragte Adam.

»Eigentlich nicht«, sagte sie. »Du bist nur irgendein Typ, der hier aufkreuzt und seinen Wunsch kundtut, sich das Proletariat zu eigen zu machen.«

»Bleibt er über Nacht?«, fragte Véronique wieder.

»Ja«, sagte Adam.

»Nein«, sagte Charlotte.

»Und ob ich hier übernachte«, sagte er zu Charlotte.

Sie stürmte davon.

»Mach doch, was du willst, Briskowitz! Das interessiert hier sowieso kein Schwein!« Sie marschierte die Hintertreppe hinauf und knallte die Tür zu.

Adam wirbelte herum und verpasste dem Koffer mit seinem Segelschuh einen Tritt.

»Wollen Sie hier auch Ihre Mahlzeiten einnehmen?«, fragte Véronique höflich. »Wir bieten Frühstück und Abendessen an.«

»Ja, sehr gerne«, antwortete er. »Das wäre sehr nett. Danke.«

»Ich bin Abbot Bartolozzi«, sagte Abbot und stand auf.

»Ich bin Adam Briskowitz«, antwortete er und hielt ihm die Hand hin.

Abbot starrte sie an und sah fragend zu mir und Julien, der ihm aufmunternd zunickte, woraufhin Abbot hastig Adams Hand nahm und sie schüttelte.

»Sie wissen doch alle, warum ich hier bin, oder? Ich meine, wo Charlotte doch schwanger ist und so weiter.«

»Was?«, fragte ich entsetzt.

»Oh«, sagte Julien. Er steckte die Hände in die Taschen und trat einen kleinen Schritt zurück. »Abbot«, sagte er. »Wir gehen los und suchen Fliegen, die wir an den Vogel verfüttern können.«

Abbot blickte neugierig zu mir hoch.

»Charlotte ist schwanger?«

»Komm, wir suchen nach Fliegen«, sagte Julien.

»Geh mit Julien«, sagte ich. »Ich finde es heraus und erzähle es dir später.«

Julien nahm den Karton mit dem Vogel hoch, und sie liefen gemeinsam in Richtung der Weinberge.

»Ich wusste es«, sagte Véronique.

»Du hast es gewusst?«, fragte ich ungläubig.

»Ich bin froh, dass sie es jemandem erzählt hat!«, sagte Adam. »Ich meine, es ist doch nicht gesund, Geheimnisse zu haben. Wirklich nicht. Da kommt doch die Atmung ins Stocken und das Blut gerinnt.«

»Gesagt hat sie es mir nicht. Aber mir ist aufgefallen, dass sie schnell müde wird«, sagte Véronique. »Und manchmal legt sie den Kopf auf den Tisch, und ihr Gang ist schwerfällig, als hätte sich ihre Mitte verschoben. Es ist offensichtlich.« Damit wandte sie sich ab und lief zurück zum Haus.

»Nehmen Sie Ihren Koffer. Ich zeige Ihnen Ihr Zimmer.«

Adam Briskowitz, dachte ich bei mir. *Briskowitzt.* Hatte er das gemeint? »Adam«, sagte ich, »bist du dir auch sicher?«

»Deshalb bin ich ja hier«, erklärte er. »Ich werde mir eine Arbeit suchen oder so. Manche Leute schmeißen die Schule hin und verkaufen Autos, stimmt's? Eigentlich wollte ich Philosophie studieren, aber was macht schon ein Philosophiestudent weniger? Ich werde ihr einen Heiratsantrag machen, und sie wird Nein sagen. So wird es laufen, denke ich.«

»Ich glaube, heutzutage gibt es nicht mehr nur einen Weg, so etwas zu regeln«, sagte ich. »Da gibt es kein festes Konzept.«

Er sah mich aufrichtig überrascht an.

»Kommen Sie!«, drängte Véronique ihn.

»Komm ja schon.« Er klappte seine Sonnenbrillengläser wieder runter, nahm seinen Koffer und folgte Véronique durch den Garten zur Hintertür.

Ich sah zu unserem Haus. Am oberen Fenster sah ich Charlotte, die zu mir herunterblickte. Ihr Gesicht war von der goldenen Stunde der Abenddämmerung erhellt. Sie hatte den Kopf zur Seite geneigt, und ihre Miene wirkte seltsam gelassen, resigniert, und da wusste ich, dass es stimmte.

»Charlotte?« Ich klopfte leise an die Tür. Ich konnte das leise Geplapper im Radio hören. »Charlotte? Darf ich reinkommen?«

Das Radio verstummte. Der Türknauf drehte sich, und kurz darauf wurde die Tür entriegelt. Wäre Henry hier gewesen, hätten wir vorher darüber gesprochen, und er hätte mich vorbereitet. Er hätte mir gesagt, was man in solchen Fällen sagen musste. Er war gut in so etwas. Er war von Natur aus liebevoll und offen. Dies war für mich die Gelegenheit, das Richtige zu sagen. Ich würde höchstwahrscheinlich nie eine Tochter haben – und schon gar keine schwangere im Teenageralter. Aber ich war selbst einmal ein Teenager gewesen. Was hätte ich mir von einer Gesprächspartnerin gewünscht? Vielleicht sollte ich dort ansetzen.

Langsam öffnete ich die Tür.

Charlotte stand in Monoprix-Shorts und T-Shirt vor mir, und ich musste daran denken, wie sie in dem Geschäft mit Elysius und meiner Mutter mit dem Kleid an der Leine und ihren Anglerstiefeln ausgesehen hatte. Sie war so stark, so unglaublich zäh.

»Er hat es dir erzählt«, sagte sie.

»Charlotte, ich weiß nicht, was ich sagen soll.«

»Ich habe es niemandem erzählt. Es ist vor allem eine große Erleichterung.«

»Seit wann weißt du es?«

»Seit kurz vor der Hochzeit.«

»Dann hast du dieses Geheimnis aber lange mit dir herumgetragen«, sagte ich. »Charlotte, du hättest es mir doch sagen können.«

Ich trat auf sie zu und umarmte sie. Sie brauchte einen Moment, doch dann erwiderte sie die Umarmung. Sie verbarg das Gesicht in meiner Halsbeuge und fing an zu weinen, und ich dachte weniger an die Schwangerschaft und alles, was noch kommen sollte, sondern daran, dass Charlotte dieses belastende Geheimnis die ganze Zeit mit sich herumgeschleppt hatte.

Nach Henrys Tod hatte ich auch niemandem erzählt, dass ich hoffte, schwanger zu sein, aber nur, weil ich diese Hoffnung mit niemandem teilen wollte. Aber für einen so jungen Menschen war eine solche Last viel zu groß. Sie hatte es schon auf der Hochzeit gewusst, in der Boutique, während unseres Parisaufenthalts und als unser Auto geknackt wurde. Ich fühlte mit ihr und fing auch an zu weinen. So standen wir da, bis es dunkel wurde, und hörten das Zwitschern der Schwalben inmitten der lärmenden Zikaden.

Charlottes Atem ging jetzt wieder regelmäßig. Wir setzten uns aufs Bett.

»Ich bin mit hierhergekommen, damit ich es meinen Eltern nicht erzählen muss«, gestand sie, zog ein Papiertaschentuch aus der Schachtel auf ihrem Nachttisch und putzte sich die Nase. »Sie würden wollen, dass ich alle Optionen in Betracht ziehe. Ich wollte die ersten drei Monate hinter mir haben.«

»Warum?«

Sie antwortete nicht.

»Damit du es behalten kannst?«

Sie nickte.

»Sie hätten dich bei jeder deiner Entscheidungen unterstützt«, sagte ich.

Sie schüttelte den Kopf.

»Nee«, sagte sie. »Sie würden ausflippen. Aber das ist gar nicht der Grund. An ihnen liegt es nicht. Ich wusste, wenn ich dort bliebe, würde ich abtreiben. Das neue Schuljahr steht vor der Tür, und, tja, an meiner Schule wäre so etwas schlimmer als der Tod. Schließlich bin ich *privilegiert.*« Sie schien von dem Wort regelrecht angewidert. »Schwanger werden ist, als würde man auf seine Privilegien scheißen.«

»Charlotte, so etwas passiert eben. Glaubst du, schwanger zu werden macht dich zu einem undankbaren Menschen?«

Sie lachte.

»Schwanger zu werden macht mich zum *Volldeppen.* Die Leute aus meinem Freundeskreis kriegen schon wegen der Vorentscheidungen für Harvard einen Zusammenbruch.«

»Im wievielten Monat bist du denn?«

»Achte Woche, im Ärztejargon.«

»Und wie fühlst du dich?«

»Ein wenig müde, aber seltsamerweise ist es, als stünde ich unter Beruhigungsmitteln oder so. Keine morgendliche Übelkeit, und ich bin überhaupt nicht zickig. Es ist völlig paradox, aber die Schwangerschaft bekommt mir. Ich meine, ich war nie besonders mütterlich. Ich habe meinen Puppen grässliche Frisuren verpasst, aber ich will das Baby und es richtig machen.«

»Du bist dir so … *sicher*«, wunderte ich mich.

»Es ist seltsam. Aber seit ich hier bin, ist es mir sonnenklar.«

»Wirklich?«

»Wirklich.«

»Und Briskowitz? Glaubst du, er gibt einen guten Vater ab?«

»Briskowitz gibt einen guten *Briskowitz* ab. Ehrlich gesagt, er wird ein mieser Philosophiestudent. Er kann zwar gut reden, aber er ist viel zu zerstreut. Und als Vater?« Sie dachte darüber nach. »Wenigstens hat er zu Hause ein gutes Vorbild. Bert Briskowitz. Ein Orthopäde mit guten Manieren, der Brisky nicht zum Golfspielen zwingt. Was kann man in der heutigen zersplitterten Gesellschaft mehr verlangen?«

»Man kann sehr viel mehr verlangen«, widersprach ich.

Sie sah mich skeptisch an und senkte den Blick auf ihre Hände.

Ich musste an Henry denken, nachdem ich die Fehlgeburt gehabt hatte. Als er nach dieser undichten Stelle in den Wasserrohren suchte, hatte er eine Klappe abgenommen und die Griffe an der Badewanne abmontiert, wodurch in der Wand drei Löcher zurückblieben. Eines Abends hatte ich in dem Raum, den wir eigentlich als Kinderzimmer vorgesehen hatten, das Licht brennen lassen. Deshalb war es durch die Löcher in der gekachelten Wand zu sehen, als ich ins Bad kam. Ich stieg in voller Montur in die Badewanne, setzte mich hinein und sah durch die Löcher ins Kinderzimmer. So hätte mein Leben aussehen können. Von dort aus erschien es mir perfekt und unerreichbar – wie das Leben einer Fremden. Hinten an der Wand stand Abbots altes Kinderbettchen mit neuen, farbenfrohen Bettbezügen. Ich hatte einen flauschigen weißen Wollteppich gekauft. Jetzt wusste ich, was ich gesagt hätte, wenn Henry bei mir gewesen wäre. Ich hätte Charlotte versichert, dass Henry und ich ihr beim Aufziehen des Babys helfen würden, dass sie zu uns ziehen könne. Sie könnte weiter zur Schule gehen, und Henry und ich würden uns um das Baby kümmern. Wir würden eine Art neue Familie gründen. Wir würden das schon hinkriegen. Aber dieses Angebot konnte ich ihr nicht machen. Was für eine Mutter würde ich für ein Kleinkind und eine Sechzehnjährige abgeben? Und dann war da noch Abbot. Ich kam ja schon so kaum zurecht. Stattdessen brachte ich etwas sehr Vernünftiges vor. »Du musst es deinen Eltern sagen.«

»Schau mal«, sagte Charlotte. »Ich brauche einfach Zeit. Meine Mutter ist in gewisser Weise übergeschnappt. Sie ist psychisch nicht stabil. Sie glaubt an Edelsteine, und sie kann hysterisch werden wie Alanis Morissette auf einem Acid-Trip. Das ist nicht schön. Mein Dad ist zwar toll, aber er und Elysius sind nicht kinderlieb. Ich meine, als abstraktes Konzept mögen sie Kinder. Und natürlich lieben sie Abbot, aber sie sind von Natur aus nicht als Eltern geschaffen. Im Ernst, es tat fast weh, ihre Erziehungsversuche bei mir – wie Menschen, die mit der linken Hand in hochhackigen Schuhen Racquetball spielen. Sie haben einfach kein Gefühl dafür.«

»Aber du schaffst das nicht ohne sie.« Ich fragte mich, ob sie wirklich ausflippen würden. Schwer zu sagen.

»Ich denke schon«, widersprach sie.

»Du weißt nicht, wie schwierig das wird. Du kannst noch nicht ermessen, was du dafür opfern musst. Es war schon für mich hart genug, obwohl ich Henry an meiner Seite hatte und wir bereit dafür waren. Du kannst dir einfach nicht vorstellen, wie schwierig es für dich und Adam sein wird.«

»Ich will nicht darüber reden.« Sie ließ sich aufs Bett plumpsen. »Genau deshalb hab ich es keinem erzählt.«

»Tut mir leid«, sagte ich. Ich wollte sie nicht drängen. »Wir müssen nicht sofort eine Antwort finden.«

Ich stand auf und lief ans Fenster. Julien und Abbot saßen auf der Treppe hinter dem Haus der Dumonteils, vor ihnen der Karton. Vielleicht fütterten sie den Vogel oder halfen ihm dabei, sich ein Nest für die Nacht zu bauen, oder sie überlegten, wo sie den Karton hinstellen konnten, damit keine Wildkatze an ihn herankam. Und während ich auf Abbot hinabblickte, verspürte ich ein Gefühl, das ich nicht leugnen konnte. Charlotte war schwanger, und in mir regte sich Freude. »Ein Baby«, flüsterte ich.

»Ich weiß«, sagte Charlotte trocken. »Das ist ja das Ungeheure daran. Ich kriege ein *Baby*.«

»Hast du deswegen in Notre-Dame und Saint Maximin gebetet?«

Sie zuckte mit den Achseln.

»Vom Beten hab ich keine Ahnung. Meine Eltern sind alle drei Agnostiker«, erklärte sie. »Ich knie mich einfach hin und sage immer wieder dasselbe.«

»Und was?«

»Ich tue so, als gehörte ich zu den Flying Wallendas.«

»Den Zirkusartisten?«

»Ich weiß nicht, warum, außer dass ich als Kind mal was über sie gelesen habe, das mich beeindruckt hat. Sie haben auf dem Drahtseil Pyramiden gebildet.«

»Und wofür betest du, wenn du so tust, als seist du ein Flying Wallenda?«

»Ich bin ein Flying Wallenda und bete bloß, dass mich das Netz im Notfall auffängt«, sagte sie.

An jenem Abend aßen wir alle gemeinsam und teilten uns das Esszimmer mit einer englischen Familie mit zwei Kindern, die unbedingt Bratkartoffeln wollten, und drei älteren Australierinnen, die Véronique wegen der Frage in die Enge trieben, wo es am Mittelmeer die besten Strände gebe.

Julien war auch da. Er half seiner Mutter beim Servieren und nahm die zwei englischen Kinder mit in den Garten, damit sie sich die Leuchtkäfer angucken und ihre Eltern in Ruhe essen konnten. Durch die breiten Fenster sah ich, wie die zwei Kinder barfuß durchs Gras rannten, während Julien mich beobachtete. Und wer war ich nun? Eine Frau, umgeben von einer schwangeren Sechzehnjährigen und deren seltsamem jungen Freund mit seiner wilden Mähne und meinem achtjährigen Sohn, den man nur mit Mühe und Not davon abbringen konnte, den Vogel im Karton mit ins Esszimmer zu bringen? Alles schien sich verändert zu haben. Dabei war Charlotte auch schon am Tag zuvor schwanger gewesen. Doch jetzt war alles anders, wir hatten neues Terrain betreten, waren miteinander verbunden. Dieses Geheimnis hatte uns zusammengeschweißt. Natürlich würde das nicht anhalten. Charlotte und Briskowitz mussten es ihren Eltern sagen, doch im Moment fragte ich mich, ob Julien dachte, was ich dachte: *Was für eine merkwürdige Familie.*

Charlotte kündigte das Essen an: Auberginen gefüllt mit einer Mischung aus Prosciutto, Anchovis, Speck und Pilzen, gewürzt mit Knoblauch, Zwiebeln, Salz und Pfeffer und mit einer Schicht aus Brotkrumen, Butter und Zitrone obendrauf.

»Du hast beim Kochen geholfen?«, fragte Adam Charlotte verwundert. »Ich dachte, du hältst schon das Umrühren von einem Fruchtjoghurt für Kochen.«

»Das ist lange her! Jetzt kenne ich den Unterschied zwischen gepresstem und zerhacktem Knoblauch. Ich mag gepressten lieber.«

»Hm«, sagte Adam.

»Sie kocht echt geil«, schwärmte Abbot.

Wir schwiegen eine Weile.

»Es ist schön hier«, nahm Adam das Gespräch wieder auf. Er trug jetzt ein Velvet-Underground-T-Shirt und darüber die Anzugjacke.

»Heidi ist als Kind oft hier gewesen«, sagte Charlotte.

»Ich war als kleines Kind böse«, sagte Adam unvermittelt. »Meine Eltern hielten nichts von Disziplin. Einmal hab ich meinen Bruder gehauen, während wir uns den Film *Gandhi* angeguckt haben.«

»Hm«, machte ich.

»Ich habe gelernt, dass man hart an sich arbeiten muss, um nicht gewalttätig zu werden, was auch eine der Lehren ist, die uns der Film vermitteln will. Aber generell musste ich es auf die harte Tour lernen, weil meine Eltern Softies waren.«

»Und wie genau?«, fragte ich.

»Ich bin ein paarmal zusammengeschlagen worden, weil ich rotzfrech war. Und ich bin auf eine liberale Weltverbesserer-Schule gegangen, wo wir gezwungen wurden, mit den Armen zu interagieren und ihnen zu dienen. Das wirkte ziemlich künstlich, aber da bleibt was hängen.«

Charlotte konnte ihn nicht einmal ansehen. Dabei war er den ganzen weiten Weg gekommen. Er tat mir leid, obwohl ich mir nicht so sicher war, ob das angebracht war. Charlotte hatte sicher gute Gründe, ihn so kühl zu behandeln.

Abbot war derjenige, der das Thema Schwangerschaft ansprach. Ich hatte ihm noch vor dem Essen erzählt, dass Charlotte tatsächlich schwanger war. Dass sie eigentlich zu jung sei und es deshalb für sie nicht leicht werden würde, wir uns aber trotzdem freuen könnten.

Jetzt sagte Abbot: »Ich weiß, nur weil du schwanger bist, heißt das nicht, dass du verheiratet bist. Wie bei Jill und Marcy.« Das war ein lesbisches Paar aus unserem Freundeskreis, das mit Hilfe künstlicher Befruchtung Zwillinge bekommen hatte.

»Eigentlich sind Jill und Marcy so gut wie verheiratet«, warf ich ein. »Immerhin sind sie schon seit mehr als zehn Jahren zusammen.«

»Oh«, sagte Abbot. »Bist du lesbisch?«, fragte er Charlotte.

»Nee«, wehrte sie ab. »Das ist leider nicht meine Bestimmung.«

»Ach, im Moment wärst du also lieber lesbisch?«, fragte Adam. »Sehr nett.«

»Ich wollte damit nur sagen, als Lesbierin wäre ich jetzt nicht in dieser Situation.«

Adam sah Abbot an.

»Ich werde Charlotte einen Heiratsantrag machen.«

»Und Charlotte wird Nein sagen«, sagte Charlotte.

»Sehen Sie«, wandte er sich an mich. »Hab ich Ihnen doch gesagt.«

»Ich werde Nein sagen, weil es keine gute Idee ist. Was ist los mit dir, lebst du plötzlich in den fünfziger Jahren?«, fragte sie ungehalten.

»Ich versuche nur, das Richtige zu tun«, verteidigte er sich. »Und soviel ich weiß, ist eine Heirat die richtige Lösung.«

»Und soviel ich weiß, bist du der Meinung, dass die Ehe die

Institutionalisierung der patriarchalischen Vorherrschaft ist. Du hältst die Ehe nur für eine selbstgefällige Steuerklasse.«

»Da war ich wahrscheinlich high«, rechtfertigte er sich, warf Abbot einen schuldbewussten Blick zu und sagte dann zu mir: »Nichts für ungut. Ich rauche kein Gras mehr.«

»Schon in Ordnung«, murmelte ich.

»Es ist schon zwei Monate her, ehrlich.«

»Okay«, sagte ich, obwohl ich mir nicht so sicher war, ob das ein Anlass zum Feiern war.

»Warum willst du denn nicht Ja zum Heiraten sagen?«, fragte Abbot Charlotte.

»Ich heirate nicht, weil das für Sechzehnjährige nichts ist, Absterizer. Ob sie nun Eltern werden oder nicht«, antwortete Charlotte.

»Schon kapiert«, sagte Adam. »Also hat es nichts damit zu tun, dass du mich nicht genug *liebst*?«

»Du willst mich heiraten, weil ich schwanger bin. Was hat das damit zu tun, dass du *mich* genug liebst?«

Charlotte war lauter geworden, womit sie die Aufmerksamkeit der Engländer und Australier auf sich zog.

»Wissen deine Eltern davon?«, fragte ich Adam leise.

»Nicht so richtig«, sagte er.

»Was heißt das denn?«, fragte Charlotte.

»Sie wissen, dass ich hier bin«, sagte er. »Sie glauben, dass ich mich auf einer Reise auf den Spuren berühmter französischer Maler befinde.« Er sah mich an. »Meine Mutter verwaltet die Ausgaben für erzieherische Maßnahmen, und sie ist ein bisschen weltfremd.«

»Okay«, seufzte ich. »Hört mal zu, ihr müsst es beide euren Eltern sagen. Ich gebe euch ein paar Tage Zeit – höchstens drei –, um euch einen Plan zu überlegen oder wenigstens ein paar Argumente, und dann müsst ihr sie anrufen.«

Sie sahen sich an.

»Meine Mutter wird dir entweder den Fehdehandschuh hinwerfen oder in einen Aschram eintreten. Schwer zu sagen«, sagte Charlotte zu Adam. »Elysius und Daniel werden ausrasten. Schön wird das nicht.«

»Was ist ein Aschram?«, fragte Abbot interessiert.

»Ein anderes Wort für ›Kommune‹. Das ist was für Hippie-Freaks«, erklärte Adam schnell. Dann setzte er sich kerzengerade hin: »Nun, ich sage voraus, dass Bert und Peg es gut aufnehmen werden. Ich bin schließlich der Jüngste. Sie sind schon krisenerprobt. Vielleicht zwingen sie mich, zum Psychiater zu gehen, und der Arzt wird Pegs Medikamente höher dosieren müssen. Aber zum totalen Nervenzusammenbruch wird es nicht kommen.«

»Wenn ihr es ihnen nicht sagt, muss ich es tun«, drohte ich.

»Tja, dann haben wir wohl keine Wahl«, sagte Charlotte.

Adam lächelte.

»Ein paar Argumente können wir uns ja gemeinsam überlegen. Das kriegen wir noch hin.«

Charlotte nickte.

»Okay.«

»Nimmst du auch Vitamine?«, fragte Adam. Die Frage hätte eigentlich ich stellen müssen.

»Natürlich«, beruhigte Charlotte ihn. »Riesenkapseln. Die hab ich aus dem Reformhaus.«

»Sind die auch speziell für Schwangere?«, fragte Adam besorgt.

»Ja«, gab Charlotte gereizt zurück. »Soll ich dir die Packung zeigen?«

»Ich hätte nichts dagegen«, sagte er. »Über Folsäure wird viel Forschung betrieben. Ist da auch genug Folsäure drin?«

Von dem Moment an hatte Adam Briskowitz es mir angetan. Er hatte sich schlaugemacht und im Flieger Babyratgeber gelesen. Dann erkundigte er sich bei Charlotte, ob ihr morgens schlecht sei und ob sie Schmierblutungen oder Kreislaufprobleme habe. Was Charlottes Gesundheit und die des Babys betraf, war er nicht im Geringsten zerstreut oder philosophisch.

Später steckte ich Abbot ins Bett. Die verletzte Schwalbe hatte sich im Karton zur Nachtruhe begeben. In einer Ecke des Kartons hatten ihr Abbot und Julien aus ein paar Zweigen, Gras und einem Geschirrtuch ein kleines Nest gebaut. Es kam mir vor, als hätte diese gemeinschaftliche Mission große Bedeutung für sie. Was würde passieren, wenn der Vogel starb? Ich war hin- und hergerissen. Den Vogel abzuschreiben konnte ich nicht vorschlagen, und trotzdem schien jeder Moment, den Julien und Abbot in ihn investierten, den Einsatz einer Wette zu erhöhen, die sie sowieso nicht gewinnen konnten.

Abbots Skizzenheft lag neben ihm im Bett, und in der Hand hielt er seine Taschenlampe, mit der er nachts gern aus dem Fenster leuchtete, »nur um zu sehen, was da draußen ist«, wie er sagte. Aber ich glaubte, er benutzte die Taschenlampe auch, wenn ich das Licht ausgemacht hatte, um noch unter der Bettdecke zu malen. Jetzt knipste er sie an und aus.

»Erzähl mir eine Henry-Geschichte«, flüsterte er.

Ich gab zwar zu Hause nicht jeden Abend Henry-Geschichten zum Besten, aber seit wir hier waren, hatte ich keine Henry-Geschichten mehr erzählt. Warum das so war, hatte ich mich bisher nicht gefragt, aber jetzt schon. Abbot hatte bestimmt intuitiv erahnt, dass ich unter anderem hierhergekommen war, um uns wenigstens zum Teil von unserer Trauer über Henry zu befreien. In gewisser Weise suchte ich nach einer neuen Beziehung zu Henry. Unser Zuhause war vollgestopft mit Andenken an ihn. Daheim erinnerte mich jede Straßenecke an Henry, jeder Park und jeder Spielplatz, das Haus von Elysius und Daniel, die Nachbargärten, der Cake Shop, die Innenstadt, Abbots Schule. Aber hier war ich nicht ständig mit Henry konfrontiert, weil ich ihn einfach in mir tragen durfte. Zum ersten Mal, seit wir hier waren, wurde mir klar, dass mein Verhältnis zu Henry sich verändert hatte. Es war ruhiger geworden.

»Eine Henry-Geschichte«, überlegte ich. Ich musste an Adam Briskowitz denken. Henry hätte den Jungen vergöttert. Da fiel mir eine Geschichte ein, die ich Abbot noch nicht erzählt hatte.

»Mit sechzehn hat dein Vater Baseball gespielt. Seine Mannschaft hat in dem Jahr sogar das landesweite Turnier gewonnen. Es stand unentschieden, und er hat den entscheidenden Treffer erzielt. Aber er hat mir auch gestanden, dass er sich einmal eine Pfeife und ein Smoking-Jacket gekauft hat. In dieser Beziehung konnte dein Vater ein bisschen komisch sein.«

»Was ist ein Smoking-Jacket?«

»Das ist ein schicker Hausmantel, den die Engländer früher beim Pfeiferauchen getragen haben. Ich hab ihn gefragt, wo er das Smoking-Jacket herbekommen habe, und er gestand mir, dass es eigentlich nur ein Bademantel gewesen sei.«

»Warum wollte er denn ein Smoking-Jacket tragen und Pfeife rauchen?«

»Ich glaube, weil er kultiviert sein wollte«, sagte ich. »Er wollte nicht nur Baseballspieler sein. Aber eigentlich wusste er gar nicht, was Kultiviertheit war.«

»Hat er die Pfeife auch wirklich geraucht?«

»Das weiß ich nicht.«

»Aber er war doch noch ein Junge, ungefähr in Charlottes Alter.«

»Ja, ein Junge, der versuchte, ein alter Mann zu sein.«

»Und jetzt wird er nie ein alter Mann«, sagte Abbot.

»Nein.«

»Dann ist es gut, dass er es mit sechzehn ausprobiert hat.«

»Wahrscheinlich, ja.«

»Erzähl mir noch eine Hausgeschichte«, bat er. »Vielleicht eine über dich.«

»Die Geschichte mit den Resedafaltern hab ich dir schon erzählt.«

»Dann erzähl mir eine andere.«

Ich überlegte.

»Diese Geschichte hat sich in der Nähe des Hauses ereignet, oben auf dem Berg.«

»Okay«, sagte Abbot.

»Julien und ich kannten uns schon als Kinder. Einmal hat er mich angestachelt, mit ihm hinauf auf den Berg zu einer kleinen Kapelle zu gehen, die in den Fels gebaut ist. Das ist die Kapelle von Saint Ser, wo ein Einsiedler wohnte, dem man, wie Julien mir erzählte, zuerst die Ohren und dann den Kopf abgehackt hatte.«

»Ein Eremit ohne Ohren und Kopf?«, fragte Abbot gespannt.

»Ja, und Julien hat mir weisgemacht, er sei ein Geist, aber ein guter Geist, weil er über die Seelen der Menschen wache, die am Berg ihr Leben gelassen hätten.«

»Hat er seinen eigenen Kopf getragen wie die Figur auf dem Bild in Notre-Dame?«

»Ich habe ihn nicht zu Gesicht bekommen. Aber einmal hab ich mir eingebildet, dass er meinen Namen geflüstert hat.«

»Ein guter Geist«, sagte Abbot fasziniert, »der Seelen beschützt.«

»Ja, die Kapelle gibt es immer noch. Vielleicht gehen wir mal hin.«

Er dachte kurz darüber nach.

»Julien meint, wir müssen die Schwalbe morgen freilassen. Wir hätten nicht so lange warten dürfen. Aber ich finde, es braucht noch Zeit, damit ihr Flügel wieder heil werden kann.« Abbot bewegte sich unter den Laken. »Glaubst du, dass die Schwalbe fliegt?«

»Ich weiß nicht«, sagte ich. »Aber du tust für sie, was du kannst. Das ist mehr, als die meisten Kinder tun würden. Eigentlich die meisten Menschen. Normale Menschen wären wahrscheinlich einfach an dem Vogel vorbeigelaufen und hätten ihr Leben weitergelebt. Aber du bist stehen geblieben, um ihm zu helfen. Das ist bemerkenswert.«

Er lächelte.

»Der Tag heute war seltsam.«

»Stimmt.«

»Ist Charlotte wirklich schwanger?«

»Ja.«

»Kriegt sie deshalb Schwierigkeiten?«

»Schwer zu sagen. Eltern können wegen so was ausflippen.«

»Würdest du ausflippen, wenn sie deine Tochter wäre?«

»Ich glaube nicht.«

»Ich mag Babys. Alle mögen Babys.«

»Du warst ein tolles Baby.«

»Ich war ein *bemerkenswertes* Baby.«

Ich küsste Abbot auf die Stirn.

»Schlaf jetzt, mein bemerkenswertes Baby.« Ich stand auf.

»Die Schwalbe, schläft sie?«

Ich sah im Karton nach. Der Vogel mit seinem derangierten Flügel sah zu mir hoch.

»Nein. Aber wir machen jetzt das Licht aus. Das wird ihr helfen.«

»Okay«, sagte er. »Gute Nacht.«

»Gute Nacht.«

Charlotte war in ihrem Zimmer und hörte Radio. Sie und Adam waren nach dem Abendessen zu einem kurzen Spaziergang aufgebrochen, waren jedoch – beide rot vor Wut – auf unterschiedlichen Wegen nach Hause gekommen. Er war mit großen Schritten durch die Gärten geeilt, während sie durch den Weinberg zurückging. Ich fragte mich, ob ihnen drei Tage reichen würden, um zu einer gemeinsamen Lösung zu kommen.

Ich lief hinunter in die Küche und schenkte mir ein Glas Rotwein ein. Gedankenverloren starrte ich auf die Stelle, wo früher der Ofen und die Schränke gewesen waren. Die Küche wird nie fertig, dachte ich resigniert. Ich setzte mich an den Tisch, stellte das Weinglas vor mich und stützte den Kopf auf die Hände. Ich dachte an meine Mutter in genau dieser Küche in dem Sommer, als sie verschwand. Hatte sie gelernt, auf das Haus zu hören? Was hatte es ihr gesagt?

Ich schloss die Augen und versuchte, auch wenn ich mir dabei töricht vorkam, ihm zuzuhören. Was hätte ich auch sonst in einem solchen Moment tun können?

Natürlich sagte das Haus kein Wort, aber es schien um mich herum anzuschwellen. Jetzt, wo ich von Charlottes Schwangerschaft wusste, kam es mir belebter vor. Ich dachte an den winzigen Fötus, der sich in ihr bewegte, und an die Schwalbe, die im Pappkarton raschelte. Ich fragte mich, was als Nächstes passieren würde. Wie sähe unser Leben in einem Jahr aus? Wo wären Charlotte und ihr Baby dann? Bei Elysius und Daniel in ihrem Riesenhaus? Bei ihrer Mutter, die ihre Edelsteine zurate zog? Würde Charlotte sich Universitäten ansehen, sich auf Auswahlgespräche vorbereiten? Würde Adam Briskowitz in den Semesterferien nach Hause kommen? Würde er doch noch Philosophie studieren? Und wer würde sich in dem Fall um das Baby kümmern?

Das Haus schwieg. Ich hatte zu viel auf einmal gefragt. Ich hatte es mit Fragen bombardiert und nicht mehr zugehört.

Es klopfte an der Tür, die sich millimeterweise öffnete.

Im Bruchteil einer Sekunde wurde mir klar, dass ich mir wünschte, dass es Julien war.

»Herein.«

»*C'est moi*«, sagte Julien. Er trat ein und sah sich in der Küche um. »Es sieht schön aus hier drin. Sehr schöne Arbeit.«

»Danke«, antwortete ich. »Es wird allmählich.«

»Ich wollte dir etwas sagen.«

»Du bist doch hoffentlich nicht schwanger?«

Er lachte.

»Ich glaube nicht.«

»Es war ein langer Tag.«

»Ich weiß«, sagte er. »Ich glaube, ihr geht es gut. Sie ist gesund und ist hier glücklich, *non*?«

Ich erinnerte mich, wie unglücklich Charlotte zu Hause gewesen war, und fand, dass Julien recht hatte. Ihr machte das Kochen Spaß, und ebenso gerne malte sie Vögel mit Abbot.

»Sie ist glücklich. So glücklich habe ich sie lange nicht erlebt.«

»Vielleicht wird alles gut«, sagte er. »Der Junge, Adam, ist … interessant.«

Ich nickte.

»Ich mag ihn.«

»Er ist exzentrisch.« Julien wirkte rastlos. Ich fragte mich, ob er Zeit schinden wollte. »Willst du draußen sitzen?«, fragte er und nahm die Flasche vom Tisch. »Es ist eine warme Nacht.«

Wir nahmen Weingläser und die Flasche mit und setzten uns auf die Gartenstühle am Springbrunnen mit der kaputten Pumpe.

»Was wolltest du mir denn sagen?«, fragte ich.

»Es geht um den Vogel«, sagte er.

»Die Schwalbe?«

»Ja«, sagte er und schüttelte den Kopf. »Der Vogel wird wahrscheinlich sterben.«

»Sterben sie denn normalerweise?«

»Manchmal überleben sie auch. Aber als du mir erzählt hast, dass er den Vogel gesund pflegen und ihn dann freilassen will, musste ich gleich an deinen Mann denken. Und nachdem jetzt der Junge hier und Charlotte schwanger ist, finde ich erst recht, dass es keine gute Idee ist. Abbot wird den Vogel freilassen, und was, wenn er nicht fliegen kann, auf den Boden prallt und stirbt? Tut mir leid, dass ich diese Idee hatte. Sie stammt aus der Zeit, als ich noch ein Junge war. Aber deine Familie ist jetzt … zerbrechlich.«

Er trank einen Schluck Wein. Ich nahm die Flasche, schenkte ihm nach und seufzte.

»Ich weiß, wie es ist, den Vater zu verlieren. Wir waren auch eine zerbrechliche Familie. In anderer Hinsicht zerbrechlich. Aber ich weiß, wie es ist, in gewisser Weise. Der Vater ist da, und dann ist er es nicht mehr.«

Das überraschte mich. Tod war zwar etwas anderes als Verlassenwerden, aber mir wurde klar, dass Julien Abbot in einer Art und Weise verstand, wie es mir verwehrt blieb. Meine Mutter war ja nur für einen Sommer verschwunden. Aber in Abbots und Juliens Fall gingen ihre Väter weg und kamen nicht zurück.

Julien stützte sich mit den Ellbogen auf die Knie. »Vielleicht kann ich den Karton mitnehmen und sagen, dass ich den Vogel am Morgen gefüttert habe, dass ein Wunder geschehen ist und der Vogel weggeflogen ist.«

»Nein«, sagte ich.

»Was sollen wir sonst machen?«

»Ich finde, wir sollten es Abbot machen lassen.«

»Wirklich?«, fragte er. »Aber was, wenn …«

»Wir müssen uns auf das Leben einlassen«, erklärte ich. »Wir müssen daran arbeiten, Freude zu empfinden. Das hast du mir doch gesagt, stimmt's? Und das ist mit Risiken verbunden.«

»Ja.« Er hielt das Weinglas in seiner Handfläche. »Du hast recht.«

»Es ist nur so schwer«, sagte ich. »Henry wüsste, was zu tun ist. Er würde das Richtige sagen. Ich vermisse ihn.« Mein Gesicht fühlte sich warm an, und mir schnürte sich die Kehle zu. Ich wusste, dass ich gleich weinen würde. Es hatte sich den ganzen Tag über angestaut. Die Tränen liefen mir nur so über die Wangen. »Entschuldige«, krächzte ich und wischte sie mir weg. »Ab und zu überfällt es mich immer noch.«

»Wie war er denn so?«, fragte Julien.

»Willst du das wirklich wissen?«

»Ja.«

Ich fing an zu erzählen, zunächst zögernd, doch dann fand ich es merkwürdig befreiend, Henry jemandem zu beschreiben, der ihn nie getroffen hatte. Ich schilderte ihm nicht nur Henry, den Cake Shop und unser gemeinsames Leben, sondern auch seinen unverwüstlichen Vater, Tony Bartolozzi, und seine ihn abgöttisch liebende Mutter und seinen jüngeren Bruder, den alle Jimbo nannten, der als kleiner Junge bei jener Grillparty fast im Pool ertrunken wäre. Als ich ihm die Geschichte erzählte, wie Henry und ich uns kennen gelernt hatten, bat Julien mich, für ihn *Brandy* zu singen.

»Nein«, wehrte ich ab. »Ich kann nicht singen. Es klingt schrecklich.«

»Aber damals hast du auch schrecklich geklungen.«

»Da war ich betrunken.«

»Dann trink was, und sing dann!«

Obwohl ich schon leicht angesäuselt war, schüttelte ich den Kopf. Stattdessen erzählte ich ihm die Geschichte von Abbots Empfängnis, von dem Quasi-Unfall, und er gestand mir, dass seine Tochter Frieda geplant gewesen war, dass Tests zur Vorhersage des Eisprungs gemacht worden waren und die Ärzte seiner Frau Hormonpillen verschrieben hatten.

Ich erzählte ihm von meiner Fehlgeburt und auch den Teil, den ich noch nie jemandem erzählt hatte: wie Henry mich in der Wanne gefunden hatte, als ich durch die Löcher ins Kinderzimmer lugte.

»Ich hatte Fieber, was mit der Fehlgeburt nichts zu tun hatte, aber er war besorgt. Er hat mich hochgehoben und zurück ins Bett getragen.«

Julien schwieg, und dann sagte er:

»Er hat dich geliebt.«

»Ja«, sagte ich wehmütig.

»Nein«, sagte er und schüttelte den Kopf. »Nicht jeder liebt so wie er. Er hat dich *geliebt*. Alle halten es für ein Geschenk, von jemandem geliebt zu werden, aber sie haben unrecht. Das schönste Geschenk ist es, jemanden lieben zu dürfen – so, wie er dich geliebt hat. Diese Art von Liebe zu kennen.«

»Vielleicht hast du recht«, sagte ich nachdenklich. »Ich durfte ihn auch auf diese Weise lieben.«

Wir schwiegen eine Weile, und ich erinnerte mich daran, wie es gewesen war, sich in Henry zu verlieben, dass er genau der Mensch gewesen war, auf den ich gewartet hatte. Als ich ihn kennen lernte, war es, als öffnete ich ein Geschenk nach dem anderen. Doch jetzt reichte ich die Geschenke weiter, jede Geschichte war ein Geschenk, das Julien auspacken konnte. Früher hatte ich geglaubt, ich hätte nach Henry gesucht, aber eigentlich hatte ich, ohne es zu wissen, auf ihn gewartet, und jetzt schien ich auf mich selbst zu warten, ohne mir dessen bewusst zu sein. Während ich Julien ein paar Geschichten aus meinem Leben erzählte, wurde mir klar, dass ich vielleicht mich selbst vermisst hatte. Und hier saß ich nun und kam mit jeder ausgepackten Geschichte ein wenig mehr zum Vorschein.

Ich fragte ihn nach seiner Exfrau Patricia. Er holte tief Luft, und da wurde mir klar, dass er schön war, und zwar nicht nur wegen seines Gesichts oder seiner Haltung, sondern aufgrund der Art, wie er mir zuhörte; ich mochte seinen ratlosen Gesichtsausdruck, als ich ihm pantomimisch etwas zu erklären versuchte, wovon er noch nie etwas gehört hatte; mir gefiel, wie er den Kopf schüttelte, als er ungewollt lachen musste. Und mir gefiel seine Art, wie er über seine gescheiterte Ehe und seine Frau sprach. Ihre Mutter war Opernsängerin – sehr streng und anspruchsvoll. Ihr Vater war ein sentimentaler Typ, der sogar bei der Fernsehwerbung weinte. Julien vermisste seine Exfrau mit allen ihren Macken. Wenn sie in die Sonne ging, musste sie immer vier Mal niesen. Sie war abergläubisch, obwohl sie es vehement abstritt, und trug seit dem siebzehnten Lebensjahr denselben Glücksbringer, dessen Kette sie schon oft ersetzt hatte. Sie führte beim Kochen Selbstgespräche. Und als sie sich trennten, versuchte er unterzutauchen. Er zog zu seinem Freund Gérard, einem Junggesellen, der in Marseille lebte.

»Gérard flirtet für sein Leben gern. Er liebt die Frauen und verabscheut die Ehe. Ich dachte, es könnte Spaß machen, wieder Junggeselle zu sein. Aber eigentlich ging ich abends meist zur Notre-Dame de la Garde, der Kathedrale auf dem Hügel nahe am Meer. Ich bin nicht reingegangen. Davor steht eine Mauer. Von dort habe ich aufs Meer hinausgeschaut, als warte ich auf ein Schiff, das zurück nach Hause käme. Aber es kam nicht. Und mit der Zeit rechnete ich auch nicht mehr damit.«

Vielleicht war das mein Problem. Ich rechnete immer noch damit, dass Henry zurückkäme.

»Warum hat es mit euch beiden nicht geklappt?«, fragte ich.

»Da könnte ich viele Faktoren aufzählen. Ich war nicht das, was sie wollte. Ich war kein Mann, den ihre Freunde bewundern konnten. Ich war lustig, wenn ich ernst sein sollte. Ich war nicht gut genug. Und ich war es leid, mich ständig zu bemühen, gut genug zu sein.« Er lächelte traurig. »Sie hat den Falschen geheiratet. So einfach ist das.« Er winkte ab. »Warum bist du eigentlich hier? Bitte antworte nicht: wegen dem Haus. Warum bist du wirklich hier?«

Ich erzählte ihm von dem Abend, an dem ich das violette Plastik-Ei gefunden und das Wort *Henry* im Wörterbuch nachgeschlagen hatte und auf das Wort *hic et nunc*, augenblicklich, gestoßen war.

»Und deshalb bist du hier?«, fragte er ungläubig. »Wegen diesem einen Wort?«

Ich nickte.

Er lehnte sich zurück und starrte auf die Steine, die der Steinmetz am Springbrunnen zurückgelassen hatte, ein kräftig gebauter Mann mit Hängebacken und wunderschön vernarbten Händen. »Ich glaube, da steckt mehr dahinter«, sagte er.

»Was meinst du damit?«

»Meine Frau hat ihr Glücksbringerarmband getragen, seit sie siebzehn war, aber sie versteht es nicht.«

»Versteht was nicht?«

»Es liegt nicht am Armband«, sagte er. »Es liegt daran, dass sie an das Armband *glaubt*.«

»Fragst du mich, woran ich glaube?«

»Ja.«

»Ich habe Abbot heute Abend die Geschichte von Saint Ser erzählt, dem Beschützer der Seelen. An ihn habe ich geglaubt, als ich klein war und du mich zu dem mühseligen Marsch auf den Berg gezwungen hast.«

Er stand auf.

»Was ist?«, fragte ich.

»Das ist ein gutes Beispiel. Es gab gar keinen Geist. Ich habe den Geist erfunden, weil ich dir Angst machen wollte. Aber dann bekam ich selbst Angst, und da habe ich behauptet, er sei ein guter Geist, ein Beschützer. Als wir die Glocke geläutet haben, um den Geist zu rufen, und am Altar auf ihn gewartet haben, hast du gehört, wie er deinen Namen flüsterte.«

»Ich war noch ein Kind.«

»Ein Kind, das an einen Geist glaubte.«

Ich erstarrte.

»Nennst du Henry einen Geist?«

»Nein, Henry ist real. Patricia ist real«, sagte er. »Im Moment besteht das Problem darin, dass du und ich die Geister sind.«

Ich musste an mein geisterhaftes Spiegelbild im fast blinden Schrankspiegel im Loft von Daniels Atelier denken. Doch in diesem Moment war Julien für mich real, schön und real.

»Ich sollte jetzt lieber reingehen«, sagte ich. »Es ist schon spät.«

»Du hast gar nicht gesungen.«

Ich stand auf und schlüpfte in meine Flip-Flops.

»In dem Lied geht es um Brandy. Sie ist zwar ein tolles Mädchen, aber der Seemann kann sich nicht an sie binden, weil er mit dem Meer verheiratet ist.«

»Du hast immer noch nicht gesungen«, protestierte er.

»Wir sehen uns morgen.«

»Und morgen singst du dann?«

Ich lief zur Tür.

»Ich glaube nicht!«

»Bedeutet das Ja?«

»Aber vielleicht auch Nein.«

In den nächsten drei Tagen brachte es Abbot immer wieder fertig, die Freilassung des Vogels zu verschieben. Stattdessen öffnete er die Küchenfenster und ließ Fliegen hereinschwirren, die er mit ruhiger Entschlossenheit und einer ziemlich guten Trefferquote mit Hilfe einer Fliegenklatsche jagte und an die Schwalbe verfütterte. Sein getreues Skizzenheft hatte er dabei immer unter dem Arm.

Das war natürlich nicht gut. Julien flüsterte mir zu:

»Er entwickelt eine Zuneigung zu dem Vogel. Dann wird es noch schwieriger, wenn …«

»Ich weiß«, flüsterte ich zurück. »Ich hab's kapiert.«

»Ein Wunder?«, schlug er vor. »Mitten in der Nacht? Die Schwalbe fliegt weg?«

Ich schüttelte den Kopf. »Das durchschaut er.«

Adam Briskowitz und Charlotte stritten sich laut und heftig. Manchmal ging Charlotte seelenruhig spazieren, während Adam sie umtanzte wie einen Maibaum. Wenn ich zufällig eine ihrer Auseinandersetzungen mitbekam, ging es jedoch nie darum, dass sie ein Kind bekamen oder dass ihre Eltern ausflippen könnten. Es waren immer abstrakte Themen: der Nahostkonflikt, Talent kontra eine starke Arbeitsethik, die Unersättlichkeit der Konzerne, die religiös geprägte Erziehung von Michael Moore, und einmal hätte ich schwören können, das Wort *Reaganomics* gehört zu haben. Ich konnte mich des Gedankens nicht erwehren: die Jugend von heute …

Hörte ich unterdessen auf das, was das Haus mir sagte? Fühlte ich, baute ich eine Beziehung zu ihm auf und ließ ich Entscheidungen reifen? Ich versuchte es.

Véroniques Bauleiter hieß Maurice. Er war breit gebaut und braun gebrannt, etwa in ihrem Alter, sein Gesicht vom Wetter gegerbt und in jeder Hinsicht sexy. Als er zu einem Vorgespräch mit mir und Véronique kam, die bei Übersetzungsproblemen einspringen sollte, hätte ich schwören können, dass sie miteinander flirteten. Zudem brauchten wir gar keine Übersetzungshilfe, weil sein Englisch tadellos war. Er hatte eine ganze Zeit in Kalifornien gelebt und konnte surfen. Dass ich noch nie gesurft hatte, machte ihn sprachlos.

»Wirklich? Aber Sie haben doch so tolle Wellen!« Zerknirscht entschuldigte ich mich für die mangelnde Wertschätzung, die ich für meine Heimat empfand.

Wir gingen über das Grundstück und ums Haus herum, sprachen über die Vorstellungen meiner Mutter, und Maurice machte sich Notizen. Dann setzten wir uns an den Küchentisch und sprachen über bauliche Veränderungen, Haushaltsgeräte, Stromanschlüsse, Beleuchtung, sanitäre Anlagen, Kacheln, Farben und über Geld. Er bot mir noch mehr Kataloge an.

»Und der Zeitplan?«, fragte ich zweifelnd. »Dauert es wirklich zwei bis drei Monate, bevor wir loslegen können?«

Er lächelte.

»Der Ochse ist langsam, aber die Erde ist geduldig.«

»Ist das ein französisches Sprichwort? Habt ihr hier viele Ochsen?«

Er und Véronique lächelten. Nein, nicht viele.

Ich rief meine Mutter an, informierte sie, dass ich mich für Maurice als Bauleiter entschieden hätte, und berichtete ihr von dem Gespräch mit ihm.

»Ich kann nachts nicht schlafen«, sagte sie unvermittelt.

»Wegen der Hausrenovierung?«

»Nein, daran liegt es nicht.«

»Was ist los?« Ich war gerade dabei, eine Wäscheladung auf das wackelige Holzgestell in Charlottes Zimmer zu hängen.

»Keine Ahnung. Ich finde keine Ruhe. Ich habe das Gefühl, dass alles auseinanderbricht.«

Am liebsten hätte ich ihr gesagt, dass sie damit gar nicht so falsch liege, dass sie eine Vorahnung habe, dass schon bald die Hölle los sei, aber das tat ich natürlich nicht. Es würde sie in eine unmögliche Situation bringen, und sie würde auf der Stelle Elysius anrufen. Denn wenn meine Mutter Bescheid wüsste, und sei es nur einen Tag, bevor Charlotte es ihren Eltern beichten würde, könnte es dem Vertrauensverhältnis zwischen Elysius und meiner Mutter großen Schaden zufügen. »Worüber machst du dir denn Sorgen, wenn du nicht schlafen kannst?«

»Ich stelle mir dich mit Abbot und Charlotte dort vor, und sobald ich das tue, erinnere ich mich an das letzte Mal, als ich da war. Das war eine schwere Zeit für mich. Das weißt du ja.«

»Ja«, murmelte ich. »Natürlich.«

»Was hat dir Véronique sonst noch erzählt?«

»Das hab ich dir doch gesagt. Sie hat dich als Diebin bezeichnet, aber es war nicht böse gemeint.«

»Ich weiß«, seufzte sie. »Aber hat sie noch etwas erwähnt?«

»Sie hat gesagt, du könntest mir etwas beibringen.«

»Also bitte!«, sagte sie verächtlich. »Ich kann dir nichts beibringen!«

»Sag mir, was in jenem Sommer passiert ist.«

Es war still in der Leitung.

»Sag es mir«, drängte ich sie.

»Ich hatte mich verloren«, flüsterte sie.

»Hat dich jemand gefunden?«

Meine Mutter schwieg. Schließlich sagte sie:

»Das ist längst Geschichte.«

»Aber es bringt dich nachts um den Schlaf.«

»Dein Vater weiß nichts davon. Und so soll es auch bleiben.«

»Was sollte ich ihm denn erzählen? Ich habe keine Ahnung, was passiert ist. Hattest du eine Affäre?«

»Es war schlimmer als eine Affäre«, antwortete sie. »Ich habe mich verliebt.«

Ich kam nicht ganz mit, und mir stockte der Atem.

»Warum hast du dich verliebt?«

»Ich wollte das nicht!« Sie klang fast wie ein Kind.

»Aber du bist doch zurückgekommen. Wie hat es geendet?«

»Vielleicht hat es gar nicht aufgehört«, sagte sie. »Du wolltest doch unbedingt wissen, warum ich nachts nicht schlafen kann!«

»Du denkst immer noch an ihn?«

»Ich denke nicht so sehr an ihn ...« Sie schwieg. »Ich denke eher an das andere Leben, das ich nicht gelebt habe ...«

Das erinnerte mich natürlich an Henry. Ich musste für immer ohne ihn leben, auch dahinter verbarg sich eine verpasste Gelegenheit, eine Leere, die ich für immer mit mir herumtragen würde. War das eine der Lektionen meiner Mutter?

»Aber du bist nicht geblieben. Was ist passiert?«, fragte ich noch einmal.

»Ein Feuer ist ausgebrochen«, sagte sie vage. »Ein riesiges Feuer. Das kannst du dir nicht vorstellen – der ganze Berg stand in Flammen. Das war doch ein Zeichen, oder? Ein deutlicheres Zeichen brauchte ich nicht.«

»Ein Zeichen, das dir was sagte?«

»Dass ich nach Hause zurückkehren musste.«

Der nächste Tag, an dem Adam und Charlotte ihre Eltern anrufen sollten, fiel auf den französischen Nationalfeiertag. Ich erinnerte mich nur undeutlich an die Feiern meiner Mutter bei uns zu Hause im Garten, die auf eine Neuauflage des vierten Juli hinausliefen. Sie kaufte im Ausverkauf rote, weiße und blaue Wimpel, aber keine amerikanischen Fähnchen. Und hier in der Provence hatten wir den französischen Nationalfeiertag auch schon festlich begangen. Damals zog ich mit Elysius, Julien und seinem älteren Bruder und den anderen Kindern aus dem Dorf bei Einbruch der Dunkelheit mit Lampions durch die Straßen. An jenem Morgen sah ich Julien im Garten und fragte ihn:

»Findet immer noch der Lampionumzug statt?« Ich trug meine Malerjeans. Mein blaues und Abbots rubinrotes Zimmer hatte ich inzwischen fertig und renovierte jetzt Charlottes Zimmer, sodass die Hose eine neue Schicht aus grünen Spritzern aufwies.

»Ich weiß nicht«, sagte er. »Aber ich finde es heraus. Willst du zum Fest ins Dorf gehen?«

»Ich möchte das Gefühl haben, dass wir dazugehören.« Außerdem wollte ich wissen, ob es wirklich nach all den Jahren noch so war wie in meiner Erinnerung, der Anblick der runden, hin und her schaukelnden Lampions. Ich musste an meine Mutter denken, wie seltsam es für sie sein musste, so viele ähnliche Erinnerungen zu haben, die ihr nicht mehr aus dem Kopf gingen, und wie sie sich fragte, ob sie je hierher zurückkehren würde. Würde es mir mit meinen Erinnerungen an Henry genauso ergehen? Würden sie verschwimmen und mir nach und nach entgleiten, würden sie ihre Detailgenauigkeit verlieren und immer assoziativer werden? Die Vorstellung tat mir im Herzen weh.

Charlotte und Adam kamen am Springbrunnen vorbei, wo ich mit dem Installateur sprach, einem Experten, den Véronique zwecks Reparatur der Pumpe zurate gezogen hatte. Er war ein junger Mann, der Sicherheitsstiefel trug und wie so oft ein sehr weites Muskelshirt. Am heutigen Feiertag war er nur gekommen, um seinen Scheck abzuholen. Der Springbrunnen war wieder mit klarem Wasser gefüllt, die Pumpe funktionierte, und das Wasser plätscherte angenehm. Ich hatte vor, noch in derselben Woche die Koi-Karpfen zu kaufen.

Julien und Abbot waren zur Feier des Tages zum ersten Mal in den frisch renovierten Swimmingpool gesprungen. Immerhin diente der Feiertag allgemein zur Erholung. Ich hörte, wie Julien Abbot die französische Nationalhymne beibrachte. Die Schwalbe hockte in ihrem Karton unter einem schattigen Baum – sie war immer in unserer Nähe, dafür trug Abbot Sorge. Wahrscheinlich lag auch sein Skizzenheft aufgeschlagen daneben.

»*Merci*«, sagte der Installateur und nahm seinen Scheck entgegen, den er mit einer Hand zusammenfaltete und einsteckte. Als Charlotte zu uns kam, lächelte er sie an, was Adam prompt mitbekam. Er richtete sich auf und trat einen Schritt näher zu ihr. Ich nahm das als gutes Zeichen. Ich kapierte zwar nicht, wieso sich ein angehender Studienanfänger über *Reaganomics* aufregte, aber das verstand ich – ein leichter Anflug von Eifersucht.

»Jetzt können wir Fische in den Springbrunnen setzen«, verkündete ich stolz.

»Springbrunnen gab es in dieser Region schon in der gallisch-römischen Ära«, sagte Adam.

»Ja«, bestätigte ich. »Bei den Ausgrabungen hier wurde eine große Fläche einer Villa mit einem Springbrunnen freigelegt.«

»Wirklich? Das ist sehr interessant.«

»Heute ist der dritte Tag«, mischte sich Charlotte ein, die wie immer sofort auf den Punkt kam.

»Und?«, fragte ich. »Wie ist der Stand der Dinge?«

»Wir haben Argumente«, sagte Adam.

»Habt ihr die Probleme der Weltpolitik gelöst?«

»Nein«, sagte Charlotte.

»Gewissermaßen«, präzisierte Adam. »Wir sind ziemlich nah dran.«

»Bildet ihr eine geschlossene Front?« Ich rieb mir grüne Farbe von den Handflächen.

Sie sahen sich vorsichtig an, nickten aber beide.

»Wir sind zwar noch unterschiedliche Nationen«, erklärte Adam, »aber wir sind Mitglieder der UN, und wir planen, andere Länder zu uns an den Verhandlungstisch zu holen.«

»Wisst ihr, wie euer Alltag in einer perfekten Welt aussehen würde?«

Als Adam zu einer Antwort ansetzte, legte Charlotte ihm beschwichtigend die Hand auf die Brust.

»Nein, wissen wir nicht. Wir müssen erst in Erfahrung bringen, was die anderen sagen, welche Position sie vertreten.«

»Bert und Peg werden ziemlich gelassen reagieren«, sagte Adam. »Schließlich waren sie fast Hippies. Ich hab sie schon beide stoned gesehen.«

»Dann fang du lieber an«, bat Charlotte.

»Ich soll hier vor allen Leuten anrufen?«

»Wie es dir beliebt«, gab ich zurück.

»Ich gehe noch ein Stückchen«, murmelte er, zog sein Handy aus der Tasche und starrte es an, als hätte er vergessen, wie es funktionierte. Dann klappte er es auf, warf einen Blick zurück zu Charlotte, wählte, hielt sich das Telefon ans Ohr und trottete los. Ich hörte Julien ein Stück von der französischen Nationalhymne singen. *»Aux armes, citoyens, formez vos bataillons«*, dann sang es Abbot mit leiser, hoher Stimme nach.

»Wie läuft es denn wirklich?«, fragte ich Charlotte.

»Schrecklich«, sagte sie. »Ich liebe ihn.«

»Oh.« Damit hatte ich nicht gerechnet.

»Ich weiß, dass du mir nicht glaubst. Würde ich auch nicht. Ich glaube eigentlich nicht, dass sich Sechzehnjährige verlieben können. Aber ich weiß nicht, wie ich es anders ausdrücken soll.«

»Ich glaube dir. Wir sind darauf programmiert, uns zu verlieben.«

»Programmiert«, sagte sie. »Das klingt wie bei Tieren, als hätten wir keine andere Wahl.«

»Wir sind eben Säugetiere.« Ich musste an die Weißwale denken.

»Meine Mom ist zu echter Liebe nicht fähig. Sie kann damit einfach nicht umgehen. Und bei Elysius und Daniel ist es kompliziert. Es ist etwas Ähnliches wie Liebe, aber Liebe ist es nicht, jedenfalls nicht die Art von Liebe, die ich will. Es ist wie eine Vereinbarung auf Lebenszeit, sich umeinander zu kümmern. Aber du und Henry«, sagte sie leise, »das war von Anfang an Liebe, stimmt's?«

»Aber du kannst diese anderen Arten der Liebe nicht einfach abtun. Vielleicht ist deine Mutter zu echter Liebe fähig, kann es aber nicht zeigen. Und Daniel und Elysius teilen etwas miteinander, das Bestand haben wird, immerhin sind es schon acht Jahre. Vielleicht …«

»Ich weiß, ich weiß«, sagte Charlotte. »Aber ich will von dir wissen, und zwar ganz ehrlich, war es mit Henry von Anfang an Liebe?«

Ich wollte meine persönliche Definition der Liebe nicht übermäßig propagieren. Es war eine eng gefasste Definition, und das wusste ich. Aber nur davon hatte ich wirklich eine Ahnung, und ich musste ihr die Wahrheit sagen.

»Es war von Anfang an Liebe.«

»Und es hat gehalten.«

»Und es hat immer noch Bestand.«

Sie nickte.

»Das will ich auch, ob nun mit Adam oder nicht.«

»Ja«, sagte ich. »Das wünsche ich mir auch für dich. Das Problem ist nur, dass es im Moment eher nicht darum geht, ob du in Adam Briskowitz verliebt bist.«

»Ich weiß, ich weiß. Wird er ein guter Vater sein? Kann ich mich auf ihn verlassen?«

»Ja«, sagte ich. »Wie soll er denn sein?«

»Hängt das von mir ab?«

»Du solltest wissen, was du willst.«

Seufzend blickte sie hinauf zum Berg, zum Himmel. In der Ferne stand Adam und starrte, eine Hand in die Hüfte gestemmt, zu Boden.

»Ich denke viel über die Geschichten nach, die du mir über dieses Haus erzählt hast. Die vielen Liebesgeschichten, der Zauber. Aber vielleicht wirkt der Zauber nur bei euch – bei den Frauen aus deiner Familie, in der direkten Verwandtschaft. Was meinst du?«

»Ich weiß nicht, ob ich sie glauben soll.«

»Hm«, sagte sie. »Ich hab sie zuerst auch nicht geglaubt, aber vielleicht hat sich das jetzt geändert. Aber für mich gelten sie nicht.«

»Das kannst du nicht wissen«, widersprach ich. »Schließlich weiß man nie …«

Adam, immer noch in sicherer Entfernung, wirbelte herum. Er schrie etwas, aber wir verstanden nichts.

»Ich glaube, es läuft doch nicht so gut, wie er dachte«, sagte Charlotte.

»Seinen Optimismus finde ich ein bisschen merkwürdig.«

»Er glaubt, seine Mutter wird sich um das Baby kümmern. Er hat sogar gesagt, dass wir zusammenziehen und im Gästehaus am Pool wohnen könnten. Das ist doch Irrsinn! Ich bin erst sechzehn, ich kann doch nicht in einem Gästehaus am Pool der Briskowitzens wohnen, mein Baby morgens bei Peg abgeben und dann zur ersten Stunde in die Schule rennen.«

»Liebt er dich?«

Sie nickte.

»Ich glaube schon, aber er scheißt sich vor Angst in die Hosen. Er gibt es nur nicht zu. Er hat eine Scheißangst.«

Adam stampfte wütend mit dem Fuß auf. Eine kleine Staubwolke erhob sich in die Luft. Er schrie etwas, reckte das Handy über den Kopf und ließ es zuschnappen, als wäre das der feierliche Abschluss einer Flamencovorführung.

»Er ist lustig«, sagte ich.

»Es ist keine Absicht«, sagte sie. »Er ist so.«

Gesenkten Hauptes kam Adam mit großen Schritten auf uns zu. »Plan A«, schrie er, »wird nicht funktionieren! Peg und Bert haben alle Brücken hinter sich abgebrochen!«

»Was ist los?«, rief Charlotte.

»Sie verlangen, dass ich auf der Stelle nach Hause komme.« Er stützte sich schwer atmend mit den Händen auf den Knien ab. »Peg reitet darauf herum, dass ich sie angelogen habe, hier einen Kurs über berühmte französische Maler zu belegen.«

»Hast du ihr nicht gesagt, dass du genau in diesem Moment im Schatten von Cézannes Mont Sainte-Victoire stehst?«, fragte Charlotte.

»Das habe ich ihr durchaus klargemacht, aber es hat sie nicht beeindruckt.«

»Und die Schwangerschaft?«, fragte ich.

»Tja, *das* hat Eindruck gemacht!«, sagte er und richtete sich wieder auf.

»Wie hat sie reagiert?«, fragte ich.

»Sie haben mir nahegelegt, nach Hause zu kommen, und mir mit Stubenarrest gedroht.«

»Stubenarrest?« Ich rieb mir ungläubig die Stirn. »Für Stubenarrest ist es ein bisschen spät. Sie brauchen Zeit. Sonst nichts. Du hast sie total überrumpelt.«

»Das ist ziemlich übel«, stellte Charlotte fest. »Wenn die *krisenfesten Hippies* so mit ihrem vierten Kind umgehen, sitze ich erst recht in der Scheiße!« Sie warf theatralisch die Hände hoch. »Totale Scheiße!«

»Nein«, widersprach Adam, »scheiß auf sie. Ich bin froh, dass ich ihre dunkle Seite kennen gelernt habe. Wir gehen einfach zu Plan B über. Kein Gästehaus am Pool. Du warst sowieso nicht begeistert davon.«

»Und wie lautet Plan B?«, fragte ich.

»Wir beziehen allein ein gemeinsames Apartment in der Stadt. Ich pendele zur Uni und belege nur Abendkurse, und Charlotte macht die Highschool fertig, vielleicht online. Und unsere Eltern zahlen nicht mehr, als sie sowieso für unseren Lebensunterhalt zahlen würden, und wir nehmen beide Nebenjobs an, um die zusätzlichen Kosten für Windeln und Feuchttücher und solchen Kram abzudecken …« Er sprach jetzt mehr zu sich selbst und lief dabei im Kreis herum.

»Warte mal«, sagte ich. »Nun mal langsam.«

Julien und Abbot sangen jetzt aus vollem Halse. »*Marchons! Marchons! Qu'un sang impur abreuve nos sillons!*«

Ich konzentrierte mich auf Charlotte.

»Hör zu. Bist du jetzt bereit anzurufen?«

Sie sah mich nicht an.

»Ich will es hinter mich bringen. Wir müssen wissen, woran wir sind.«

»Okay«, sagte ich. »Willst du mich dabeihaben, oder …?«

Aber sie hatte das Handy schon aufgeklappt, auf Kurzwahl gedrückt und wartete auf eine Stimme am anderen Ende der Leitung.

Adam und ich saßen Seite an Seite am Springbrunnenrand und warteten.

»Was soll ich tun?«, fragte er.

»Du musst flexibel bleiben.«

»Flexibel«, wiederholte er. »Flexibel bleiben.«

»Es geht hier nicht um dich. Du umkreist sie nur. Charlotte und das Baby sind die Sonne. Du musst einfach nur flexibel sein. Umkreise sie weiter. Sei bereit, wenn sie dich ruft.«

»Ich bin bloß ein Planet?«

»Ja.«

»Aber das Baby besteht zur Hälfte aus meinen Genen.«

»Das ist im Moment unwesentlich.«

»Aha.«

»Glaub mir«, sagte ich. »Du kommst bei der ganzen Sache noch billig davon.«

»Ich weiß. Bei allem Respekt, ich war noch nie so erleichtert, als Mann geboren zu sein – trotz der sozioökonomischen Privilegien und dem ganzen gesellschaftlichen Scheiß. Ich bin aus rein anatomischen Gründen froh, ein Junge zu sein.«

»Das solltest du auch.« Ich wandte mich ihm zu. »Wie konnte euch das bloß passieren? Darf ich das fragen?«

»Natürlich dürfen Sie«, sagte er. »Das ist nur recht und billig. Eine gute Frage.« Verlegen hustete er in seine Faust. »Tja, es war nur das eine Mal, nachdem, Sie wissen schon, dabei haben wir es gar nicht wie die Wahnsinnigen getrieben oder so, es war nicht so, als hätten wir permanent wie verrückt …«

»Ich versteh schon. Red weiter.«

»Danach war es weg. Einfach *puff*! Wir konnten es nicht mehr finden.«

»Das Kondom?«

»Volltreffer«, sagte er. »Es war einfach …«

»*Puff*.«

»Verzweifelt gesucht«, meinte er trocken. »Später hat sie es dann gefunden. Aber der Zeitpunkt muss, nun ja, ziemlich günstig gewesen sein.«

»Günstig?«

»Genau. Aber der Ordnung halber sollen alle wissen, dass wir uns um Verhütung bemüht haben. Aber vielleicht habe ich es nicht gut genug drübergezogen, und vielleicht war ich in diesem ... Punkt ... in dieser Angelegenheit etwas nachlässig, aber es ist eben passiert. Bert und Peggy haben zwar nicht danach gefragt, aber ich kann mir vorstellen, dass das in zukünftigen Gesprächen zum Thema wird.«

»Wenn ich dir einen Rat geben dürfte«, sagte ich.

»Natürlich.«

»Ich würde nicht von *einem günstigen Zeitpunkt* reden, sondern versuchen, die Sache einfach und ehrlich zu schildern.«

»Okay«, sagte er.

»Und deshalb, der Einfachheit und Ehrlichkeit halber, liebst du Charlotte?«

»Ich liebe Charlotte«, sagte er, ohne zu zögern. »Ich weiß nicht, was ich damit anfangen soll, aber ich liebe sie.«

Wir saßen schweigend da, bis Charlotte zurückkam. Sie hatte geweint.

Adam stand auf und lief ihr entgegen. Er schlang die Arme um sie, und sie legte den Kopf an seine Schulter. Als sie den Kopf hob, fragte er:

»Wie war es? Was haben sie gesagt?«

Sie sah mich an und lächelte.

»Elysius war so wie immer. Zuerst war sie gar nicht so überrascht, wie ich es mir gewünscht hätte. Vermutlich hat sie bei mir schon immer mit so was gerechnet. Und dann, mein Dad ...« Sie lachte ein wenig. »Er hat gesagt, in meinem Alter schwanger zu sein würde mein Wachstum beeinträchtigen. Ich informierte ihn darüber, dass ich schon seit der siebten Klasse keinen Millimeter mehr gewachsen bin. Das war ihm neu. Dann fing er an, sich aufzuregen, aber so richtig. Da hat Elysius eingegriffen. Sie war toll. Sie hat ihn beruhigt, und gegen Ende hat er genau das Richtige gesagt.«

»Und was?«, fragte Adam.

»Dass das Wichtigste im Moment ist, dass ich und das Baby gesund sind.« Sie setzte sich neben mich auf den Springbrunnenrand. »Er sagte, sein erster Impuls sei, ins nächste Flugzeug zu steigen.« Ihre Stimme stockte. »Aber das kann er natürlich nicht. Er hat sich schon zehn Tage für die Hochzeitsreise frei genommen, und er muss arbeiten.«

Ich legte ihr den Arm um die Schultern.

»Das tut mir sehr leid.«

»Tja, das Gute daran ist, dass er es meiner Mutter beibringen will, und …«, sie atmete tief durch, »er schickt Elysius her.«

»Warum?«, fragte ich.

»Um mich nach Hause zu holen.«

»Willst du denn nach Hause?«

»Ich könnte dich auch nach Hause bringen«, bot Adam an.

»Hast du nicht Stubenarrest?«, fragte Charlotte sarkastisch.

»Das ist überhaupt nicht lustig«, gab Adam zurück.

»Willst du denn nach Hause?«, fragte ich noch einmal.

Charlotte sah sich um.

»Mir gefällt es super hier. Der Berg ist toll. Ich finde es genial, dass ich mal ein wenig durchatmen kann und niemand mich zwingt, die Nase in ein Buch zu stecken, damit ich gute Testergebnisse erziele und zu einem Roboter mit der Zulassung für ein gutes College werde. Hier lerne ich kochen, und Abbot braucht mich, und die Leute scheinen mich zu mögen. Und ich fühle mich hier *selbstsicher*. Wir haben noch fast drei

Wochen vor uns. Deshalb will ich nicht hier weg. Und zwingen können sie mich nicht.« Sie sah mich fragend an. Ich wusste nicht, was ich sagen sollte. Sie schüttelte den Kopf und wischte sich die Tränen weg. »Trotzdem können sie das«, flüsterte sie. »Ich weiß.«

Ich beschloss zu warten, bis meine Familie mich anrief. Ich wusste, dass sie sich melden würden. Ich rechnete fest damit, dass ich als Erstes mit Elysius und dann vielleicht noch mit Daniel sprechen würde. Sie wollten bestimmt wissen, wie es Charlotte ging, die Geschichte aus meiner Perspektive hören, wie lange ich es schon wusste, ob ich eingeweiht gewesen war. Und natürlich wollten sie Informationen über Briskowitz aus mir herausquetschen, den sie sicherlich als ein Problem ansahen, das gelöst werden musste.

Sicherlich rief meine Mutter als Nächste an, da Elysius sie sofort einspannen würde. Charlottes Schwangerschaft riss meine Mutter vielleicht aus ihren Grübeleien heraus. Sie würde zur Höchstform auflaufen, wäre sofort bereit, für Charlotte und Elysius da zu sein, und würde unverzüglich damit beginnen, im Geiste ihr Leben umzumodeln.

Womit ich nicht gerechnet hatte, war ein Anruf von meinem Vater. Ich stand gerade in Charlottes Zimmer auf der Leiter und strich die Zierleisten an der Decke, als Charlottes Handy auf ihrem Nachttisch klingelte. Mein Vater telefonierte nicht gerne, da er immer noch die altertümliche Vorstellung hatte, dass man das Telefon nur in Notfällen benutzte. »Telefone sind keine Walkie-Talkies«, erklärte meine Mutter ihm immer. »Man muss nicht nur seine Koordinaten angeben.« Vermutlich hatte sein Widerwille gegen Telefone und die müßigen Gespräche, die darüber geführt wurden, etwas mit seiner Vorstellung von Männlichkeit zu tun. Er besaß zwar ein Handy, aber wahrscheinlich nur, weil es wie ein Walkie-Talkie aussah. Die Nummer des Anrufers, die auf Charlottes Handy aufleuchtete, war die vom Festnetzanschluss meiner Eltern, und ich ging ran, weil ich dachte, es sei meine Mutter.

Ich stieg von der Leiter.

»Hey, ihr habt es also gehört.«

»Allerdings«, sagte er, und seine Stimme erschreckte mich.

»Ach, Dad«, sagte ich und war auf der Stelle beunruhigt. »Alles in Ordnung?«

»Deine Mutter kommt auch.«

»Mit Elysius? Hierher?«

»Korrekt.«

»Warum?«, fragte ich verwundert. Ich befürchtete, den Grund zu kennen: Es hatte mit ihrer Schlaflosigkeit zu tun, mit ihrer Vorstellung, eine Diebin zu sein. Doch mein Vater wusste von alldem nichts, weshalb es eigentlich zwecklos war, nach dem Grund zu fragen. Ich hielt mich mit einer Hand an einer Leitersprosse fest.

»Sie ist vollkommen fertig, Heidi«, sagte er. »Vollkommen fertig. Sie tut zwar so, als ginge es ihr gut, aber das stimmt nicht, überhaupt nicht. Und …« Seine Stimme zitterte so, dass ich mich fragte, ob er weitersprechen konnte. »Und sie muss es endlich begraben.«

»Begraben? Was meinst du?«

»Ich habe meine Vergangenheit begraben«, sagte er. »Schon vor langer Zeit, aber jetzt ist sie dran.«

»Welche Vergangenheit?«

»Ihre Affäre. In dem Sommer, als sie uns verlassen hat, hatte sie eine Affäre.«

»Mit wem hatte sie die Affäre?«, fragte ich und bemühte mich verzweifelt, angemessen schockiert zu klingen, als hörte ich zum ersten Mal davon.

»Sie ist ja zurückgekommen«, sagte er. »Das war alles, was für mich gezählt hat. Aber ich habe mich geirrt. Sie muss herausfinden, ob es die richtige Entscheidung war. Ich möchte, dass sie sich sicher ist.«

»Mit wem hatte sie die Affäre?«, fragte ich noch einmal.

»Komm schon«, sagte er. »Du stellst die falsche Frage.«

»Ich halte das für eine sehr gute Frage.«

»Solche Fragen stellen nur junge Leute.«

»Warum erzählst du mir das alles? Was soll ich tun?«

»Sag ihr bitte, dass sie das für sich klären muss. Sie muss der Sache auf den Grund gehen. Sie muss herausfinden, wie ihr Leben sonst verlaufen wäre.« Es war still in der Leitung. Ich wusste nicht, was ich sagen sollte. »Tust du das für mich?«, fragte er.

»Ja«, versprach ich.

»Okay«, sagte er. »Pass auf Charlotte auf. Sie braucht dich am meisten.«

»Wirklich?«, fragte ich erstaunt. »Aber Elysius und Mom kommen doch her, und Adam ist auch hier, und ...«

»Schätzchen, sie hat sich schon für dich entschieden.«

»Aha«, sagte ich, unsicher, was mich mehr überraschte: diese Erkenntnis oder dass sie ausgerechnet von ihm kam. Erkenntnisse zu gewinnen war nicht gerade seine Stärke, aber soeben hatte er unter Beweis gestellt, dass er meine Mutter besser kannte, als ich ihm zugetraut hätte. Ich musste an Charlottes Bemerkung über die Liebe denken: Es sollte von Anfang an Liebe sein, wie bei mir und Henry. War das einer der Gründe, warum sie sich für mich entschieden hatte?

»Okay, ich will die Leitung nicht blockieren«, sagte er, wieder ganz der Alte, mit seiner geschäftsmäßigen Telefonstimme. »Wiederhören.«

»Ja.« Ich wusste, wie dringend er auflegen wollte. »Ich habe dich lieb.«

Ihm stockte der Atem, und es wunderte mich, dass er innehielt und die Leitung blockierte, wie er es nannte. Er brauchte einen Moment, um sich wieder zu fangen. Dann sagte er mit rauer, erstickter Stimme: »Ich dich auch.«

Bevor die Feierlichkeiten zum französischen Nationalfeiertag begannen, machten wir im Garten vor dem Haus der Dumonteils ein Picknick. Es war ein üppiges Mahl. Zuerst gab es *Moules à la Marinière* (Miesmuscheln in einer Marinade aus Weißwein, Butter, Zwiebeln, Pfeffer und Zitrone mit viel Petersilie), dann eine Bouillabaisse mit Aal und Strandkrabben. Charlotte erklärte uns den französischen Begriff für Fischsuppe, der eine Zusammensetzung aus den Worten *bout et abaisse* war, was *kochen und pressen* bedeutet. Als Nächstes aßen wir einen Salat mit warmem Ziegenkäse, und zum Schluss eine Auswahl an Desserts, die ich in der Patisserie besorgt hatte.

Mir fiel auf, dass Julien nervös war und die Zufahrt nicht aus den Augen ließ. Mehr als einmal sprang er von seinem Platz auf und lief zum Ende des Gartens, wo Brombeerbüsche standen, als hätte er einen Wagen in die Einfahrt einbiegen sehen.

»Wer kommt denn?«, fragte ich Véronique neugierig, die an einem kleinen Tisch neben mir saß.

»Seine Frau«, klärte sie mich auf. »Noch mehr Papierkram, den er unterschreiben muss. Die Bürokratie nimmt kein Ende. Ich weiß nicht, warum er so unruhig hin und her läuft. Sie ist immer pünktlich. Auf die Minute. Wie die Schweizer.«

Patricia. Meine Reaktion überraschte mich. Neugier, durchaus, aber ich verspürte auch so etwas wie ein unterschwellig nagendes Gefühl der Eifersucht in meiner Brust. Dabei waren die Fragen, die mir durch den Kopf schwirrten, relativ harmlos: Würde sie in der Sonne vier Mal niesen? Würde ich ihr Glücksbringerarmband mit eigenen Augen sehen? Doch dann bemerkte ich, wie ich bissiger wurde: Würde sie wie die Tochter einer Opernsängerin aussehen? Und wie genau sah so jemand aus? Eine Frau mit tadelloser Haltung, allzeit bereit, eine Arie zu schmettern? Eine Walküre mit gehörntem Wikingerhelm?

Ich musste mich darauf gefasst machen, dass sie elegant war, vielleicht sogar schön, und dass sie die elegante Schönheit besaß, die die Französinnen mit solcher Ungezwungenheit zur Schau stellten. Französinnen donnerten sich nicht auf. Sie sahen nie aus, als hätten sie sich die Haare steif gesprüht oder sich eine dicke Schicht Tönungscreme ins Gesicht geschmiert und dabei den Hals vergessen, sondern sie benutzten teure Nachtcremes und glaubten vor allem an ausreichende Flüssigkeitszufuhr. Patricia musste von anmaßender, ungekünstelter Schönheit sein.

Ob sie Frieda mitbrachte? Ich hoffte nicht. Das wäre für Julien nur eine Qual. Eine zerbrochene Ehe war eine Sache, aber wenn eine Familie zerbrach, hinterließ das tiefere Wunden. So oder so war es für ihn schmerzhaft.

Wir diskutierten wahrscheinlich gerade wild über den Sozialismus und die Aushöhlung der von der französischen Regierung eingeführten Fünfunddreißig-Stunden-Woche, als ein Wagen langsam die Zufahrt hinauffuhr. Véronique erzählte uns gerade, dass ihr Städtchen mit staatlichen Mitteln unterstützt werde. Wie sonst hätten es sich die Lädchen leisten können, mit den riesigen Flächen und der billigen Massenware des Monoprix mitzuhalten? Das erklärte auch die eigenwilligen Geschäftszeiten und mein Gefühl, dass sie gar kein Geld zu verdienen brauchten. Es entbrannte eine lautstarke Diskussion über freie Märkte und den Kapitalismus – Themen, deren Für und Wider Amerikaner in Europa erörtern sollten.

»Entschuldigt mich«, sagte Julien und stahl sich davon.

Ich sah ihm nach, während er im Laufschritt den großen Garten durchquerte. Eine der hinteren Türen schwang auf, und ein kleines Mädchen sprang aus dem Wagen. Sie rannte auf Julien zu, der sie hochnahm und auf seinen Rücken hob. Sie schlang ihm die Arme um den Hals, und sie drückten glücklich die Wangen aneinander. Frieda. Sie hatte feine Gesichtszüge und einen kleinen Schmollmund. Sie war atemberaubend schön, und ihre blonden Locken umspielten ihren Kopf wie ein Heiligenschein.

Als Nächstes öffnete sich die Beifahrertür, und Patricia stieg mit einer Aktenmappe in der Hand aus. Sie trug Bermudashorts mit Bundfalten und elegante hochhackige Riemchensandalen. Ihre schwarze Bluse war ärmellos und hatte einen tiefen V-Ausschnitt. Ihre langen, schlanken Arme waren gebräunt. Sie hatte eine überdimensionale Sonnenbrille auf der Nase, und ihre Haare waren mit goldblonden Strähnchen aufgehellt.

Sie tauschten höfliche Wangenküsse aus und unterhielten sich ernst, während Frieda sich, immer noch huckepack, an Juliens Schultern festklammerte.

Und dann, zu meiner großen Überraschung, öffnete sich die Fahrertür, und ein Mann stieg aus. Er war ein bisschen größer als Julien, und kräftiger gebaut. Wie Julien hatte er dunkle Haare und dunkle Augen, er lächelte viel. Bevor bei mir der Groschen fiel, sprang Véronique auf und sagte: »Pascal.«

Es gibt Momente im Leben, in denen einem etwas klar wird, in denen frühere Begebenheiten (Dinge, die dein Unterbewusstsein registriert und sich gemerkt hat, weil sie nicht ganz stimmig waren) plötzlich zusammenpassen und geradezu hörbar einrasten wie Rädchen im Uhrwerk einer Armbanduhr.

In jenem Moment fielen mir all die Kleinigkeiten wieder

ein, die mich auf diesen Schock hätten vorbereiten können. Hatte Véronique mir nicht selbst gesagt, dass die Jungs in letzter Zeit nicht mehr so gut miteinander auskämen? Sie hatte es gesagt, als wüsste ich Bescheid, während ich davon ausgegangen war, dass sie die typischen Rivalitäten zwischen Brüdern gemeint hatte. Sogar Julien hatte zu mir gesagt, dass Patricia sich den Falschen ausgesucht hatte, was ich für nichts weiter als eine merkwürdige Übersetzung gehalten hatte. Doch jetzt sah ich schon an der Art, wie Pascal auf die beiden zuging, sich neben Patricia stellte und den Arm um ihre Taille legte, dass Julien das ganz wörtlich gemeint hatte. Er war die falsche Wahl gewesen – der falsche Bruder –, und sie hatte ihren Fehler korrigiert.

Doch am schlimmsten war, dass ich mich an mein erstes Gespräch mit Julien erinnerte, am Anfang, im Cabrio im Regen. Damals hatte ich ihm gesagt, dass mir der andere Bruder lieber gewesen sei, der mit dem Springstock, worauf er geantwortet hatte, dass ich nicht die Einzige sei.

Véronique winkte und humpelte auf sie zu. Pascal löste sich von Patricia und küsste seine Mutter auf die Wangen. Derweil reichte Patricia Julien die Aktenmappe und einen Stift, der sich daranmachte, die Formulare auf der Motorhaube zu unterschreiben, während Véronique ihre Enkelin herzte und küsste. Dann sprach sie mit Patricia und lud sie offenbar ein, sich zu uns zu gesellen und noch zu bleiben. Als Patricia einen Blick in unsere Richtung warf, nahm ich mein Weinglas und nippte nervös daran. Ich machte eine Pauschalaussage, dass ich mich in Frankreich sehr patriotisch fühlte.

»Wenn sich in Amerika jemand nach meiner Nationalität erkundigt, kann ich nicht einfach ›Amerikanerin‹ sagen, sondern muss Generationen zurückgehen und ausführen, aus welchen Teilen Europas meine Vorfahren stammen. Aber hier«, sagte ich, »kann ich einfach sagen: *Je suis Américaine.* Das ist ein schönes Gefühl.«

»Nicht immer«, sagte Adam sarkastisch.

»Das stimmt«, räumte ich ein. »Wir hatten einige peinliche Präsidenten.«

Ich beobachtete, wie Pascal sich wieder auf den Fahrersitz setzte. Patricia hielt Frieda jetzt in den Armen. Die Kleine weinte, ihr Gesicht war ganz rot und glänzte vor Tränen. Sie rieb eine Haarsträhne ihrer Mutter zwischen den Fingern, die sie auf den Rücksitz setzte und ihr beim Anschnallen half.

Julien stand hilflos daneben. Als seine Exfrau zur Beifahrertür ging, legte er die Hand an die dunkle Fensterscheibe und nahm sie erst weg, als der Wagen langsam anfuhr.

Bei Einbruch der Dunkelheit versammelten wir uns mit den anderen Einwohnern im Ortszentrum. Rote, weiße und blaue Wimpel waren über die Fassade des Rathauses gespannt und über die Bäume drapiert. Julien erklärte Abbot den Sturm auf die Bastille, die Französische Revolution und die Französische Republik. Er verband das sehr geschickt mit der amerikanischen Geschichte, mit unserem Unabhängigkeitstag und damit, dass die beiden Ideologien in vielfacher Hinsicht miteinander verknüpft waren.

Charlotte und Adam schwiegen. Sie wirkten leicht verstört. Einem Unbeteiligten wäre es vielleicht nicht aufgefallen, aber sie hielten sich fest an den Händen und hoben die Arme, als ein Kind vorbeiflitzte, statt kurz loszulassen. Charlotte hatte gesagt, dass Adam sich vor Angst in die Hosen machte. Sie hatten beide Angst, und da war es gut, dass sie einander hatten. Sosehr ich mich auch bemühte, Charlotte zu helfen, so hätte ich so gut wie nichts tun können, was sie auf ähnlich wortlose, kindliche Art beruhigt hätte wie das Händchenhalten mit Adam.

Véronique war zu Hause geblieben.

»Ich habe genug Kinder mit Lichtern gesehen«, sagte sie. »Ich werde auf den Vogel aufpassen.« Und so hob Abbot den Karton mit dem Vögelchen hoch, übergab ihn ihr behutsam und erteilte ihr Anweisungen, wie der Piepmatz am besten einschlafen würde, was sie sich geduldig nickend anhörte.

Eine Frau mit dunklen, glänzenden Haaren rief die Kinder zusammen, worauf Abbot mit den anderen vortrat. Als ich mich umsah, stellte ich fest, dass ich die Gesichter aus dem Ort inzwischen kannte. Da waren die Angestellten aus dem Cocci-Supermarkt, aus dem Café Sainte-Victoire und die alte Frau, die die Marmorbank geschrubbt hatte. Ich erkannte den Steinmetz mit seiner besseren Hälfte, einer üppigen Frau mit roten Wangen, und den Bäcker, der ein kleines Mädchen bei sich hatte, wahrscheinlich seine Enkelin, etwa drei Jahre alt mit wallenden dunklen Locken. Ich ließ den Blick über die Menschenmenge schweifen und erkannte die älteren Männer, die nachmittags Boccia spielten, die, die im Keller des Rathauses eine Miniatur-Rennbahn aufgebaut hatten und dort Motorrennen veranstalteten. Lebte der Mann, mit dem meine Mutter die Affäre gehabt hatte, noch hier im Städtchen? War es einer von ihnen? Wieder musste ich an Hercule Poirot denken, den untersetzten belgischen Detektiv, nur dass er diesmal den Liebhaber meiner Mutter finden musste.

Julien sagte:

»Der Bürgermeister. Er ist hier. Willst du ihn kennen lernen?« Er deutete auf einen sehr attraktiven Mann, der aussah wie ein Hollywood-Schauspieler. Er war Anfang fünfzig, braun gebrannt und schlank. Er hatte schwarzes Haar und trug dunkle Jeans und ein schwarzes T-Shirt mit einem Logo darauf, das, soweit ich es übersetzen konnte, für eine Befreiungsbewegung für die Zikaden der Provence stand.

»Warum will er die Zikaden befreien?«, fragte ich irritiert.

»Ich glaube, das soll ein Witz sein«, sagte Julien. »Komm mit, das wird meine Mutter glücklich machen. Er will dich sicher gern kennen lernen.«

»Nein«, widersprach ich. »Ich will dir etwas sagen.«

»Bist du sauer auf mich, weil ich Abbot die französische Nationalhymne beigebracht habe?«, witzelte er. »Er ist zum Teil Franzose, deshalb sollte er etwas über sein Mutterland wissen.«

»Ja, ich habe gehört, wie ihr zwei im Pool gegrölt habt.«

»Gegrölt? Das war professionell! Wir waren richtig gut. Nicht wie du mit deinem Song *Brandy*. Wir haben wenigstens gesungen.«

Er lächelte mich an. »Er ist ein erstaunlicher Junge. Er hat mir die Geschichten über das Haus erzählt. Die Zauber und Wunder, die Liebesgeschichten.«

»Wirklich?«

»Ich hatte schon vorher von den Geschichten gehört. Meine Mutter hat sie mir erzählt, als ich klein war. Nicht alle, aber ein paar kamen mir bekannt vor. Er glaubt an die Geschichten.«

Das war eine indirekte Frage, ob ich sie auch glaubte.

»Abbot ist tiefsinnig und sensibel. Er fühlt mit allem und jedem mit.«

»In vielerlei Hinsicht erinnert er mich an Frieda. Die Türen ihrer Herzen stehen weit offen, wie meine Mutter immer sagt.« Derweil schwirrte Abbot mit den anderen Kindern durch die Gegend und versuchte sich mit einem von ihnen zu unterhalten, zweifellos in einer merkwürdigen Mischung aus Englisch und Französisch. Er hatte auch zu dieser Gelegenheit sein Skizzenheft mitgebracht, war aber viel zu abgelenkt, um etwas zu malen.

»Es tut mir leid«, sagte ich. »Das mit Patricia. Ich wusste nicht, dass es dein Bruder war …«

»Ich hab es dir auch nicht erzählt«, sagte er.

»Das hättest du aber tun können. Das erhöht deinen Unglücklichkeitsquotienten ungemein.«

»Gewinne ich jetzt?«

»Nein, der Preis geht immer noch an die Menschen in vom Krieg zerrissenen Ländern.«

»Ich würde sie ganz entspannt gehen lassen, wenn das bedeutete, dass ich trotzdem Vater sein könnte. Nicht nur die Hälfte der Zeit. Ein richtiger Vater.«

»Aber du bist doch ein richtiger Vater«, protestierte ich. »Ich hab dich fünf Minuten mit Frieda gesehen, und da wusste ich, dass ich einen Vater vor mir habe, einen richtigen Vater mit seinem Kind. Du bekommst zwar nur die halbe Zeit, aber Vater kannst du die ganze Zeit sein.«

Er blickte zu Abbot, der von der Frau mit dem glänzenden dunklen Haar einen Stock mit einem Lampion gereicht bekam. »Elysius und deine Mutter kommen«, sagte er.

»Ja«, sagte ich. »Und ich weiß die Wahrheit immer noch nicht.«

»Deine Mutter hat es dir nicht gesagt?«

»Ich weiß nur, dass sie eine Affäre hatte. Mein Vater weiß es auch. Sie ist eine Herzensdiebin. Schon klar. Aber was genau hat sie getan? Wie schlimm war es?«

»Wir sind Franzosen«, sagte er. »Wir vergeben Menschen, die sich verlieben, selbst wenn sie das Gefühl haben, dass sie sich nicht verlieben sollten.« Er sah mich lange an, und mein Herz fing an zu klopfen. Dann hob er ganz beiläufig die Hand und fuhr mit den Fingern über meinen Arm zu meiner Hand. Ich fragte mich, ob er mich küssen wollte, und dann tat er es – ein sanfter Kuss, seine Lippen auf meinen, zärtlich und süß. Er dauerte an. Ich schloss die Augen. Die Welt um mich herum verschwand. Einen Augenblick lang hatte ich das Gefühl, als sei der Kuss das Einzige, was mich hier festhielt, was mich erdete. Als würde ich ohne ihn davonschweben wie ein chinesischer Lampion. Es war ein gutes Gefühl, sich so auf jemand anderen zu verlassen, sich verankert zu fühlen. In jenem Moment waren wir keine Geister. Wir waren real. Und dann schlug ich die Augen wieder auf und trat einen kleinen Schritt zurück. Er schob seine Hand in meine. Seine Hand war groß und warm und stark.

Er deutete mit einem Nicken auf die Lampions, die die Kinder stolz vor sich hielten.

»Erinnerst du dich daran?«

»Ja«, antwortete ich und konnte kaum atmen.

»Es sieht aus, als hätten sie leuchtende Fische gefangen.«

»Allerdings«, sagte ich, und ich sah Abbots Gesicht, vom goldenen Schein seiner Laterne erleuchtet. Er lächelte uns zu und winkte aufgeregt. Hastig ließ ich Julien los und winkte zurück. Hatte Abbot uns Händchen halten sehen? Auch Julien winkte Abbot zu. Doch Abbot packte seinen Laternenstock mit beiden Händen und starrte uns unverwandt an. Seine Miene war schwer zu deuten.

Ich brachte keinen Ton mehr heraus, aber Julien schien das auch nicht zu erwarten. Charlotte und Adam saßen am Boccia-Platz auf einer Bank, die Köpfe unter dem schwachen Licht der Straßenlaterne aneinandergelehnt. Ein leichter Wind war aufgekommen. Abbot reihte sich mit den anderen Kindern in die Schlange ein, und der Lichterzug wand sich mit schaukelnden Laternen die schmale Straße hinauf.

Elysius und meine Mutter riefen gemeinsam an und sprachen abwechselnd mit mir. Sie hatten auf Notfall-Modus geschaltet und ihre Reise schon geplant. Sie würden am nächsten Tag mit einem späten Flug von Jacksonville nach Marseille kommen. Ich notierte mir ihre Flugnummern und Flugzeiten.

»Soll ich euch am Flughafen abholen?«

»Nein«, wehrte meine Mutter ab. »Lass Charlotte nicht allein dort.«

»Sie wäre nicht allein. Sie könnte sogar mitkommen.«

»Nicht nötig, ihr die lange Autofahrt zuzumuten«, sagte meine Mutter. »Wir nehmen uns ein Taxi.«

»Es ist eine weite Strecke. Das wird teuer.«

Jetzt war meine Schwester am Apparat.

»Es sind doch nur Euros«, beschwichtigte sie mich, als wären Euroscheine nicht viel mehr wert als Monopoly-Geld.

Je mehr Geld Elysius und Daniel für Charlotte ausgeben konnten, desto besser konnten sie unter Beweis stellen, dass sie immer noch gute Eltern waren. Und das *waren* sie ja auch. Natürlich hatten sie ihre Defizite – das haben wir alle. Aber jetzt zweifelten sie grundsätzlich an sich. Sie waren tief erschüttert. Gegen Ende des Gesprächs fragte Elysius:

»Was haben wir falsch gemacht?«

»Ihr dürft das nicht als persönliches Versagen ansehen. Darum geht es hier nicht.«

»Du hast leicht reden«, gab sie zurück, was mir ziemlich herablassend vorkam. »Morgen Abend sind wir da. Wenigstens springt dabei für Mom und mich eine Reise nach Südfrankreich heraus!«

»Richtig«, sagte ich etwas perplex. Eigentlich keine schlimme Bemerkung, aber in der Situation war sie einfach nicht angemessen.

»Morgen Abend sind wir da. So gegen acht.«

»Moment, nur noch eins.« Ich wollte die Gelegenheit nutzen, mit meiner Schwester zu sprechen, ohne dass es meine Mutter mitbekam. Sie hörte mir zu, wenn auch etwas unkonzentriert. »Was für einen Eindruck macht Mom in den letzten Tagen auf dich?«

»Wem von uns geht es in letzter Zeit schon gut?«, entgegnete sie gereizt. »Eigentlich einen ganz guten. Sie ist wie immer ein Fels in der Brandung, denke ich.« Sie hielt das Handy vom Ohr weg. »Mom«, sagte sie laut. »Wie kommst du mit all dem klar?«

»Gut!«, sagte sie. »Uns geht es gut!«

Aber mir ging es nicht gut. Als ich mich an jenem Abend ins Bett legte und versuchte, zur Ruhe zu kommen, war ich bis ins Mark erschüttert. Ich sah Julien vor mir, der sich wieder zu mir wandte. Ich fühlte seine Lippen auf meinen, seine Finger, die über meinen Arm strichen, die Wärme seiner Hand. Ich sah die leuchtenden Lampions und Abbots seltsamen Blick. Verliebte ich mich gerade in Julien? Warum ausgerechnet in ihn? Warum ausgerechnet jetzt? Im Gegensatz zu Jack Nixon war er kompliziert und deshalb eben nicht perfekt. Gemeinsam vervielfachten sich unsere Altlasten, unsere emotionalen Überseekoffer, und machten eine steile Kurve nach oben. Er war die falsche Wahl, oder nicht?

Wenn ich mich in Julien verliebte – gegen jede Logik und Vernunft –, spürte Abbot das? Zu Charlotte hatte ich gesagt, dass wir so programmiert seien. Hatte Julien recht, als wir in jener Nacht am Springbrunnen Wein tranken? Waren wir Geister und im Augenblick jenes Kusses plötzlich real? Wenn Abbot uns gesehen hatte, was hatte er davon gehalten? Julien bedeutete ihm viel, und ich war mir ziemlich sicher, dass Abbot auch Julien viel bedeutete. Er brachte Abbot das Fußballspielen bei, wie man Vögel gesund pflegte und wie man die französische Nationalhymne sang. Abbot hatte ihm einen Blick zugeworfen, um sich zu vergewissern, dass es ungefährlich war, bevor er Adam die Hand schüttelte. Und vor allem hatten sie eines gemeinsam: ihre verlorenen Väter.

Aber war Julien ernsthaft an mir interessiert? Er hatte einen schlimmen Tag gehabt. Er hatte seine Exfrau mit seinem Bruder getroffen und seine Tochter nur kurz gesehen, bevor sie ihm wieder entrissen wurde. Oder wünschte er sich nur ein bisschen Ablenkung?

Ich zog das frische weiße Laken an meine Brust, rollte mich auf die Seite und starrte aus dem offenen Fenster. Ich liebte Henry. Ich würde Henry immer lieben. War es dann fair, einem anderen meine Zuneigung zu zeigen, obwohl ich wusste, dass ich nie in der Lage wäre, ihm meine ganze Liebe zu schenken?

Dann sah ich Julien vor mir, der seine Tochter huckepack trug, ihre Wange an seinen Rücken gepresst, und wie er sie über seine Schulter angesehen hatte. Ich sah Juliens Gesicht vor mir, umgeben von den Lampions, und er sagte:

»Wir sind Franzosen. Wir verzeihen Menschen, die sich verlieben, selbst wenn sie das Gefühl haben, dass sie sich nicht verlieben sollten.«

Am nächsten Tag bereitete ich alles für die Ankunft von Elysius und meiner Mutter vor. Die beiden würden sich das vierte Schlafzimmer teilen müssen, das einzige, das noch nicht gestrichen war, in dem aber zwei Einzelbetten standen. Ich bezog die Betten frisch, säuberte die Küche, so gut ich konnte (sie wirkte immer noch verkohlt), und stellte frische Blumen in die Vasen. Ich machte eine Spritztour in den Cocci-Supermarkt, die Patisserie und zum Gemüsestand an der Schnellstraße. Ich fuhr nach Trets, machte Halt bei einer Tierhandlung und kaufte drei dicke Koi-Karpfen, die ich in großen, glänzenden Plastiktüten auf dem Rücksitz deponierte, wo sie mit den Flossen schlugen.

Wieder zu Hause, nahm ich die schweren Tüten und stellte sie am Springbrunnen ab. Kurz darauf traf ich Charlotte in der Küche an, wo sie mit Adam und Abbot auf der Kochplatte, die sie auf den Küchentisch gestellt hatten, Crêpes zubereitete. Vorher hatte sie schon Crème fraîche geschlagen, mit Zucker und Pfirsichen aus der Region vermengt und die Mischung zu Eiscreme gefrieren lassen. Abbot war im siebten Himmel.

Als alle ihre Crêpes mit Pfirsich-Eis vertilgt hatten, gingen wir nach draußen in den Vorgarten. Abbot nahm den Vogel im Karton mit und stellte ihn am Haus in den Schatten. Sein Skizzenheft hatte er auch dabei und lehnte es an den Springbrunnenrand. Adam half mir, die drei großen Tüten mit den Koi-Karpfen hochzuheben und einen nach dem anderen mit einem

Wasserschwall im Springbrunnen freizulassen. Abbot fuhr mit den Händen über die Wasseroberfläche und verursachte kleine Wellen. Die Fische schwammen munter umher.

»Sie sind glücklich da drin«, stellte Abbot fest.

»Zufrieden«, ergänzte Charlotte.

»Man kann an schlechteren Orten landen«, sagte Adam.

»Wenn ich die Wahl hätte, würde ich in diesem Fischteich wohnen«, erklärte Charlotte.

»Ich auch«, sagte ich.

Im Haus der Dumonteils hatte Abbot einen Fußball gefunden, den zu behalten Julien ihm erlaubt hatte. Nachdem der Ball im Gebüsch gelandet war, holte Abbot ihn jetzt hervor. Das war der Moment, in dem er verkündete, dass er die Schwalbe freilassen wollte.

»Warum ausgerechnet jetzt?«, wunderte sich Adam. »Wenn ich dir mal auf den Zahn fühlen darf.«

»Die Fische fühlen sich im Springbrunnen wohl. Da können sie rumschwimmen. Das ist besser als in der Tierhandlung, und gestern haben alle über die Bastille gesprochen, die ein Gefängnis war«, sagte Abbot. »Ich betrachte den Karton zwar als Krankenhaus, aber aus der Sicht des Vogels könnte er auch ein Gefängnis sein.« Den Ball unter den Arm geklemmt, richtete er sich wieder auf.

»Ich hab mal unter Klaustrophobie gelitten. Ich hatte Angst vor Wandschränken und engen Räumen«, erinnerte sich Charlotte. »Jetzt bin ich der Wandschrank, und das Baby ist in dem engen Raum. Aber wie sich Klaustrophobie aus der Sicht des Wandschranks anfühlt, habe ich mich noch nie gefragt.«

»Oder Agoraphobie aus der Sicht eines weiten Feldes«, ergänzte ich.

»Oder Hydrophobie aus der Perspektive des Wassers«, fügte Adam hinzu.

»Oder Elternschafts-Phobie aus der Sicht der Eltern«, sagte Charlotte.

»Die entscheidende Frage lautet, bist du dazu bereit, Abbot?«, fragte Adam.

Abbot legte den Ball auf den Boden, warf einen Blick auf sein Skizzenheft am Springbrunnen und zum Karton am Haus, in dem sich der Vogel regte.

»Ich glaube schon.«

»Manchmal wird man gar nicht gefragt«, sagte Charlotte. »Manchmal muss man einfach bereit sein, und das war's.«

»Du hast Glück, dass du dich fragen kannst, ob du wirklich bereit bist«, sagte Adam.

»Geht es hier in Wahrheit darum, dass ihr schwanger seid und so?«, fragte Abbot.

Adam nickte.

»Im Moment dreht sich alles ums Schwangersein. Von wo aus willst du den Vogel freilassen?«

Nach dem Mittagessen machten Abbot und ich einen Spaziergang, um den höchsten, am besten zugänglichen Ort in der Gegend auszukundschaften, den perfekten Platz, um eine Schwalbe in die Luft zu werfen. Abbot entschied sich für das Dach des Hauses der Dumonteils.

»Du kletterst nicht auf dem Dach herum«, sagte ich.

»Aber es ist perfekt«, protestierte er und spielte nervös an der Spirale seines Skizzenhefts herum. »Wir könnten Sicherheitsausrüstung tragen.«

»Meinst du etwa Fallschirme?«, fragte ich entgeistert. »Nein, das kommt nicht in Frage.«

»Wie wär's mit da oben?«, fragte Abbot und zeigte auf den Balkon im ersten Stock.

Ich wollte Véronique nur ungern um Zutritt zu einem ihrer

Balkone bitten, damit wir eine flügellahme Schwalbe von dort runterwerfen konnten. Eigentlich wollte ich nicht zum Haus der Dumonteils gehen. Mir wurde klar, dass ich Julien aus dem Weg ging. Weil ich mir *was* erhoffte? Dass Elysius und meine Mutter eintreffen würden und ihr Lärm und ihre rastlose Energie mich lange genug ablenken würden, bis ich in der Lage wäre, das richtige Quantum Distanz zu entwickeln? Bisher hatte ich der rastlosen Energie, für die meine Mutter und Elysius sorgen würden, noch nie etwas Positives abgewinnen können.

»Nun«, wich ich aus, »das Zimmer gehört wahrscheinlich einem Gast, und da können wir nicht einfach …«

»Das ist Véroniques Zimmer«, fiel Abbot mir ins Wort. »Als Charlotte und ich mal Verstecken gespielt haben, bin ich nach oben gegangen und hab mich unter dem Bett versteckt.«

Dieses Geständnis erschreckte mich. Es lag nicht daran, dass Abbot sich unter dem Bett versteckt hatte, sondern daran, dass ich davon keine Ahnung gehabt hatte. Er hätte sich überall verstecken können. Beispielsweise in einem alten Kühlschrank oder in einem Wäschetrockner.

»Abbot«, sagte ich eindringlich. »Du solltest besser auf die Regeln achten.« Doch sobald ich das gesagt hatte, wurde mir klar, dass ich keine Regeln aufgestellt hatte. Im Grunde schalt ich mich selbst. Ich hätte besser aufpassen müssen.

»Das war kein Problem«, sagte er. »Charlotte hat mich gleich gefunden. Ich singe, wenn ich allein bin, weil ich nicht pfeifen kann. Deshalb bin ich immer leicht zu finden.«

»Warum singst du denn, wenn du allein bist?«

»Damit ich mich nicht allein fühle«, antwortete er. »Das hat mir Dad beigebracht.«

»Aha«, sagte ich.

»Ich will, dass alle dabei sind, wenn ich die Schwalbe werfe«, forderte er.

Das beunruhigte mich. Ich stellte mir das öffentliche Spektakel vor, wenn Abbot vor versammelter Mannschaft den Vogel in die Luft warf, der unbeholfen, mit flatternden Flügeln in die Tiefe stürzte.

»Nein«, widersprach ich. »Machen wir das lieber allein. Nur du und ich.«

»Aber das wäre nicht fair!«, rief er. »Alle haben geholfen.«

»Schon, aber ich finde es trotzdem besser, wenn wir es nur zu zweit machen.«

»Aber ich will nicht, dass es jemand verpasst!« Seine Miene war ernst. Er hing an dem Vogel. Immerhin hatte er sich unentwegt um ihn gekümmert. Wenn es ihm so wichtig war, wollte ich es nicht einfach so abtun.

»Na schön. Vielleicht, wenn sich alle zum Abendessen versammeln?«

»Okay«, sagte er. »Das ist gut, weil er dann die anderen Vögel fliegen sieht und es ihm beim Zuschauen wieder einfällt.«

»Dir ist klar, dass die Schwalbe vielleicht nie wieder fliegen kann, egal, wie sehr du dich um sie gekümmert hast, Abbot?«

»Ja.«

»Aber du weißt auch, dass es das Beste für sie ist. In einem Karton zu sitzen ist für einen Vogel kein Leben.«

»Ich weiß«, sagte Abbot. »Er ist ein *Zug*vogel. Er muss *ziehen.*«

»Genau«, sagte ich, obwohl mir das in dem Moment erst so richtig klar wurde.

Er blickte zu mir auf und blinzelte in die Sonne.

»Ich hab keine andere Wahl. So ist es eben. Das sagen auch die Franzosen. *C'est comme ça!*« Seine Aussprache war verblüffend gut. Sogar tadellos.

»Ja«, sagte ich. »*C'est comme ça.*«

Ich hoffte, dass der Vogel Ablenkung bieten würde. Das war zwar schrecklich, aber schlicht die Wahrheit. Ich musste zwar Julien unter die Augen treten, aber vielleicht vergaßen wir beide inmitten des Durcheinanders, ob der Vogel nun fliegen würde oder sich zu Tode stürzte, dass er mich geküsst hatte. Womöglich hatte ich mir das alles bloß eingebildet. Löste sich jener Augenblick schon in Nichts auf? Ich hoffte es, hielt mich jedoch gleichzeitig an ihm fest.

Vorsichtig betrat ich das Haus der Dumonteils.

»Véronique?«, rief ich leise.

Die Küche war leer.

Ich lief zurück in den Flur, über den langen Läufer ins Esszimmer, das ebenfalls leer war. Ich machte kehrt und ging in den Salon.

Dort fand ich Julien, der an einem breiten Fenster stand, eine Hand an die sonnenbeschienene Scheibe gepresst, genau wie an der Fensterscheibe des Wagens, bevor sein Bruder mit seiner Frau und seiner Tochter wegfuhr. Seinen Laptop, dessen Bildschirm leer ins Zimmer starrte, hatte er auf dem Couchtisch stehen lassen. Ich war ganz hingerissen von Juliens Nacken, seiner Kinnpartie, seiner sonnenbeschienenen Hand. Meine Brust schmerzte. Es war lange her, seit ich einen anderen Schmerz als Trauer empfunden hatte. Aber wie ich diesen Schmerz bezeichnen sollte, wusste ich nicht. Ihn Liebe zu nennen weigerte ich mich, aber es war ein herausragendes Gefühl mit einem Beigeschmack von Trauer. War es Sehnsucht, das Gefühl, das meine Mutter so gut kannte? Ich sehnte mich nach Henrys Stimme, die mich zurück ans Ufer rief. Julien musste meine Gegenwart gespürt haben, denn er drehte sich zu mir um.

»Abbot will heute die Schwalbe freilassen«, sagte ich und spielte nervös am Saum meines T-Shirts. »Er ist so weit. Er will sie vom Balkon vor dem Schlafzimmer deiner Mutter in die Luft werfen.«

Julien legte den Kopf schief.

»Ja«, sagte er, als erwachte er aus einem Traum. »Die Schwalbe. Abbot will sie auf dem Balkon meiner Mutter freilassen?«

Ich nickte.

»Hör mal«, sagte ich leise und trat in das sonnenbeschienene Zimmer voll goldener tanzender Staubkörner. Es kam mir vor, als hingen sie in der Luft wie kleine verlorene Planeten. Auch ich fühlte mich, als sei ich von meiner Umlaufbahn abgekommen. »Der Tag gestern war schwer für dich. Das weiß ich.«

»Ja?«, flüsterte er und kam langsam auf mich zu.

»Und wenn du das vielleicht gar nicht wolltest ...«

Er trat näher zu mir.

»Wir flüstern?«, fragte er. Ich konnte sein Aftershave riechen. »Jemand könnte uns hören? *Chuchote*«, sagte er. »Flüstere.« Er senkte den Kopf, und seine Stirn berührte fast meine.

»Ich hab ganz normal geredet«, widersprach ich.

»Du hast *geflüstert*«, flüsterte er, und seine Lippen streiften mein Ohr.

»Ja«, flüsterte ich. »Vielleicht bist du nicht ganz du selbst, und ich auch nicht. Verstehst du? Weil ich so weit weg bin von den Bürden meines Lebens.« Ich musste an alles denken, was mich erdete, meine Schwerkraft darstellte, meine Umlaufbahn. Wo war ich stehen geblieben? »Und, tja, ich habe immer noch viel Verantwortung und ...« Ich hatte keine Ahnung, worauf ich hinauswollte. Ich wollte damit ausdrücken, dass es zu kompliziert war und mich das alles einschüchterte.

Er hob den Kopf und sah mich überrascht an. Dann senkte er den Kopf wieder und flüsterte mir ins Ohr:

»Ich will nicht zurückgehen.«

»Zurück?«

»Du willst zurückgehen, zu dem Moment zurückkehren, bevor ich dich geküsst habe, bevor ich deine Hand gehalten habe?«

Es war also real. Er hatte mich wirklich geküsst und meine Hand gehalten. Er hatte es mit voller Absicht getan, und er stand dazu. Wie erstarrt hielt ich einen Moment inne. Ich wollte mich nicht rühren. Ich konnte mich nicht rühren. Langsam schloss ich die Augen. Ich dachte, er würde vielleicht verschwinden. So fühlt es sich an, wenn man sich nahe ist, dachte ich, wenn man kurz davor ist, sich an einen anderen Menschen anzulehnen. Ich wusste, ich hätte mich nach vorne neigen und meinen Kopf an seine Brust legen können. Ich hätte seinen Herzschlag hören können, und er hätte es zugelassen. Er hätte mich gestützt.

»Ja, ich will zurück«, flüsterte ich und schlug die Augen wieder auf. Ich war atemlos, trat zurück und wandte mich schnell, und ohne nachzudenken, zum Flur. An der Tür blieb ich stehen und warf ihm einen Blick zu. »Geht das mit der Schwalbe in Ordnung?«

Er sah verletzt aus, dann nickte er.

»Ja. Véronique hat bestimmt nichts dagegen.«

»Fragst du sie trotzdem?«

»Mach ich.«

»Okay«, sagte ich. »Wie wäre es heute vor dem Abendessen? Abbot will alle dabeihaben.«

Er blickte wieder aus dem Fenster.

»Ist das eine gute Idee?«

»Er besteht darauf, weil alle geholfen haben.«

»Ich komme«, versprach er.

»Gut«, sagte ich. »Ich auch.«

Adam und Charlotte hatten unter dem Balkon Position bezogen, während Julien, Véronique und ich in Véroniques Schlafzimmer bei Abbot standen. Das spärlich eingerichtete Zimmer mit seinen klaren Linien kam mir viel moderner vor als der sonst im Haus vorherrschende französische Landhausstil. Abbot hielt den Karton in den Händen, der säuerlich roch und dessen Boden mit Exkrementen bedeckt war. Ich bemühte mich, Juliens Gegenwart zu ignorieren, aber vergebens; ich nahm jede seiner Bewegungen, jeden Blick und jedes Wort von ihm wahr.

»Bist du bereit?«, fragte Julien Abbot.

»Ja.« Abbot spähte in den Karton und fragte die Schwalbe: »Bist du bereit?«

Die Schwalbe hatte dunkle, feuchte, wild blickende Augen und sah mit schief gelegtem Kopf ängstlich zu uns auf, als fragte sie sich, was wir mit ihr vorhatten: Wollten wir sie um die Ecke bringen, sie als Fleischeinlage in den Eintopf tun oder sie vielleicht doch nur freilassen?

Wir warteten.

»Sie ist bereit«, verkündete Abbot.

Véronique öffnete die Balkontür, und wir traten einer nach dem anderen hinaus. In der Ferne suchten die anderen Schwalben nach Nahrung; ihre Körper verschwammen in der Spätnachmittagssonne. Ich trat ans Geländer und hielt mich mit einer Hand fest. In der anderen hatte ich Abbots Skizzenheft. Ich blickte auf Charlotte und Adam hinab.

»Du siehst aus wie Madonna in dem Film über Eva Perón«, meinte Charlotte.

*»Don't cry for me, Argentina«*, sagte Adam trocken.

Abbot stellte den Karton vor sich auf den Boden.

»Ist die Einsiedlerkapelle da oben auf dem Berg? Kann man sie von hier aus sehen?«

»Saint Ser?«, fragte Julien. »Seine Kapelle ist von hier aus nicht zu sehen, aber sie ist dort oben.«

»Da drüben«, sagte Véronique und deutete auf einen Punkt etwa in der Mitte des Berges.

»Wenn die Schwalbe stirbt, kann sie bei dem Eremiten in der Kapelle Saint Ser wohnen und eine beschützte Seele sein«, überlegte Abbot.

»Ja«, sagte ich. »Das stimmt.«

»Soll ich es machen?« Julien wirkte traurig, aber seine Stimme war fest, tief und ruhig. Wir alle wussten, was gleich geschehen konnte.

»Nein«, wehrte Abbot ab. »Ich kann das selber.« Er griff in den Karton und umfasste die zarten Rippen des Vögelchens.

»Du bist wie ein Tierarzt«, lobte ihn Véronique. »So gut machst du das.«

Abbot trat an den Rand des Balkons, dessen Geländer ihm bis unter die Achseln reichte. Er flüsterte dem Vogel etwas zu, zählte: »Eins, zwei, drei!«, und warf die Schwalbe mit einer schnellen Aufwärtsbewegung in die Luft.

Die Schwalbe war verblüfft. Die Flügel immer noch an den Körper gezogen, erhob sie sich mit dem Schwung von Abbots Wurf mit großen, glänzenden Augen in die Luft und stürzte in die Tiefe. Instinktiv griff ich nach Juliens Hemdärmel und klammerte mich fest. Erstaunt drehte Julien sich zu mir und sah mich an, sein Gesicht hell und golden im letzten Tageslicht. Ich ließ ihn wieder los.

Abbot umklammerte das Geländer.

»Flieg!«, schrie er. »Flieg! Flieg!«

Die Flügel der Schwalbe klappten sich auf, schlugen aber nur unbeholfen, wie außer Kontrolle geratene Ruder.

Doch dann, während der Vogel fiel, machte er auf einmal kräftigere Flügelschläge, was seinen Sinkflug vorübergehend verlangsamte. Er schlug noch ein paarmal mit den Flügeln und dann, als fiele seinem Körper wieder ein, was er tun musste, begann der Vogel rhythmisch mit den Flügeln zu schlagen. Sein motorisches Gedächtnis funktionierte noch.

Ich hielt den Atem an.

»Ja«, rief Abbot. »Ja!«

»Hoch«, drängte Julien den Vogel. *»Monte, monte!«*

Abbot sprach es ihm nach, da ihm vermutlich dämmerte, dass der Vogel Französisch sprach.

*»Monte! Monte!«*

Als hörte er zu, schlug der Vogel weiter mit den Flügeln, die ihn allmählich aufwärtstrugen. Seine Flugbahn war nicht ganz gerade, aber er flog zu den anderen Schwalben.

Unter dem Balkon klatschten und jubelten Charlotte und Adam. Charlotte pfiff durch die Zähne wie ein Matrose.

»Er fliegt«, staunte Véronique.

»Ja, er fliegt.« Julien sah mich an. »Ein Wundervogel! Wie durch Zauberei.«

»Das ist eine neue Geschichte!«, rief Abbot freudestrahlend. »Eine, die wirklich passiert ist!«

»Ich kann es nicht fassen«, murmelte ich. »Aber er fliegt.«

»Du hast es geschafft, Abbot«, sagte Julien.

»Ja«, antwortete Abbot, machte aber immer noch einen nervösen Eindruck. Ich vermutete, dass er wegen des Wundervogels aufgekratzt war, doch rückblickend frage ich mich, ob das nicht alles ein bisschen zu viel für ihn war, ob die Sache für ihn noch nicht vorüber war. Er wandte sich wieder zum Geländer, verschränkte die Arme darauf und legte das Kinn auf die Hände.

»Abendessen!«, rief Véronique.

»Aber kein Hühnchen oder Fasan. Nichts mit Flügeln«, bat Charlotte.

»Komm mit zum Essen«, sagte ich zu Abbot.

Er schüttelte den Kopf, ohne mich anzusehen.

»Ich bleibe noch ein Weilchen hier«, sagte er. »Lass mir das Skizzenheft da, ja?«

»Gut.« Ich legte das Skizzenheft neben den leeren Karton und strich Abbot über den Kopf. »Bist du jetzt froh?«

Er nickte.

»Komm zu uns runter, wenn du so weit bist«, sagte ich.

Wieder nickte er.

Wir traten vom Balkon ins Schlafzimmer, und Véronique bat Julien, nach unten zu gehen und Charlotte und Adam beim Tischdecken zu helfen.

»Ich will mit Heidi reden«, sagte sie.

Julien sah zuerst seine Mutter, dann mich an.

»Glaubt ihr, Abbot geht es gut?«

»Die Schwalbe ist geflogen!«, sagte ich. »Wir haben daran gearbeitet, Freude zu empfinden, das Leben ein wenig zu genießen, und es hat funktioniert!« Ich spürte noch immer Juliens Hemd an meiner Hand. Ich hatte mich an ihm festgehalten, um mich zu stützen. Vielleicht brauchte ich eine Stütze. Vielleicht hätte ich unsere Romanze nicht schon im Keim ersticken sollen. Und außerdem fragte ich mich, ob das für Abbot ein zweites Wunder war, nachdem er tollpatschig gegen die Plexiglasscheibe gerannt war, die die vermeintlichen sterblichen Überreste von Maria Magdalena schützte, und danach die Warzenschweine angefasst hatte. Seither hatte er aufgehört, sich zwanghaft die Hände zu waschen. Wozu würde dieses zweite Wunder führen?

Julien nickte, wirkte aber immer noch besorgt. Ich gewöhnte mich langsam an diesen Gesichtsausdruck. Darin lag etwas zutiefst Liebevolles. Schließlich war er Vater, und ein guter dazu, dessen war ich mir sicher. Er verließ das Zimmer, schloss die Tür behutsam hinter sich und ließ mich und Véronique allein. Wir sahen zu Abbot hinüber, der immer noch auf dem Balkon war. Der Vogel hatte überlebt! Ich war immer noch begeistert und sehr erleichtert.

Véronique setzte sich aufs Bett und deutete mit einem Nicken auf den Nachttisch, auf dem eine Holzschachtel stand.

»Für deine Mutter«, sagte sie. »Sie kommt ja, dann kannst *du* sie ihr geben.«

»Das ist die Schachtel, die sie zurückgelassen hat?«

Véronique nickte.

»Wenn sie sie öffnet, wird sie verstehen.«

Ich nahm die Schachtel an mich, die auf einer Seite leicht angekokelt war, und hielt sie andächtig in den Händen.

»Und was ist darin?« Sie war leicht, und der Inhalt verrutschte nicht.

»Das ist der Beweis«, sagte sie. »Der Beweis, dass sie dich liebt.«

»Lebt er immer noch hier, der Mann, in den sie sich verliebt hat?«

Sie schüttelte den Kopf.

»Er ist nach Paris gezogen, als sie weg war. Er hat sich ganz seiner Arbeit verschrieben und wurde in seiner Branche sehr erfolgreich. Er würde dir gefallen. Er sah sehr gut aus, hatte großes Charisma und eine wunderschöne Stimme.«

»Konnte er singen?«

»Wunderschön.«

»Es kommt mir nur so seltsam vor. Ich kann verstehen, warum sie es mir nicht erzählt hat, aber trotzdem …«

»Ich habe ihn vor nicht allzu langer Zeit mal gesehen. Ich habe ihn in Paris ausfindig gemacht. Er fragte mich, ob ich noch Kontakt zu ihr habe. Er wollte alles wissen, und ich habe ihm alles erzählt, was ich wusste.«

»Glaubst du, er ist ein guter Mensch?« Ich war mir nicht sicher, warum mir das wichtig war, aber ich musste sie danach fragen.

»Ja«, sagte sie. »Und er hat sie sehr geliebt, genau wie sie ihn. Es war eine besondere Liebe.«

Ich nickte.

»Sie hat mir ihre Geheimnisse anvertraut und ich ihr meine.«

»Eine besondere Liebe«, wiederholte ich.

»Dein Herz ist wie das deiner Mutter.«

»Nein, die Türen sind verschlossen«, widersprach ich.

»Ja, aber die Türen haben keine Schlösser.« Wusste sie von mir und Julien? Vermutlich ja. Sie schien alles zu wissen.

»Ich wusste nicht, dass Patricia jetzt mit Pascal zusammen ist«, sagte ich. »Das hat Julien mir nicht erzählt.«

»Pascal.« Sie seufzte. »Er wusste nicht, wie man sich selbst ein Leben aufbaut. Er hat das seines Bruders gestohlen. Er ist ein richtiger Dieb. Ich liebe Pascal, aber es wird nicht von Dauer sein.«

»Seine Beziehung zu Patricia?«

Sie nickte.

»Sie wird nicht halten.«

»Und dann?«

»Nichts. Es wird einen Scherbenhaufen geben, und wir werden weiterleben.«

Die Schachtel – war sie voll mit Papieren?

»Sind das Liebesbriefe?«, fragte ich.

Sie überlegte kurz und nickte dann.

»Ja. In gewisser Hinsicht.«

Wie meinte sie das?, fragte ich mich irritiert. Entweder waren es Liebesbriefe oder nicht. »Sie kann kaum über jenen

Sommer und das, was geschehen ist, sprechen«, sagte ich. »Sie weigert sich, ihre Erfahrungen weiterzugeben.«

»Aber sie kommt hierher«, sagte Véronique. »Das wird sich ändern, wenn sie wieder hier ist. Man darf die Hoffnung nicht aufgeben.«

Ich konnte jetzt nicht zum Abendessen gehen. Ich entschuldigte mich hastig und lief zu unserem Haus, wo ich mit der Schachtel in den Händen in der Küche stand.

Ich betrachtete das verkohlte Mauerwerk, wo bald der neue Ofen installiert werden sollte. Hatte sie die Schachtel damals dort versteckt? Und warum? Was war darin? Ich stellte sie auf den Küchentisch. Natürlich hätte ich sie am liebsten geöffnet. Aber das stand mir nicht zu. Es war eine besondere Liebe, dachte ich bei mir. So wie meine und Henrys. Hatte sie diese Liebe für mich und meine Schwester geopfert? Wenn ja, dann war es zu viel verlangt und ein zu großes Geschenk.

Ich konnte nicht stillstehen und tigerte in der Küche auf und ab. Mein Vater wollte, dass ich meiner Mutter dabei half, der Sache auf den Grund zu gehen. Aber wie? Ich war nicht in der Verfassung, diese Rolle zu übernehmen. Ich versuchte, mich nicht in Julien zu verlieben, was meine gesamte Kraft in Anspruch nahm. Würde auch ich irgendwo in dieser Küche eine Erinnerung an diesen Sommer verstecken? Sah so meine Zukunft aus? Würde ich zulassen, dass Elysius und meine Mutter hier so einfach hereinplatzten und alles an sich rissen, sich Charlotte schnappten und sie zurück nach Hause verfrachteten? Und Abbot und ich blieben hier und packten nach sechs Wochen unsere Sachen? Und zu Hause würden wir dann so tun, als wäre das alles nie passiert?

Ich konnte nicht ständig diese Schachtel anstarren. Ich

musste mein Leben weiterleben. Bestimmt hatte Abbot inzwischen Hunger und war zum Abendessen heruntergekommen. Ich sollte auch etwas essen, dachte ich, obwohl ich keinen Hunger verspürte.

Ich ließ die Schachtel dort stehen und lief zurück zum Haus der Dumonteils. Als ich an der Küche vorbeikam, sah ich Julien von hinten. Er machte den Abwasch, während Véronique sich mit einem einzelnen Gast unterhielt, einer Französin, die ein luftiges Kleid und Sandalen trug. Charlotte und Adam waren im Vorgarten im dämmrigen Abendlicht in ein ernsthaftes Gespräch vertieft. Wahrscheinlich sammelten sie Argumente, um für Elysius und meine Mutter gewappnet zu sein.

Ich stieg die Treppe hinauf und öffnete die Tür zu Véroniques Schlafzimmer.

»Abbot?«, rief ich. »Zeit fürs Abendessen.« Ich sah sofort, dass er nicht mehr auf dem Balkon war. Dort stand nur noch der leere Karton, und sein Skizzenheft lag in einer Ecke, als wäre es dort hingeworfen worden. Es war auf der Seite aufgeklappt, auf der Abbot seinen Vater mit einer Red-Sox-Mütze gemalt hatte. Doch diesmal war sein Vater nicht mit der Erde verbunden, sondern schoss mit den Vögeln umher. Obwohl sein menschliches Gesicht zu erkennen war, hatte er Riesenflügel und den gegabelten Schwanz einer Schwalbe.

Ich richtete mich wieder auf und blickte suchend vom Balkon hinab, über den Garten und die Weinberge bis zur archäologischen Ausgrabung in der Ferne. Die Sicht war schlecht; es wurde dunkel.

»Abbot?«, schrie ich. »Abbot?«

Ich machte auf dem Absatz kehrt und rannte die Treppe hinab. »Wo ist Abbot?«, rief ich Julien in der Küche zu.

»Ist er nicht oben?«

»Da ist er nicht!«, schrie ich.

Ich rannte an Véronique vorbei ins Esszimmer. Die Französin, die zu Gast war, blickte erschreckt zu mir auf. Ich rannte in den Vorgarten.

»Abbot ist weg!«, brüllte ich Charlotte und Adam zu.

»Dem geht's bestimmt gut«, beruhigte mich Charlotte, die wusste, dass ich schon oft ohne Grund wegen Abbot in Panik geraten war.

»Sucht ihn!«, herrschte ich sie an.

Adam wirkte bestürzt.

»Was? Wo soll er denn sein?«

»Ich weiß nicht!«, schrie ich ihn an.

Charlotte rief nach ihm, und Adam folgte ihr verstört.

Derweil suchte Véronique das Haus ab. Sogar die Französin, eine völlig Fremde, beteiligte sich an der Suche.

»Spitzt eure Ohren!«, hörte ich Charlotte den anderen zurufen. »Er singt, wenn er allein ist.« Das stimmte. Ich selbst war zu panisch gewesen, um daran zu denken.

Ich rannte zur Hintertür hinaus in den Garten.

Julien war links von der Grabungsstätte. Ich hörte, wie er nach Abbot rief, und sah ab und zu sein weißes Hemd aufleuchten.

Ich lief den Weinberg eine Reihe nach der anderen ab. »Abbot!«, rief ich verzweifelt und hörte das Echo der anderen Stimmen. »Wo bist du? Verdammt noch mal, Abbot! Tu mir das nicht an! Wo bist du?«

War das eine verspätete Reaktion darauf, dass er gesehen hatte, wie Julien meine Hand hielt? Hatte ihm das Angst gemacht? Oder hatte es etwas mit dem Vogel und seinem Vater zu tun? Mir ging das Bild nicht aus dem Sinn, auf dem er seinen Vater zwischen den Schwalben gezeichnet hatte. Ich rannte, bis ich nicht mehr konnte. Ich wünschte, ich wäre besser in Form. Was für eine Mutter war ich überhaupt? Atemlos sank ich auf dem weichen Boden auf die Knie. Inzwischen war es fast ganz dunkel. »Abbot!«, schrie ich noch einmal.

Und wenn er nun tot war?

Ich bekam keine Luft mehr und rollte mich mit angezogenen Knien auf dem Boden zusammen. Ich durfte jetzt nicht zusammenbrechen. Ich hob den Kopf und rief wieder nach ihm.

Auf einmal hörte ich Juliens Stimme.

»Heidi!«, rief er. »Heidi!«

»Hier!«, schrie ich. »Ich bin hier!« Ich rappelte mich auf, folgte seiner Stimme. Wir rannten aufeinander zu. »Julien!«

Er hielt eine Taschenlampe in der Hand, deren Lichtstrahl über mich hinwegstrich.

Wenn er nun in den Swimmingpool gesprungen war, sich den Kopf angeschlagen hatte und ertrunken war?

»Der Pool!« Ich rannte auf Julien zu und klammerte mich an seinen Arm, um Halt zu finden.

»Ich hab nachgesehen. Da ist er nicht. Meine Mutter ruft die Polizei«, beruhigte er mich. »Sie kommt bald, aber ich habe eine Idee.«

»Was für eine?«, fragte ich atemlos.

»Saint Ser«, sagte er. »Er wollte doch wissen, wo die Kapelle ist. Meine Mutter hat es ihm gezeigt. Der Eremit war ein guter Geist. Der Beschützer der Seelen. Abbot glaubt an die Geschichten über das Haus, an die Wunder und den Zauber.«

»Aber der Vogel ist doch geflogen!«, wandte ich ein. »Er ist am Leben. Er hat gesagt, dass die Seele des Vogels in die Kapelle käme, wenn er sterben würde. Aber er ist nicht gestorben.«

»Vielleicht sucht er nicht nach der Seele«, erwiderte Julien.

Auf den Mont Sainte-Victoire zu steigen war schon bei Tageslicht schwierig, aber bei Nacht geradezu grauenvoll. Die Schatten veränderten sich auf dem schmalen Pfad und verwandelten jeden Stein in einen zusammengekauerten Jungen. Ich war außer Atem und zitterte, aufgeputscht vom Adrenalin. Der steinige Schotterweg war steil. Julien und ich riefen nach Abbot. Dichtes dunkles Gestrüpp säumte den Weg. Wenn Abbot nun hingefallen und bewusstlos war? Unsere Taschenlampen durchdrangen das Dickicht kaum. War es möglich, dass wir an ihm vorbeigegangen waren? Jede Sekunde, jeder vergebliche Schrei, jedes Mal, wenn Abbot nicht auf unsere Rufe antwortete, war qualvoll. Ich durfte ihn nicht verlieren. Ich hatte schon zu viel verloren. Angst und Schrecken waren rasch einer wahnsinnigen Wut gewichen. Henry hatte mich verlassen. Wie konnte er von mir erwarten, dass ich das alles allein regelte? Es war irrational, aber ich fühlte mich schuldig und hatte das Gefühl, dass auch Henry mir die Schuld gab und ich ihm im Gegenzug ebenfalls Vorwürfe machte. Die Erinnerungen der letzten Tage wirbelten mir wild durch den Kopf, während ich versuchte, mir zusammenzureimen, was wann schiefgelaufen war und warum. Meine Brust schmerzte. Ich hatte das Gefühl, dass ich jeden Moment in ein heftiges Schluchzen ausbrechen würde, und bemühte mich, ruhig zu atmen. Das ist nicht Henrys Schuld, sagte ich mir. Letzten Endes fielen mein ganzer Zorn und meine Schuldgefühle auf mich selbst zurück, und auf Julien.

»Abbot hat uns gesehen«, sagte ich anklagend zu Julien, während ich mich vorwärtsquälte. »Er hat gesehen, wie wir auf der Feier Händchen gehalten haben. Vielleicht hat er auch den Kuss mitbekommen. Ich sollte nicht hier sein. Wenn überhaupt, sollte ich mein Leben vereinfachen. Ich sollte nicht hier, sondern zu Hause sein und mich mit Gauner Nixon verabreden!«

»Du willst dich mit Nixon verabreden?«

»Nein!«, schrie ich. »Du bist zu kompliziert! Du hast versucht, Abbots Vater zu sein.«

»Sein Vater?«, fragte er und richtete den Strahl seiner Taschenlampe auf mich. »Ich weiß nicht, was du meinst.«

Am ganzen Körper zitternd, kraxelte ich weiter.

»Du kannst deinem eigenen Kind kein Vater sein, deshalb hast du versucht, den Vater für Abbot zu spielen.« Das erschien mir völlig logisch. Ich rutschte aus und schürfte mir das Knie an einem Felsen auf. Ich zuckte vor Schmerz zusammen, fand aber wieder Halt. »Er hat schon einen Vater. Du lenkst uns bloß ab. Wenn du nicht gewesen wärest, hätte ich ihn aufhalten können.«

»Ich habe nicht versucht, Henry zu sein, weder für ihn noch für dich«, verteidigte sich Julien.

»Nimm seinen Namen nicht in den Mund!«, schrie ich und klammerte mich an einem Felsen fest. Ich war von Wut erfüllt. Mir schwirrte der Kopf wie ein Bienenstock. Meine Augen brannten vor Anstrengung, in der Dunkelheit etwas sehen zu können. Befeuert durch Verzweiflung, war ich so wütend, wie ich es mir seit Henrys Tod nicht mehr gestattet hatte.

Er blieb stehen und sah mich entgeistert an. Der Lichtstrahl war auf meine Füße gerichtet.

»Wir finden ihn, Heidi. Wir werden ihn finden.«

Ich konnte sein Gesicht nur undeutlich erkennen, den feuchten Glanz seiner Augen. Daran musste ich mich festhalten. Juliens Stimme war ruhig, hoffnungsvoll und zärtlich, aber das reichte nicht aus. Ich senkte den Kopf und atmete tief durch, um mich zu beruhigen. *Wir werden ihn finden. Ja*, hätte ich am liebsten gesagt, *und dann gehe ich wieder zurück in mein Leben – mein sicheres Leben – und lasse das alles hinter mir.* Ich musste an meine Mutter denken, die in der Küche eine Schachtel versteckt hatte, in ihr Leben zurückgekehrt war und so getan hatte, als hätte es ihren verlorenen Sommer nie gegeben. Warum auch nicht? Schließlich war ich die Tochter meiner Mutter. Das war alles, was ich wollte: in mein voriges Leben zurückzukehren, als ich mich mit Abbot im Haus verkrochen und nicht bemerkt hatte, wie die Zeit verging. Und Charlotte? Wie konnte ich ihr schon helfen?

Ich nickte, aber das Nicken war nicht für Julien bestimmt. Es bekräftigte ein neues Versprechen, das ich mir selbst gab. Wenn wir Abbot sicher und unversehrt wiederfänden, würde ich diesen verlorenen Sommer opfern, diese Pilgerreise für Untröstliche, dieses vermeintliche Wunderhaus. Abbot und ich würden nach Hause fliegen und in unser sicheres Leben zurückkehren, bevor wir noch im *hic et nunc* umkamen. Nach Hause, versprach ich mir selbst.

Dieses Versprechen gab mir neue Kraft. Ich würdigte Julien keines Blickes. Unsere Stimmen klangen inzwischen heiser. Meine Kehle schmerzte, und meine Hände und Knie waren zerschrammt.

Julien richtete den Taschenlampenstrahl den Berg hinauf, schwenkte ihn hin und her und hielt plötzlich inne.

»Ich glaube, ich sehe etwas«, sagte er.

»Was, was denn?«, rief ich aufgeregt, und mein Blick jagte hektisch hin und her.

Er ließ die Taschenlampe sinken.

»Da ist ein Licht.«

Und dann sah ich es auch. Ein schwaches, flackerndes Licht ein Stück über uns, in der Nähe von etwas, das aussah wie eine weiße Mauer, das langsam an- und ausging.

Julien kletterte weiter, so rasch er konnte. Er war flink. »Abbot«, rief er. »Wir kommen. Bleib, wo du bist.«

»Abbot, lass das Licht an!«, schrie ich. »Wir sind hier.«

Ich wollte als Erste bei ihm sein, aber Julien kam mir zuvor, kniete sich neben ihn und leuchtete ihm mit der Taschenlampe ins Gesicht. Ich konnte einen kurzen Blick auf Abbots Wangen erhaschen, seine zusammengekniffenen Augen, als er vor der Helligkeit zusammenzuckte. Mich überkam eine Welle der Erleichterung, und meine Knie wurden weich.

»Es geht ihm gut!«, rief Julien mir zu und ließ den Taschenlampenstrahl über Abbots dünne Beine gleiten, die zerschrammt und blutig waren. »Er ist gestürzt. Aber es geht ihm gut!«

Julien flüsterte Abbot gerade etwas zu, als ich zu ihm kraxelte und mich neben ihn auf den Felsen kniete.

»Ich bin jetzt hier«, sagte ich brüsk zu Julien, immer noch wütend auf ihn. Er stand auf und machte mir Platz. »Abbot«, sagte ich. »Wo tut es weh?«

»Mein Knöchel«, antwortete Abbot, dessen Stimme angestrengt klang.

Julien leuchtete wieder auf Abbots aufgeschürfte Knie. Seine Schienbeine waren blutverschmiert, und sein Fußknöchel war sichtlich geschwollen, obwohl er Sportsocken trug.

»Er könnte gebrochen sein«, mutmaßte ich.

»Vielleicht. Ich weiß nicht«, sagte Julien.

Abbot zeigte uns seine Hände, die rot und zerschrammt waren.

»Abbot«, sagte ich mit gefühlserstickter Stimme. »Warum bist du weggelaufen?«

»Ich wollte die Kapelle sehen«, flüsterte er. Sein Unterkiefer zitterte, er schloss die Augen und drehte den Kopf weg.

»Er hat es fast geschafft«, sagte Julien. »Sieh nur.« Als er den Strahl seiner Taschenlampe ein kleines Stück weiter oben auf den Berg richtete, konnte man dort den unscheinbaren Eingang zur Kapelle erkennen. Wie eine mehrstöckige Torte führten mehrere abgerundete Stufen zu einer Pforte, denn eine richtige Tür zur Kapelle gab es nicht, nur einen türförmigen Eingang. Die rechte Seite bestand aus einer Wand mit zwei Strebepfeilern, und es sah so aus, als wären die linke und die hintere Seite der Kapelle Teil des Berges.

»Wir bringen ihn rein und legen ihn dort hin«, beschloss Julien. Er klappte sein Handy auf, vermutlich, um den Empfang zu überprüfen, und klappte es wieder zu. »Ich werde telefonieren. Die Jungs von der Bergpolizei sind jung und stark und kennen den Berg wie ihre Westentasche. Sie haben Lampen und können uns den Weg leuchten. Sie können Abbot behutsam und sicher den Berg hinuntertragen. Okay?«

»Ja, ja.« Ich nahm Abbots Taschenlampe an mich, der nach Juliens griff. Julien hob ihn hoch und hielt ihn eng an seine Brust gepresst, während Abbot den Lichtstrahl auf den Weg richtete.

»Ein bisschen höher«, sagte Julien. »Gut.«

Der Berg war steil, und der Schotter rutschte unter unseren Füßen weg. Julien trug Abbot die letzte Serpentine hinauf, dann über die Stufen in den Eingang der Kapelle, und ich folgte ihnen. Ich konnte Abbots Faust sehen, mit der er sich hinten an Juliens Hemd festklammerte, und aus irgendeinem Grund war das zu viel für mich. Die Tränen strömten mir über die Wangen, und ich wischte sie mir weg.

Ich stellte meine Taschenlampe so auf den Boden, dass sie nach oben zeigte; trotzdem erhellte sie den kleinen Raum kaum. Julien legte Abbot vorsichtig auf den Steinboden. Ich setzte mich im Schneidersitz neben Abbot und fühlte ihm mit meiner zerschrammten Hand die Stirn. In der kleinen Kapelle war es still. Sie glich einer Höhle, nicht einem heiligen Ort, und war in ihrer Schlichtheit fast beeindruckender als die Kathedralen, die wir besichtigt hatten.

Julien hob seine Taschenlampe auf.

»Ich mache mich auf die Suche nach einer Stelle, wo das Handy Empfang hat. Ich beeile mich.«

»Danke«, sagte ich leise. Mir war inzwischen peinlich, dass ich ihn angegriffen hatte. »Danke für alles. Sei vorsichtig.«

»Keine Ursache«, sagte er. »Jeder hätte geholfen.« Mit seinem aufgeklappten, leuchtenden Handy verließ er die Kapelle. Das Knirschen seiner Schritte verklang rasch, und Abbot und mich umgab vollkommene Stille.

»Abbot«, sagte ich. Er blickte mit feuchten Augen zu mir auf. »Warum bist du weggelaufen? Ich hatte solche Angst. Das darfst du nicht! Ich dachte, du wärest tot. Verstehst du mich?«

Er bedeckte sein Gesicht mit den Armen.

Das war nicht der richtige Zeitpunkt, um ihm eine Lektion zu erteilen. Ich versuchte mich zu beruhigen und atmete tief durch. »Warst du wegen des Vogels aufgewühlt?« Er antwortete nicht. »Aber du hast ihn doch gerettet. Er kann fliegen.«

Abbot schüttelte den Kopf. Nein, der Vogel war nicht der Grund. Ich war mir nicht sicher, ob ich im Moment mit dem umgehen konnte, was meinen Sohn eigentlich bedrückte und was sich in dem Bild von seinem Vater als Vogel widerspiegelte. Ging es nur darum oder auch um Julien und mich? Ich wusste nicht, ob ich diese Schuld tragen könnte, denn sie lag nicht nur auf Juliens Schultern.

»Warum hast du das gemacht? Sag es mir, bitte.«

Er rollte sich von mir weg und schüttelte noch heftiger den Kopf.

Verzweifelt warf ich einen Blick zum Altargeländer und auf die mit Graffiti übersäten Wände. Ich musste es wissen. Ich konnte nicht zulassen, dass er das in sich hineinfraß. Das war zu gefährlich. »Okay«, sagte ich. »Wie wär's mit einem Multiple-Choice-Test wie bei Charlottes Uni-Zulassungsfragen? Du sagst A, B, C oder D.«

Er schaute mich verstohlen an. Sein Gesicht war dreckverschmiert.

»Okay?«

Er nickte.

»Dreh dich zu mir um, dann mache ich dir das Gesicht sauber.«

Er tat wie ihm befohlen, und ich wischte ihm ein wenig den Schmutz aus dem Gesicht und strich ihm die Haare zurück. »A: Hat es was mit der Schwalbe zu tun? B: Vermisst du Daddy? C: Hat es mit Julien und mir zu tun? Oder D: Alles zusammen.« Meine Stimme zitterte.

Er starrte an die Decke.

»D: Alles zusammen.«

Ich sagte eine Weile nichts, sondern sah mich in der kleinen Kapelle um. Dann legte ich Abbot die Hand auf den Kopf und flüsterte: »Ich hab dein Bild von Daddy als Schwalbe gesehen. Es war wunderschön.«

»Die Schwalbe ist weggeflogen«, wisperte Abbot. »Sie ist nicht gestorben, aber ich habe mich um sie gekümmert, und sie ist weggeflogen. Sie ist trotzdem weggeflogen und nicht zurückgekommen.«

»Warum bist du zur Kapelle hochgestiegen?«, fragte ich ihn leise. »Hast du nach Daddys Seele gesucht?«

»Daddys Seele kann nicht hier sein. Er ist ja nicht auf dem Berg gestorben, sondern in Amerika.«

»Ja, aber warum bist du dann hier hochgeklettert?«

»Vielleicht hätte ich den Geist gesehen. Wenn er Seelen beschützt, weiß er vielleicht etwas.«

»Darüber, wo Daddys Seele sein könnte?«

Er war verlegen. Er nickte hastig und sah weg.

»Daddys Seele ist überall«, sagte ich. »Er ist immer bei uns.«

Abbot ballte wütend die Fäuste und schlug auf den Steinboden. »Ich hasse den Vogel. Ich hab ihn gesund gepflegt, damit er fliegen kann, und er ist einfach weggeflogen. Vögeln kann man nicht vertrauen!«

»Aber mir kannst du trauen. Ich werde niemals wegfliegen.«

»Du könntest sterben.«

»Aber die Chance ist sehr gering, Abbot. Daddy war in einen Unfall verwickelt, einen bizarren Unfall. Er war sinnlos. Ich lebe wahrscheinlich noch sehr lange. Du wirst mich noch als alte Frau im Rollstuhl durch die Gegend schieben müssen.«

Abbot schwieg. Ich blickte zum Altar, wo ich einst als Kind gestanden hatte, während Julien meine Hand hielt und mich fragte, ob ich den Geist gehört hätte. Der Altar sah bei dem trüben Licht grau aus und ähnelte eher einem Zaun.

»Daddy hat mir immer Geschichten über dich erzählt. Ich denke, das waren Heidi-Geschichten.«

»Was hat er dir denn erzählt?«, fragte ich.

»Er hat mir erzählt, dass deine Mom, als du klein warst, hierhergekommen ist und euch zu Hause gelassen hat, und dein Dad hat gesagt, dass ihr euch vielleicht zwischen euren Eltern entscheiden müsst. Es war eine traurige Geschichte.«

»Wie seid ihr darauf gekommen?«

»Einmal warst du beim Abendessen sauer auf mich. Ich fand, dass du unfair warst. Da hat er mir erzählt, dass du auch mal Kind warst, so wie ich. Und dass jeder eine andere Kinderzeit hat und deine nicht immer schön war.«

»Tja«, räumte ich ein, »das stimmt. Damals habe ich gedacht, dass ich mich zwischen meiner Mom und meinem Dad entscheiden müsste.«

Abbot drückte sich mit den Fingern die Augen zu. Tränen liefen ihm übers Gesicht, und seine Wangen liefen rot an.

»Was ist?«, fragte ich sanft. »Sag es mir, Abbot.«

Er holte tief Luft und sagte:

»Ich hätte Daddy genommen.«

Dieses Geständnis überraschte mich. Es traf mich schmerzlich, aber ich musste jetzt an Abbot denken. Wie lang hatte er schon darunter gelitten, dieses vermeintlich dunkle Geheimnis für sich behalten zu müssen?

»Abbot, du kannst mir das ruhig sagen«, beruhigte ich ihn. »Hattest du deshalb Schuldgefühle? Du musst keine haben. Das ist in Ordnung.«

»Aber dann dachte ich, du hättest vielleicht auch Daddy genommen«, fuhr er fort. »Das habe ich heute Abend gedacht. Wenn du die Wahl gehabt hättest … hättest du auch ihn genommen, und nicht mich.« Er rollte sich wieder von mir weg und fing an zu schluchzen.

»Nein, Abbot, nein.« Ich legte mich neben ihn auf den kalten Boden und schlang die Arme um seinen zierlichen Körper. »Erstens zwingt uns niemand, uns zu entscheiden, und zweitens, Abbot, hätte ich dich genommen. Auch Daddy hätte dich genommen. Das ist Elterninstinkt. Sobald das Baby auf der Welt ist, wissen beide Eltern, dass sie für dieses Baby ihr Leben geben würden. Das ist die Wahrheit. Und ich gehe nirgendwohin. Ich fliege nicht weg.« Ich umschlang ihn mit den Armen und wiegte ihn auf dem kalten Steinboden. »Ich fliege nicht weg.«

Drei Jungs von der Bergwacht tauchten auf, die wie Minenarbeiter aussahen; das Licht ihrer Helmlampen durchdrang die Dunkelheit. Sie kannten den Berg wie ihre Westentasche, genau wie Julien gesagt hatte. Sie brachten eine Trage mit, untersuchten Abbots Knöchel und säuberten seine Wunden an Knien und Händen. Gebrochen war nichts, es war nur eine böse Verstauchung. Julien verhandelte auf Französisch mit ihnen und erklärte ihnen die Situation, worüber ich sehr erleichtert war. Ich war zu erschöpft, um das alles widerzukäuen, und immer noch tief erschüttert. Abbot war weggelaufen, und ich hätte ihn fast verloren. Ich musste mich ausschließlich auf ihn konzentrieren. Und nicht auf Julien oder Charlotte und Adam. Elysius und meine Mutter würden die Sache schon in die Hand nehmen. Ich hatte mir geschworen, nach Hause zu fliegen, und daran hielt ich mich. Ich sprach im Geiste mit Henry. *Abbot ist am Leben, in Sicherheit. Sein Herz schlägt. Wir fliegen zurück nach Hause, Henry.* Zwei Bergwächter schnallten Sicherheitsgurte über eine dicke Decke, um Abbots Bein ruhig zu stellen, und legten dem Jungen eine zusammengerollte Decke unter den Kopf. Derweil blickte Abbot zum wolkenlosen Nachthimmel, der ruhig und friedlich wirkte. Die zwei Krankentragenträger zählten *un, deux, trois*, hoben Abbot hoch und marschierten los, wobei sie quietschfidel auf Französisch schwatzten. Ich war zu müde, um es zu übersetzen. Ich vertraute ihnen. Schließlich waren sie Experten. Der dritte Bergwächter hielt mich am Arm fest und stützte mich. Ich dachte an die Schwalben, an die Stimme des Geistes in der Kapelle und an meinen Sohn, der nicht verloren, nicht tot war, sondern gesund und in Sicherheit. Immer wieder sagte ich mir: Wir gehen zurück nach Hause, nach Hause, nach Hause.

Als wir den Fuß des Berges erreichten, waren sie alle im Garten versammelt: Charlotte, Adam, Véronique und die Französin, die spontan geholfen hatte. Julien hatte sie schon telefonisch benachrichtigt, dass Abbots Knöchel nicht gebrochen war und er nur Beulen, Prellungen und eine Verstauchung hatte. Seltsamerweise schien Adam Briskowitz am meisten mitgenommen zu sein. Er saß auf dem Boden, das Gesicht in den Händen vergraben.

Véronique breitete die Arme aus und drückte mich.

»Alles ist gut«, flüsterte sie. »Er ist zu Hause. Ihm geht's gut.« Am liebsten hätte ich ihr widersprochen. *Das ist nicht unser Zuhause.*

Sie ließ mich wieder los.

»Ich danke euch allen«, rief ich und wandte mich ausdrücklich an die Jungs von der Bergwacht. »*Merci. Merci pour tout.*«

Die Bergwächter machten den schläfrigen Abbot von der Trage los.

»Soll ich ihn in sein Bett tragen?«, fragte Julien.

Ich schüttelte den Kopf.

»Das kann ich selber.« Obwohl ich wusste, dass es unfair war, gab ich Julien immer noch die Schuld. Als ich Abbot hochhob, schlang er Arme und Beine um mich. Ich hätte gedacht, er sei inzwischen zu groß, als dass ich ihn tragen konnte, aber vielleicht hatte ich in jenem Sommer mehr Kraft bekommen, weil ich Farbeimer die Leiter hoch- und runtergeschleppt und Unkraut aus der Erde gerissen hatte. Abbot klammerte sich an mir fest, und wir steuerten aufs Haus zu. Ich hörte, wie

Julien noch ein paar Worte an die Bergwächter richtete. Charlotte lief vor uns her und öffnete uns die Hintertür.

Ich trat in die hell erleuchtete Küche.

»Charlotte, holst du mir eine Schüssel warmes Wasser und einen Waschlappen?«

»Ja«, antwortete sie und sauste los.

Ich trug Abbot die steile Treppe hinauf in sein Zimmer. Meine zerschrammten Knie schmerzten, meine Handflächen brannten. Ich legte Abbot behutsam aufs Bett. Mit einem Kissen legte ich den geschwollenen Knöchel hoch und deckte ihn mit dem Laken zu.

»Wir sind zu Hause«, seufzte er erleichtert.

»Nicht ganz. Das ist nicht unser *richtiges* Zuhause«, widersprach ich. »Als ich nach dir gesucht habe, habe ich mir geschworen, dass, wenn du unversehrt bist, wir sofort unsere Sachen packen und nach Hause fliegen, zurück in unser früheres Leben. Wir könnten schon in ein paar Tagen zu Hause sein.« Elysius und meine Mutter konnten jederzeit ankommen. Sie würden die Sache mit Charlotte regeln, und Abbot und ich könnten uns zurückziehen. Ich dachte, er wäre erleichtert.

Doch er sah mich mit weit aufgerissenen Augen an, als bekäme er plötzlich Angst.

»Nein«, rief er aufgeregt. »Das ist total falsch. Ich will, dass du glücklich bist!«

»Aber ich *bin* glücklich!«, erwiderte ich erstaunt. »Wir haben dich gefunden, Abbot! Du bist in Sicherheit!«

Er schüttelte den Kopf.

»Die Schwalbe war im Karton nicht glücklich. Der Karton hat gestunken, und tote Fliegen wollte sie auch nicht fressen. Die Schwalbe wollte wegfliegen.«

»Abbot«, flüsterte ich, legte mich neben ihn und bettete den Kopf neben seinem aufs Kissen. »Ich hab dir doch schon gesagt, dass ich nicht von dir wegfliege. Weißt du noch? Ich verspreche es dir.«

Jetzt berührten sich unsere Nasen beinahe.

»Ein Stückchen sollst du aber wegfliegen«, murmelte er.

»Ich soll ein Stückchen wegfliegen?«

Er nickte.

»Ich soll ein Stückchen wegfliegen und dann zurückkommen?«

Er nickte erneut.

»Julien ist gut«, sagte er. »Er ist ein guter Mensch.«

Ich war völlig perplex.

»Ich soll mit Julien wegfliegen und wieder zurückkommen?«

Wieder nickte er. Dann stupste er meine Nase mit seiner an und sagte:

»Ding-dong.«

Ich war ratlos. Er war doch noch ein Kind. Ich war seine Mutter. Ich musste ihn beschützen, und das konnte ich nicht, wenn Julien in der Nähe war. Schließlich hatte ich schon bewiesen, dass ich nicht in der Lage war, mit einer solchen Ablenkung umzugehen. Dazu war die Welt zu gefährlich. Geliebte Menschen nahm man mir einfach weg. Wir würden abreisen. Wir mussten. Alles, was ich mir wünschte, war, meine Sachen zu packen. Normalerweise hätte ich den Nasenstüber erwidert und ebenfalls »Ding-dong« gesagt. Aber ich konnte nicht.

»Wir müssen nach Hause fliegen, Abbot«, beharrte ich. »Es tut mir leid. Wir müssen einfach.«

Er schloss die Augen und blendete mich aus.

Charlotte kam mit der Seifenlauge und dem Waschlappen ins Zimmer. Sie half mir, Abbot zu waschen. Währenddessen sprachen wir nicht. Wir zogen ihn bis auf die Unterwäsche aus, wuschen ihm Gesicht, Arme und Beine, die Schürfwunden an Händen und Knien behandelten wir nur ganz vorsichtig. Er zuckte zwar zusammen, jammerte aber nicht viel. Dazu war er zu erschöpft. Als wir endlich fertig waren, nickte er ein.

»Wenn man die Umstände in Betracht zieht, geht es ihm ziemlich gut«, meinte Charlotte, die mir die Wasserschüssel hielt, deren Inhalt jetzt vom Schmutz trüb war. »Ich hab auch mal versucht wegzulaufen und es nur bis hinters Sofa geschafft. Er ist ein mutiger Junge.«

»Mir schlägt das Herz immer noch bis zum Hals. Ich kann das Gefühl nicht loswerden, dass ich ihn fast verloren hätte«, murmelte ich.

»Vergiss aber nicht, dich selbst zu versorgen.« Sie deutete auf meine zerschrammten Knie, von denen eins mit Blut und Dreck verkrustet war.

»Mach ich.« Ich ließ den Waschlappen in die Schüssel fallen und hielt ihr auffordernd die Hände hin. »Ich bringe das nach unten.«

Charlotte übergab mir die Schüssel, und ich ging zur Treppe.

»Warte«, rief sie.

Ich blieb stehen und drehte mich nach ihr um.

»Was ist?«

»Elysius und Oma kommen, und ich habe dich angelogen, als ich sagte, dass ich keine Vision meines Alltags in einer perfekten Welt hätte.«

»Und wie sieht der aus?«

»Ich will bei dir und Abbot bleiben.«

»Ich bin ein Katastrophengebiet, Charlotte. Ein totales Fiasko!« Das war der falsche Zeitpunkt, etwas von mir zu verlangen.

»Du brauchst mich doch auch in gewisser Weise. Oder?« Ihr

Gesicht war ruhig und hoffnungsvoll. Hatte sie nicht schon bewiesen, dass ich sie brauchte? Auf Charlotte konnte man sich verlassen, und in Notsituationen behielt sie die Ruhe. Sie war geduldig und stark und vor allem selbstsicher. »Und ich brauche dich. Ich will mit jemandem zusammen sein, der mich als gleichberechtigt ansieht, mit dem es ein gegenseitiges Geben und Nehmen gibt.«

»Und was ist mit Adam?«

»Wir sind noch nicht bereit, auf Ehepaar zu machen. Die Ehe ist schließlich eine Institution. Wir würden gerne auch noch mit anderen ausgehen. Wenigstens annähernd ein bisschen Normalität haben.« Sie hielt inne. »Er ist total aufgewühlt. Keine Ahnung, warum genau. Dass Abbot weggelaufen ist, hat ihm den Rest gegeben.«

Ich betrachtete Charlottes große Augen, ihr Grübchen am Kinn. Eigentlich war sie noch ein Kind, erst sechzehn, und trotzdem in vielerlei Hinsicht gescheiter als ich. Charlotte hatte gesagt, dass sie sich von Anfang an ihrer Sache sicher gewesen sei. Diese Sicherheit wollte ich auch. Meine Überzeugung, in die Vergangenheit zurückkehren zu müssen, war bereits stark erschüttert – durch Abbot und jetzt auch durch Charlotte. Mein Vater hatte recht gehabt, sie hatte sich schon für mich entschieden. Hätte ich Henry zur Unterstützung an meiner Seite gehabt, hätte ich Ja gesagt. Ich hätte sie umarmt und geflüstert: »Jederzeit. Egal, was du brauchst. Wir sind voll und ganz für dich da.« Aber ich stand ganz allein da und hielt mich nur mit Mühe aufrecht. Ich senkte den Blick auf die Schüssel mit der schmutzigen Seifenlauge.

»Ich kann dazu nicht Ja sagen, Charlotte. In meinem Leben gibt es zu viele Baustellen. Ich packe morgen meine Sachen und organisiere unseren Heimflug. Abbot und ich müssen nach Hause. Wir können nicht länger hierbleiben, dieses …«

»Lass mich nicht zurück! Das darfst du nicht! Du brauchst meine Hilfe und ich deine.« Sie umarmte mich stürmisch, das Wasser aus der Schüssel schwappte über, und einen kurzen Moment fühlte ich mich warm und geborgen – zwar immer noch am Boden zerstört, immer noch verloren und erschüttert, aber für einen kurzen Moment sicher. »Überleg es dir«, flüsterte sie. »Ja?«

Ich nickte.

»Gute Nacht«, sagte sie und ging.

Ich blieb wie erstarrt stehen. Wie selbstsicher Charlotte war! Warum ich nicht? Ich hörte mich sagen: *Hier steh ich nun, Henry, und versuche, das Richtige zu tun, und bin mir ziemlich sicher, dass ich alles falsch mache.*

Als ich die Treppe hinunterging, stand Julien in der Küche an der Spüle und wartete auf mich. Sein Gesicht und sein Hemd waren schmutzig und ein Hosenbein am Knie gerissen. Er verschränkte die Arme vor der Brust und seufzte.

»Deine Mutter hat meine Mutter angerufen. Sie und deine Schwester sind in Marseille aufgehalten worden. Sie haben dort zu Abend gegessen und suchen sich für die Nacht ein Hotel. Sie sind müde.«

Er hatte in der Wildnis nach meinem Sohn gesucht, und auch wenn er schmutzig war, sah er wunderschön aus. Ich registrierte gar nicht, was er sagte. Ich liebte seine vollen Lippen, seine Zähne, die leichte Schrägstellung seiner Augen. Wenn ich auf meine Mutter gehört hätte – Gefühle, eine Beziehung zu meiner Umwelt zu entwickeln und Entscheidungen reifen zu lassen –, hätte ich meinen Kopf an seine Brust gelegt. Aber ich wusste, dass es nicht ging. Abbots Segen hatte ich zwar, aber das war nicht das, worauf ich gewartet hatte. Ich konnte mir die Schwäche nicht leisten, die man brauchte, um sich zu verlieben. Ich hatte es satt, Menschen zu verlieren und mich verloren zu fühlen.

Ich war schmutzig und verwirrt.

»Meine Mutter und Elysius sind was?«

»Sie übernachten heute in einem Hotel in Marseille und kommen erst morgen früh.«

»Ja«, sagte ich. Ich lief an ihm vorbei zur Spüle, wo ich die Wasserschüssel auskippte, den Waschlappen auswrang und anfing, mein verschrammtes Knie zu säubern. Es brannte, aber es war angenehm, es zu säubern und das Gefühl zu haben, dass ich wenigstens etwas in Ordnung brachte.

»Ist alles in Ordnung?«

»Ja«, log ich.

Julien schwieg.

»Hat Véronique ihnen das mit Abbot erzählt?«, fragte ich.

»Nein. Ich wollte nicht, dass sie sich sorgen. Schläft er?«

»Ja.« Ich richtete mich auf und legte den Waschlappen auf dem Spülenrand ab. »Und es tut mir leid. Wirklich, ich hätte das nicht sagen dürfen. Ich hatte schreckliche Angst. Ich hab es nicht so gemeint.« Ich schaffte es nicht, ihn anzusehen. Stattdessen richtete ich den Blick auf die verkohlte Schachtel auf dem Tisch, die ich meiner Mutter geben sollte. In dem Moment kam mir die Schachtel wie eine wichtige Mahnung vor – aber woran? War es die Sehnsucht meiner Mutter – schließlich hatte ich sie geerbt – oder ihre Fähigkeit, die Vergangenheit beiseitezuschieben und nach Hause zu fliegen?

»Ich versteh das«, versicherte er mir. »Ich wollte dir nur das von deiner Mutter ausrichten und mich überzeugen, dass es dir gut geht.«

»Ich fliege nach Hause. Ich habe es mir geschworen. Abbot braucht mich. Mein Leben ist zu kompliziert. Am besten, wir kehren nach Hause zurück. Je früher, desto besser.«

»Aber ihr habt doch noch drei Wochen Zeit, oder?«

»Ja, aber wir haben gesehen, was wir sehen wollten. Es ist Zeit.« Ich hielt inne. »Ich möchte dir für alles danken.« Unbeholfen streckte ich ihm die Hand hin. Ich weiß nicht, was ich mir davon versprach, dass mich diese plötzliche Förmlichkeit retten würde?

Die Geste überraschte ihn. Er nahm meine Hand, die so schmutzig war wie seine, schüttelte sie aber nicht, sondern hielt sie nur fest.

»Ich habe nicht versucht, sein Vater zu sein, oder dein Ehemann.«

»Ich weiß.« Ich zog meine Hand zurück und sah ihn an.

Er lächelte müde und schüttelte den Kopf.

»Dann fahr ich wohl auch nach Hause. Ich war nur wegen dir hier.«

»Ich dachte, du hilfst deiner Mutter«, sagte ich verwundert.

»Aber sie braucht mich nicht. Ich kann jederzeit das Mädchen aus dem Dorf anrufen, damit sie ihr beim Putzen hilft. Meine Mutter ist der stärkste Mensch, den ich kenne.«

Ich nickte nervös.

»Das stimmt.« Er war nur wegen mir hier? Ich versuchte, das in meinen Schädel zu kriegen.

Er berührte sanft mein Haar, eine Strähne, die mir ins Gesicht gefallen war.

»Mir fehlt die Blümchenspange, und sie wird mir auch weiter fehlen.«

Am liebsten hätte ich erwidert, dass mir der mürrische Junge auf dem Gartenstuhl fehlen würde, der keinen Springstock hatte und mit seinem Cabriolet durch den Regen fuhr. Aber mein Zuhause? Wie konnte ich mit Abbot zurückgehen und ein neues Leben anfangen, wo er doch diesen Ort hier sein Zuhause nannte? Nichts wäre mehr, wie es einmal war. Julien existierte hier in dieser Küche. Allein schon dieser Augenblick bedeutete, dass sich alles verändert hatte. Ich schwieg.

Er rieb sich das Schlüsselbein, als säße dort ein alter Schmerz, aber vielleicht war es auch ein Zeichen der Rastlosigkeit, die ich zu Anfang an ihm wahrgenommen hatte.

»Hör zu«, sagte er. »Ich verstehe das. Ich wünsche dir eine gute Nacht. Träum süß.« Damit machte er kehrt und verließ das Haus.

Ich stand regungslos in der Küche mit ihrem verbrannten Mauerwerk und musste an die Küche meiner Kindheit denken, in der ich meiner Mutter nicht von der Seite gewichen war – an den süßen Duft unserer misslungenen Süßspeisen. Henry hatte ich auch in einer Küche kennen gelernt. Und jetzt stand ich wieder in einer Küche, in unserem Haus in der Provence, und hatte Julien gehen lassen.

Ich schlief so unruhig, dass ich mich nach dem Aufwachen fragte, ob ich überhaupt geschlafen hatte. Die Ereignisse der vergangenen Nacht blitzten überdeutlich vor mir auf: das Wunder, dass die verletzte Schwalbe wieder fliegen konnte, wie ich atemlos durchs Haus rannte und nach Abbot rief, das schwache, tanzende Licht auf dem Berg, Charlottes Umarmung vor Abbots Zimmer, wie Julien in der Küche mein Haar gestreichelt hatte. Abbot war am Leben. Ich konnte nicht Charlottes Mutter sein. Ich hatte Julien gehen lassen. Hatte ich eine Vision von der Zukunft? Im Grunde nicht. Ich wusste nur, dass ich wachsam sein musste. Ich musste stark sein.

Sobald Elysius und meine Mutter hier wären und die Verantwortung für Charlotte übernähmen, würde ich bei den Fluggesellschaften anrufen und unsere Sachen packen. Doch als ich Abbot in seinem Zimmer poltern hörte, beschloss ich, mit dem Packen noch zu warten. Dann musste ich es nicht vor seinen Augen tun.

»Abbot?«, rief ich, stieg aus dem Bett und tapste eilig über den Flur.

Er zog sich gerade seine Schuhe an.

»Hast du sie vorher ausgeschüttelt?«

»Keine Skorpione«, sagte er enttäuscht. »Jetzt, wo wir bald abreisen, werde ich wahrscheinlich auch nie mehr einen sehen.«

Ich hatte keine Lust, mich auf eine Diskussion einzulassen.

Mein Entschluss stand fest, und wenn wir darüber diskutierten, könnte er denken, es gäbe noch einen Verhandlungsspielraum. Ich wollte nicht nachgeben.

»Geht es dir besser?« Er hatte saubere Klamotten an und nasse Haare. »Hast du geduscht?« Seine zerschrammten Hände und Knie sahen noch schlimm aus. »Was macht dein Knöchel?«

Er band sich seine Turnschuhe zu.

»Er ist immer noch geschwollen. Er tut weh. Ich humpele wie Véronique!« Er sagte das mit dem eigenartigen Stolz, den Kinder an den Tag legen, wenn sie Brillen, Zahnspangen und Gipsverbände bekommen.

»Tante Elysius und Oma haben in Marseille übernachtet. Sie kommen heute irgendwann hier an«, sagte ich. »Hilfst du mir mit den Blumen? Oder ist das mit dem Knöchel zu anstrengend?« Ich wollte ihn in meiner Nähe haben.

»Eigentlich wollte Julien mir Fußballtricks beibringen, aber mit dem Knöchel geht das wohl nicht.«

Sein Name war schneller gefallen, als ich gehofft hatte. Es versetzte mir einen Stich, ihn aus Abbots Mund zu hören. »Julien fährt vielleicht auch weg«, sagte ich beiläufig und hätte am liebsten hinzugefügt: *Das ist nur zu deinem Besten. Es ist das Beste für uns beide.*

»Wohin fährt er denn?«

»Arbeiten«, erklärte ich. »Schließlich hat er einen Beruf. So wie ich. Man kann nicht einfach alles aufgeben und in einem Traum leben.«

Abbot sah mich an.

»Das ist kein Traum«, sagte er abwehrend.

»Wir müssen praktisch denken.«

Abbot setzte sich aufs Bett und sah mich an.

»Warte, nehmen Oma und Elysius Charlotte mit nach Hause?«

»Ich weiß nicht«, sagte ich.

Ich half Abbot die Treppe hinab in die Küche. Dort versorgte ich ihn mit Cornflakes und Croissants mit Butter und Aprikosengelee.

Auf dem Tisch stand die Schachtel meiner Mutter mit dem verkohlten Rand. Ich nahm sie und stellte sie in den Schrank. Doch dann hielt ich inne. Die Schachtel gehörte ans Tageslicht. Das Feuer hatte sie zutage gefördert. Ich wollte, dass meine Mutter die verschmorte Schachtel bekam. Sie gehörte ihr. Ich wollte sie nicht in der Küche aufbewahren, wo sie daran vorbeigehen und sie die Vergangenheit ignorieren konnte. Und wenn sie sich weigerte, der Sache ein für alle Mal auf den Grund zu gehen?

»Ich bin gleich wieder da, okay?«

Ich schnappte mir die Schachtel und rannte damit die Treppe hinauf. Meine Mutter und Elysius würden in dem Zimmer am Ende des Flures schlafen. Ich öffnete die Tür und betrat den Raum mit den zwei Einzelbetten. Meine Mutter las abends immer, um besser einschlafen zu können, und legte ihre Brille samt Buch auf dem Nachttisch ab. Ich stellte die Schachtel dort hin, wo sie sie nicht übersehen und ungestört öffnen konnte. Das gab mir das Gefühl, dass ich ohne viel Aufhebens der Bitte meines Vaters nachkam. Ich verspürte eine gewisse Erleichterung, die Schachtel überbracht zu haben, sie endlich los zu sein, und war stolz auf mich, dass ich nicht darin herumgeschnüffelt hatte.

Abbot und ich frühstückten in Ruhe zu Ende und begaben uns nach draußen zu dem Blumenbeet, das wir angepflanzt hatten. Ich brachte ihm bei, wie man mit dem Daumen an den verwelkten Schmuckkörbchen entlangfuhr, um die scharfen Kanten der reifen Samen zu ertasten. Jeder von uns sammelte an die fünfzehn Samen, von denen ein paar noch grünlich waren. Danach zogen wir neben den größeren Schmuckkörbchen Reihen und steckten die Samen hinein, bedeckten sie locker mit Erde und bewässerten sie und den Rest des Gartens. Abbot machte zwischendurch Pausen und legte seinen Fuß auf einem schmiedeeisernen Stuhl hoch.

Durch das Küchenfenster der Dumonteils sahen wir Charlotte, die sich mit Véronique besprach, höchstwahrscheinlich wegen des heutigen Speiseplans. Charlotte brauchte heute etwas, worauf sie sich konzentrieren konnte, und Véronique schien das zu wissen. Sie waren viel früher als sonst aufgestanden und begannen mit der Küchenarbeit.

Von Adam Briskowitz war nichts zu sehen. Ich wurde langsam nervös. Hatte es ihm wirklich den Rest gegeben, dass Abbot weggelaufen war? Hatte er zu Recht Angst vor Elysius und meiner Mutter? Ich jedenfalls fürchtete mich ein wenig vor ihnen.

Und keine Spur von Julien. Ich ging davon aus, dass er im Haus seiner Mutter war, vielleicht seine Koffer packte. Mir fiel auf, dass die Garagentüren geschlossen waren, weshalb ich nicht sehen konnte, ob das alte Cabriolet seines Vaters darin stand. Ich wollte Julien noch einmal sehen, nur noch ein einziges Mal, hatte aber Angst davor. Was gäbe es zu sagen, was nicht schon gesagt war?

Wenn man davon absah, was uns noch bevorstand, verlief der Morgen ganz normal. Wäre ich nicht so nervös gewesen, hätte ich ihn wunderbar gefunden. Ich ließ mir den Rücken von der Sonne wärmen, während meine Hände die Blumen umschmeichelten. Abbot war meistens still, summte nur ab und zu die französische Nationalhymne. Das werde ich nie vergessen, dachte ich bei mir. Ich wollte mir einreden, dass meine Sehnsucht nachlassen würde, sobald ich nach Hause käme und ich in der Lage wäre, diese Momente zu schätzen.

Hatte ich hier nichts dazugelernt? Meine Henry-Geschichten – ich musste daran denken, wie verzweifelt ich mich an jede einzelne von ihnen geklammert hatte, weil ich glaubte, wenn mir Details daraus entglitten, hieße das auch, dass Henry mir entglitt. Aber vielleicht gruben sich stattdessen die Details tiefer in mich ein, wurden zu einer anderen Art bildhafter Erinnerung: Cézannes Bergporträts, Daniels Leinwandgemälde über den Verlust, meine Erinnerungen an Henry …

Natürlich wusste ich, dass die Alltäglichkeit jenes Tages nicht von Dauer war. Als Abbot und ich zu Mittag aßen, hörte ich im Garten Stimmen – meine Mutter und Elysius schwatzten mit dem Taxifahrer. Der Motor brummte in der Zufahrt, während Autotüren und der Kofferraum zugeschlagen wurden.

Als ich zur Hintertür lief, sah ich den Fahrer, einen korpulenten Mann mit O-Beinen, der das Gepäck trug, das man nicht über den Kiesweg rollen konnte. Dann erschienen meine Mutter und Elysius mit ihren Handtäschchen. Meine Mutter blieb kurz stehen und betrachtete den Berg. Sie seufzte und blickte zur Hintertür, wo ich stand.

»Ihr habt es geschafft!«, begrüßte ich sie.

»Endlich«, rief sie.

Elysius bezahlte den Taxifahrer und übte ein bisschen Französisch.

Abbot humpelte eilig an mir vorbei zur Tür hinaus und hüpfte die Stufen hinab. Ich folgte ihm.

»Was ist los mit dir, junger Mann? Warum hinkst du?«, fragte meine Mutter besorgt.

Abbot warf mir einen Blick zu und sah wieder seine Großmutter und Elysius an.

»Ich habe eine Schwalbe freigelassen, und sie ist geflogen, und dann, auf dem Berg, bin ich ausgerutscht, und mein Knöchel ist verstaucht.«

Sie schienen diese Antwort zu schlucken, worüber ich heilfroh war, weil ich keine Lust hatte, näher darauf einzugehen. Zum Glück kam Abbot oft vom Hundertsten ins Tausendste. Jeder umarmte jeden, und dann führte ich die zwei ins Haus.

»Seid ihr hungrig? Oder müde?«

»Uns geht's gut«, sagte meine Mutter und sah sich in der Küche um. Missbilligte sie, was sie sah? Es kam mir nicht so vor. Sie wirkte eher, als nähme sie den Anblick gar nicht wahr, sondern würde von Erinnerungen übermannt, als durchlebte sie mit jedem Blick Ereignisse, die sich hier über die Jahre hinweg zugetragen hatten. Das Haus war für sie mit starken Emotionen besetzt.

»Ich schwitze«, klagte Elysius und zupfte an ihrer Bluse. »Es ist heißer als in meiner Erinnerung.« Damit ließ sie sich auf einen Küchenstuhl plumpsen.

Meine Mutter war in ihrem Element. Sie umarmte mich noch einmal grundlos. Ich liebte den Duft ihres Parfüms und ihr High-Gloss-Haarspray. Dann nahm sie meine Hand.

»Erinnerst du dich an die Geschichten, die ich euch die ganzen Jahre erzählt habe?«, fragte sie. »Und an die Schmetterlinge? Weißt du noch, als wir mit dem Fernglas losgelaufen sind, um uns die Hochzeit auf dem Berg anzuschauen, und überall die Schmetterlinge waren?«

»Die Resedafalter«, sagte ich. »Natürlich erinnere ich mich.«

»Ich kenne die Geschichte auch!«, warf Abbot ein.

»Und du hast mir nicht geglaubt, nach all den Jahren und all den Geschichten, die ich dir erzählt habe.« Sie sah mich prüfend an. »Aber irgendwas ist anders. Ich sehe es in deinem Gesicht. Was ist passiert?«

»Viel ist passiert«, gab ich trocken zurück. Am liebsten hätte ich ihr gesagt, dass ich nach Hause fliegen würde, dass es vorbei war. Ich hatte versagt. Ich war auf Pilgerfahrt gegangen, und es mochten ein oder zwei Wunder geschehen sein, aber das hatte nichts mit mir zu tun.

»Nein! Irgendwas Besonderes?« Sie starrte mich unverwandt an. »Elysius, sieh sie dir an. Sie ist anders. Findest du nicht?«

Elysius zuckte mit den Achseln.

»Sie hat ein wenig Sonne abgekriegt. Zum Glück. Du warst auf der Hochzeit so blass.«

»Ist irgendwas schiefgegangen?«, fragte meine Mutter besorgt. Was sah sie in meinem Gesicht? Melancholie? Heimweh? Oder, noch schlimmer, Sehnsucht?

»Tja, der Tag gestern war furchtbar.« Ich tätschelte meine Wangen. »Aber mir geht's gut! Uns geht es gut!«

»Ich bin ausgerissen«, sagte Abbot zerknirscht.

»Du bist was?«, fragte meine Mutter entsetzt.

»Warum bist du ausgerissen, Abbot?«, fragte Elysius entgeistert.

»Da spielten viele Faktoren eine Rolle«, sagte ich. »Aber bis auf den Knöchel geht es ihm gut.« Ich drückte Abbots Schulter, um ihm zu sagen: *Lassen wir das jetzt.*

»Wo ist Charlotte?«, fragte Elysius misstrauisch. »Geht es ihr gut?«

»Ja«, sagte ich. »Sie war mir eine große Hilfe. Sie ist drüben bei Véronique. Sie kochen wie die Wahnsinnigen.« Aber wo steckte Adam? Vielleicht fragte Elysius sich das auch gerade. Ich ging zur Treppe.

»Du hast doch einen Plan für das Haus, oder?«, fragte Elysius und sah sich in der Küche um.

»Ich habe mich bemüht, auf das Haus zu hören«, versicherte ich rasch. »Aber ich glaube, das Haus könnte einen neuen Zuhörer gebrauchen.«

»Oh nein«, widersprach meine Mutter. »Du kannst dich von diesem Projekt nicht einfach so verabschieden.«

Am liebsten hätte ich entgegnet, dass ich mich nicht nur vor diesem Projekt drücken, sondern gleich nach Hause wollte.

»Ich würde durchdrehen, wenn ich so wohnen müsste!«, verkündete Elysius.

»Der Ochse ist langsam«, sagte ich gereizt, »aber die Erde ist geduldig.«

Elysius legte den Kopf schief, sah mich prüfend an und wechselte das Thema.

»Wir müssen uns zusammensetzen. Du, ich, Charlotte und Mom. Und mit Adam sprechen wir danach …« Ich war überzeugt, dass Elysius eine Tagesordnung aufgestellt hatte. Wie damals bei dem Brunch, als sie mir diese Reise zum ersten Mal vorgeschlagen hatten, hatten meine Mutter und Elysius sich schon im Vorfeld verständigt und eine Strategie entwickelt. Und wieder hatte ich keine Ahnung, was auf dieser Tagesordnung stand. Aber dass man sich ihren Vorhaben nur schwer widersetzen konnte, das wusste ich. Schließlich hatten Charlotte und ich diesen Boutique-Besuch über uns ergehen lassen müssen. Was könnten wir da erst angesichts dieses für die Familie so schicksalhaften Augenblicks ausrichten?

»Aber zuerst will ich Véronique sehen«, verlangte meine Mutter. »Unbedingt!«

»Können wir in einer Stunde wieder zusammenkommen?«, fragte Elysius.

»Ja, ja, natürlich«, versicherte ihr meine Mutter. Würde sie Julien bei Véronique antreffen? Konnte sie auch in seinem Gesicht etwas ablesen? Oder wusste Véronique schon Bescheid und erzählte ihr das von Julien und mir? Ich wollte nicht, dass sie oder sonst jemand davon erfuhr. Meine Mutter legte die Hand auf ihr Herz und sagte: »Wir sind wieder hier, wir drei.« Sie sah Abbot an. »Jetzt kann alles passieren. Wusstest du das?«

Abbot nickte.

»Die Geschichten über das Haus. Ich kenne sie alle.«

»Nicht alle«, sagte ich zu meiner Mutter.

Sie sah mich scharf an.

»In einer Stunde. Dann reden wir.« Damit verließ meine Mutter das Haus. Sie umklammerte ihre Handtasche wie eine Feldflasche, als bräche sie zu einer Mission auf. Ich trat ans Fenster und beobachtete, wie sie zum Haus der Dumonteils ging. »Sie ist eine Frau mit Geheimnissen«, sagte ich in Gedanken.

Meine Mutter klopfte an die Hintertür, eine Formalität, die wir schon lange aufgegeben hatten, und Véronique öffnete ihr. Sie und meine Mutter umarmten einander und wiegten sich hin und her. Es war ein merkwürdiges Wiedersehen: Diese zwei Frauen waren durch gemeinsame Geheimnisse miteinander verbunden, die ich nie richtig verstehen würde. So sind Schwestern, dachte ich bei mir. Elysius und ich waren zusammen aufgewachsen und wussten, was sonst niemand über unser Leben wissen konnte. Wie viel ich Henry auch über meine Kindheit erzählte, er würde sie nie so kennen wie Elysius, er war kein Insider. Auch meine Mutter und Véronique teilten diese Verbundenheit – nicht die einer zerbrochenen Kindheit, aber die eines Bruchs.

Als meine Mutter etwa eine Stunde später zurückkam, trat Elysius frisch geduscht nach draußen in die Sonne. Abbot, auf einem Fuß unsicher auftretend, fütterte die Koi-Karpfen in dem kleinen Springbrunnen und versuchte, sie zu verhätscheln. Er vermisste die Schwalbe.

»Wo ist Charlotte?«, erkundigte sich meine Schwester streng.

»Sie kommt gleich«, sagte meine Mutter.

»Hat einer von euch Adam gesehen?«, fragte ich.

»Er kommt auch.« Meine Mutter nahm auf einem der schmiedeeisernen Stühle Platz. »Von Véronique soll ich dir ausrichten, dass es Julien leidtut, dass er es nicht mehr geschafft hat, sich zu verabschieden.«

Ich war geschockt.

»Was hast du gesagt?«

»*Julien?*« Meine Mutter sprach seinen Namen überdeutlich aus, und da wusste ich, dass Véronique sie eingeweiht hatte. »Du weißt ganz gut, von wem ich spreche.«

»Julien war hier?«, fragte Elysius und setzte sich auf den Stuhl neben meiner Mutter.

Julien war weg. Er war schon abgereist. Aber wohin? Ich war bestürzt. Er war so schnell verschwunden. Das war's dann wohl. »Wann ist er abgereist?«, fragte ich.

»Heute Morgen.« Meine Mutter warf mir einen raschen Blick zu und rief dann nach Abbot, der vom Springbrunnen aufblickte. »Véronique braucht jemanden, der ihr beim Garnieren hilft. Machst du das?«

Abbot sah mich fragend an.

Ich nickte.

»Klar. Aber bleib im Haus.«

Während Abbot aufs Haus zuhinkte, trat Charlotte heraus und durchquerte den Garten. Sie trug einen langen Rock mit einem weiten Trägerhemd und kam mit gesenktem Kopf auf uns zu, die Hände vor der Brust gefaltet, wie ein Mönch, der beim Gehen betet.

»Wo ist Adam Briskowitz?«, fragte meine Mutter streng.

Die Tür zum Haus der Dumonteils öffnete sich. Als Erstes schob sich Adams Seniorenkoffer heraus, dann folgte er. Er sah aus wie damals, als ich ihn zum ersten Mal gesehen hatte; er trug wieder seine Jeans, sein Otis-Redding-T-Shirt, Segelschuhe und die überdimensionale Brille mit den hochklappbaren

Sonnenbrillengläsern. Mir drängte sich der Verdacht auf, dass das seine Reisegarderobe war.

Charlotte stand jetzt vor uns. Nervös musterte sie uns alle, um besser einschätzen zu können, was auf sie zukam. Sie erinnerte mich an die Schwalbe im Karton, bevor Adam sie vom Balkon katapultierte.

»Wo will Adam denn hin?«, fragte ich entgeistert.

»Nach Hause«, erklärte Charlotte. »Er hat Stubenarrest.«

Adam und Abbot trafen im Garten aufeinander.

»Wir sehen uns, Abbot.« Adam schoss einen imaginären Pfeil auf Abbot ab.

Verwundet griff sich Abbot an die Schulter, stieß einen Ächzer aus, wankte umher und verreckte. Ich ertrug es nicht einmal, wenn er nur einen Toten spielte, und war erleichtert, als er sich wieder aufrappelte, überschwänglich winkte und eilig zum Haus humpelte.

Adam sah aus, als würde er gleich in Tränen ausbrechen. Er klappte die Sonnenbrillengläser herunter und kam auf uns zu. »Entschuldigen Sie das schlechte Timing, aber mein Taxi ist gleich da. Ich warte lieber am Ende der Zufahrt, damit es das Schild nicht verpasst. Das Schild ist sehr klein.«

»Es wäre besser, wenn Sie noch ein Weilchen bleiben würden«, sagte meine Mutter streng.

»Damit wir uns alle unterhalten können«, fügte Elysius hinzu.

»Tut mir leid, aber es geht nicht«, wich er aus. »Ich darf den Zug und den Flug nicht verpassen. Meine Eltern haben das alles ausgetüftelt.«

»Aber, Adam!«, wandte ich ein.

»Ich weiß, ich weiß. Glauben Sie, ich weiß es nicht?«, verteidigte er sich. Ich wusste nicht, was er damit meinte. »Ich brauche Zeit, um wieder zu mir zu kommen. Ich kann nicht mal vollständige Sätze bilden. Ich will ein großartiger Vater sein. Das schaffe ich auch, aber das hier kann ich einfach nicht.« Er beschrieb mit der Hand einen Kreis, womit er … was meinte? Das Krisengespräch, unsere Familie, Frankreich? »Jedenfalls noch nicht.«

»Sie scheinen sehr wohl Sätze bilden zu können«, sagte meine Mutter wütend.

»Warum reist du ab?«, fragte Elysius entgeistert.

»Jetzt mal im Ernst«, sagte ich. »Sag uns, was los ist.«

Er stellte seinen Koffer ab.

»Abbot war weg, und ich konnte ihn nicht finden. Scheiße. Das ist ein Alptraum! Ich hab mal von einem Paar gehört, das sein Baby, das unter dem Tisch in seinem Kindersitz schlief, im Restaurant vergessen hat. Ein sehr nettes, kluges Paar. Elite-Uni-Absolventen. Sie haben es einfach vergessen, sind aufgestanden und gegangen. So bin ich auch. Was, wenn ich das nicht schaffe? In ein paar Wochen trete ich mein Philosophiestudium an. Wie kann ich als Philosophiestudent ein Kind großziehen? Ich muss nach Hause. Ich muss mit meiner Familie reden.«

»Er ist durchgeknallt«, sagte Charlotte leise zu mir. »Er briskowitzt sich selbst total.«

Ich war stinkwütend. So ruhig ich konnte, stand ich auf, packte Adam am Ellbogen und zog ihn von den anderen fort.

»Nur ganz kurz«, bat ich.

»Was ist?«, fragte Adam.

»Sieh mich an!«

Er zögerte. Dann schob er die Brille hoch, hielt den Blick aber weiter gesenkt. Ich wartete. Langsam hob er das Kinn und sah mir in die Augen.

»Du kriegst das auf die Reihe«, beschwor ich ihn. »Du wirst lernen, ein besserer Mensch zu sein, weil du es musst.«

Er brach in Tränen aus, was ihm peinlich war. Meine Mutter und Elysius saßen hinter mir. Ich stellte mir ihre Gesichter vor – wahrscheinlich sahen sie müde aus. Hier hatten sich alle Frauen versammelt, in der Hoffnung, das Problem zu lösen, die Sache in Ordnung zu bringen. Adam sah hilfesuchend zu Charlotte und flüsterte ihren Namen.

Sie schüttelte den Kopf. Sie konnte ihm nicht helfen.

Er räusperte sich.

»Ich muss jetzt los«, verkündete er und hob seinen Koffer wieder hoch. »Sonst verpasst das Taxi noch die Abzweigung.«

»Adam«, rief Charlotte. »Brisky.«

Keiner rührte sich.

Schließlich drehte er sich um und lief die Zufahrt hinunter.

Charlotte setzte sich ebenfalls auf einen der schmiedeeisernen Stühle. Instinktiv rückten wir nach vorne, um einen engeren Kreis zu bilden.

»Es tut mir sehr leid, dass er gegangen ist«, sagte ich. »Er braucht Zeit.«

Charlotte schwieg. Ihr Gesicht war ausdruckslos. Sie zuckte mit den Achseln.

»Vielleicht sollten wir ihm nachgehen.« Das war kein ernst gemeinter Vorschlag, eher ein Hinweis darauf, dass es im Leben leider nicht so lief.

»Im Grunde ist er noch ein Junge«, sagte meine Mutter entschuldigend.

»Und Charlotte ist auch noch sehr jung«, fügte Elysius hinzu. »Ungeachtet der Situation dürfen wir das nicht vergessen.« Das klang ganz nach Daniel. Charlotte war sein kleines Mädchen, und er hatte Elysius bestimmt gedrängt, dafür zu sorgen, dass alle das bedachten.

»Alter ist relativ«, murmelte Charlotte.

»In diesem Fall zieht dein Alter ein paar ernste praktische Probleme nach sich«, erklärte Elysius. »Und die müssen wir in Angriff nehmen.«

»Und ich nehme an, du wirst mir gleich sagen, wie ich sie in Angriff nehmen muss«, sagte Charlotte abwehrend.

»Wenn du so feindselig bist, kann ich das nicht.« Elysius klang gekränkt.

»Sie ist nicht feindselig«, sagte ich. »Sie ist sechzehn und schwanger, der Vater hat sie gerade sitzen lassen, und sie liebt ihn.«

»Also bitte«, spottete Elysius. »Liebe! Meine Fresse.«

»Und wer ist jetzt feindselig?«, fragte Charlotte.

Meine Mutter erhob sich.

»Hört mir zu. Elysius hat angeboten, an ihr Haus ein Apartment anzubauen – dann hat Charlotte das Gefühl, unabhängig zu sein. Und Elysius und Daniel werden für eine Säuglingsschwester aufkommen und später für ein Kindermädchen. Dann kann Charlotte weiter zur Schule gehen. Daniel kann weiter Kunstwerke anfertigen. Ich werde so oft wie möglich bei der Babybetreuung helfen, und du bestimmt auch, Heidi. Gemeinsam schaffen wir das.«

»Und dabei müssen wir nicht auf Normalität verzichten«, sagte Elysius. »Wir können unser Leben weiterleben. Charlotte wird ihren Schulabschluss machen. Danach wechselt sie zur Florida-State-Uni, die ganz in der Nähe ist, vielleicht sogar als Vollzeitstudentin.« Elysius lächelte voller Stolz über ihren Plan. »Und Charlottes Mutter kann sie besuchen, damit wird das Baby nicht aus seiner gewohnten Umgebung herausgerissen.«

»Das klingt kostspielig«, sagte Charlotte.

»Geld ist zwar kein Allheilmittel, aber eine große Hilfe«, entgegnete Elysius.

»Tja, das ist ein sehr nettes Angebot, aber ich verzichte«, sagte Charlotte.

Elysius richtete sich zu voller Größe auf.

»Wie bitte?«

»Ich verzichte. Trotzdem vielen Dank. Das war wirklich gut durchdacht und großzügig.«

»Hast du einen anderen Plan?«, fragte meine Mutter entgeistert.

Ich lehnte mich zurück und hielt den Atem an.

»Ich will bei Heidi und Abbot wohnen.«

Elysius sah mich wütend an, und schon bevor sie den Mund aufmachte, wusste ich, dass sie zu derselben alten Leier ansetzen würde: dass Charlotte undankbar sei und ich mit ihr unter einer Decke stecken würde. Meine Mutter machte Anstalten, ihr beruhigend das Bein zu tätscheln, doch Elysius sprang wie von der Tarantel gestochen auf.

»Ich hab dir gerade angeboten, dir dein eigenes Apartment zu bauen! Deine eigene Wohnung! Und du sagst Nein? Weißt du, wie schwer das für deinen Vater und mich ist? Hast du irgendeine Vorstellung davon?«

»Ich habe mich ja bedankt. Es war gut durchdacht und großzügig.« Charlottes Gesicht war jetzt völlig ausdruckslos. Sie schien im Geiste Definitionen aus ihrem Vorbereitungsbuch für die Uni-Zulassung herzusagen.

Zornig wandte sich Elysius an mich.

»Ich kann es nicht fassen, dass du ihr diesen Floh ins Ohr gesetzt hast. Ein neues Baby, und du kannst die Retterin spielen – ist das der Plan? Es wird die Toten auch nicht zurückbringen!«

Das war wie eine Ohrfeige. Meine Wangen brannten. Mir wurde siedend heiß, und ich brachte kein Wort heraus.

»Heidi hat noch nicht mal zugestimmt«, verteidigte mich

Charlotte. »Niemand hat mir einen Floh ins Ohr gesetzt. Das war meine Idee. Ganz allein meine.«

Meine Schwester hatte unrecht. Es ging nicht darum, mir Henry zurückzubringen, auch wenn das bei vielen anderen Dingen in meinem Leben der Fall war. Ich konnte zwar meine Koffer packen und nach Hause fliegen. Aber zurück konnte ich nicht. Nichts konnte die Toten zurückbringen. Trotzdem, was folgte, war kein Versuch, meine Schwester zu bestrafen. Vielleicht hörte ich endlich zu. Vielleicht entwickelte ich Gefühle, eine Beziehung, und die Entscheidung reifte einfach.

»Ich bin zu einem Versuch bereit«, wandte ich mich an Charlotte.

»Mehr verlange ich gar nicht«, antwortete Charlotte erfreut.

Elysius lief zum Springbrunnen und hockte sich auf den Rand. Sie wirkte geknickt und sah mit leerem Blick auf die Weinberge.

»Heidi«, sagte meine Mutter besorgt. »Bist du dir sicher?«

»Ja. Ich will Charlotte helfen.«

Meine Mutter machte eine auffordernde Handbewegung und sagte zu uns:

»Schnappt euch eure Stühle, und folgt mir.«

»Wovon sprichst du?«, fragte ich irritiert.

»Kommt mit, los, los!«

»Wohin denn?«, fragte meine Schwester verwirrt.

»Wir betrachten den Berg«, erklärte sie und zog ihren Stuhl aus dem Schatten unseres Hauses über die Kieszufahrt auf den Rasen, von wo der Berg in seiner ganzen Pracht zu sehen war.

Auch Charlotte und ich schnappten uns unsere Stühle, zerrten sie durch den Kies und stellten sie neben den meiner Mutter.

»Spinnt ihr jetzt alle?«, fragte Elysius entgeistert.

»Nein«, gab meine Mutter zurück. »So kommen wir zu unseren Antworten und finden die Entschlossenheit, uns auch daran zu halten.« Ich erinnerte mich daran, wie Véronique mir den Berg als breite Leinwand beschrieben hatte, die meine Mutter in jenem verlorenen Sommer ständig betrachtete.

»Indem wir auf einen Berg starren?«, fragte Elysius fassungslos.

»Was glaubst du, wozu der Berg sonst da ist?«

»Er ändert den ganzen Tag über seine Farben«, sagte ich.

Und Charlotte fügte hinzu:

»Es gibt sogar Leute, die an Führungen teilnehmen und eine Menge Kohle für einen Guru hinblättern, der sie auf den Berg bringt, damit sie Antworten bekommen, während sie zusehen, wie er seine Farbe ändert.« Das war wahrscheinlich eine Lüge. Aber sie wollte Elysius' Interesse wecken, und es machte mich ein bisschen stolz, dass Charlotte das so spontan eingefallen war.

»Wirklich?«, fragte Elysius interessiert. »Gurus?«

»Komm schon, Elysius«, drängte meine Mutter sie. »Setz dich hin.«

Elysius nahm ihren Stuhl und stellte ihn neben meinen.

»Wir sprechen nicht, zumindest nicht vor Sonnenuntergang. Dann können wir so viel reden, wie wir wollen, aber jetzt sind wir erst einmal still«, erklärte meine Mutter. »Wenn wir den ganzen Tag hier sitzen bleiben, finden wir die Antworten.«

Und so setzten wir uns schweigend hin, betrachteten den Berg und warteten auf Antworten.

Der Berg war eine Naturgewalt. Seit meiner Ankunft hatte ich seine Anziehungskraft gespürt, und meiner Mutter hatte er in der Vergangenheit Antworten gegeben. Schon damals hatte sie ihn betrachtet, und vielleicht hatte er ihr versichert, dass es in Ordnung war, sich zu verlieben, eine Herzensdiebin zu sein. Und als er brannte, hatte er ihr befohlen, nach Hause zu gehen.

Mit etwas so Dramatischem rechnete ich nicht. Vielleicht würde uns dieses Betrachten ein wenig Zeit zum Nachdenken geben – oder zumindest Zeit, um unsere Worte besser abzuwägen. Und so fand ich mich vor dem Berg wieder und war mehr als willens, ihm nachzugeben. Wir brauchten etwas, das stärker war als wir.

Der Tag verging. Abbot tauchte auf. Er spielte den Kellner und brachte uns Getränke, Schinkenbaguettes, Oliven und von Charlottes selbst gemachtem Pfirsich-Eis. Charlotte stand von ihrem Stuhl auf und setzte sich auf den Boden. Abbot holte uns eine Decke und Kissen aus dem Haus, und ich legte mich hin, legte die Beine übereinander und verschränkte die Hände am Hinterkopf. Charlotte rollte sich auf der Seite zusammen, die Hände unter der Wange.

Elysius hielt das alles für eine ziemliche Zumutung. Sie war ein zutiefst rastloser Mensch. Ab und zu musste sie aufstehen, um hin und her zu laufen oder um ein paar Yogaübungen zu machen. Aber sie nahm die Sache ernst. Sie hatte sogar Abbot ihren BlackBerry überlassen, was für sie ein großes Opfer darstellte. Sie *bemühte* sich. Insgeheim wusste sie, dass stille Betrachtung und innere Einkehr nicht gerade ihre Stärken waren, aber sie war eine Streberin und wild entschlossen, alles richtig zu machen.

Irgendwann nachmittags kam Véronique aus dem Haus und erkundigte sich, was wir dort trieben. Meine Mutter erklärte es ihr.

»Aha«, sagte sie. »Darf ich mich zu euch setzen?«

»Natürlich«, sagte meine Mutter, und sie setzten sich nebeneinander. Wieder stellte ich sie mir als Kinder vor, wie die beiden Ichs aus ihrer Kindheit die erwachsenen Frauen betrachteten, zu denen sie geworden waren. Im Haus waren keine Pensionsgäste mehr. Die zwei Freundinnen hielten den Blick auf den Berg gerichtet, und manchmal fielen ihnen die Augen zu, und sie dösten. Ich hingegen konnte nicht schlafen. Ich war ganz versunken und wollte die Antworten nicht verpassen.

Die Schwalben kamen. Gemeinsam beobachteten wir, wie sie vor der Bergkulisse auseinanderflogen und herabschossen. Abbot malte Bilder in sein Skizzenheft. Diesmal malte er uns, und wir hatten Flügel und flogen mit den Schwalben. Henry flatterte zwischen uns. Er war kein Geist. Wir waren keine Geister, sondern alle zusammen.

Und als der Berg ein dunkles, blutunterlaufenes Blau annahm, war ich beeindruckt, wie schön er war. Ich musste an Henry denken, als ich ihm nach der Fehlgeburt gestand, dass es mir für ihn leidtat, und er sagte, das brauche es nicht. *Ich bin doch nur ein Bettler*. Dieser Berg, der gewölbte Rücken der Erde, erhob sich vor uns und vermittelte mir ein Gefühl von Demut. Ich fühlte mich wie ein Bettler, der von Glück sagen kann, überhaupt auf der Welt zu sein, wenn auch nur kurz. Und im Vergleich zu dem Berg sind wir alle nur kurz hier. Ich fing leise an zu weinen, weil ich Henry so schmerzlich vermisste. Durch die Tränen konnte ich meinem Schmerz freien Lauf lassen. Abbot bemerkte es, kam zu mir gehumpelt und legte den Kopf auf meinen Bauch.

Véronique wärmte Reste für uns auf, die sie uns mit Abbots Hilfe servierte. Nach dem Essen verschwanden sie im Haus und kamen mit einem Tablett mit Kerzen, Gläsern und Rotwein zurück. Wir stellten die Kerzen um uns herum, schenkten uns Wein ein und betrachteten weiter den Berg, während die Sterne am Nachthimmel erschienen.

Da saßen wir nun – Charlotte, meine Schwester, meine Mutter, Véronique und ich – in einem Kreis aus Kerzen, während Abbot auf meinem Schoß einschlief. Es war eigenartig, wie laut die Welt war, wenn man sie nicht mit seinem eigenen Lärm füllte. Wie prächtig die Farben des Berges waren. Obwohl ich mir einbildete, auch früher schon darauf geachtet zu haben, hatte ich es in Wahrheit nicht. Der Lavendel, immer noch in Blüte, duftete streng, stark und süß und wogte im Wind.

Als ich diesmal an Henry denken musste, dachte ich nicht, wie sehr ich ihn liebte, sondern wie sehr er mich liebte. So hatte es Julien ausgedrückt. *Alle halten es für ein Geschenk, von jemandem geliebt zu werden, aber sie haben unrecht. Das schönste Geschenk ist es, jemanden lieben zu dürfen – so, wie er dich geliebt hat.*

Wie hatte Henry mich geliebt? Es war, als wäre er auf der Welt der führende Experte für das obskure Thema Heidi Buckley gewesen, der *einzige* Experte. Er kannte mich bis ins letzte Detail, mit meinen Widersprüchen, all meinen Eitelkeiten, Falschheiten und Schwächen. Manchmal ertappte ich ihn dabei, wie er mich in der Küche des Cake Shop beobachtete, wenn ich mich mit einer Torte abrackerte.

»Hör auf damit«, bat ich ihn dann.

»Womit?«, gab er zurück, obwohl er genau Bescheid wusste.

»Du siehst doof aus«, erklärte ich ihm lächelnd.

»Darf man als Mann nicht zeigen, dass man verliebt ist? Darf man das in der modernen Gesellschaft nicht?«

»Schon, aber dein Gesicht hat dabei einen doofen Ausdruck.«

Sein Ausdruck war verträumt, fast als wäre er betrunken.

»Es ist merkwürdig«, sagte er. »Es kommt mir so vor, als hätte ich einen Schlaganfall, und alles vor meinen Augen würde unscharf, und da bist nur noch du, und du bist der Äther, und alle Elemente im Raum geraten aus dem Gleichgewicht, und um mich herum sind nur Partikel, und ich fühle die Gegenwart der Liebe und kann es nicht fassen, und da bist du, und ich kann nicht glauben, dass ich dich gefunden habe, und du mich, und dass du mich auch liebst. Es ist wirklich ein Wunder, dass ich nicht hinfalle und mir wehtue, wenn mich dieses Gefühl überwältigt. Ja, ich bin liebestoll, ganz benommen, ein Liebesopfer und habe einen doofen Gesichtsausdruck. Ich liebe dich.«

Henry konnte manchmal solche verbalen liebestollen Anfälle kriegen. Am Anfang unserer Beziehung waren sie nur kurz: »Ich liebe dich und will den Rest meines Lebens mit dir verbringen.« Doch mit den Jahren brauchte er immer mehr Worte, um der Liebe beizukommen und auszudrücken, wie sehr er mich liebte.

Das war meine Angst. Denn ich hatte nicht nur viele Versionen von Henry verloren, sondern auch seine Version von mir. Dabei liebte ich diese Version – die er erfunden hatte, wenn er mir beim Arbeiten zusah, die er erfunden hatte, als wir uns in der überfüllten Küche kennen lernten, die Frau ohne Handtasche, die nicht in ihr Haus kam und geküsst werden wollte, die Frau, die mitten auf der Kreuzung aus dem Wagen stieg, um ihm zu sagen, dass sie schwanger war, die Frau, die eine

Fehlgeburt hatte und die er aus der leeren Badewanne hob und zurück ins Bett brachte.

Wohin waren diese Heidi-Versionen entschwunden? Waren sie für immer verloren?

Doch dort, in Gegenwart des Berges, während die Sonne langsam unterging und die dunklen Violett-Töne zum Vorschein kamen und der Himmel über uns Gestalt annahm, wurde mir klar, dass ich jedes Mal, wenn ich – hauptsächlich Abbot zuliebe – in die reale Welt zurückkam, stärker wurde. Und vielleicht war Henrys Heidi gar nicht verschwunden, sondern nur gefestigter geworden. Was, wenn Julien mich wirklich liebte und ich ihn? Was, wenn es noch mehr Versionen von mir gab, die ich auf Eis gelegt hatte?

Schließlich erhob sich Charlotte, zu deren Füßen Kerzen standen, und sagte:

»Es tut mir leid. Ich habe mich nicht mit Absicht schwängern lassen, aber es tut mir leid, dass ich euch alle in diese Lage gebracht habe.«

Plötzlich sprachen alle durcheinander. Es strömte nur so aus uns heraus. Meine Mutter sagte, dass sie Charlotte lieb habe und sie natürlich nicht mit Absicht schwanger geworden sei. Ich sagte, dass die Familie für solche Fälle für sie da sei. Sogar Elysius wollte etwas sagen, aber Charlotte hob abwehrend die Hände und schnitt uns das Wort ab.

»Ihr müsst mir nichts sagen«, sagte sie. »Ich hab's kapiert. Und mir ist auch klar geworden, dass ich Adam Briskowitz liebe, aber im Moment nicht an ihm *interessiert* bin. Er lenkt mich vom Wesentlichen ab. Und ich würde ihn lieber ziehen lassen.«

Elysius sah Charlotte an. Jetzt stand auch sie auf und sagte:

»Ich habe schon ein Baby. Vielleicht verstehen das Außenstehende nicht, aber dein Vater ist mein Baby. Ich beschütze und umsorge einen Künstler. Deshalb war ich auch nicht gut darin, dich großzuziehen, Charlotte. Ich ziehe ihn groß.«

Charlotte nickte. Vermutlich leuchtete ihr das ein. Auch wenn es starker Tobak war. Wahrscheinlich hatte Elysius nur das in Worte gefasst, was Charlotte schon seit Jahren vermutete.

»Heidi würde das besser hinkriegen. Sie kann dir ein Zuhause bieten. Und was ich vorhin gesagt habe, tut mir leid. Dass du versuchst, die Toten zurückzubringen.«

»Ist schon gut«, murmelte ich.

Elysius sah meine Mutter fragend an.

»War das der Zweck der Übung?«

Meine Mutter sah Véronique an.

»*C'est clair?*«, fragte Véronique.

Meine Mutter übersetzte.

»Seid ihr euch über alles klar geworden?«

Elysius stemmte die Hände in die Hüften und atmete tief durch. »Ja.«

»Dann ja«, antwortete meine Mutter. »Das war der Zweck der Übung.«

»Ist es für dich immer noch in Ordnung, Charlotte?«, fragte ich. »Zu mir und Abbot zu ziehen?«

Charlotte lächelte erfreut.

»Ich weiß, dass es schwer wird. Ich verlange viel von dir und Abbot. Es ist mehr als in Ordnung für mich.«

»Für mich auch«, sagte ich.

»Ich bin auch damit einverstanden«, sagte Elysius und fügte nüchtern hinzu: »Darf ich jetzt ins Bett gehen? Ich bin erschöpft.«

»Ja«, sagte Charlotte. »Darf ich auch gehen?«

Meine Mutter starrte wieder den Berg an. Véronique nickte. Meine Mutter, wieder ganz die Matriarchin, gab ihr mit einer huldvollen Handbewegung die Erlaubnis.

»Abbot muss auch ins Bett.« Ich deutete auf Abbot, der mit dem Kopf auf meinem Bauch eingeschlafen war.

»Ich nehme ihn mit«, sagte Charlotte.

Ich rüttelte sanft an Abbots Schulter und flüsterte seinen Namen. Er setzte sich verschlafen auf und rieb sich die Augen. Charlotte zog ihn hoch, während ich seinen Hintern hochschob. Er humpelte zum Haus. Ich hörte, wie Charlotte zu ihm sagte: »Onkel Abbot. Gefällt dir das, oder ist dir die korrekte Bezeichnung lieber, Onkel Absterizer?«

Ich überlegte, ob ich aufstehen und Charlotte und Abbot ins Haus folgen sollte. Immerhin hatte ich meine Antwort bekommen. Lernte ich nicht gerade, Gefühle zu entwickeln, eine Beziehung zu meiner Umwelt herzustellen und Entscheidungen reifen zu lassen? Ich drehte mich auf den Bauch, stützte mich auf die Ellbogen und blickte zurück zum Haus der Dumonteils, das im Dunkel lag. Dann wandte ich mich wieder an meine Mutter und Véronique und sagte: »Die Schachtel.«

Meine Mutter sah Véronique viel sagend an, bückte sich und hob eine Stofftasche hoch, die neben ihrem Stuhl lag. Sie zog die Schachtel heraus.

»Die hier?«

»Du hast sie gefunden.«

»Ja, auf meinem Nachttisch. Als hätte sie all die Jahre geduldig auf mich gewartet. Oder warst du das?«

»Kann sein, dass ich die Hände im Spiel hatte«, sagte ich. »Hast du nachgesehen, was drin ist?«

»Nein. Ich weiß, was drin ist.«

»Die Schachtel ist für dich, Heidi«, sagte Véronique. »Sie ist für dich. Sie hat sie all die Jahre versteckt.«

»Für mich?«

Meine Mutter überreichte mir die Schachtel.

»Mach sie auf.«.

Ich nahm die Schachtel entgegen, machte den kleinen Verschluss auf und öffnete sie. Darin lagen zusammengefaltete Papiere, rosa Zettel und weißes Briefpapier. Ich nahm einen Zettel, faltete ihn auf, und da war mein Monogramm, in schicker Schrift am oberen Rand – das Briefpapier meiner Kindheit. Es war einer der Briefe, die ich meiner Mutter in jenem verlorenen Sommer geschrieben hatte, und darunter lagen noch viele andere.

»Aber die hab ich nie abgeschickt«, wunderte ich mich.

»Dein Vater hat sie gefunden und sie mir alle in einem großen Umschlag geschickt.«

»Das war meine Privatsache«, sagte ich entgeistert.

»Er war eben verzweifelt«, sagte meine Mutter. »Er hätte alles versucht.«

»Aber du hast mir doch gesagt, dass die Schachtel voller Liebesbriefe ist«, sagte ich vorwurfsvoll zu Véronique.

»Das sind ja auch Liebesbriefe«, entgegnete sie.

Ich ging die ganze Schachtel durch und zog einen der weißen Briefbögen heraus. Es war ein Rezept, auf Französisch, niedergeschrieben in einer unordentlichen Schrift. Das Papier war mit Fettflecken übersät, die es an einigen Stellen durchsichtig machten. *Tarte Citron* lautete die Überschrift, zwei Mal unterstrichen. Das war nicht die Handschrift meiner Mutter.

»Wer hat das geschrieben?«, fragte ich neugierig.

»Das ist das, was ich zurückgelassen habe. Es fiel mir schwer, von hier wegzugehen, und in jenem Herbst habe ich versucht, alle seine Süßspeisen zuzubereiten. Aber ich hab keine davon hinbekommen. Nichts hat so geschmeckt wie bei ihm. Da hab ich aufgegeben.«

»War er Konditor?«, fragte ich erstaunt.

Sie nickte.

»Hast du ihn geliebt?«, fragte ich.

»Ich hab ihn von ganzem Herzen geliebt«, sagte meine Mutter.

»Aber du bist trotzdem nach Hause gekommen.«

»Dein Vater hätte es überlebt. Mit der Zeit wäre er vielleicht sogar aufgeblüht. Und Elysius brauchte mich nicht so sehr wie du, jedenfalls kam es mir damals so vor. Es war, als hätte sie während meiner Abwesenheit gelernt, auf sich selbst achtzugeben. Sie ist damals erwachsen geworden und hat gezeigt, was in ihr steckt. Aber du«, sagte sie, »du warst noch so klein. Du brauchtest mich.«

»Aber du hast ihn aufrichtig geliebt«, widersprach ich. »Vielleicht hätten wir das irgendwie hinbekommen. Kinder sind robust, sagt man jedenfalls, oder?«

»Die Türen zu deinem Herzen standen offen«, sagte Véronique. »Lies die Briefe.«

»An meiner Stelle wärst du auch nach Hause zurückgekommen, Heidi«, sagte meine Mutter. »Deine Liebe war stärker als alles auf der Welt.«

»Sie war stark genug, um den Berg in Brand zu setzen!«, fügte Véronique hinzu.

»Lies die Briefe«, bat meine Mutter. »Du wusstest viel über die Liebe.«

»Es ist interessant, dass dieser Fremde, dieser Mann, den deine Mutter geliebt hat, die Kunst des Backens an dich weitergegeben hat«, sinnierte Véronique. »Die Idee, dass süßes Essen Liebe ist und Liebe süßes Essen, hat er deiner Mutter vermittelt, und sie hat sie an dich weitergegeben. Und dort hat sie eine Heimat gefunden – in dir.«

»Warum hast du die Schachtel hier versteckt?«, fragte ich.

»Ich habe sie mit der Liebe gefüllt, die ich zurückgelassen habe, und dem Grund, warum ich nach Hause ging, der du warst«, erklärte sie. »Die Liebe, zu der ich zurückkehrte. Das war meine Liebesgeschichte, die, die das Haus *mir* geschenkt hat. Ich hatte das Gefühl, dass die Schachtel hierhergehörte.«

»Ah«, sagte ich. Wir schwiegen, während ich versuchte, das alles zu verstehen. »Wenn du dich nicht in diesen Mann verliebt hättest und ich dir die Briefe nicht geschrieben und Dad sie nicht aus Verzweiflung abgeschickt hätte, wärst du nicht nach Hause gekommen und hättest nicht zu backen angefangen, und ich wäre dir in jenem Herbst nicht ständig in der Küche hinterhergedackelt, und ich hätte mich nicht ins Backen verliebt und wäre nicht auf die Kochschule gegangen, und dann hätte ich Henry nicht kennen gelernt.«

»So habe ich es noch nie gesehen«, sagte meine Mutter überrascht. »Aber es stimmt.«

»Aber du hättest ein anderes Leben haben können.«

»Ich bereue es nicht, Heidi«, beteuerte meine Mutter. »Keine Sekunde.«

Die kleine verkohlte Schachtel auf den Knien balancierend, atmete ich tief durch und blickte zum Berg.

»Hat der Berg dir Antworten gegeben, Heidi?«, fragte Véronique.

»Ja«, sagte ich. »Ich bin dabei, mich in deinen Sohn zu verlieben, in den ohne Springstock.«

Ich las die Briefe, die ich meiner Mutter als Dreizehnjährige in jenem verlorenen Sommer geschrieben hatte. Das, was ich ihr in kindlicher Schrift geschrieben hatte, war schlicht, wunderschön und aufrichtig. *Komm nach Hause. Komm nach Hause. Komm nach Hause. Wenn du nicht kommst, werde ich dich trotzdem noch lieb haben. Meine Liebe hält bis in alle Ewigkeit.*

Als ich die Briefe mit den Rezepten zusammenfaltete und die angekokelte Schachtel mit ihrem kleinen Verschluss wieder zumachte, dachte ich: Und wenn nun an allem, was ich mich über die Liebe gefragt habe, etwas Wahres dran ist?

Liebe ist unendlich. Schmerz kann zu Liebe führen. Liebe kann zu Schmerz führen. Schmerz ist eine Liebesgeschichte, die verkehrt herum erzählt wird, genau wie Liebe eine Schmerzgeschichte ist, die verkehrt herum erzählt wird. In jeder guten Liebesgeschichte sind *viele* Lieben verborgen.

Vielleicht sollte ich es so formulieren. Stellen Sie sich eine Schneekugel vor.

Stellen Sie sich darin ein winziges eingeschneites Haus vor. Doch diesmal steht die Frau am Fenster, und es hat keine Fliegengitter. Sie stößt das Fenster weit auf.

Das Haus ist nicht eingeschneit. Es liegt gar kein Schnee.

Es hat nie geschneit.

In Wahrheit sind es Resedafalter – mit ihren weißen Flügeln mit den schwarzen Flecken haben sie einen wunderschönen Wirbelsturm verursacht.

Und das Haus ist kein stilles Haus. Es ist voller Stimmen, Leute, die sich unterhalten, lachen und sich etwas über das Geplapper aus dem Radio hinweg zurufen. Die Stimme ihres Liebhabers ist auch zu hören. Die Stimme ihres Sohnes. Irgendwo im Obergeschoss erwacht ein Baby und schreit. Eine junge Mutter geht rasch die Treppe hinauf.

Die Frau ist nicht allein.

Der Schneesturm, der nicht aus Schnee, sondern aus Resedafaltern besteht, erinnert sie an ihren Ehemann, der als kleiner Junge über eine Landstraße radelte und von herumspringenden, freudig jaulenden Pyrenäischen Berghunden wie eine Lawine fast überrollt wurde. Und der Gedanke an ihren Mann lässt sie an ihren Sohn denken, und ihr Sohn erinnert sie an ihren Mann, und sie lässt die Resedafalter ins Haus flattern – ein Meer aus Flügeln.

Ich beschloss, ein Stückchen wegzufliegen und wieder zurückzukommen.

Als ich Julien auf dem Handy anrief, wunderte es mich nicht, dass der Anruf direkt zur Mailbox weitergeleitet wurde. In meiner Gegenwart war er nie rangegangen. Dafür war er nicht der Typ. Véronique sagte mir, dass er nach Marseille gefahren sei, und mir fiel ein, dass er das nach seinem Bruch mit Patricia auch getan hatte; damals war er nach Marseille geflüchtet, um Gérard zu besuchen, den flirtfreudigen Junggesellen.

»Ist er bei Gérard?«, fragte ich Véronique.

»Ich weiß es nicht genau«, sagte sie, schrieb mir jedoch Gérards Adresse auf einen Zettel.

Meine Mutter versicherte mir, dass sie bei Abbot bliebe, falls er in der Nacht aufwachte und nach mir fragte.

»Aber keine Sorge. Er kommt schon zurecht. Fahr einfach.«

Marseille war nur eine Stunde entfernt, und schon bald saß ich in meinem Mietwagen und fuhr von den schmalen, kurvenreichen Sträßchen, die vom ohrenzerreißenden Zirpen der Zikaden gesäumt wurden, auf die Schnellstraße. Ich hörte kein Radio, sondern fuhr in völliger Stille und hoffte, die Kraft des Berges immer noch zu spüren, vergegenwärtigte mir meine Antworten und hoffte, dass sich auch noch Entschlossenheit einstellte.

Ich nahm die Ausfahrt nach Marseille und fand mit Hilfe von Véroniques alten Stadtplänen Gérards Wohnblock. Den

Wagen parkte ich weiter oben an der Straße. Es war eine kühle Nacht, der Himmel leicht bedeckt, und es sah nach Regen aus. Es herrschte immer noch reger Verkehr. In der Stadt war viel los, obwohl es schon spät war. Schließlich war es eine Hafenstadt. Ich schlüpfte in den Eingangsbereich des Mietshauses und fand in der langen Reihe aus Klingeln zum Glück nur eine, auf der der Vorname Gérard stand. Nach seinem Nachnamen hatte ich nämlich nie gefragt. Als ich klingelte, drückte er sofort auf den Summer. Ich erklomm die Treppe bis in den zweiten Stock; die Tür am Ende des Flures war einen Spalt geöffnet.

Als ich näher kam, rief ich:

»*Allô? Bonjour?*«

Die Tür schwang weit auf, und dort stand ein großer, schlaksiger Mann mit kurzen nassen Haaren und Sommersprossen. Er war nackt, bis auf ein Handtuch, das er sich um die Taille geschlungen hatte, und sprach gerade in ein Handy, während er in seiner Brieftasche wühlte.

»*Excusez-moi*«, sagte ich. »*Je cherche Julien Dumonteil.*«

Überrascht blickte er auf, klappte seine Brieftasche zu, nahm das Handy vom Ohr und fragte:

»Heidi?«

»Ja. Gérard?«

»Ich dachte, Sie bringen mir mein chinesisches Essen«, erklärte er mir auf Englisch. Er lächelte mich an und beendete, ohne sich zu verabschieden, das Gespräch. War es ein Freund? Oder seine Mutter? »Wollen Sie zum Essen bleiben?«

»Eigentlich suche ich Julien«, sagte ich. »Ist er da?«

»Sie haben den Mann sehr traurig gemacht«, antwortete er. »Er war hier, aber jetzt ist er weg.«

»Wo ist er denn hin?«, fragte ich.

Er zuckte mit den Achseln.

»Er ist ziemlich von der Rolle.«

»Sie wissen also nicht, wohin er gegangen ist?«

»Bleiben Sie doch zum Essen. Ich ziehe mich nur schnell an«, sagte Gérard mit einem verlegenen Lächeln. »Das chinesische Essen kommt gleich. Vielleicht kommt Julien ja zurück.«

»Danke«, wehrte ich ab. »Das ist nett von Ihnen, aber ich muss los.« Damit machte ich auf dem Absatz kehrt und ging die Treppe wieder hinunter.

»Heidi!«, rief Gérard mir nach.

»Ja?«

»Ich hoffe, Sie begegnen ihm mit Herzlichkeit. Er braucht das.«

Ich nickte und rannte weiter die Treppe hinab. Ich öffnete die Tür des Wohnblocks und stand außer Atem auf dem Gehweg. Eine junge Frau eilte mit einem kleinen Hund an der Leine an mir vorbei. Das Hündchen sah mich groß an und trippelte weiter. Ich blickte zum Himmel und entdeckte in der Ferne eine beleuchtete Kathedrale. War das Notre-Dame de la Garde, die Kathedrale, von der Julien gesprochen hatte? Sie thronte auf der Spitze eines Hügels; der Glockenturm, gekrönt von einer goldenen Statue, war durch die Wolken fast nicht zu sehen.

Ich beschloss, in diese Richtung weiterzufahren, doch während ich durch die verwinkelten Straßen kurvte, verlor ich zeitweise die Orientierung, da mir eng stehende Gebäude den Blick versperrten. Ich bog um eine Ecke, und dort war sie, direkt über mir. Ich fuhr auf einen Parkplatz, und dort stand das Cabrio von Juliens Vater mit dem kaputten Verdeck. Ich stellte meinen Wagen daneben ab und schaltete den Motor aus. Ich fragte mich, ob Julien beschlossen hatte, dass er mit mir nichts mehr zu tun haben wollte. Er hatte genug gelitten. Vielleicht war es zu spät.

Trotzdem stieg ich aus und lief eine lange Steintreppe hinauf. Oben war eine Plattform. Ich ließ den Blick an der Kirche hinaufschweifen und konnte jetzt auch die Statue auf dem Glockenturm erkennen – die Madonna mit dem Kinde in prächtigem, schillerndem Gold.

Ich hörte, wie jemand meinen Namen rief. Ich drehte mich um, und da war er. Julien stand an einer Steinmauer, hinter ihm die aus den Nähten platzende, ausufernde Stadt, ein dunkler, gewaltiger Hafen, Kräne und Frachtschiffe, und dann das Meer, das sich endlos hinzog.

Ich lief zu ihm. Der Wind zerzauste unsere Haare und blähte unsere T-Shirts. Seine Augen waren feucht und glänzend.

»Es ist ein bisschen bewölkt«, sagte ich. »Es könnte Regen geben.«

»Bist du hier, um mit mir übers Wetter zu reden?«

»Schließlich fährst du ein Cabrio mit kaputtem Verdeck«, erklärte ich. »Ich dachte, es könnte dich interessieren.«

Ich war vom Treppensteigen außer Atem. Er trat auf mich zu, war so nahe, dass ich seinen warmen Atem spürte, schlang die Arme um meine Taille und küsste mich. Das war kein sanfter und zärtlicher Kuss wie inmitten der leuchtenden Lampions – dieser Kuss durchfuhr mich, und mir wurde schwindelig. Julien hob mich hoch, und, während ich ihn immer noch küsste, nahm ich sein Gesicht in meine Hände. Die Zeit existierte nicht mehr. Langsam glitt ich an Julien herab, und meine Schuhe berührten wieder den Boden.

»Ich habe etwas für dich.« Er griff in seine Tasche und verbarg etwas in seiner Faust.

Ich nahm seine Hand, drehte sie um und löste seine Finger. Auf seiner Handfläche lag eine kleine Plastikhaarspange, rot mit einem Blümchen drauf.

»Für mich?«

Er strich mir eine Haarsträhne aus dem Gesicht und klemmte sie mit der Spange fest.

»Willst du uns eine Chance geben?«, fragte ich.

»Das wird kompliziert.«

»Alles ist kompliziert. Aber ich bin lieber mit dir kompliziert als ohne dich«, verkündete ich.

»Wir haben Kinder«, gab er zu bedenken. »Wir leben auf zwei verschiedenen Kontinenten.«

»Und das ist nicht mal das Schwierigste daran.«

»Was wird denn das Schwierigste?« Er nahm mich in die Arme. Ich legte den Kopf an seine Brust und hörte seinen Herzschlag. Er senkte das Kinn auf meinen Kopf.

»Ich weiß nicht, ob es fair ist«, überlegte ich.

»Was meinst du?«

»Du musst wissen, dass ich Henry immer lieben werde.«

»Aber das ist ja das Gute an dir. Du wirst Henry immer lieben. Er ist ein Teil von dir. Und ich will dich ganz lieben.«

»Wir werden üben, Freude zu empfinden«, flüsterte ich.

»Wir werden versuchen, das Leben ein bisschen zu genießen.«

Es geschieht noch ein kleines Wunder.

Wieder ist es Sommer. Charlotte badet das Baby, ein drei Monate altes Mädchen namens Pearl. Das Baby ist wunderschön und hat Charlottes Augen. Julien steht am Fenster, das hinten hinausgeht, und behält Abbot im Auge. Er zeichnet mit Frieda, die den ganzen Sommer bei uns bleibt, nahe der Ausgrabungsstätte Schwalben. Patricia und Pascal machen eine schwierige Phase durch. Im vergangenen Jahr hat Julien uns hin und wieder in Florida besucht, und wenn Frieda nicht bei ihrer Mutter war, ist sie mitgekommen. Es war noch komplizierter, als wir es uns je hätten vorstellen können – oder sollte ich sagen, komplexer? Warum sollten wir es auch einfach wollen?

Und ich backe in der Küche, die jetzt zwar über einen glänzenden neuen Ofen verfügt, aber immer noch nicht fertig ist. Ich bezweifele stark, dass die Renovierungsarbeiten je abgeschlossen sein werden. Ich behalte Altes und füge Neues hinzu. Ich fälle keine Entscheidungen. Ich höre zu. Das ist ein langsamer Prozess: der Ochse und die geduldige Erde. Im Moment duftet es im ganzen Haus wie in einer Bäckerei, und das ist an sich schon eine Erneuerung.

Schon bald werden Elysius, Daniel und meine Eltern herkommen – und mein Vater wird das Haus zum ersten Mal sehen. Meine Eltern bekommen das vierte Schlafzimmer, das ich extra für meine Mutter elfenbeinfarben gestrichen habe.

Charlotte, die das Baby in einer Schlinge trägt, hat den ganzen Vormittag bei Véronique in der Küche verbracht, um mit ihr gemeinsam das Essen vorzubereiten. Und ich bin für das Dessert verantwortlich, so wie es sein sollte. Die Rezepte aus der angekokelten Schachtel habe ich im Cake Shop so oft zubereitet, dass ich nicht einmal mehr einen Blick darauf werfen muss. Die Rezepte sind in mir, tief verwurzelt, und während ich die Törtchen zubereite, nehme ich kleine Veränderungen vor, kleine Abweichungen und Variationen. Ich habe auch begonnen, dann und wann wieder eine Hochzeitstorte zu entwerfen, aber Charlotte behauptet, für sie und Adam würde ich nie eine backen. Sie sind Eltern – und zwar gute – und die besten Freunde, führen aber keine Beziehung mehr. Der Druck war zu groß. »Vielleicht eines Tages?«, habe ich daraufhin zu Charlotte gesagt, aber sie zuckte nur mit den Achseln. Adam kommt im Hochsommer her und bleibt einen Monat. Vorerst jedoch sind wir eine seltsame Patchwork-Familie, bestehend aus sechs Personen, die sich dieses Haus zu eigen machen, wenn auch nur den Sommer über. Und ich kann guten Gewissens behaupten, dass mir jeden Tag aufs Neue auffällt, was für eine unglaublich gute Mutter Charlotte ist. Sie erfüllt ihre Rolle mit solcher Geduld und Grazie, dass sie zeitlos elegant ist. Ironischerweise könnte man sogar sagen, dass sie nun doch noch für immer elegant geworden ist.

Es klopft an der Haustür, drei laute, heftige Schläge – ein Polizeiklopfen hätte Henry es genannt. Normalerweise kommt niemand an die Vordertür.

»Ich gehe«, sagt Julien.

Ich bin so neugierig, dass ich ihm folgen muss, obwohl meine Hände voller Puderzucker sind.

Julien öffnet die Tür, und draußen steht der Polizist von der Polizeiwache in Trets. Er trägt immer noch den Pullunder und hält einen kleinen Rollenkoffer in der Hand.

»*Allô!*«, sagt er.

»*Bonjour*«, erwidern Julien und ich.

»Sie beide sind zusammen«, stellt er mit einem Augenzwinkern fest. »Ich habe es Ihnen gesagt, und Sie haben es nicht geglaubt. Aber jetzt tun Sie's?«

Ich sehe Julien amüsiert an.

»Jetzt tun wir's«, bestätige ich.

Wir bitten den Polizeibeamten ins Haus. Er rollt den Koffer hinter sich her, der zerbeult und abgenutzt ist. Doch der Polizeibeamte triumphiert. »Ist das Ihrer?«

»Ich glaube, ja«, sage ich vorsichtig.

Charlotte kommt mit feuchtem Gesicht aus dem Bad und hält das Baby im Arm, das fest in ein dünnes Laken gewickelt ist.

»Wer ist denn gekommen?«

»Rufst du Abbot und Frieda herein?«, bitte ich sie.

Sie nickt und verlässt rasch das Zimmer. Ich höre, wie sie an der Hintertür nach den beiden ruft.

»Ich habe das gefunden«, verkündet der Polizist. »Und mich an Sie erinnert. Sie sind befreundet mit Daryl Hannah, *non*?«

»Nein«, entgegne ich genervt. »Das habe ich nie behauptet.«

Er seufzt.

»Nun.« Er tut dieses Detail mit einer Handbewegung ab. »Das ist Ihnen von den Dieben gestohlen worden, *non*?«

Abbot und Frieda kommen ins Zimmer gerannt, sehen den Polizisten und bleiben wie erstarrt stehen.

»*Bonjour*«, sagt der Polizist dienstbeflissen.

»*Bonjour!*«, antworten sie im Chor.

Charlotte, die dem Baby sanft den Rücken klopft, kommt herein. »Was ist los? Ist das dein Koffer, Absterizer?«

Abbot sieht mich unsicher an.

»Ist das meiner?«

»Ich glaube, ja«, sage ich.

Der Polizist dreht den Griff zu mir. Da meine Hände voll Zucker sind, nimmt Julien den Koffer entgegen und legt ihn auf den Boden, damit Abbot ihn inspizieren kann. Er kniet sich hin, während Frieda sich hinplumpsen lässt und sich mit wippenden Wuschellocken im Schneidersitz neben ihn setzt.

»Der Koffer lag die ganze Zeit am Straßenrand. Aber jemand hat ihn gefunden, und ich erinnere mich an ein Detail!«, strahlt der Polizeibeamte. »Sie haben auf Ihrer Liste nur neben diesen Gegenstand ein Sternchen gesetzt. Und dieses Sternchen habe ich nicht vergessen!«

Abbot öffnet den Reißverschluss des schmutzigen Koffers und klappt ihn auf. Die Kleidungsstücke darin riechen unangenehm. Sie sind zwar trocken, haben aber Stockflecken. Frieda hält sich die Nase zu, schüttelt angeekelt den Kopf und flitzt davon. Abbot sieht die Kleider durch, bis er findet, wonach er gesucht hat.

»Mom«, sagt er andächtig, »es ist noch da.« Und er zieht das Wörterbuch heraus. Der Einband ist verzogen, der Deckel stark gewellt. Das Buch selbst ist trocken, aber leicht aufgequollen. Abbot schlägt es bei der Widmung auf, die zwar verschmiert, aber noch lesbar ist.

*»Le dictionnaire!«*, ruft der Polizist freudestrahlend. »Es wurde gefunden!«

Frieda sieht Abbot verwirrt an.

»Es ist etwas Besonderes«, erklärt er ihr. »Es war weg, aber es ist zu uns nach Hause gekommen!« Und dies ist unser Zuhause. Das Wörterbuch kam zu uns nach Hause, wie meine Mutter nach dem verlorenen Sommer, wie die Briefe, die ich ihr schrieb, und wie jeder kleine Kummer, der – auf seltsame Art und Weise und wenn man es am wenigsten erwartet – als Freude zurückkehren kann.

Julien legt den Arm um mich, und ich klammere mich mit einer Hand an seinem T-Shirt fest.

»Es ist ein Geschenk«, sagt er. »Nimm das Geschenk an.«

»Das alles ist ein Geschenk«, antworte ich ihm. »Alles.«

# Danksagung

Ich möchte den Dorfbewohnern von Puyloubier meinen Dank für ihre Gastfreundschaft und unglaubliche Geduld aussprechen, vor allem Laurent und Jerome, die über die Maßen wunderbar, großzügig und warmherzig waren. Ich möchte auch dem Bürgermeister und seiner Frau, dem glamourösen Duo Frédéric und Beatrice Guinieri, danken, sowie J. F. für seine Liebenswürdigkeit. Danke, Elizabeth Dumon, dass Sie alle meine Fragen über Ihr traumhaft schönes Haus, Ihre Ländereien, Ihren Weinberg und die gallisch-römische Ausgrabungsstätte beantwortet haben, und für Ihre fantastische Kochkunst. Danke, dass Sie die mannigfachen Generationen meiner Familie so freundlich bewirtet haben. Kevin Walsh, Ihre Informationen über die archäologischen Ausgrabungen und Ihre wichtige Feldarbeit weiß ich sehr zu schätzen. Danke schön, Melina, dass Sie uns alle untergebracht haben, und Eric dafür, dass er ein Mann der Tat ist. Nachdem man uns bestohlen hatte, waren wir voll und ganz auf die Großzügigkeit von Helene Mitchell und ihrem Mann, dem geistreichen Briten, angewiesen. Vielen Dank. (Und wo ich schon dabei bin, danke ich auch ihrem Dinner-Gast Neal, der bei mir einen nachhaltigen Eindruck hinterlassen hat, indem er mir einen Auftrag erteilte, nach dessen Erledigung ich mein ganzes Leben lang streben werde. Ein lautes, freudiges Dankeschön an die Polizeiwache von Trets! Und, ja, Bastien, unser zeitweiliges zusätzliches Kind, danke für deine Lektionen! Jacob Newberry, danke für die Hilfe beim Übersetzen. Frankie Giampietro, wie sehr ich mich auf Sie und Ihren brillanten Verstand verlassen konnte! Danke, Florida State University. Margaret Kyle, danke für Ihren Einblick in die Kunst des Backens – die Verschmelzung von Essen und Liebe. Linda Richards, Meisterkonditorin, danke, dass Sie mir Zutritt in die Welt des Cake Shop gewährt haben, ein wunderschöner Ort zum Träumen. Und ich danke auch den Kindern, die mich die Welt mit ihren Augen haben sehen lassen: Ph., F., T., O. und Lola. Und wie immer, danke an David. Ich sage es noch einmal – ja.

Danke, Nat Sobel. *Il faut d'abord durer!*

Aber vor allem gilt mein Dank Caitlin Alexander, meiner Weltklasse-Lektorin. Ich stehe tief in Ihrer Schuld. Danke für die Liebe und Sorgfalt, die Sie in die Entstehung dieses Buches investiert haben.

## Leitfaden für Leser
(inklusive Rezepte!)

»Ein Gedicht beginnt wie ein Kloß im Hals; ein Heimweh, ein Liebeskummer«, schrieb Robert Frost einmal. Ich wollte dem Phänomen Liebeskummer auf den Grund gehen, dem Verlust einer Liebe, die umso mehr geschätzt wird, weil sie verloren ist; aber es sollte kein Roman werden, in dem eine Art Endzeitstimmung herrscht, sondern einer, in dem es um einen Neubeginn geht. Deshalb stecken in *Die Provence-Kur für gebrochene Herzen* im Grunde zwei Liebesgeschichten, die vor dem Hintergrund eines Hauses erzählt werden, das berühmt für seine Liebesgeschichten ist – für Taten voller Hingabe, Wunder des Herzens und die Heilung innerer Zerrissenheit. Da die Geschichte mit einem großen Liebesschmerz beginnt, bestand meine Aufgabe darin, diesem Gefühl durch Sprache und meine persönliche Vorstellung von Sehnsucht Ausdruck zu verleihen.

Eine Möglichkeit, dieses Thema anzugehen, war der Weg über die Sinne – vor allem über den Geschmackssinn. Ich wollte über das Essen schreiben, nicht so sehr unter dem Gesichtspunkt Ernährung, sondern über das Zusammenspiel von Essen und Familienhintergrund, Kultur, Geschichte und Kunst und vor allem in Bezug auf die Lebensfreude. Heidi hat die Empfänglichkeit ihrer Sinne heruntergefahren, um weniger zu fühlen und weniger zu leiden. Als sich ihre Sinne wieder zurückmelden, ist ihr Geschmackssinn der stärkste. Immerhin befindet sie sich in Frankreich, wo der Geschmackssinn von höchster Bedeutung ist.

Schon ein kurzer Blick auf die Danksagung verrät, wie viel in diesem Roman durch wahre Begebenheiten inspiriert ist. (Seien Sie versichert, dass mein Ehemann gesund und munter ist!) Im Rahmen meiner Recherchen für diesen Roman verbrachten wir sechs Wochen in Frankreich; unsere Kinder waren mit dabei, eins etwa in Abbots und das andere in Charlottes Alter. So sah ich zuerst Paris und dann Südfrankreich mit ihren Augen. Den Ausdruck »antike Graffiti« hat meine Tochter geprägt, während mein Sohn in Maria Magdalenas Krypta gegen das Plexiglas lief. Die kleinen weißen Schnecken, die Warzenschweine und die Kinder, die mit ihren leuchtenden Lampions am französischen Nationalfeiertag durch das winzige Dorfzentrum von Puyloubier zogen, gab es wirklich. Bestohlen wurden wir auch, danach hat es sintflutartig geregnet, und auch die verletzte Schwalbe gab es tatsächlich.

Doch essentiell für den Roman ist die herausragende Rolle, die das Essen spielt – seien es nun die Süßspeisen, die Heidi mit ihrer Mutter nach deren verlorenem Sommer zubereitete, die Kunst des Backens, zu der sie nicht zurückfindet, oder die Mahlzeiten, die Véronique ihr auftischt.

Die Kreation eines Essens kann beginnen wie ein Robert-Frost-Gedicht oder wie ein Roman es manchmal tut: *als Kloß im Hals; als hätte man Heimweh oder Liebeskummer.* Wenn man zu einem Rezept greift, steckt dahinter der Wunsch, etwas *nach*zubilden – eine Mahlzeit, durchaus, aber auch einen Augenblick, ein Gefühl.

Das Familienhaus in der Provence, im Roman voll märchenhafter Überlieferungen, ist meiner Fantasie entsprungen, weil mich Elizabeth Dumons Zuhause so bezaubert hat. Elizabeth führt eine Pension in Bastide Richeaume am Fuß des Mont Sainte-Victoire. Dort, in Elizabeths Esszimmer, bekamen wir auch das Essen serviert, das im Roman für Heidi eine so zentrale Bedeutung erlangt.

Nachdem wir schon eine ganze Weile wieder aus Frankreich zurück waren, wollte ich diese Mahlzeit nachkreieren. Ich schrieb Elizabeth eine E-Mail, die sich aber nicht dazu durchringen konnte, die Rezepte aufzuschreiben – vermutlich existiert das Menü nur in ihrem Kopf oder vielleicht sogar nur als Gefühl, als etwas, das sie aus dem Bauch heraus zaubert.

Ich ließ die Sache auf sich beruhen und redete mir ein, dass es sowieso nicht möglich wäre, zu einem Augenblick, einem Gefühl, zurückzukehren.

Doch es ließ mir keine Ruhe. Diesmal wandte ich mich an Eric Favier, den Besitzer des Chez Pierre, eines sehr bekannten französischen Restaurants in Tallahassee, Florida. Ich kannte Eric nur flüchtig und beschloss, mich ein wenig mit ihm anzufreunden, während mein Mann und ich in seiner Cheese and Chocolate Bar aßen. Dazu mussten wir massenhaft Käse und Schokolade vertilgen, was ich (mit großer Freude) tat, während ich Eric beschwatzte, mir ein paar Rezepte zu verraten.

Einen Tag später kamen die Rezepte: für eine Tapenade, provenzalisches Hähnchen und Russet-Burbank-Kartoffeln. Außerdem beschloss ich, etwas zu versuchen, das ich in der Cheese and Chocolate Bar bei Chez Pierre kennen gelernt hatte – eine Balsamico-Reduktion, die man zu Brie und Brot isst.

Erics Muttersprache ist Französisch. Sein Englisch ist französisch eingefärbt. Als ich die Rezepte erhielt, musste ich immer noch einiges übersetzen. Ein *robot coupe*? *Vers* in einer Schüssel? Da Eric als französischer Chefkoch dreißig Jahre Erfahrung auf dem Buckel hat, hatte er wichtige Details weggelassen, weil er davon ausging, dass wir das aus dem Bauch heraus wüssten. Er misst Salz mit den Händen und macht weder

Mengen- noch Temperaturangaben. Hundertachtzig Grad? Das ist was für Dilettanten. Ich musste Eric um viele Erklärungen bitten.

Als der große Tag näher rückte und ich immer nervöser wurde, weihte ich andere in meinen Plan ein. Ich zog Linda Richards ins Vertrauen, meine Lieblingskonditorin in der Stadt, der The Cake Shop gehört, die Bäckerei, die mir (mit Lindas Segen) als Vorbild für Heidis gleichnamigen Laden diente. Linda war so freundlich, mir ein paar Dessertrezepte zum Ausprobieren zu schicken.

Als ich meine Kinder abholte, jammerte ich der Gründerin ihrer Schule, Betsey Brown, etwas über die Schwierigkeiten meines Projekts vor. Es stellte sich heraus, dass Betseys Mutter ein ganz ähnliches Familienrezept von ihrer Großmutter besaß: Hähnchen in Sahnesauce. Den Familienüberlieferungen in *Die Provence-Kur für gebrochene Herzen* zu Ehren erschien es mir angemessen, ein unkompliziertes provenzalisches Rezept auszuprobieren, das über vier Generationen weitergereicht wurde. Deshalb setzte ich auch das Rezept ihrer Mutter, Sara Wilford, mit auf mein Menü.

Ich war wild entschlossen, auch die Atmosphäre unseres ursprünglichen provenzalischen Mahls nachzukreieren. Da unser Haus mit nichts Vergleichbarem ausgestattet ist wie dem Esszimmer der Dumons, beschloss ich, dass wir draußen essen würden. In den kurzen Kochpausen halfen mir meine Kinder, einen Tisch und Stühle nach draußen zu schleppen, die genauso bunt zusammengewürfelt waren wie die im Haus von Heidis Familie im Roman. Mein Dreijähriger stellte Blumen in eine Vase, während meine Tochter Fotos machte.

Als wir uns zum Essen hinsetzten, kreuzte eine Freundin von uns auf, die einen meiner Söhne ablieferte. Ihr gehört ein Catering-Service, der schon viele Berühmtheiten auf seiner

Gästeliste hatte – einschließlich Richard Nixon (der kurzfristig absagen musste, weil bei seiner Tochter die Wehen einsetzten und er und seine Frau schnell ins Krankenhaus mussten) und Leona Helmsley (die darauf bestand, dass meine Freundin ihr verriet, wie oft sie den Filo-Teig für ihr Spanakopita ausrollte). Ich bat sie, uns Gesellschaft zu leisten. Jetzt waren wir eine richtige kleine Gesellschaft: meine ältesten Söhne, meine Tochter, unser Dreijähriger, eine gute Freundin mit ihrem Sohn, mein Mann und unser Hund, ein verfressener Collie.

Die Tapenade war genau wie in meiner Erinnerung. Das Trüffelöl verlieh den Kartoffeln den Hauch von etwas Exotischem, den ich mir nie ganz erklären konnte. Das Hähnchen war zwar völlig anders, aber auf eigene Art und Weise vorzüglich. Am besten war die Balsamico-Reduktion, von der schon ein klitzekleines Tröpfchen ausreichte, um den Rahmbrie aufplatzen zu lassen. Das Hähnchen in Sahnesauce war traumhaft, die Süßspeisen unglaublich. Die Rosé-Weine, die in der Provence so beliebt sind, waren kühl und leicht fruchtig. Sogar das Wetter war provenzalisch – für Florida ungewöhnlich trocken, windig und sonnig.

Hatte ich die Mahlzeit, die Heidis Schlüsselmoment im Roman inspiriert hatte, nachkreiert? Nicht so richtig. Stattdessen war daraus ein seltsamer und wunderbarer Nachmittag bei uns im Garten geworden – mit bunt zusammengewürfelten Stühlen und einem Dreijährigen, der seinen Teig an den Collie verfütterte, während die größeren Kinder, meine Freundin, Dave und ich im Schatten unserer Florida-Kiefer alle gleichzeitig schwatzten.

Trotzdem befriedigte dieser Versuch etwas in mir. Es war nicht nur das Essen, aus dem sich die Mahlzeit zusammensetzte, das diesen Moment in meiner Erinnerung so lebendig hielt. Essen ist nicht nur Nahrungsaufnahme, sondern es geht dabei auch darum zu entschleunigen, den Augenblick mit Gerüchen und Geschmackswahrnehmungen zu verbinden und ihn voll und ganz auszukosten. Dieses Essen auf meinem Rasen – entstanden aus einer Sehnsucht, Liebeskummer, Heimweh, aus einem Kloß im Hals – ist zu einer Erinnerung geworden, die nachklingen wird.

Was jetzt schon nachklingt, ist das Bild, wie wir in der Abenddämmerung satt und zufrieden das Geschirr, den Tisch und die zusammengewürfelten Stühle wieder nach drinnen tragen. Die Lichter im Haus gingen an, und als Dave und die Kinder sich an den Abwasch machten, kam etwas in Bewegung. Bevor ich die Türen abschloss, rief ich nach dem Hund, der in den Spinnenlilien nach Eidechsen geschnuppert hatte und mit großen Sprüngen über den Rasen zu mir gelaufen kam.

# Rezepte für ein Familienessen à la Provence-Kur für gebrochene Herzen

Von ERIC Gaston Favier, Besitzer des Chez Pierre

## Oliven-Tapenade

Eine Hand voll kernlose Oliven aus Nizza (Picholine-Oliven) im Mixer oder mit dem Pürierstab pürieren. Je nach Geschmack Pfeffer, Knoblauch und ein wenig Sardellenpastete dazugeben. Mixen, bis es eine schöne, streichfähige Paste ergibt.

## Provenzalisches Hähnchen

Ein frisches Bio-Hähnchen in 8 Teile zerlegen. (Man kann es auch schon tranchiert kaufen.)

Die Hähnchenteile bei mittlerer Hitze kurz in Olivenöl anbraten, bis sie rundum leicht gebräunt sind.

Mit Salz und Pfeffer abschmecken. 2 in Würfel geschnittene grüne Paprikaschoten und 1 in Würfel geschnittenen Knollenfenchel hinzufügen.

Sautieren, bis das Gemüse halbfest gegart ist.

6 ganze Knoblauchzehen, frischen Thymian und die Schale von 2 Orangen dazugeben.

10 Tomaten in Würfel schneiden und zu den anderen Zutaten in den Kochtopf tun.

Eine Stunde bei geringer Hitze köcheln lassen, bis das Hähnchenfleisch gar ist.

Zum Schluss ein Glas Rotwein dazugeben. Ein paar Minuten köcheln lassen, dann zudecken und bis zum Servieren ziehen lassen.

### Russet-Burbank-Kartoffeln mit Trüffelöl

Kartoffeln in Würfel schneiden.

Kochen, bis sie halbfest gegart sind. Abgießen und in Olivenöl anbraten, bis sie leicht gebräunt sind.

Reichlich gehackte Petersilie, eine Prise Salz, Pfeffer und einen Esslöffel Trüffelöl dazugeben und servieren.

### Balsamico-Reduktion

Balsamico-Essig erhitzen, bis er kocht, dann köcheln lassen, bis er dick wird (was in einer Stunde der Fall sein sollte). Berücksichtigen Sie, dass eine 250-ml-Flasche Balsamico-Essig nicht ganz 60 ml Reduktion ergibt. Man braucht jedoch nur sehr wenig, um einen exquisiten Kontrapunkt zu dem Käse zu erhalten. In der Cheese and Chocolate Bar im Chez Pierre habe ich mir die Balsamico-Reduktion zu einem cremigen Rahmbrie auf französischem Brot schmecken lassen.

## Ein provenzalisches Rezept in der vierten Generation von Sara Wilford

### Provenzalisches Hähnchen in Sahnesauce

1 ½ Esslöffel Butter
1 ½ Esslöffel Olivenöl
1 kleines Hähnchen, in 8 Teile zerlegt
16 geschälte Babyzwiebeln
1 Tasse Crème double
½ Tasse trockener Weißwein
Mehl
Salz und Pfeffer
1 Teelöffel getrockneter Thymian
Frisch gehackte Petersilie

Hähnchenstücke mit Mehl, Salz und Pfeffer panieren.

Butter bei mittlerer Hitze in einer großen, schweren Bratpfanne erhitzen. Zwiebeln darin leicht anbräunen. Zwiebeln beiseite stellen.

Olivenöl zur Butter hinzufügen.

Auch das Hähnchenfleisch in die Pfanne geben und bei mittlerer Hitze braten, bis es rundum goldbraun ist.

Sahne, Wein, Thymian und Zwiebeln hinzufügen. Zugedeckt etwa 30 Minuten köcheln lassen, bis das Fleisch zart und gar ist. Die Stücke dabei einmal wenden. (Die Sauce sollte mit dem Mehl, mit dem das Fleisch paniert wurde, leicht angedickt werden.)

Inhalt der Pfanne in eine *cocotte* oder auf einen tiefen Servierteller geben. Mit Petersilie und frisch gemahlenem Pfeffer bestreuen. Mit Reis servieren.

## Dessertrezepte von Linda Richards, Eigentümerin des Cake Shop

Da Lindas Kuchen- und Glasurrezepte streng geheim sind, kam ich da nicht ran. Dafür hat sie zwei fantastische Dessertrezepte rausgerückt: eins davon sehr französisch und das andere hochromantisch.

### Französische Apfel-Tarte mit Crème anglaise

TEIG FÜR DIE TARTE:

2 Tassen ungebleichtes Mehl
1 Teelöffel Salz
⅔ Tasse pflanzliches Backfett (kalt)
2 Esslöffel ungesalzene Butter (kalt)
1 Esslöffel Zucker
4 Esslöffel Eiswasser

Die trockenen Zutaten vermengen. Butter und Backfett in die trockene Mixtur schneiden, Eiswasser dazugeben und rühren, bis der Teig geschmeidig wird.

Teig auf einer leicht bemehlten Fläche zu einem 30 cm x 35 cm großen Rechteck ausrollen, danach auf ein Backblech legen, die Mischung aus klein geschnittenen Äpfeln in die Teigmitte legen und die Ecken über die Äpfel schlagen. Die Mitte dabei offen lassen. Bei 190 °C 45–50 Minuten backen.

APFELMISCHUNG:
Gut 2 kg Äpfel (Ich nehme verschiedene Sorten.)
1 Esslöffel Zitronensaft und die Schale einer Zitrone
¼ Tasse hellbrauner Zucker
½ Tasse Kristallzucker
1 Teelöffel Zimt
2 Esslöffel Butter

Äpfel schälen und in dünne Scheiben schneiden. Mit Zucker, Zitronensaft, Zitronenschale und Zimt vermischen. Die Mischung in den Teig legen, Butterflöckchen darüber verteilen und backen.

CRÈME ANGLAISE:
2 Tassen Milch
5 geschlagene Eidotter
⅔ Tasse Zucker
⅛ Teelöffel Salz
1 Teelöffel Vanilleextrakt

Milch in einem Simmertopf zum Sieden bringen. Eidotter, Zucker und Salz langsam einrühren. Sauce rühren, bis die Mischung dick wird; während die Mischung abkühlt, gelegentlich umrühren.
Vanilleextrakt dazugeben. Zur Apfel-Tarte warm servieren.

## Dessert für Romantiker

Das ist eins meiner Lieblingsrezepte. Linda hat es beigesteuert, weil sie damit ihren neuen Beau umworben hat. Ich liebe es, weil ich ein großer Schokoladen-Fan bin.

TEIG:
1½ Tassen zerbröselte Vollkornkekse
½ Tasse geröstete Pekannüsse
½ Tasse Schokostückchen
6 Teelöffel geschmolzene Butter
¼ Tasse brauner Zucker
¼ Tasse Zucker

Alle Zutaten im Mixer oder mit dem Pürierstab fein pürieren. Zutaten in eine Springform tun und 15 Minuten bei 180 °C backen.

FÜLLUNG:
250 ml Frischkäse, Raumtemperatur
¼ Tasse Zucker
1 Teelöffel Vanilleextrakt
1 Tasse zartbittere Schokostückchen, geschmolzen
¼ Tasse Crème double

Alle Zutaten verrühren, bis die Mixtur geschmeidig ist. Mischung auf abgekühlten Teig geben und in den Kühlschrank stellen, bis sie fest ist.

Wahlweise: Frische Erdbeeren oder andere Beeren obendrauf geben und/oder mit weißer Schokolade bestreuen.

## Um Ihre Provence-Kur-für-gebrochene-Herzen-Erfahrung zu vertiefen, erkunden Sie auch folgende Websites:

Bastide Richeaume
http://www.bastidericheaume.com

Puyloubier
http://www.puyloubier.com

Pavillon Monceau Palais des Congrès
http://www.pavillon-monceau-etoile.com

The Cake Shop
http://www.tallycakeshop.com

Chez Pierre
http://www.chezpierre.com

Für weitere Rezepte, Blogeinträge etc. besuchen Sie Bridget auf:
www.bridgetasher.com